Nadine Kerger
New York Dreams

W0278994

GOLDMANN
Lesen erleben

Buch

Ein Auslandsjahr an der New York University und ein Job in der Kanzlei Donovan & Thompson! Für die junge Emma geht ein Traum in Erfüllung. Jeden Moment möchte sie auskosten, bevor sie nach ihrer Heimkehr der Alltag in Frankfurt einholt. Hilfe bekommt sie dabei von ihrer neu gewonnenen Freundin, der draufgängerischen Isy. Diese zaubert für Emma eine To-do-Liste, die ihr die Zeit ihres Lebens bescheren soll: Sex mit einem New Yorker, ein Wochenende in den Hamptons, in fünfzig verschiedene Bars gehen und natürlich die große Liebe finden. Bald wird Emmas Leben aufregender, als sie es sich je hätte erträumen können. Hals über Kopf verliebt sie sich in den charismatischen Anwalt Anthony Collins. Emma ist im siebten Himmel, bis sie hinter sein schmutziges Geheimnis kommt. Doch ausgerechnet Nick – ihr neuer Mitbewohner und unverbesserlicher Frauenheld – ist es, der nicht zulässt, dass Emma in Liebeskummer versinkt. Er sorgt dafür, dass sie immer mehr Punkte auf ihrer To-do-Liste abhaken kann. Die Freundschaft zu ihm ist ihr Anker. Nur eines sollte sie besser nicht: sich in ihn verlieben …

Autorin

Nadine Kerger, 1980 in Kalifornien geboren, ist in Mainz und Paris aufgewachsen. Heute arbeitet sie als Anwältin in einer internationalen Wirtschaftskanzlei in Frankfurt am Main, wo sie mit ihrem Ehemann und ihren zwei Kindern lebt. *New York Dreams* ist ihr erster Roman.

Nadine Kerger

New York Dreams

Roman

GOLDMANN

MIX
Papier aus verantwortungsvollen Quellen
FSC® C083411

Penguin Random House Verlagsgruppe FSC® N001967

1. Auflage
Originalausgabe Oktober 2021

Umschlaggestaltung: UNO Werbeagentur, München
Umschlagmotiv: FinePic®, München
Redaktion: Antonia Zauner
MR · Herstellung: ik
Satz: Mediengestaltung Vornehm GmbH, München
Druck und Bindung: CPI books GmbH, Leck
Printed in the Czech Republic
ISBN: 978-3-442-49221-3
www.goldmann-verlag.de

Besuchen Sie den Goldmann Verlag im Netz

Für Kai

You are my person. You will always be my person.

JUNI

Komm schon, komm schon, komm schon!

Ungeduldig drückte ich auf den Aufzugknopf. Zweimal, dreimal, viermal. Als wenn man in der Geschichte der Menschheit schon jemals von einem Fahrstuhl gehört hätte, der schneller kommt, nur weil man hektisch auf dem Knopf rumhämmert. Als würde der Aufzug sagen: Klar, Emma, wenn du es heute Morgen eilig hast, dann mache ich für dich einfach ein bisschen schneller als sonst.

Und ja, ich war verdammt in Eile, ins Büro zu kommen. Ich hatte verschlafen. Zusätzlich zu einem ordentlichen Kater. Genauso wie meine Freundin, Mitbewohnerin und Arbeitskollegin Isabella – Isy –, die allerdings gelassen neben mir stand und mich nur kopfschüttelnd beobachtete.

»Jetzt beruhige dich doch mal. Dann sind wir halt ein bisschen spät dran.«

Sie hatte leicht reden. Sie arbeitete schon viel länger als ich als studentische Mitarbeiterin in der New Yorker Großkanzlei Donovan & Thompson und hatte kaum zu befürchten gefeuert zu werden. Sie war superclever und in der Kanzlei allseits geschätzt. Ich selbst war nur die unscheinbare Deutsche, die erst vor wenigen Tagen hier angefangen hatte und genauso schnell wieder rausfliegen konnte, wie sie eingestellt worden war. Und das wäre eine Katastrophe, denn wie sollte ich ohne Job mein Jahr in New York finanzieren? Das Leben hier war um ein Vielfaches teurer als zu Hause in Frankfurt. Das war die harte Realität.

Ich versuchte, mich mit dem Gedanken aufzumuntern, dass die harte Realität in New York trotzdem einfach so viel cooler war als anderswo. Selbst mit Kopfschmerzen und pelzigem Geschmack im Mund.

Wir – das heißt das Energiebündel Isy und ich – waren gestern Abend in einer Bar in der Upper West Side gelandet und total versackt. Alleine wäre ich nie auf die Idee gekommen, an einem Sonntagabend auszugehen, obwohl eine anstrengende Arbeitswoche auf uns wartete, aber Isys Überzeugungskraft konnte man schwer widerstehen. Wenn sie sich etwas in den Kopf gesetzt hatte, dann zog sie es auch durch.

Endlich gingen die Aufzugtüren auf, und schnell stiegen wir ein. Ein Blick in den Spiegel an der Rückwand bestätigte, dass ich noch schrecklicher aussah, als ich mich fühlte. Lag vielleicht auch an der fahlen Fahrstuhlbeleuchtung. Meine grünen Augen standen in einem merkwürdigen Kontrast zu meiner grauen Haut. Ich wischte mir ein paar Mascarareste vom Lid und drehte meinem Spiegelbild den Rücken zu.

Isy sah aber auch nicht viel besser aus. Normalerweise war sie ein echter Hingucker mit ihren großen blauen Augen, vollen Lippen und der tollen Figur, die die Männer scharenweise dazu brachte, sich nach ihr umzudrehen. Sie war immer perfekt angezogen, geschminkt und gestylt, aber heute stand ihr blonder Bob wie ein Kaktus in alle Richtungen ab, und als könnte sie meine Gedanken lesen, strich sie mit einer Hand darüber, in dem fruchtlosen Versuch, ihre verstrubbelten Haare zu glätten. Das war der Nachteil an einem Bob: Er musste immer perfekt geföhnt sein. Ich konnte meine langen braunen Haare wenigstens zu einem Dutt zusammennehmen und so halbwegs ordentlich aussehen. Halbwegs.

Auf der 23. Etage angekommen huschten wir so unauffällig es ging in den Trainee-Raum, in dem schon die anderen studentischen Mitarbeiter saßen, und ließen uns erschöpft auf unsere Stühle fallen. Geschafft. Und keiner hatte es bemerkt. Mein Pulsschlag beruhigte sich allmählich.

Isy holte als erste Amtshandlung eine Dose mit Kopfschmerztabletten aus ihrer Schreibtischschublade und schluckte zwei davon ohne Wasser. Dann schob sie mir die Dose über den Tisch hinweg zu. Dankbar nahm ich ebenfalls zwei heraus.

»Mein Kopf platzt«, jammerte sie und rieb sich die Schläfen mit kreisenden Bewegungen. »Was hast du gestern nur mit mir angestellt?«

»Ich? Ich habe gar nichts gemacht. Du warst es, die diese schwedischen Medizinstudenten angequatscht hat und dann mit ihnen noch weiterziehen wollte. Ich war die Stimme der Vernunft, die sagte: ›Isy, morgen ist Montag! Lass uns nach Hause ins Bett gehen!‹ Aber du wolltest nicht auf mich hören.«

Sie wedelte mit einer Hand in der Luft herum, als wollte sie eine lästige Fliege verscheuchen. »Wenigstens musste ich mich nicht übergeben.«

Ich wollte gerade meinen PC starten und hielt in der Bewegung inne.

Sie runzelte die Stirn: »Oder doch?«

Ich zog die Nase kraus. »Nur zwei Mal. Davon einmal, bevor wir ins Taxi eingestiegen sind, und einmal danach. Gutes Timing hast du ja.«

Wider Willen musste sie lachen. »Was soll ich sagen? Ich bin eben ein Vollprofi.«

Ich schmunzelte und ließ meinen Blick zum Fenster schweifen, während der Computer hochfuhr. Wir hatten zwar nur ein Büro mit Blick Richtung Osten, also nicht zum Central Park, aber trotzdem faszinierte mich dieser Ausblick auf die Stadt jeden

Tag aufs Neue. Unten auf der Straße erklang eine Sirene, ein lang gezogenes Jaulen, das von einem schnelleren Stakkato-Ton abgelöst wurde und dann in ein rhythmisches Hupen überging. Feuerwehr. Oder Polizei. Typische Geräusche für New York City.

Ein glückliches Kribbeln breitete sich in meinem Bauch aus. Ich konnte immer noch nicht glauben, dass ich jetzt tatsächlich hier lebte. Und zwar für ein ganzes Jahr. In New York. Der aufregendsten Stadt der Welt.

Das Hochfahren des Computers dauerte ewig, vielleicht weil ein Update aufgespielt wurde. Dann konnte ich die Zeit auch anderweitig nutzen. Ich sah mich kurz um, und weil niemand hinter mir stand, zog ich meine To-do-Liste aus der Tasche und legte sie vor mir auf den Tisch.

Meine New-York-To-do-Liste.

Ich nahm einen Kugelschreiber in die Hand und ging die Liste noch mal durch. Nicht dass ich sie nicht ohnehin schon Wort für Wort auswendig gekannt hätte.

Meine New-York-To-do-Liste

- ☐ ~~Einen Job finden~~
- ☐ Eine Wohnung finden und umziehen
- ☐ Besichtigen (mindestens!): Empire State Building, Freiheitsstatue, Times Square, One World Trade Center und 9/11 Memorial, Brooklyn Bridge, Tiffany!
- ☐ Kaffee trinken im Central Park (dabei so tun, als wäre das das Normalste der Welt und nicht irre aufregend)
- ☐ Shopping: Macy's, Bloomingdale's, Saks
- ☐ Über die Brooklyn Bridge spazieren
- ☐ Mit der Staten-Island-Fähre fahren
- ☐ Cocktails auf der Dachterrasse einer Bar

- ☐ Schlittschuhlaufen am Rockefeller Center
- ☐ New York bei Schnee sehen
- ☐ In ein Broadway-Musical gehen
- ☐ Meinen Abschluss schaffen
- ☐ Mir überlegen, was ich mit meinem Leben nach dem Abschluss anfangen will

Ich liebe To-do-Listen. Ich *liebe* sie. Vielleicht könnte man sogar sagen, dass ich ein bisschen besessen von To-do-Listen bin. Ich finde sie wichtig, eigentlich lebensnotwendig. Wie sonst soll ich mir all die Sachen merken, die ich zu tun habe? Tausend Dinge würden in meinem Kopf herumschwirren, in einem Moment würde mir etwas siedend heiß einfallen, im nächsten wäre es mir schon wieder entfallen, und ich würde wissen, dass es da irgendetwas gab, ohne mich zu erinnern, was. Eine grauenhafte Vorstellung. Außerdem – was gab es Befriedigenderes, als eine Sache zu erledigen und sie dann auf der Liste dick durchzustreichen? Abgehakt, fertig, geschafft. Ein schönes Gefühl, oder?

Für meinen Aufenthalt in New York hatte ich selbstverständlich auch eine To-do-Liste. Meine Zeit hier war schließlich begrenzt, und ich wollte viel erleben und musste natürlich auch Notwendiges erledigen. Das Allerwichtigste hatte ich mit Isys Hilfe schon geschafft, nämlich, einen Job zu finden, der mir mein weiteres Leben in New York finanzierte.

Ich sah zu ihr rüber. Das Schicksal hatte es gut mit mir gemeint, als ich von Deutschland aus im Internet ausgerechnet das WG-Zimmer fand, das Isys Mitbewohnerin wegen eines Praktikums in Chicago für drei Monate vermieten wollte. Denn so hatte ich nicht nur Isy kennengelernt, sondern Isy hatte mir in null Komma nichts einen Job in der Kanzlei besorgt, in der sie auch arbeitete. So konnte ich Geld verdienen und nebenbei sogar noch meinen Lebenslauf aufpeppen.

Ich kaute auf meinem Stift herum und dachte nach. Ich musste wirklich, wirklich mit der Wohnungssuche anfangen. Oder im September ins Hotel ziehen, was ich mir nicht leisten konnte. Oder alternativ bei Isy auf dem Bettvorleger schlafen. Drei Wochen war ich schon hier, blieben also gerade mal knapp zehn Wochen, um in einer der teuersten Städte der Welt eine bezahlbare, gleichzeitig aber auch akzeptable Wohnung zu finden.

Ich beschloss, uns beiden an diesem anstrengenden Morgen erst einmal etwas Gutes zu tun, und ging rüber in die Büroküche, um uns einen Kaffee zu machen. Wir konnten ihn weiß Gott beide brauchen.

Als ich mit zwei bildschönen Latte Macchiato zurückkam, sah ich, dass sich Isy mit gerunzelter Stirn über meine To-do-Liste gebeugt hatte. Und die war eigentlich nicht für fremde Augen bestimmt.

Ich stellte die Gläser auf den Tisch und wollte die Liste wieder an mich nehmen, doch sie hatte sie sich schon geschnappt und drehte sich von mir weg, damit ich den Zettel nicht erwischen konnte.

»Was ist das?«

Mist. Ich hätte die Liste erstens nicht auf dem Tisch liegen lassen und zweitens auf Deutsch schreiben sollen. Aber irgendwie hatte es sich richtiger angefühlt, meine New-York-To-do-Liste auf Englisch zu schreiben. Ich versuchte noch einmal, danach zu greifen, aber Isy hielt sie außerhalb meiner Reichweite. Und Isy aufzuhalten war ungefähr so, als würde man versuchen, einen Sattelschlepper bei voller Fahrt mit bloßen Händen zu stoppen. Hoffnungslos.

Daher setzte ich mich wieder an meinen Platz ihr gegenüber und rührte nervös in meinem Glas, um den Schaum mit dem Kaffee und dem Honig zu vermischen, den ich immer in meinen Latte gab.

»Was zum Teufel ist das?«, fragte sie noch einmal und wedelte mit dem Blatt hin und her.

Ich merkte, wie ich rot wurde, und versteckte mein Gesicht hinter dem Bildschirm. Blöde Angewohnheit, dieses Rotwerden.

»Das sind die Dinge, die ich in meinem Jahr in New York erledigen und erleben möchte. Meine New-York-To-do-Liste«, antwortete ich.

Sie zog die Augenbrauen hoch.

»Ist das dein Ernst?«, fragte sie. »Besichtigungstouren? Kaffee trinken im Central Park? Shopping bei Bloomingdale's? Musicals? Schätzchen, das ist die langweiligste To-do-Liste, die ich in meinem Leben je gelesen habe.«

Ich beugte mich vor und versuchte noch mal, ihr die Liste aus der Hand zu nehmen, doch sie hatte sie schon gefaltet und in ihre Hosentasche gesteckt.

»Vergiss es.« Sie grinste und sah plötzlich sehr viel wacher aus. »Wenn ich mit dieser Liste fertig bin, dann ist das die beste New-York-To-do-Liste, die die Welt je gesehen hat. Und du wirst die Zeit deines Lebens haben, das schwöre ich.«

Mein Seufzen kam aus tiefster Seele. Ich hatte vage das Gefühl, dass ich mich fürchten sollte.

»Emma Meyer?« Eine der Sekretärinnen stand in der Tür des Großraumbüros und sah sich suchend um. »Anthony Collins möchte Sie sehen. Sofort.«

Im ersten Moment war ich geneigt, unter den Tisch zu kriechen und so zu tun, als wäre ich nicht da. Aber die Sekretärin – Cassie? Tracey? Stacey? – hatte mich schon entdeckt und machte eine Handbewegung, die wohl sagen sollte: »Warum bewegst du deinen Hintern nicht?«

Isy sah mich über den Schreibtisch hinweg mitleidig an und schob mir unauffällig ein Pfefferminzbonbon rüber. Meine Retterin. Wodka-Cranberry-Schrägstrich-Gin-Tonic-Atem kam bei einem Vorgesetzten morgens um 9.45 Uhr sicherlich nicht so gut an. Die Sekretärin wartete ungeduldig an der Tür, bis ich mir einen Block und einen Stift geschnappt und meinen Rock glatt gestrichen hatte.

Bislang hatte ich in der Kanzlei nur ein paar Rechercheaufträge ausgeführt, also nach Rechtsprechung zu anhängigen Klageverfahren gesucht und Akten zusammengestellt. Dass mich einer der Partner jetzt persönlich sprechen wollte, ließ meine Handflächen feucht werden. Hatte ich irgendeinen Fehler gemacht oder ein wichtiges Urteil übersehen? Und dann auch noch ausgerechnet heute. Es wäre untertrieben zu sagen, dass ich nicht gerade in Topform war.

Meine Ballerinas versanken in dem dicken dunkelblauen Teppich, als ich der Sekretärin den Flur hinunter folgte. Ich versuchte dabei vergeblich, nicht wie eine verschreckte Maus auszusehen. Alles bei Donovan & Thompson war teuer, edel, gediegen – und absolut angsteinflößend. Mir zumindest jagte die Kanzlei Angst ein. Ich hatte zu Hause in Deutschland während des Jura-Studiums ein paar Praktika gemacht, unter anderem in der Kanzlei meines Vaters, hatte aber noch nie als Anwältin gearbeitet. Meine Berufserfahrung war also fast null. Ebenso wie meine Kenntnisse des amerikanischen Rechtssystems. Mein Englisch war okay, allerdings natürlich nicht zu vergleichen mit dem Wortschatz und der Ausdrucksweise der Muttersprachler, von denen ich umgeben war. Ich fühlte mich nicht ausreichend vorbereitet für welche Aufgabe auch immer. Oder auf die Standpauke, die mich möglicherweise erwartete.

Die Tür des Partnerbüros stand offen. *Anthony W. Collins – Partner* stand auf dem Schild neben der Tür. Ich war noch nie in einem der Partnerbüros gewesen, und mir klopfte das Herz bis zum Hals. Ich sah an mir herunter. Ich hatte an diesem Morgen mein schwarzes Kostüm angezogen, eigentlich ein Outfit, in dem ich mich wenigstens annähernd so fühlte, als würde ich in eine New Yorker Großkanzlei gehören. Irgendwie. Aber natürlich hatte ich meinen Blazer über dem Stuhl hängen lassen. Prima. Jetzt wirkte ich in meinem schwarzen Rock und der weißen Bluse wie eine Kellnerin in einem spießigen Café. Eine Kellnerin mit Alkoholproblem. Ich zerbiss das Pfefferminzbonbon schnell mit den Zähnen und schluckte es hinunter.

Die Sekretärin klopfte kurz an den Türrahmen der offenen Tür: »Anthony? Emma Meyer für dich.«

Sie machte einen Schritt zur Seite, damit ich eintreten konnte.

Anthony Collins hatte – wie jeder der erfolgreichen und umsatzstarken Partner der Kanzlei – ein vollverglastes Eckbüro. Der Ausblick, der sich mir aus der bodentiefen Fensterfront bot, verschlug mir regelrecht die Sprache und ließ mich einen kurzen Moment meine Angst vergessen. Die Kanzlei lag am unteren Ende der 5th Avenue mit Büros im einundzwanzigsten bis fünfundzwanzigsten Stock, und so boten einige der Räume einen atemberaubenden Blick über den Central Park in Richtung Upper West Side und linker Hand nach Manhattan.

Anthony Collins stand mit dem Rücken zu mir am Fenster und telefonierte mit seinem Headset, eine Hand lässig in der Hosentasche seines dunkelblauen Anzugs, den er mit einem weißen Hemd, einem braunen Gürtel und braunen Schuhen kombiniert hatte. Mit der anderen Hand stützte er sich am Fensterrahmen ab. Sein Jackett hing über der Rückenlehne seines Ledersessels. So hatte ich freien Blick auf einen ziemlich sexy Knackarsch.

Moment. Waren mir gerade die Worte »sexy« und »Knackarsch« in Verbindung mit einem der Kanzleipartner durch den Kopf gegangen? Innerlich ohrfeigte ich mich. Zusammenreißen. Die Situation, in der ich mich befand, war schon schwierig genug, auch ohne dass ich bei solchen Gedanken ertappt wurde und womöglich wieder knallrot wurde.

Als er die Sekretärin hörte, drehte er sich um.

Himmel, von vorne sah er noch besser aus als von hinten. Anfang, Mitte dreißig. Kurze, fast schwarze Haare. Braune Augen. Lachfältchen. Schmale, aber schön geschwungene Lippen, gerade Nase, markantes Kinn. Er hätte die männliche Hauptrolle in einer amerikanischen Anwaltsserie besetzen können. Harvey Spector in *Suits*. Aber jünger.

Er nickte mir zu, zog kurz einen Mundwinkel in Andeutung eines Lächelns nach oben, was schon reichte, um meinen Herzschlag zu verdoppeln, und hob die Hand, um der Sekretärin anzudeuten, dass sie gehen konnte.

»Christopher, kürzen wir das ab. Ich weiß, dass Ihnen mein Vorschlag nicht passt. Aber Sie bezahlen mich nicht dafür, dass ich Ihnen sage, was Sie hören wollen, sondern dafür, dass ich Ihnen die Wahrheit sage, auch wenn sie unbequem ist«, sagte er zu seinem Gesprächspartner am Telefon. »Ich habe jetzt einen Termin. Denken Sie darüber nach. Wir sehen uns morgen um eins.«

Er zog das Headset vom Ohr, warf es vor sich auf den Tisch und ließ sich schwungvoll auf den Ledersessel hinter seinem Schreibtisch fallen, was irgendwie jungenhaft wirkte und mich hätte schmunzeln lassen, wenn ich nicht so erstarrt gewesen wäre.

»Emma Meyer, richtig?«, fragte er mit Blick auf eine Mappe vor ihm auf dem Tisch, in der ich meine Bewerbungsunterlagen entdeckte, und bedeutete mir mit einer sparsamen Handbewegung, ebenfalls Platz zu nehmen.

Ohne eine Antwort abzuwarten, fuhr er fort: »Herzlich willkommen in der Kanzlei. Hatten Sie einen guten Start?«

Seine Stimme war tief und angenehm. Eine Stimme, der man

zuhörte und die Autorität ausstrahlte. Er war jemand, der nicht laut werden musste, damit man Respekt vor ihm hatte.

»Ähm«, begann ich. Hatte ich einen guten Start gehabt? Keine Ahnung, eigentlich kam ich nur jeden Tag, arbeitete meine Rechercheaufträge ab und ging dann wieder. Außer mit Isy und den anderen Studenten hatte ich noch mit niemandem großartig Kontakt gehabt. Was sollte ich also auf seine Frage antworten?

»Ja, ähm, eigentlich schon«, stammelte ich.

Sehr clevere Antwort, Emma, dachte ich sofort. Smart, witzig, eloquent. Ungefähr auf dem Niveau von ›*Ich habe eine Wassermelone getragen*‹. Ein wirklich beeindruckender Einstieg.

Er sagte einen Moment lang nichts, legte den Kopf etwas schief und sah mich erwartungsvoll an. Ich wurde prompt rot und wäre am liebsten im Boden versunken. Mit seinem Füller fuhr er sich nachdenklich über die Unterlippe und lächelte dann.

»Erzählen Sie mir doch ein bisschen was über sich«, sagte er aufmunternd.

Ich versuchte, mich so gut es ging zusammenzureißen. »Ich habe in Deutschland beide Staatsexamina in Jura gemacht, aber noch nie als Anwältin gearbeitet. Ich werde im August meinen Masterkurs an der New York University beginnen. Für mich ist es sehr aufregend, hier in New York zu sein und, natürlich, für eine bekannte Wirtschaftskanzlei wie Donovan & Thompson zu arbeiten.«

Ha! Nimm das, dachte ich zufrieden. Ich konnte doch reden wie ein normaler Mensch.

»Und Sie sind erst 26? Beeindruckend.«

Ich nickte, denn darauf, dass ich meine Ausbildung so schnell durchgezogen hatte, war ich stolz. »Ich bin eben ein kleiner Streber.«

Sein Lächeln vertiefte sich noch etwas mehr. »Ich mag zielstrebige Menschen.« Er warf einen Blick in die Akte. »In Ihrer Bewerbung habe ich gelesen, dass Sie amerikanische Staatsbürgerin sind, aber deutsche Eltern haben und in Deutschland aufgewachsen sind. Wie kommt's?«

Ich rutschte auf meinem Stuhl etwas nach vorne. »Das liegt daran, dass ich quasi zufällig in Boston geboren bin. Als meine Mutter mit mir schwanger war, haben meine Eltern eine Reise an die Ostküste gemacht. Aufgrund von Schwangerschaftskomplikationen musste meine Mutter ins Krankenhaus und durfte nicht mehr nach Hause fliegen. Meine Eltern sind sofort nach meiner Geburt wieder nach Deutschland zurückgekehrt, aber einen amerikanischen Pass habe ich durch die Geburt in den Staaten trotzdem.«

Und wie viel einfacher diese Tatsache meinen ganzen Aufenthalt in New York machte. Davon abgesehen, dass ich kein Studentenvisum brauchte, konnte ich auch ohne besondere Arbeitserlaubnis Geld verdienen.

Scheinbar zufrieden mit meinen Antworten und hoffentlich überzeugt davon, dass ich doch nicht völlig auf den Kopf gefallen war, klopfte Mr Collins sich kurz mit dem Stift auf die Lippen, bevor er mit dem Stuhl an den Tisch heranrückte und eine andere Akte in die Hand nahm.

»Ich habe eine Aufgabe für Sie. Einer meiner Mandanten möchte ein deutsches Unternehmen und deren Marken kaufen. Deutsche und europäische Marken. Sie sind doch sicher mit deutschem und europäischem Markenrecht vertraut, Emma?« Er zog fragend die Augenbrauen hoch.

Klar. Ungefähr so vertraut wie mit kernphysikalischer Messtechnik.

»Das war nicht Teil meines Studiums in Deutschland, aber ich bin mir sicher, dass ich mich einarbeiten kann.«

Er nickte und schob die Akte über den Tisch. Ich griff nervös danach, und unsere Finger berührten sich kurz. Schnell zog ich meine Hand zurück. Gleichzeitig schoss mir durch den Kopf, dass er keinen Ehering trug.

»Die Akte enthält eine Liste aller Marken der Gesellschaft, die unser Mandant erwerben möchte. Sie müssen prüfen …«

Er sprach weiter und weiter, und ich begann, hektisch alles mitzuschreiben, was er sagte. Ich verstand nur Bahnhof und hoffte, dass ich später – mit der Hilfe von Google, Wikipedia und Isy – herausfinden würde, was zum Teufel er von mir wollte.

»Alles klar?« Er sah mich wieder mit schräggelegtem Kopf an. Ein Lächeln umspielte seine Lippen, und seine Augen blitzten verdächtig. Er wusste, dass ich keinen blassen Schimmer hatte. Aber ich streckte meine Schultern und stand auf. Ich würde mir hier sicher keine Blöße geben. Musste ich eben später schauen, wie ich zurechtkam.

»Alles klar«, sagte ich und versuchte, ein Selbstbewusstsein auszustrahlen, das ich nicht im Entferntesten empfand. Und so zu tun, als wüsste ich, was ich tat.

Bevor ich die Tür erreicht hatte, war er schon wieder am Telefonieren.

Okay, keine Panik, keine Panik, dachte ich, als ich über den Flur zurück ins Trainee-Zimmer hetzte.

»Isy?« rief ich, kaum dass ich durch die Tür war.

Isy saß an ihrem Schreibtisch und lackierte sich die Fingernägel. Typisch für sie. Sie war einer dieser Menschen, die extrem schlau und dabei extrem locker waren und denen als Resultat scheinbar alles im Leben zuflog. Sie arbeitete fast nur für den Managing Partner. Da konnte man sich auch mal in Ruhe während der Arbeitszeit die Fingernägel lackieren. Während mir der Schweiß aus allen Poren rann.

»Herzchen«, sagte sie. »Du siehst aus, als hättest du einen Geist gesehen.«

»O Gott, ich muss Marken prüfen. Ich habe keine Ahnung, wie das geht!«

»Eine Marken-Due-Diligence?«, fragte sie und schnappte sich mit spitzen Fingern die Akte, um sich den Lack auf den Nägeln nicht zu ruinieren.

»Eine Marken-was-was?«

»Mar-ken-Due-Di-li-gence«, wiederholte sie langsam. »Eine Risikoprüfung. Der Mandant möchte ein Unternehmen kaufen, und wir sagen ihm, ob das eine gute Idee ist oder ob er besser die Finger davon lassen soll.«

»Ja, so ungefähr hat sich das angehört, was Mr Collins gesagt hat.«

»Wir prüfen zum Beispiel Arbeitsrecht, Steuerrecht und so weiter. Und du sollst eben einen kleinen Teil von dem Ganzen prüfen – die Marken des Unternehmens.«

Ich schien immer noch ratlos ausgesehen zu haben, denn sie sagte langsam: »Wenn du die Coca Cola Company aufkaufst und darfst danach aus irgendwelchen Gründen die Marke ›Coca Cola‹ für deine Getränke nicht benutzen, dann hast du für viel Geld nur eine süße braune Limo ohne Namen gekauft. Kapiert?«

Ich nickte. So halbwegs.

Eine E-Mail poppte in meinem Outlook-Account auf. Anthony Collins.

Können wir Ihre Ergebnisse morgen früh um 10 besprechen?

Scheiße.

Scheiße, Scheiße, Scheiße.

Wie sollte ich das bis morgen früh schaffen? Ich hatte ja noch nicht einmal eine Ahnung, was ich überhaupt tun sollte!

»Lass mich das mal anschauen«, sagte Isy und begann in der Akte zu blättern. Ich saß daneben und kaute auf meiner Unterlippe.

Das Vibrieren meines Handys riss mich aus meiner Schockstarre. Ich blickte auf das Display. O nein. Mein Vater. Der hatte mir gerade noch gefehlt. Ich überlegte kurz, den Anruf wegzudrücken, aber dann siegte wie üblich das schlechte Gewissen, und ich ging ran. Unwillkürlich setzte ich mich gerader hin, als ich seine Stimme hörte.

»Emma!«

»Hallo Papa.«

Unser Verhältnis hatte sich merklich um ein paar Grad abgekühlt, seitdem ich beschlossen hatte, in New York zu studieren. Denn mein Vater fand meine Idee, für ein Jahr ins Ausland zu gehen, nicht annähernd so berauschend wie ich. Wäre es nach ihm gegangen, hätte ich direkt nach meinem Abschluss in seiner Kanzlei als Anwältin angefangen. Das war schließlich Sinn und Zweck meines Jurastudiums gewesen, oder? Ich sollte mit ihm arbeiten und dann irgendwann die Kanzlei übernehmen. So hatte er mich nur zähneknirschend ziehen lassen und unterstützte mich derzeit weder moralisch noch finanziell.

Er hielt sich wie üblich nicht groß mit Förmlichkeiten auf: »Ich wollte nur mal hören, ob du mittlerweile zur Besinnung gekommen bist und zu uns nach Hause zurückkommst.«

Susanne, die aktuelle – vierte – Ehefrau meines Vaters, war mehr als glücklich darüber, dass ein ganzer Ozean zwischen uns lag, das wusste ich. Wahrscheinlich hätte sie es am besten gefunden, wenn ich auf dem Mond studiert hätte. Oder besser noch in einer anderen Galaxie. Aber sie unterstützte meinen Vater natürlich voll und ganz in seiner Meinung, dass ich meine

Eskapaden, wie sie es nannten, selbst bezahlen sollte. So war ich bei der Verwirklichung meines Traumes auf mich allein gestellt. Glücklicherweise hatte ich durch einige Semesterferienjobs in Deutschland Geld zur Seite gelegt. Und ich hatte die Erbschaft meiner Mutter, die gestorben war, als ich fünf war. Zusammen mit dem Job bei Donovan & Thompson würde es reichen, um die Miete und mein Leben bezahlen zu können. Auch ohne die Hilfe meines Vaters.

Ich begann, an meinem rechten Daumennagel herumzukauen. »Es hat sich nichts geändert. Ich werde nächstes Jahr bei dir anfangen, so wie besprochen. Aber mir ist es wirklich wichtig, einmal für eine Zeitlang im Ausland zu leben, richtig gut Englisch zu lernen, einen ausländischen Abschluss zu machen …« Weg von zu Hause zu sein. Aber das sagte ich lieber nicht laut.

»Jaja«, unterbrach mich mein Vater. »Wen interessiert schon dein Englisch oder dein hochtrabender amerikanischer Abschluss, wenn du in meiner Kanzlei im deutschen Familienrecht arbeiten wirst?«

Ich wollte etwas erwidern, aber er ließ mich nicht zu Wort kommen. »Der Grund meines Anrufs ist der: Frau Kübler hat gestern ihre Kündigung eingereicht, und jetzt muss ich ihre Stelle neu besetzen. Es ist doch Unsinn, für die Zwischenzeit jemanden einzustellen. Da wäre es doch besser, wenn du einfach nach Hause kommst. Ich zahle dir das Rückflugticket und alle Ausgaben, die du bisher hattest. Bei mir kannst du mehr lernen als im Ausland, dich persönlich und fachlich weiterentwickeln. Du kannst auch nebenbei deinen Doktor machen …« Ich wusste, was nun folgen würde, und wappnete mich für sein ultimatives Argument. Und richtig, es kam prompt: »Meinst du nicht, dass du das deiner Familie schuldig bist, Emma? Die Kanzlei besteht bereits seit über siebzig Jahren und dein Großvater …«

Ich war vom Knabbern am Daumennagel zum Abknibbeln der Nagelhaut übergegangen und versuchte gleichzeitig, die Stimme meines Vaters so gut es ging auszublenden. Ihm zuzuhören hätte bedeutet, dass mein Kopf explodiert wäre. Als mein Daumen anfing zu bluten, unterbrach ich ihn: »Das weiß ich doch alles. Ich werde ja auch zurückkommen. Ich werde in der Kanzlei anfangen. Aber bitte gönn mir doch bis dahin meine Zeit in New York. Es sind doch nur zwölf Monate!« Ich drückte zwei Finger auf die Stelle zwischen den Augen und sagte: »Ich kann jetzt nicht mehr weitersprechen. Die Arbeit ruft.«

Einen Moment sagte er nichts, und ich wusste, dass er darüber nachdachte, ob er das Thema fallen lassen oder weiterbohren sollte. Ich blickte aus dem Fenster in den stahlblauen New Yorker Sommerhimmel und nahm ihm die Entscheidung ab: »Ich muss weitermachen. Mach's gut, Papa.«

Ich beendete das Gespräch und versuchte zu ignorieren, dass er mich noch nicht einmal danach gefragt hatte, wie es mir ging. Ist alles in Ordnung, Emma? Wie ist die Wohnung? Hast du schon Freunde gefunden? Fehlanzeige.

Isy hatte von ihrer Akte aufgeblickt. »Probleme?«

»Mein das Bestimmen und Befehlen gewohnter Vater kann einfach nicht akzeptieren, dass ich mich entschieden habe, für ein Jahr ins Ausland zu gehen, statt in seiner Kanzlei reiche Frankfurter Banker bei ihren hässlichen, aber lukrativen Scheidungsschlachten zu vertreten.«

Ich massierte kurz meine Schläfen und seufzte. Ich hatte jetzt wirklich andere Probleme als meinen Vater.

»Was muss ich für Anthony Collins machen?«

»Ich habe mir das mal kurz angeschaut – keine Panik«, sagte Isy und legte mir eine Hand auf den Arm. »Es ist nicht so schwer. Die Markenauszüge sind alle auf Deutsch, sonst würde ich dir helfen. Aber es wäre doch gelacht, wenn ich nicht irgendwo eine gute Vorlage für dich auftreiben könnte.«

»Mr Collins möchte die ersten Ergebnisse schon morgen früh haben.«

Sie ließ die Blätter noch einmal durch ihre Finger gleiten und zuckte mit den Schultern. »Schätzchen, das ist ein Haufen Arbeit. Du solltest dich besser ranhalten.«

Das tat ich. Ich las und recherchierte und tippte und diktierte, bis ich um 1.30 Uhr nachts eine Liste zusammengestellt hatte, die ich Anthony Collins halbwegs guten Gewissens präsentieren konnte. So lange hatte ich noch nie gearbeitet, noch nicht einmal in der unmittelbaren Examensvorbereitung zu Hause. Erschöpft stellte ich das Diktiergerät ab, streckte mich ausgiebig und wartete, bis mein Bericht elektronisch ins Sekretariat übertragen worden war. Morgen früh konnte die Sekretärin, die schon um 8 Uhr anfing, das Memo tippen. Wenn ich um 9 Uhr kam, brauchte ich den Bericht nur noch einmal durchzulesen und war dann um 10 Uhr gut vorbereitet für die Besprechung. Hoffentlich.

Als ich über den halbdunklen Flur zu den Aufzügen ging, sah ich am anderen Ende des Gangs noch Licht. Anthony Collins schien ebenfalls noch zu arbeiten. War ja letztlich auch nur fair, wenn ich mir hier seinetwegen die Nacht um die Ohren schlagen musste.

Ich drückte auf den Fahrstuhlknopf. Während ich auf den Aufzug wartete, trat Mr Collins aus seinem Zimmer und kam auf mich zu, die Hände in den Hosentaschen. Oje, hoffentlich wollte er mich jetzt nicht noch in ein fachliches Gespräch verwickeln. Mein Gehirn war schon im Standby-Modus.

»Sie sind ja noch da?«, fragte er und blieb neben mir stehen. Er war etwas größer als ich, und ich war mir seiner Nähe allein im schwach beleuchteten Flur merkwürdig bewusst.

»Ähm, ja, es war doch recht viel Arbeit.«

Wo kam nur dieses ›Ähm‹ andauernd her? Wenn ich Anthony Collins gegenüberstand, begann ich scheinbar jeden Satz mit einem Stottern. Ich versuchte, mich trotz meiner Verunsicherung und meiner Müdigkeit zusammenzureißen: »Aber Sie hatten ja auch offenbar noch zu tun?«

»Ich wollte gerade gehen«, antwortete er. »Ich bringe Sie zum Taxi. Alleine sollten Sie um diese Zeit hier nicht mehr herumlaufen. Wir sind in New York.«

Ich wartete mit klopfendem Herzen am Fahrstuhl, während er seine Jacke holte. Er ließ mir höflich den Vortritt, als sich die Tür öffnete. Schweigend fuhren wir nach unten. Ich warf einen verstohlenen Blick in den Spiegel an der Rückwand des Aufzugs. Meine Güte, sah ich übel aus. Zum Kater-Look von heute Morgen waren nun auch noch trockene Haut von der klimatisierten Büroluft und rote Augen vom stundenlangen Starren auf den Bildschirm gekommen. Aus meinem Dutt hatten sich mehrere Strähnen gelöst. Ich konnte nicht widerstehen und zog den Haargummi heraus, schüttelte meine Haare kurz und band sie wieder ordentlicher zusammen. Na ja, das machte das Gesamterscheinungsbild nicht wirklich besser.

Anthony Collins lehnte mit der Schulter an der Wand des Aufzuges und beobachtete mich amüsiert. »Nicht ganz so glamourös, wie man es sich vorstellt, das Arbeiten in einer Großkanzlei, oder?«

Bevor ich antworten konnte, öffnete sich die Aufzugtür. Die Lobby war menschenleer, nur der Portier saß hinter dem Empfangstresen und spielte mit seinem Smartphone. Er blickte auf, als wir an ihm vorbeiliefen. »Gute Nacht, Mr Collins. Kommen Sie gut nach Hause.«

»Danke. Gute Nacht, Peter«, erwiderte Mr Collins und hielt mir die Tür auf.

Draußen war es frischer, als ich es in einer Juninacht vermutet hätte, aber ich war ja auch den ganzen Tag nicht vor die Tür gekommen und hatte mich nur von Kaffee, Aspirin und Bagels ernährt. Mein Kreislauf hatte schon mal bessere Zeiten erlebt. Ich schlang unwillkürlich die Arme um meinen Körper. Ich hätte morgens eine richtige Jacke mitnehmen sollen, aber da hatte ich noch nicht geahnt, dass ich erst mitten in der Nacht aus dem Büro kommen würde.

Mr Collins sah mich von der Seite an. »Kalt?«

»Ein wenig«, gab ich zu.

»Hier, nehmen Sie die.« Er zog seine Jacke aus und legte sie mir über die Schultern. Mein Herz setzte drei Schläge aus, nur um dann doppelt so schnell weiterzupochen. Die Jacke war warm von seinem Körper und roch nach teurem Rasierwasser. Gut, dass er in der Dunkelheit nicht sehen konnte, wie ich schon wieder rot wurde. Kalt war mir plötzlich nicht mehr, und das lag nicht an der Jacke. Krampfhaft überlegte ich, worüber ich mit ihm sprechen konnte. Mein Gehirn war wie leer gefegt, und ich kam mir seltsam ungeschickt neben ihm vor. Müde und ausgelaugt und unattraktiv noch dazu.

»Arbeiten Sie immer so lange?«

Er lachte. »Nicht, wenn ich es vermeiden kann, aber im Moment arbeiten wir an einer Transaktion, die recht aufwendig ist. Da kann es schon mal spät werden.«

Er sah auf die Uhr. »Oder früh, wie man es nimmt. Lassen Sie sich vom Taxifahrer eine Quittung geben. Das zahlt der Mandant. Wo wohnen Sie?«

»West Village. Und Sie?«

»Brooklyn.« Dann hatte er eine noch längere Fahrt vor sich als ich.

»Nehmen Sie sich auch ein Taxi?«

»Ich habe einen Fahrer.«

Er hatte einen Fahrer. Natürlich hatte er einen Fahrer. Ich Dummerchen. Beinahe hätte ich gelacht.

Als könnte er meine Gedanken lesen, sagte er: »Es ist nicht mein persönlicher Fahrer. Die Kanzlei stellt den Partnern Chauffeure zur Verfügung, für den Fall, dass es mal spät wird, oder für Mandantentermine.«

Er machte einen Schritt auf die Straße und hob den Arm. Sofort scherte ein freies Taxi aus und hielt auf unserer Höhe an. Er öffnete die Tür, beugte sich nach innen und sagte: »Guten Abend. Bitte fahren Sie die Dame ins West Village …« Er sah mich fragend an.

»MacDougal Street am Washington Square Park«, sagte ich.

Er wiederholte die Straße für den Fahrer und hielt mir dann die Tür auf. Ich versuchte, so elegant wie möglich einzusteigen, blieb aber mit dem Fuß am Türrahmen hängen und plumpste auf den Rücksitz. Mist.

»Bis morgen, Mr Collins.«

»Anthony. Keiner der Kollegen nennt mich Mr Collins.«

»Bis morgen … Anthony«, wiederholte ich.

»Emma?«, sagte er, als ich mich gerade anschnallen wollte.

Mir gefiel, wie er meinen Namen aussprach. Ich konnte nicht verhindern, dass sich ein schüchternes Lächeln auf meinem Gesicht ausbreitete.

»Ja?«

Er beugte sich zu mir herunter. »Du hast noch meine Jacke an.«

Oh. Natürlich.

»Entschuldigung.«

Ich schüttelte seine Jacke ab und reichte sie ihm aus dem Wagen.

Er lächelte. »Nachdem wir heute beide so einen langen Tag hatten, wie wäre es, wenn wir morgen deine Ergebnisse bei einem Kaffee besprechen? Es gibt an der Kreuzung Madison und 102nd East einen kleinen Coffee-Shop. Um zehn?«

Ich überlegte kurz, ob ich das schaffen konnte, wenn ich früh genug im Büro war und den Bericht überarbeitete. Und dann brauchte ich einen Moment, um meine Stimme wiederzufinden.

»Gute Idee.« Ich schaffte es, sein Lächeln zu erwidern und fügte hinzu: »Um zehn dann.«

Er schlug die Tür zu und klopfte zweimal auf das Wagendach.

Ich musste mich sehr, sehr zusammenreißen, mich nicht umzudrehen, um zu sehen, ob er mir nachblickte.

Trotz bleierner Müdigkeit machte ich in dieser Nacht kaum ein Auge zu. Tausend Dinge gingen mir durch den Kopf. War es in Amerika normal, dass man mit Kollegen frühstücken ging? Ich hatte keine Ahnung. Bislang hatte ich immer gedacht, dass man als Mann in den USA schon ein Verfahren wegen sexueller Belästigung befürchten musste, wenn man eine Kollegin zu freundlich anlächelte. Aber frühstücken mit Kollegen war vielleicht ganz üblich? Bisher war ich ja auch mit einigen Kollegen Mittag essen gegangen. Aber das waren nur Studenten gewesen.

Und Anthony hatte mir das Du angeboten. Irgendwie schmeichelte mir das. Obwohl ich natürlich wusste, dass es absolut üblich war, sich in amerikanischen Kanzleien quasi vom ersten Moment an zu duzen. Anders als in Deutschland, wo man sich manchmal auch nach jahrelanger Zusammenarbeit noch siezte und auf die Hierarchien zwischen Partnern, Anwälten und Büromitarbeitern viel mehr Wert gelegt wurde.

Isy konnte ich nicht fragen. Die war nämlich um 3 Uhr immer noch nicht von ihrem erneuten nächtlichen Trip durch die New Yorker Bars zurückgekehrt. Die Glückliche hatte morgen einen freien Tag und konnte ausschlafen. Also drehte sich mein Gedankenkarussell alleine weiter.

Anthony hatte genau genommen auch nicht »frühstücken« gesagt, sondern »Kaffee«. Das war irgendwie unverbindlicher. Aber für mich ehrlich gesagt nicht weniger aufregend. Denn er war ja nicht irgendein Kollege. Er war mein Chef. Er war einer der erfolgreichsten Jungpartner von Donovan & Thompson, so viel hatte ich mittlerweile mitbekommen. Und ich war studentische Mitarbeiterin. Ein kleines Würstchen.

Die ganze Situation wurde nicht gerade dadurch erleichtert, dass er so gutaussehend war. Unglaublich gutaussehend sogar. Und dass mein Herz unwillkürlich ein bisschen schneller pochte, wenn ich an ihn dachte. So was war mir wirklich noch nie passiert. Meinen Exfreund Jan hatte ich schon lange gekannt, bevor bei mir irgendein Kribbeln entstanden war, und es hatte einige Zeit gedauert, bis wir zusammengekommen waren. Von Blitzeinschlag keine Spur. Bei Anthony fühlte sich das beängstigenderweise ganz anders an. Was sollte ich mit diesem merkwürdigen, verwirrenden Gefühl nur anfangen?

Andererseits, grübelte ich, als der Wecker 3.30 Uhr anzeigte, wenn er alt und hässlich gewesen wäre, hätte ich mir nicht so viele Gedanken gemacht, hätte bei einem Kaffee meinen Bericht besprochen, und das wäre das Ende der Geschichte gewesen. Keine schlaflose Nacht deswegen. Da hätte ich mir höchstens Sorgen darüber gemacht, ob ich in der Lage sein würde, meine Ergebnisse richtig und nachvollziehbar zu präsentieren. Statt mir Gedanken über braune Augen mit Lachfältchen und vorhandene oder nicht vorhandene Eheringe zu machen. Meine Prioritätensetzung ließ wirklich einige Rückschlüsse auf meine Professionalität zu.

Mit diesem Gedanken schlief ich endlich ein.

»Alles klar?« Anthony lächelte mich unverschämt frisch und scheinbar ausgeschlafen an, als ich am nächsten Morgen um kurz nach zehn das Café an der Madison Avenue betrat. Er faltete die *New York Times*, in der er gerade gelesen hatte, zusammen und legte sie auf den Tisch. Er trug diesmal einen dunkelgrauen Anzug, ein weißes Hemd und eine dunkelblaue Krawatte mit weißem Einstecktuch. Er sah aus, als wäre er gerade dem Titelbild eines edlen Männermagazins entstiegen.

Der Tisch, an dem er saß, stand in einer Ecke des winzigen und völlig überfüllten Cafés. Am Tresen hatte sich eine Schlange für Coffee to go gebildet. Ich schob mich an einem Mann vorbei, der am Nachbartisch saß und Donuts verdrückte, und setzte mich. Meine Füße berührten Anthonys unter dem kleinen Bistrotisch, und ich zog sie schnell wieder zurück. Verflixte Nervosität. Er saß völlig ruhig und gelassen da und beobachtete schmunzelnd, wie ich herumzappelte wie ein kleines Mädchen.

»Kaffee und Croissant?«, fragte er, als die Kellnerin an den Tisch kam. Ich nickte. »Für mich auch noch einen.«

Dann wandte er sich mir zu. »Danke für das Memo, das du mir gerade geschickt hast. Ich habe es schon überflogen«, sagte er.

Oje. Fand er es gut? War es brauchbar und so, wie er es sich vorgestellt hatte? Oder hatte ich was falsch gemacht oder ein deutsch-englisches Kauderwelsch fabriziert? Und warum, zur Hölle, sah er so frisch aus, obwohl er gestern auch nicht vor zwei ins Bett gekommen war und überarbeitet sein musste?

»Ich finde das Memo richtig gut. An der einen oder anderen Stelle muss es noch vertieft und vielleicht sprachlich etwas präzisiert werden, aber für einen ersten Entwurf, den du innerhalb nur eines Tages erarbeitet hast, wirklich gut.«

Meine Knie wurden weich vor Erleichterung. Gut, dass ich saß. Ich strahlte ihn an. Und er lächelte zurück. Ein Lächeln, das in seinen Augen anfing, dann seine Lachfältchen und seinen Mund erreichte.

Die Kellnerin kam und stellte zwei Kaffee und ein Croissant auf den Tisch, auf das ich plötzlich keinerlei Appetit mehr verspürte. In meinem Magen war etwas anderes los. Schmetterlinge, ohne Frage. Ich biss mir auf die Unterlippe und zwang mich, professionell zu bleiben und mich auf das zu konzentrieren, was er sagte. Er hatte einige Änderungs- und Ergänzungsvorschläge, die ich mir auf meinem Block notierte, damit ich sie später im Büro umsetzen konnte.

Als wir unseren Kaffee getrunken hatten und ich mein Croissant – halb – gegessen hatte, lehnte sich Anthony in seinem Stuhl zurück und betrachtete mich einen Moment lang schweigend. Dann sagte er, während er sich mit der Hand über seine frisch rasierten Wangen strich: »Wir arbeiten sicher noch einen Monat an diesem Projekt. Da die Zielgesellschaft deutsch ist, könnten wir deine Unterstützung bei der Transaktion gut gebrauchen. Wenn du möchtest, kannst du in meinem Team mitarbeiten, exklusiv nur für mich. Überleg es dir.«

Ich versuchte, mein Erstaunen und meine Aufregung nicht zu zeigen, aber ich war mir sicher, dass das nicht hundertprozentig gelang.

Für mich war es gar keine Frage, dass ich für ihn arbeiten wollte. Kurz bevor wir am Büro ankamen, sagte ich daher: »Danke für das Angebot – ich würde sehr gerne in deinem Team mitarbeiten.«

Exklusiv nur für dich, fügte eine kleine, unartige Stimme in meinem Kopf hinzu.

JULI

»Es wurde Zeit, dass du mal wieder unter normale Menschen kommst«, sagte Isy und schob sich ein Stück Lasagne in den Mund. »Wir sehen uns kaum, weil du nur noch im Büro bist! Und dann verbringst du ein ganzes Wochenende schlafend im Bett. Bald hast du auch so einen Kleiderbügel im Rücken wie diese ganzen Anwaltsspießer in der Kanzlei.«

Es stimmte natürlich. Die vergangenen Wochen hatte ich nichts gesehen außer das Büro und mein Bett. Nur aus diesem Grund war ich einverstanden gewesen, als sie mich gefragt – nein, mir befohlen – hatte, heute Abend mit ihr auszugehen.

»Kleiderbügel im Rücken wie diese ganzen Anwaltsspießer, ja?«, fragte ich und sah sie gespielt überrascht an. »Und warum genau studierst du noch mal Jura, Isy?«

»Na, um Anwältin zu werden, was denn sonst?«, antwortete sie und grinste. Ich grinste zurück und nahm einen Schluck von dem leckeren Rotwein.

Wir saßen in einem kleinen italienischen Restaurant in Greenwich Village und schlugen uns mit Essen à la Mama den Bauch voll. Isy war nicht zu stoppen gewesen und hatte uns von Vitello Tonnato und Bruschetta über Lasagne bis zu Tiramisu ein komplettes Wohlfühlmenü bestellt. Wir hatten schon die erste Flasche Rotwein vernichtet und lagen bei der zweiten bereits gut im Rennen. Ich musste zugeben, trotz meiner Müdigkeit fühlte ich mich so viel besser. Endlich mal den Kopf frei bekommen und über was anderes reden als über Bürokram.

»Weil du mich in den vergangenen Wochen so schändlich allein gelassen hast und ich im Moment keinen Typen am Start habe …«, begann sie und zog mit großer Geste meine To-do-Liste hervor.

O nein. Die hatte ich bei all dem Stress in den letzten Wochen fast vergessen.

Isy offensichtlich nicht, denn sie fuhr fort: »… habe ich mir ein paar Gedanken zu deiner To-do-Liste gemacht.«

Ich leerte mein Glas in einem Zug. So. Jetzt war ich bereit für das, was Isy zu sagen hatte. Quasi.

»Schätzchen«, sagte Isy mit strenger Stimme und sah mich an, als würde sie über den Rand einer nicht existierenden Brille schauen. »Diese Liste ist langweiliger als die Inventarliste, die ich mal bei einem Ferienjob im Bürobedarfsgeschäft meines Onkels Bob machen musste. Die muss ernsthaft aufgepeppt werden.«

Sie schob ihren Teller zurück, legte die Liste vor sich hin und zückte einen Stift. Eine Ecke des Papiers färbte sich von verschüttetem Wein rot. Isy wischte die Flüssigkeit mit dem Handrücken weg.

»Also: *Job finden* – ist erledigt. *Eine Wohnung finden* – traurig, aber wahr, du brauchst eine Wohnung. Wir sollten dringend damit anfangen, eine zu suchen. Du wirst dich wundern, wie schwer es ist, in New York ein brauchbares Zimmer und erträgliche Mitbewohner zu finden.«

Sie machte drei fette Ausrufezeichen hinter *Eine Wohnung finden*.

»Dann geht es weiter mit den Besichtigungen – geschenkt. Klar musst du dir das alles anschauen. Setz dich in einen Hop-on-hop-off-Bus, und erledigt ist der ganze Punkt an einem einzigen Tag. Zu *Tiffany* kann ich dir nur sagen: Den Laden solltest du nicht besichtigen. Was bringt das? Du solltest dir dort einen schönen, fetten Klunker von einem tollen Typen kaufen lassen.«

Da konnte ich nur trocken auflachen. »Du bist ja echt lustig. Du sagst doch immer: Verfügbare, gutaussehende und nette Männer sind in New York ebenso häufig zu finden wie bezahlbare Penthouse-Wohnungen auf der 5th Avenue.«

Isy seufzte. »Wohl wahr. Trotzdem. Du solltest deine Ziele hochstecken. Runterschrauben kann man seine Erwartungen immer noch.«

Sie machte einen fetten Strich durch *Shopping: Macy's, Bloomingdale's, Saks.*

»Das kannst du dir schenken, da wirst du sowieso irgendwann mal reingehen. Die echten New Yorkerinnen gehen zum Sample Sale im Fashion District. Designerklamotten um 90 Prozent reduziert! Was gibt es Besseres? Und du musst eine teure Shopping-Sünde begehen. Danach bist du eine echte New Yorkerin.«

Sie kaute kurz auf dem Stift herum und sagte dann: »Ich ergänze noch einen Punkt: *Von einem New Yorker für eine New Yorkerin gehalten werden.*«

Sie schrieb es auf den Zettel.

»Ich habe noch was: *Einen New Yorker küssen.* Auf der Brooklyn Bridge. Und der Staten-Island-Fähre. Auf der Dachterrasse einer Bar. Und beim Schlittschuhlaufen. Das ist doch so viel spannender, als sich den ganzen Kram nur anzuschauen.« Sie grinste mich zufrieden an. »Und natürlich: *Sex mit einem New Yorker haben.*«

Ich verdrehte die Augen, aber sie beachtete mich gar nicht.

»*New York bei Schnee sehen* befürworte ich. Das ist wirklich einmalig. Bis der Schnee schmilzt, dann wird es einfach nur eklig, aber was soll's.«

Isy nahm einen Schluck von ihrem Rotwein.

»*In ein Broadway-Musical gehen* kann nicht dein Ernst sein. Das ist so was von 90er und so was von uncool. Wir ersetzen das durch *Ein Event im Madison Square Garden* und … *In 50 verschiedene New Yorker Bars/Clubs gehen.*«

»Isy Summers!« Ich schnappte nach Luft. »Wenn ich mit der Liste fertig bin, bin ich ein gefallenes Mädchen und Alkoholikerin.«

Sie lachte. »Willkommen in New York. Willkommen in deinem neuen Leben!« Dann wurde sie wieder ernst. »*Kaffee im Central Park*?«

Ich fiel ihr ins Wort: »Kaffee im Central Park habe ich letztens in einer Büropause erledigt.«

Sie zog spöttisch eine Augenbraue hoch: »Ich bin so beeindruckt.«

Energisch strich sie den Punkt durch und dachte kurz nach.

»Einmal musst du in die Hamptons fahren. Das ist die ultimative Ferien-Location der schönen und reichen New Yorker direkt am Meer, und das gehört zur New-York-Experience dazu. Und zum Schluss: *Meinen LLM-Abschluss schaffen* – genehmigt. Der traurige Rest auch.«

»Ich war schon in mindestens zehn Bars mit dir«, sagte ich schwach. Sie korrigierte die Liste und schob sie dann mit ihren krakeligen Anmerkungen zu mir rüber. Übrig geblieben war:

- ☐ Eine Wohnung finden!!! und umziehen
- ☐ Sightseeing
- ☐ Fetter Klunker von Tiffany!
- ☐ Einen New Yorker küssen: auf der Brooklyn Bridge, auf der Staten-Island-Fähre, auf der Dachterrasse einer coolen Bar, beim Schlittschuhlaufen am Rockefeller Center
- ☐ Sample Sale im Fashion District und eine teure (!) Shopping-Sünde begehen

- ☐ Von einem New Yorker für eine New Yorkerin gehalten werden
- ☐ New York bei Schnee sehen
- ☐ Cocktails auf der Dachterrasse einer Bar
- ☐ Sex mit einem New Yorker!
- ☐ In ~~50~~ 40 verschiedene Bars/Clubs gehen
- ☐ Ein Event im Madison Square Garden
- ☐ Ein Wochenendtrip in die Hamptons
- ☐ Meinen LLM-Abschluss schaffen
- ☐ Mir überlegen, was ich mit meinem Leben nach dem Abschluss anfangen will

»Das ist ja alles supereinfach«, sagte ich halb spöttisch, halb verzweifelt. »Schreib doch gleich noch dazu: *Die große Liebe finden.* Das ist ja dann auch nur noch ein Klacks!«

»Hervorragende Idee!« Sie grinste und ergänzte prompt die Liste. »Und wenn du herausgefunden hast, was du mit deinem Leben nach dem Abschluss machen willst, sag mir Bescheid, ich habe nämlich auch noch keinen blassen Schimmer, was ich mit meinem anfangen soll.«

Nach dem Essen stießen ein paar Freunde von Isy zu uns, und wir zogen gemeinsam weiter. Die Gruppe war bunt gemischt. Es waren Jurastudenten dabei, andere studierten Kunst, Journalismus oder Sport. Was für ein Glück, dass ich ausgerechnet mit Isy zusammengezogen war! Ohne dass ich mich weiter anstrengen musste, hatte ich eine Freundin gefunden, die tausend Leute zu kennen schien und mich überallhin mitnahm. Wie schwierig es andernfalls sein musste, in einer riesigen Stadt wie New York neue Leute kennenzulernen. Da konnte man sehr schnell sehr einsam werden. Aber nicht mit Isy.

Ich schickte ein kleines »Danke« an meinen Glücksstern und hakte mich bei ihr unter, als wir lachend und schon nicht mehr ganz nüchtern das Restaurant verließen und am Straßenrand nach Taxis winkten, die uns zu einer Bar im East Village bringen sollten. Die beiden Journalismus-Studentinnen wollten unbedingt zu einem Poetry Slam für die Studenten und Mitarbeiter der Universität. Ich wusste, dass ein Poetry Slam ein Wettbewerb unter Dichtern und Hobby-Autoren war, die ihre selbst geschriebenen Texte vortrugen, war aber noch nie selbst bei einem gewesen. Offenbar sollte einer der Tutoren, die an der Universität Kurse gaben, dabei sein, ebenso wie einige Kommilitonen. Wobei relativ schnell klar wurde, dass es eher Ersterer war, der den weiblichen Teil unserer Gruppe in die Bar zog. Vor ein paar Wochen hätte ich vermutlich noch gedacht, dass man ja kaum auf einen Universitätstutor stehen konnte. Das war ja so, als ob man sich in der Schule in seinen Lehrer verknallte. Undenkbar.

Meine Gedanken schweiften zu Anthony, den ich auch viel zu gut fand, dafür, dass er mein Chef war. Daher sollte ich wohl nicht mit Steinen werfen.

Die Bar, in die wir um kurz vor elf einfielen, war eher ein großer Keller mit Bühne, auf der bei unserer Ankunft noch eine Band spielte. Wir quetschten uns an den letzten freien Tisch weiter hinten im Raum. Weil Isy mich zur Feier des Tages – wie sie sagte – zum Essen eingeladen hatte, bestand ich darauf, die Getränke für uns beide zu übernehmen. Ich zwängte mich zwischen den tanzenden Gästen zur Bar durch. Als ich mich endlich in die erste Reihe vorgekämpft hatte, war es so laut, dass ich mir kaum Gehör verschaffen konnte. Der Barkeeper schien mich nicht mal zu sehen, sondern zielstrebig die Gäste rechts und links von mir zu bedienen. Ich stellte mich auf die Zehenspitzen und hob zum wiederholten Mal die Hand, ohne Erfolg.

Als ich mich gerade zu fragen begann, ob ich vielleicht unsichtbar war, sagte eine Stimme hinter mir: »Du bist nicht aus New York, oder?«

Ich drehte mich um. Vor mir stand ein Mann, vielleicht Ende zwanzig, der ein ganzes Stück größer war als ich, so dass ich zu ihm hochblicken musste. Er war ziemlich fit, dem breiten Kreuz und den muskulösen Armen im New-York-University-Shirt nach zu urteilen. Und gutaussehend, wenn man auf den etwas jungenhaften, blonden, blauäugigen Typ stand, Kategorie Liam Hemsworth.

Aber was zum Teufel sollte seine Frage? War es so offensichtlich, dass ich nicht von hier war? Waren meine Klamotten aus der Mode? Waren meine Haare oder mein Make-up nicht schick genug? Woher wollte er wissen, dass ich keine New Yorkerin war?

»Wie kommst du darauf?«, fragte ich etwas schnippischer als notwendig, vielleicht, weil mir Isys neuer Punkt auf meiner To-do-Liste einfiel – *Von einem New Yorker für eine New Yorkerin gehalten werden*. Davon war ich ja offenbar noch meilenweit entfernt.

Er lachte. »So wie du hier anstehst, wirst du deine Bestellung bis Weihnachten nicht aufgegeben haben.« Ich musste ihn verblüfft angeschaut haben, denn er ergänzte: »Wenn du was bestellen willst, musst du ein bisschen aktiver werden, sonst sieht dich der Barkeeper nie. New Yorkerinnen sind meist nicht so zurückhaltend wie du.«

Er stützte sich mit der rechten Hand neben mir auf der Bar ab und beugte sich über mich. Zu viel Nähe, mein Freund, dachte ich und versuchte zurückzuweichen, was aber angesichts des Gedränges an der Bar unmöglich war. Wirkte diese Masche etwa bei anderen Frauen?

»Hey!«, rief er dem Barkeeper zu, und als der nicht sofort reagierte, lauter: »Hey, Chris!«

Zu meiner Verärgerung drehte der Gerufene sich in der Tat sofort zu ihm um.

»Wir hätten gerne ein Bier und ...« Er sah mich mit hochgezogenen Augenbrauen fragend an. Ich schluckte meinen Ärger hinunter. Ich war nicht wirklich in der Position, jetzt die Diva herauszukehren.

»Zwei Weißwein.«

Der Barkeeper nickte, und innerhalb von dreißig Sekunden hatten wir unsere Getränke vor uns stehen. Als ich meinen Zwanzigdollarschein auf die Theke legen wollte, winkte mein neuer Bekannter ab und sagte: »Geht auf mich.«

Ich wollte protestieren, doch er steckte schon das Wechselgeld ein und hielt mir dann die Hand hin: »Ich bin Nick.« Und fügte hinzu: »Fraser McGowan.«

Da er uns eingeladen hatte, musste ich wohl oder übel zumindest freundlich zu ihm sein und ergriff seine Hand.

»Ich bin Emma. Emma Meyer.«

»Aus Deutschland?«, fragte er.

»Hmm«, machte ich.

»Hört man am Akzent.« Er prostete mir zu, indem er die Flasche leicht hob, und trank einen Schluck.

Na super. Offenbar sah man mir nicht nur an, dass ich nicht aus New York war, sondern ich hatte auch noch einen unüberhörbaren deutschen Akzent. Herzlichen Glückwunsch, Emma. Willkommen in der großen, weiten Welt.

»Sitzt ihr da drüben?« Er nickte in die Richtung unseres Tisches.

O nein, wollte er jetzt auch noch mitkommen? Aber es blieb mir nicht viel anderes übrig, als zu nicken, denn Isy und die anderen Mädels winkten uns gut gelaunt zu. Nick hob die Hand und grüßte zurück.

»Das sind einige meiner Studenten«, sagte er. »Gehen wir rüber?«

Ich verdrehte schicksalsergeben die Augen und folgte ihm.

Wie sich herausstellte, war Nick Journalist und arbeitete für die Sportredaktion der *New York Times,* hauptsächlich für das Online-Magazin. Er schrieb vor allem über Basketball, American Football und Eishockey und hatte einen eigenen und – wie mir eine von Isys Freundinnen begeistert erzählte – offenbar sehr bekannten und erfolgreichen Fitness- und Ernährungsblog. An der Universität unterrichtete er einige journalistische Fächer. Und an diesem Abend würde er beim Poetry Slam auftreten. Also war er der »superheiße« Universitätstutor, wegen dem die Studentinnen unbedingt in diese Bar hatten gehen wollen.

Ich musste zugeben, dass meine spontane Antipathie ihm gegenüber ohne Zweifel daher kam, dass er mir sofort auf den Kopf zugesagt hatte, dass ich keine New Yorkerin war. Außerdem erkannte ich einen Frauenhelden, wenn ich ihn vor mir hatte. Gegen diesen Typ Mann war ich allergisch. Seit … seit immer schon eigentlich, aber spätestens seit meinem Exfreund Jan. Und dieses Exemplar hier wusste ziemlich genau, wie gut er aussah und wie gut er bei den Frauen ankam. Die Mädels am Tisch, vor allem seine Studentinnen, hingen förmlich an seinen Lippen. Mit filmreifen Augenaufschlägen und Kichern bei jedem seiner Scherze. Selbst Isy schien hin und weg von ihm zu sein. Sie war im vollen Flirt-Modus.

Nun ja. Alles Geschmacksache. Wenn ich die Wahl gehabt hätte, hätte ich mich jederzeit gegen einen selbstverliebten Playboy und für einen attraktiven Partner in einer New Yorker Großkanzlei entschieden.

Gerade als meine Gedanken in diese Richtung abschweiften, wandte sich Nick mir zu: »So, Emma aus Deutschland, was führt dich nach New York?«

Ich wollte mich nicht wirklich mit ihm unterhalten, aber auch der Rest des Tisches sah mich plötzlich erwartungsvoll an.

Also sagte ich: »Ich werde ab August an der NYU meinen

Master in Jura machen. Ich bin schon jetzt hierhergezogen, um Geld zu verdienen und die Stadt kennenzulernen. Und um Freunde zu finden.« Ich zwinkerte Isy zu.

»Wir wohnen derzeit zusammen«, erklärte sie. »Leider nicht mehr lange.«

»Warum das?«, fragte Nick.

»Sie wohnt nur für drei Monate bei mir«, antwortete Isy. »Meine Mitbewohnerin macht ein Praktikum in Chicago, und für diese Zeit ist Emma in ihr freies Zimmer eingezogen.«

»Ende August muss ich allerdings ausziehen«, ergänzte ich.

Urgh. Es vor Dritten auszusprechen, machte es irgendwie noch realer und bedrohlicher.

»Und hast du schon was Neues?«, fragte Nick.

Ich schüttelte den Kopf.

»Und was ist deine finanzielle Grenze für die Miete?«

Das fand ich eine etwas persönliche Frage, aber Isy antwortete für mich: »Bei uns zahlt sie 1.500 Dollar.«

Nachdenklich betrachtete Nick mich einen Moment lang und trank den letzten Schluck aus seiner Flasche. Dann stellte er sie ab, zog einen Stift aus der Hosentasche und kritzelte etwas auf eine Serviette.

»Mein Mitbewohner zieht im August aus. Sein Zimmer ist noch nicht vergeben. Die Wohnung ist im West Village, sogar in der Nähe der Jura-Fakultät. Zwei Zimmer, Küche, Bad, kleine Dachterrasse. Ruf an, wenn du sie dir anschauen willst.«

Er schob mir seine Telefonnummer über den Tisch zu und stand auf. »Bis später«, sagte er und zwinkerte mir zu.

»Viel Erfolg«, rief Isy ihm hinterher.

Richtig, der Poetry Slam. Da war ich jetzt aber gespannt, wie der Angeber sich dabei anstellte.

»Der findet dich gut«, stellte Isy fest und zog gespielt beleidigt einen Schmollmund, während wir beide auf Nicks breiten Rücken starrten, als er sich durch die Menge in Richtung Bühne bewegte.

»Gott bewahre, nie und nimmer«, sagte ich und riss meinen Blick los. »Der flirtet doch mit jeder. So unsympathische Aufreißertypen kenne ich.«

Isy sah mich ungläubig an. »Spinnst du? Er war doch supernett. Und hast du keine Augen im Kopf? Er ist absolut heiß!« Dann jammerte sie: »Oh, Em, ich hasse dich, warum steht er auf dich und nicht auf mich? Er hat dir sogar seine Telefonnummer gegeben und dir angeboten, bei ihm einzuziehen. Ich drehe durch!«

Ich stand auf, um uns eine zweite Runde an der Bar zu holen. Wäre doch gelacht, wenn ich dazu nicht auch alleine in der Lage wäre.

»Glaub mir, der steht ganz sicher nicht auf mich. Und ich habe auch kein Interesse. Du kannst ihn gerne haben«, sagte ich und drückte ihr die Serviette mit der Telefonnummer in die Hand.

Die meisten Teilnehmer des Poetry Slams waren aufgeregt und zappelten nervös auf der Bühne herum. Es waren ein paar gute, aber auch einige eher schlechte Poeten dabei. Wir klatschten und jubelten natürlich für alle. Sich auf eine Bühne zu stellen und einen selbst geschriebenen Text vorzutragen – das musste man sich erst mal trauen, und allein das verdiente unseren Applaus.

Nick hatte eine sehr coole und schlichte Art vorzutragen. Er nahm die Sache vielleicht etwas weniger ernst als die anderen Teilnehmer. Oder er hatte einfach mehr Selbstbewusstsein. Oder beides.

Das Thema des Abends war »Lovesick«, also »Liebeskrank«. Wie passend, denn die Frauen im Raum, und vor allem an unserem Tisch, himmelten ihn an, während er ein – das musste sogar ich zugeben – wirklich ganz wunderbares und gefühlvolles Gedicht vortrug. Man merkte, dass Sprache als Journalist sein tägliches Handwerkszeug war, und ich konnte mir durchaus vorstellen, dass er in seinem Job sehr, sehr gut war.

Auch Isy war hin und weg. Ich stieß ihr scherzhaft den Ellenbogen in die Seite, als Nick zum Ende seines Vortrags kam: »Erde an Isy!«

Sie schien mich kaum zu hören, und ich verdrehte die Augen. »Jetzt reiß dich doch bitte mal ein bisschen zusammen. Du bist ja wie hypnotisiert.«

Sie revanchierte sich ihrerseits mit einem Ellbogenstoß. »Er schaut dich an.«

Ich sah hoch. Nick trug gerade seine letzten Zeilen vor. Und sah mich dabei wirklich geradewegs an. Seine Augen fixierten mich förmlich über die Menge hinweg, als wäre niemand außer uns beiden in der Bar. Ich spürte, wie eine merkwürdige Hitze meinen Nacken hochkroch, konnte aber nicht wegsehen.

»… ist auch egal, ich schweife hier vom Thema ab,
darum nur kurz und knapp:

Für mich gibt es nur die Eine.
Ich will dich oder keine.«

Ein paar Leute drehten sich zu mir um und pfiffen. Prompt wurde ich rot und wusste nicht mal, warum. Immer mehr Leute sahen mich an, und dann fingen alle an zu klatschen und zu johlen.

»Aber er steht nicht auf dich, ja?« spöttelte Isy.

O Gott, wo war das Loch, in dem ich verschwinden konnte? Die ganze Bar applaudierte und jubelte jetzt, und Nick verbeugte sich kurz und winkte in die Menge.

Was für ein Kotzbrocken, dachte ich plötzlich wütend. Was für eine Show der hier abzieht.

»Komm, lass uns gehen. Ich bin müde«, sagte ich und stand auf. Keinesfalls wollte ich noch bis zur Abstimmung warten. Es war ohnehin mehr als klar, wer gewonnen hatte. Die Menge tobte ja jetzt schon.

»Hier, vergiss seine Telefonnummer nicht«, sagte Isy und schob mir die Serviette hin.

»Als wenn ich den anrufen würde. Und wenn es die letzte Wohnung in New York wäre, würde ich da nicht einziehen.«

Insgesamt arbeiteten fünf Anwälte unterschiedlichen Alters in Anthonys Team. Zwei jüngere und einer der älteren Kollegen wurden mindestens 16 Stunden am Tag ausschließlich für die Transaktion eingesetzt. Als einzige Deutschsprachige wurde ich mir nichts, dir nichts zur Hauptanlaufstelle für alle Fragen des deutschen Rechts und wenn es um Dokumente in deutscher Sprache ging. Hinzu kam, dass die Gegenseite, also die Verkäufer des Unternehmens, von einer deutschen Kanzlei vertreten wurden. Ich war daher von Anfang an in das Projekt integriert und konnte mich auch den teilweise unmenschlichen Arbeitszeiten nicht entziehen. Ich wollte die Kollegen abends auch nicht alleine im Büro sitzen lassen und nach Hause gehen. Außerdem wurde ich nach Stunden bezahlt, und das zusätzliche Geld kam mir sehr gelegen.

So ging ich weiterhin jeden Morgen um neun ins Büro und verließ es nicht vor Mitternacht. Es war zwar anstrengend, aber irgendwie auch perfekt. Mit Anthony zu arbeiten war perfekt. Nicht nur, weil ich ihn jeden Tag sah, obwohl das allein schon ein Grund für mich gewesen wäre, meine Tage und Nächte in der Kanzlei zu verbringen, wie ich mir bald eingestehen musste. Einen Mann wie ihn hatte ich noch nie kennengelernt. Und er war mit Abstand der überzeugendste und charismatischste Anwalt, den ich mir vorstellen konnte. Er war cool, eloquent, wurde nie laut und strahlte trotzdem eine natürliche Autorität aus. Er arbeitete konzentriert, war hellwach und hatte ein unglaubliches Fachwissen. Gleichzeitig war er immer zu einem Scherz aufgelegt, auch wenn es stressig wurde. Oder es zwei Uhr nachts war. Sein Team liebte ihn. Die gegnerischen Anwälte wickelte er um den Finger, ohne dass sie es merkten, und er setzte so die Interessen unserer Mandanten problemlos durch. Er war ein Alphatier durch und durch, und unsere tägliche Zusammenarbeit bewirkte nur, dass ich ihn mehr und mehr bewunderte.

Isy zog mich zwischenzeitlich auf, weil ich so viel arbeitete wie die fest angestellten Anwälte, und nannte mich eine kleine Streberin. Wahrscheinlich hatte sie sogar Recht. In der Schule war ich auch immer »Die Streberin« gewesen. Aber zu meiner Verteidigung muss ich sagen: Wenn man einen Vater wie den meinen im Nacken sitzen hatte, dann blieb einem halt auch nicht viel anderes übrig, als konstant Einsen und Zweien nach Hause zu bringen.

Gut, ich hatte zugegebenermaßen eine Vier.

In Mathe. Immer.

Aber hey – kein Mensch ist perfekt. Und glücklicherweise brauchte man für Jura ja auch kein Mathe.

»Bist du dir sicher, dass du dich da nicht verrechnet hast?« Anthony sah mich mit hochgezogenen Augenbrauen an.

War ich mir sicher, dass ich mich nicht verrechnet hatte? Äh, nein?

Es war Freitagnachmittag, 16 Uhr, und ich stand in Anthonys Büro am Flipchart und rechnete ihm und Chris, einem Kollegen, die Kosten der Transaktion vor. Der Mandant wollte – natürlich noch vor dem Wochenende – eine detaillierte Aufstellung aller möglichen Anwalts- und Notarkosten, die bereits entstanden waren und die voraussichtlich noch auf ihn zukommen würden. Als wenn das so einfach zu sagen wäre. Kommt drauf an, wäre die richtige Antwort gewesen. Zum Beispiel darauf, wie kooperativ die Gegenseite war oder ob irgendwelche unvorhergesehenen Probleme auftraten. Aber das wollte natürlich kein Mandant hören.

Ich blickte auf die Tafel und kaute an dem Edding, den ich in der Hand hielt, bevor ich merkte, wie das aussehen musste, und ihn schnell wieder aus dem Mund nahm. Anthony blickte mit gerunzelter Stirn auf die Zahlen. Er hatte sich in den Sessel an seinem Konferenztisch gefläzt, wie er es meist tat, und die Beine übergeschlagen.

»Kann es sein, dass du bei den drei oberen Posten brutto gerechnet hast und bei den unteren dann netto?«, fragte Chris nach einem Moment.

Ich starrte auf das Papier vor uns und schlug mir dann mit einer Hand an die Stirn. Natürlich, das war's. Was für ein blöder Fehler. Das war megapeinlich.

»Stimmt, jetzt sehe ich es auch. Tut mir leid.«

Ich sah, dass Chris kurz die Augen verdrehte, doch Anthony winkte nur ab. »Macht nichts. Das passiert.«

Chris schob die Unterlagen zusammen, die vor ihm auf dem Tisch lagen. »Gut, dann wäre das ja geklärt. Jetzt muss ich in eine Telefonkonferenz«, sagte er beim Aufstehen und hastete zur Tür. »Bis später.«

Obwohl ich jetzt schon zwei Wochen mit Anthony arbeitete, war ich immer noch etwas unsicher, wenn ich mit ihm allein in einem Zimmer war. Mein Herz schien dann immer doppelt so schnell zu schlagen. Ich schob den Gedanken schnell wieder beiseite, so wie ich das zuvor auch immer getan hatte, und versuchte, mich noch mal auf die unendliche Zahlenreihe auf dem Papier vor mir zu konzentrieren. Was mir kaum gelang. Ich blies frustriert die Backen auf.

Ich hatte zwei Wochen am Stück gearbeitet, immer bis in die Nacht, hatte heute noch kein Mittagessen gehabt, weil das Takeaway-Curry, das ich mir hatte liefern lassen, so scharf gewesen war, dass ich Schweißausbrüche davon bekam, und außerdem schien draußen die Sonne, es war warm, und der Himmel über dem Central Park war stahlblau. Ich konnte mir Schöneres vorstellen, als den ganzen Krempel noch mal durchzurechnen, meine Fehler zu korrigieren und eine E-Mail an den Mandanten vorzubereiten.

Anthony beobachtete mich und schmunzelte leicht, ganz so, als könnte er meine Gedanken lesen. Dann schwang er sich aus seinem Sessel, griff sein Portemonnaie und seine Schlüsselkarte vom Tisch und sagte: »Ich habe Hunger, ich habe Durst, ich brauche eine Pause von diesem langweiligen Zahlenscheiß hier.« Im Türrahmen blieb er stehen, drehte sich um und fragte: »Spätes Lunch im Park?«

Wir kauften uns an der nächsten Ecke Sandwiches und Cola light und schlenderten in den Central Park. Auf der ersten freien Bank ließen wir uns nieder und packten unser Essen aus.

»Mist, mit Rucola«, sagte ich, als ich meine Tüte öffnete. Entnervt begann ich, die grünen Blätter vom Brot zu picken. »Ich hasse Rucola.«

Anthony packte sein Sandwich aus und hielt es mir hin. »Tauschen?«

»Wirklich?«, fragte ich erstaunt. »Ich kann ihn auch rauspicken.«

»Ach was, gib her«, sagte er, nahm mir das Sandwich aus der Hand und hielt mir seines hin.

Ich tat so, als würde ich es kritisch beäugen. »Ich weiß nicht. Ist es vegetarisch? Ich bin laktoseintolerant und kann keine Butter essen. Salz lehne ich auch ab. Und ist es glutenfrei?«

Anthony lachte und stieß mich mit der Schulter an. »Sei still und iss! Wer weiß, wann wir das nächste Mal wieder was Anständiges bekommen. Vielleicht arbeiten wir wieder die Nacht durch.«

Ich seufzte übertrieben theatralisch und biss in das Sandwich. Lecker. Ohne Rucola.

Eine warme Brise wehte meine Haare nach vorne, und ich versuchte, sie mir mit dem Handrücken aus dem Gesicht zu streichen. Es gelang mir nicht, weil in meinen Händen das Sandwich überquoll, und ich schmierte mir prompt Mayonnaise auf die Wange.

»Darf ich?«, fragte Anthony, und als ich nickte, wischte er mir erst mit dem Daumen über die Wange und schob dann meine Haare hinter das Ohr. Mein Magen schlug einen Salto, und ich nahm aus Verlegenheit – und um den Bissen, der in meinem Hals steckte, hinunterzubekommen – einen Schluck von meiner Cola. Ich versuchte, einmal tief ein- und wieder auszuatmen und meine Gedanken in normale Bahnen zu lenken.

Ich fragte das Erste, das mir in den Sinn kam, um die Stille zu füllen: »Warum bist du eigentlich Anwalt geworden?«

Er streckte die Beine aus und schien kurz nachzudenken. Verstohlen legte ich mein kaum angerührtes Sandwich wieder in die Folie. Ich würde es später im Büro essen. Im Moment bekam ich nichts runter.

»Mein Vater war Anwalt und mein Großvater auch. Mein Onkel ist Anwalt, mein Cousin ist Richter …« Er sah mich von der Seite an. »Aber das ist wahrscheinlich kein wirklich schlüssiger Grund, oder?«

Ich dachte an meine eigene Familie und antwortete: »O doch.

Das kann ich nur zu gut verstehen. Mein Großvater hat eine Kanzlei gegründet, und mein Vater hat sie weitergeführt. Und ich soll sie natürlich übernehmen, damit der Familienname erhalten bleibt. Nicht dass mich einer fragen würde, ob ich das will.«

»Und du willst nicht?«

Ich zog die Nase kraus und dachte kurz nach. »Es gibt schon einiges an Jura, das mir Spaß macht. Sonst hätte ich es ja nicht studiert, oder ich hätte das Studium irgendwann abgebrochen. Strafrecht zum Beispiel. Ich könnte mir gut vorstellen, Staatsanwältin zu werden. Oder Jugendrichterin. Wie meine Mutter. Aber die Kanzlei meines Vaters übernehmen – das ist nicht mein größter Traum, nein. Ich glaube, mein Leben damit zu verbringen, Scheidungsanwältin zu sein, wird mich letztendlich frustrieren.«

»Bist du deshalb nach New York gekommen? Um in Ruhe und ohne Beeinflussung deines Vaters darüber nachzudenken, was du nach dem Studium machen willst?«

Ich sah ihn von der Seite an und musste lachen: »Sehr scharfsinnig analysiert, Herr Rechtsanwalt. Und um Cosmopolitans zu trinken, versteht sich.«

Er lachte auch. »Kaffee?«

Ohne meine Antwort abzuwarten, stand er auf. Einige Minuten später kam er mit zwei Starbucks-Bechern wieder zurück.

»Mit Milch und Honig«, verkündete er, als er mir den Becher übergab, und ich war beeindruckt, dass er sich offenbar irgendwann gemerkt hatte, wie ich meinen Kaffee mochte.

Wir plauderten noch ein wenig über unsere Familien, das Studium und das Berufsleben als Anwalt. Nur widerwillig standen wir auf, als wir ausgetrunken hatten, und schlenderten durch die nicht nachlassende Hitze zur Kanzlei zurück. Es lag bereits eine wunderbare Feierabend- und Wochenend-Stimmung in der Luft, aber mir fiel es nicht sonderlich schwer, mit Anthony ins Büro zurückzukehren.

Als am nächsten Morgen um zehn Uhr der Wecker klingelte, wachte ich wie gerädert aus dem Tiefschlaf auf. Mann, diese Woche hatte mich geschlaucht. Ich wollte mir am liebsten die Bettdecke wieder über den Kopf ziehen, doch ich hatte etwas Wichtiges vor. Ich musste mich um eine Wohnung kümmern, wenn ich nicht in Kürze obdachlos sein wollte.

In der Küche machte ich mir einen Kaffee und fuhr meinen Laptop hoch. Als Isy einige Zeit später aus ihrem Zimmer geschlichen kam, hatte ich sechs Besichtigungstermine noch für denselben Tag vereinbart und eine Packung Donuts geholt. Nach einem Kaffee und zwei Donuts hatte ich sie davon überzeugt mitzukommen.

Nach vier Stunden fanden wir uns völlig entnervt wieder in unserer Wohnung ein. Den Tag konnte man kurz so zusammenfassen: Ein Zimmer mit schwarz gestrichenen Wänden und ohne Fenster. Eine schimmelige Kellerwohnung, in der die Mitbewohner mit Freunden im Wohnzimmer saßen und kifften. Ein Mitbewohner, der ein Terrarium voller Spinnen besaß und uns beiden auch sonst irgendwie unheimlich war. Was vielleicht daran lag, dass er Isy fragte, ob sie die Blondine sei, die für ihn am letzten Freitag im *Hustler* gestrippt hätte. Ein Zimmer, das sehr schön war – weniger schön war hingegen, dass die Gemeinschaftsküche eine Handbreit unter Wasser stand. Ein Zimmer, das so klein war, dass man das Bett zur Seite schieben musste, um die Schranktür zu öffnen. Ein Zimmer, das gerade vergeben worden war, bevor wir kamen, um es uns anzusehen.

Wieder zu Hause angekommen ließ ich mich erschöpft aufs Sofa sinken. Isy ging zum Kühlschrank und warf mir eine Dose

Cola light zu, bevor sie sich mit einem lauten Seufzer neben mich fallen ließ.

»Ist das normal?«, fragte ich. »Es kann doch nicht sein, dass man in einer so riesigen Stadt wie New York kein Zimmer findet. Oder nur welche, die völlig inakzeptabel sind oder in denen nur Freaks wohnen.«

»Gerade in einer Stadt wie New York gibt es keine bezahlbaren, schönen Wohnungen, und gerade hier gibt es eine ganze Menge Freaks. Ich weiß das, denn ich habe sie alle gedatet.« Sie streifte sich die Schuhe von den Füßen. »Wenn du eine schönere Wohnung willst als die, die du heute gesehen hast, musst du bereit sein, mehr zu zahlen. Viel mehr. Oder du musst weiter aus der Stadt rausziehen.«

»Ich habe aber nicht mehr Geld. Und ich will auch nicht aus der Stadt ziehen und dann jeden Tag zwei Stunden ins Büro und an die Uni pendeln müssen.«

Sie zuckte mit den Schultern. »Leider läuft das hier aber so. Alternativ könnten wir meine Mitbewohnerin um die Ecke bringen, wenn sie wiederkommt. Ich kann sie ohnehin nicht ausstehen. Aber eine Leiche in New York verschwinden zu lassen, halte ich für sehr schwierig, wenn man nicht Al Capone heißt.«

»Al Capone trieb in Chicago sein Unwesen«, informierte ich sie.

»Aber seinen ersten Mord beging er in New York. Du musst echt noch viel lernen, bevor du eine echte New Yorkerin wirst, Schätzchen.«

Wohl wahr, wohl wahr.

Um den Kopf freizubekommen, zog ich meine Sportklamotten und Laufschuhe an, während Isy sich für einen Spätnachmittags-Serien-Marathon-Schrägstrich-Nickerchen aufs Sofa legte, und lief los. Die Sonne stand nicht mehr so hoch am Himmel, aber es war immer noch ziemlich heiß. Ich kam sofort ins Schwitzen. Aber das war ja auch Sinn und Zweck der Sache.

Ich hatte mir auf dem Smartphone eine schöne Joggingstrecke ausgesucht. Mein Weg führte mich zuerst hinunter zum Hudson River, der dunkel in der Nachmittagssonne glitzerte. Ich lief ein ganzes Stück am Ufer entlang und dann durch die Perry Street zurück in die Stadt. Die Perry Street ist eine typische Greenwich-Village-Straße, mit zwei- bis dreistöckigen Häusern, zu deren Haustüren breite Treppen führen, und schattigen kleinen Vorgärten mit ausladenden Laubbäumen. Die Hausnummer 66 ist die Fassade von Carry Bradshaws Wohnung in *Sex and the City*.

Pah, dachte ich, als ich daran vorbeilief. Was für eine Illusion. Als ob sie sich die Wohnung hier von ihrem kleinen Kolumnengehalt je hätte leisten können. Und den fabelhaften Kleiderschrank noch dazu. Und die Schuhe. Ich schnaufte. Vielleicht sollte ich mich lieber nach einem Mr Big umsehen als nach einer Wohnung.

Als ich nach vierzig Minuten durchgeschwitzt am Washington Square Park angekommen war und durch den Torbogen in den Park einbog, war ich völlig am Ende. Aber auf der Strecke war ich zu dem Schluss gekommen, dass ich entweder durch pures Glück innerhalb der nächsten Woche ein tolles Zimmer finden musste oder mir nichts anderes übrig bleiben würde, als aus der Stadt in eine billigere Wohngegend zu ziehen und den täglichen langen Fahrweg in Kauf zu nehmen.

Ich blieb an der Fontaine stehen, dehnte mich kurz und sah mich um. Hunderte von New Yorkern und Touristen umgaben mich, saßen auf den Bänken und den Treppenstufen zum Wasser, picknickten, unterhielten sich. Kinder spielten Fangen. Ich schloss kurz die Augen und versuchte, die Geräuschkulisse in mich aufzusaugen: Autolärm, Sirenen, Kinderlachen, Vogelgezwitscher, Gitarrenspiel, Unterhaltung. Es roch nach Sommer, frisch gemähtem Gras, Autoabgasen und den Würstchen mit Sauerkraut, die an jeder Ecke verkauft wurden. Das war New York, und ich war mittendrin. Kein Grund, Trübsal zu blasen. Im Gegenteil: Ich konnte mich glücklich schätzen. Richtig, richtig glücklich.

»Hey, Emma!«

Ich zuckte zusammen, als jemand meinen Namen rief, und drehte mich erstaunt um, denn in New York kannte ich ja nun wirklich kaum jemanden. Und um ehrlich zu sein, wollte ich gerade auch niemanden kennen, denn mir war heiß, mir lief der Schweiß in die Augen, ich hatte wie üblich beim Sport eine Gesichtsfarbe wie ein Feuermelder, und mein Zopf hatte sich völlig aufgelöst. Ich hatte, bevor ich losgelaufen war, meinem Äußeren nicht besonders viel Beachtung geschenkt. Warum auch? Die Wahrscheinlichkeit, jemanden zu treffen, den ich kannte, war ja auch minimal.

Aber vielleicht sollte ich darüber nachdenken, Lotto zu spielen, denn vor mir stand Nick.

Genau. Der Nick.

Er war offensichtlich auch gelaufen, denn er trug eine kurze schwarze Sporthose, ein weißes T-Shirt mit dem orange-blauen Logo der New York Knicks und Laufschuhe. Um seinen durchtrainierten Oberarm trug er sein Handy in einem Sportarmband, und während er auf mich zukam, zog er sich die Ohrstöpsel aus den Ohren.

»Hi!«

Ziemlich fit, schoss es mir durch den Kopf. Nicht künstlich im Fitnessstudio aufgeblasen, sondern einfach sportlich muskulös. Ich sah schnell weg und überlegte, ob ich mir meinen Zopf neu binden sollte, entschied mich aber dagegen, weil mein

T-Shirt an den Achseln durchgeschwitzt war. Stattdessen schob ich mir einige klebrige Strähnen aus dem Gesicht, ohne meine Arme zu weit zu heben.

»Bist du auch gelaufen?«, fragte ich in der Hoffnung, dass er nicht gemerkt hatte, dass ich ihn abgecheckt hatte.

»Ja. Ich versuche, jeden Samstag fünfzehn Kilometer zu laufen. Bin gerade fertig geworden.«

Fünfzehn Kilometer? War das sein Ernst? Er sah frisch aus wie der Morgentau. Ich strich mir verstohlen den Schweiß von den glühend heißen Wangen. Und ich war vielleicht höchstens sechs Kilometer gelaufen.

»Hast du heute Wohnungen angeschaut?«, fragte er.

Ich nickte statt einer Antwort.

»Und?«

»Katastrophe«, gab ich unwillig zu.

Er schmunzelte. »Das habe ich mir ehrlich gesagt schon gedacht. Es ist in New York nicht einfach, eine Wohnung oder ein Zimmer zu finden.«

Er griff nach seinem Fuß und zog ihn hoch, um seinen Oberschenkel zu dehnen. Ich tat es ihm gleich, und wir beobachteten schweigend eine Gruppe Kinder, die sich gegenseitig kreischend mit Wasser bespritzten. Dann bemerkte ich, dass er nicht zu den Kindern rübersah wie ich, sondern den Blick auf den Hintern der hübschen Nanny in ultrakurzen Shorts gerichtet hatte, die sich gerade bückte, um ein Laufrad aufzuheben.

Mein Gott, dieser Typ war wirklich unglaublich!

Aber bevor ich eine entsprechende Bemerkung machen konnte, sagte er: »Ich stelle das freie Zimmer Anfang nächster Woche ins Internet. Also, falls du Interesse daran hast …« Er machte eine Pause und sah mich fragend an. »Ich wohne hier gleich um die Ecke. Wenn du es dir anschauen möchtest, kannst du gerne mitkommen.«

Ich sah ihn misstrauisch von der Seite an. »Du bist kein irrer Frauenmörder oder so was?«

Er lachte laut auf, und seine blauen Augen blitzten. »Tagsüber nicht. Nur bei Nacht. Und wenn Vollmond ist.«

Na, wenn das keine tröstlichen Aussichten waren.

Die Wohnung lag in der obersten Etage eines von außen nicht sehr schönen, fünfstöckigen Backsteinbaus mit eisernen Feuertreppen, schätzungsweise aus den Sechzigerjahren. Im Erdgeschoss gab es allerdings eine Bäckerei mit einem kleinen Café. Das war natürlich ein großer Pluspunkt. Ein Dämpfer war allerdings der defekte Fahrstuhl, der offenbar dauerhaft kaputt war, wie Nick zugeben musste. Als wir oben ankamen, schnaufte ich wie eine Dampflok.

»Puh, wie soll ich hier meine Einkäufe hochbekommen oder eine Kiste Wasser?«

»Deine Einkäufe und Getränke werde ich dir natürlich immer nach oben tragen. Ist doch klar.«

»Ist das in der Miete inbegriffen?« Ich stützte meine Hände auf die Knie. Was für ein anstrengender Tag.

»Das sehe ich als meine Ritterspflicht.«

Wie nett, dachte ich, aber dann fügte er hinzu: »Außerdem bist du ja offensichtlich nicht die Fitteste.«

Ich warf ihm einen verächtlichen Blick zu, aber er grinste nur und schloss die Tür auf. »Komm rein.«

Wir kamen in einen schmalen, über Eck verlaufenden Flur. Direkt neben dem Eingang gab es eine Garderobe, an der unordentlich ein paar Jacken und Baseballkappen hingen, Leder- und Sportschuhe durcheinander darunter. Nick öffnete die erste Tür im Flur, direkt neben dem Eingang. »Das hier wäre dein Zimmer, um gleich mal mit dem wichtigsten Teil zu beginnen.«

Das Zimmer war sehr klein. Eigentlich standen nur ein Bett,

ein Kleiderschrank und ein Schreibtisch mit Stuhl darin. Aber das Fenster war immerhin groß und das Zimmer dadurch recht hell.

»Nicht so sehr wie bei *Sex and the City*, wie du gehofft hattest?«, fragte Nick, als er meinen skeptischen Gesichtsausdruck sah.

Ich zog die Augenbrauen hoch. »Doch absolut, der Unterschied ist nur, dass ich keinen begehbaren Kleiderschrank habe, sondern im begehbaren Kleiderschrank wohne.«

Er lachte. »Die Möbel bleiben drin, ohne dass du was dafür bezahlen musst. Mein Mitbewohner zieht mit seiner Freundin zusammen und braucht die Sachen daher nicht mehr.«

Die Wohnung hatte ein Badezimmer – mit Badewanne! –, eine separate Toilette und eine kleine Küche mit Tisch und drei Stühlen und einem riesigen, typisch amerikanischen Kühlschrank. Direkt neben meinem – potenziellen – Zimmer lag Nicks Zimmer. Ich war neugierig zu sehen, wie er wohnte, und hoffte gleichzeitig, dass es keine schmierige Aufreißer-Höhle war.

Umso erstaunter war ich, dass das Zimmer wirklich sehr schön eingerichtet war. Es war mehr als doppelt so groß wie das andere Zimmer, und es war noch heller, denn es hatte zwei Fenster. Die Wände waren in einem hellen Grau gestrichen, ein weißes Sofa mit zerknautschten Kissen stand dem großen Bett gegenüber. Der Rest der Wand wurde von einem Regal eingenommen, das vom Boden bis unter die Decke vollgestopft war mit unzählbaren Büchern und Bildbänden. Ein riesiger Flachbildschirm hing an der gegenüberliegenden Wand. Davor stand ein uralt wirkender Sessel aus dunkelbraunem abgewetztem Leder, der aussah, als gehörte er eigentlich in einen alten Londoner Herrenclub. Auf dem Schreibtisch stand ein silbernes MacBook, drum herum ein kreatives Chaos aus Blöcken, Zetteln, Stiften, Zeitschriften, Zeitungsausschnitten, Kaffeetassen, Wassergläsern. An den Wänden hingen große Schwarz-Weiß-Aufnahmen hinter Acrylglas.

»Die sind toll. Sind die von dir?«, fragte ich und trat näher, um die Bilder zu betrachten: Flat-Iron-Building, Times Square, Brooklyn Bridge und Empire State Building.

»Ja, die sind von mir. Als Journalist lernt man das Einmaleins des Fotografierens häufig einfach mit.«

Ich war ernsthaft beeindruckt. Ich betrachtete die Bilder noch eine Weile, bevor mein Blick zu einer gerahmten Titelseite der *New York Times* schweifte, die zwischen den beiden Fenstern über dem Schreibtisch hing. Sie zeigte ein Foto des Basketballspielers Michael Jordan beim Sprung zum Korb. Darunter stand: »Der Mythos Michael Jordan.«

Nick stellte sich neben mich und betrachtete das Bild ebenfalls. »Das war meine erste Titelseite. Und mein erstes Interview mit einem solchen Superstar. Für mich der beste Basketballspieler aller Zeiten. Am Morgen vor dem Interview hab ich mich zweimal übergeben vor Schiss. Ich war aufgeregter als bei meinem Highschool-, College- und Universitätsabschluss zusammen.«

Ich konnte mir gar nicht vorstellen, dass der selbstbewusste Nick Angst vor irgendetwas haben könnte. Aber es machte ihn auch irgendwie sympathischer.

»Normalerweise machen die älteren Kollegen solche Interviews. Aber ich hatte kurz davor einen Artikel zum Wechsel eines bekannten Spielers in der NFL geschrieben.« Als er meinen ahnungslosen Gesichtsausdruck sah, fügte er hinzu: »NFL – die National Football League. Ich hatte von einem Freund einen Tipp bekommen, und so waren wir die Ersten, die das veröffentlicht haben. Da war eine Belohnung fällig.« Er deutete auf die Titelseite und hing kurz seinen Gedanken nach.

Dann sagte er: »Komm, ich zeig dir noch was.«

Ich folgte ihm durch den Flur zurück in die Küche. Dort öffnete er das Fenster, stieg auf den Hocker, der unter dem Sims stand, und kletterte nach draußen.

Was? Erwartete er etwa, dass ich mitkam und aus einem Fenster im fünften Stock stieg? Aber tatsächlich streckte er den Kopf gleich wieder durch das Fenster in die Küche und hielt mir eine Hand hin.

»Na komm schon!«

Ich zögerte noch einen Moment, nahm dann seine Hand und kletterte aus dem Fenster auf die Feuerleiter.

»Das ist ja wie bei *Frühstück bei Tiffany*«, sagte ich. »Du erwartest aber nicht, dass ich abends auf der Feuerleiter sitze, Gitarre spiele und *Moonriver* singe?«

»Lieber nicht. Ich weiß nicht, warum, aber ich kann mir irgendwie nicht vorstellen, dass du gut singen kannst«, antwortete er.

Frech. Aber leider auch sehr wahr.

Er nickte mit dem Kinn zur Stahltreppe, die nach oben führte. »Du zuerst.«

Ich seufzte und kraxelte die Stufen hoch. Oben angekommen kletterte ich über einen kleinen Vorsprung und befand mich auf dem Flachdach des Hauses. Auf einer freien Fläche von etwa zehn auf zehn Meter, eingerahmt von einer Betonmauer und zwei Betonhäuschen, von denen ich annahm, dass sich der Fahrstuhlschacht und die Klimaanlagentechnik darin befanden, standen mehrere große, rechteckige Kübel mit kleinen Bäumen und Pflanzen. Hohe Gräser bewegten sich leicht im Wind und erzeugten ein leises, sofort beruhigendes Geräusch. Der Lärm der Stadt drang nur ganz gedämpft nach oben. Ein grober Holztisch mit sechs zusammengewürfelten Stühlen stand in der einen Ecke und ein großes Sonnenbett, auf dem bequem zwei Personen Platz finden konnten, in der anderen.

»Das ist … echt …« Ich fing unwillkürlich an zu stottern. »Das ist echt unglaublich!«

»Ich würde jetzt gerne das Lob für die Gestaltung dieses

himmlischen Ortes einheimsen, aber mein Mitbewohner ist Landschaftsarchitekt. Er hat das alles hergerichtet. Ich habe ihm nur geholfen, alles hier hochzuschleppen. Das war nicht so einfach, denn ganz legal ist der kleine Dachgarten nicht.«

Ich stellte mich an den Rand der Terrasse. Man hatte einen Blick über mehrere Blocks mit niedrigeren Häusern, und zwischen zwei höheren Gebäuden hindurch konnte man – schweig still mein Herz! – den oberen Teil des Empire State Buildings in der untergehenden Sonne glitzern sehen.

Nick lehnte sich neben mir an das Geländer der Feuerleiter und verschränkte die Arme.

»Ich würde das Zimmer Anfang der Woche für 1.500 Dollar ins Internet setzen. Wie wäre es, wenn du eine Nacht drüber schläfst und mir morgen Bescheid gibst, ob du es willst?« Er zog eine Augenbraue hoch. »Denn du hast ja sicherlich noch einige andere Angebote und willst noch mal gründlich darüber nachdenken, welches der Zimmer, die du bisher gesehen hast, du nehmen möchtest.«

Ich ignorierte die Ironie in seiner Stimme und ließ den Blick über die Dächer der Nachbarhäuser schweifen. Die Abendsonne färbte alles rot und orange.

»Hat euer Vermieter nichts dagegen, wenn hier einfach jemand Neues einzieht?«, fragte ich.

»Ich bin der Vermieter.«

Erstaunt sah ich ihn an. »Die Wohnung gehört dir?«

»Ja. Nein. Eigentlich gehört sie fast komplett der Bank, wenn man es genau nimmt.«

»Wie kannst du dir das in deinem Alter leisten? Hast du keinen Studienkredit abzuzahlen wie alle anderen Amerikaner nach ihrem Studium?«

»Ich hatte Stipendien. Basketball. Ich hätte es fast in die NBA geschafft.« Er räusperte sich. »Die Wohnung ist voll finanziert, und ich werde sie trotz meiner beiden Jobs voraussichtlich abbezahlen, bis ich hundert Jahre alt bin. Aber sie ist eine gute Investition.« Er stellte sich neben mich. »Überleg es dir einfach mit dem Zimmer, und melde dich in der nächsten Woche.«

Konnte ich meine anfängliche Antipathie gegenüber Nick ignorieren und mit ihm als Mitbewohner leben? Klar war mir nach unseren bisherigen Begegnungen, dass er ein ziemlicher Macho und Frauenheld sein musste. Es war zu befürchten, dass mich sein unendliches Selbstbewusstsein und sein überdimensionales Ego einige Nerven kosten würden. Aber wenigstens hatte mein Zimmer ein Fenster. Die Wohnung lag im West Village. In der Nähe der Uni. In der Nachbarschaft zu Isy. Sie war bezahlbar. Es gab keine Spinnen, keine Kiffer, keine Strip-Club-Fans. Hoffte ich zumindest. Und es gab diese Dachterrasse. Am allerwichtigsten war allerdings: Ich hatte bislang keine Alternativen und würde Anfang September auf der Straße sitzen.

Ich musste die Augen etwas zusammenkneifen, um Nick zu sehen, weil die Sonne mich blendete.

»Ich nehme das Zimmer.«

August

From: christopher.prescott@donovan.com
To: TEAM COLLINS ALL

Wer hat Lust auf eine Runde Pool? Chris

Ich streckte mich und rieb mir den steifen Nacken. Draußen dämmerte es bereits, und ich hatte es nicht einmal bemerkt, so konzentriert hatte ich in den letzten Stunden auf den Bildschirm gestarrt. Ein Blick auf die Uhr sagte mir, dass es kurz nach neun war.

Eigentlich hatte ich Lust auf eine kleine Pause. Die Pool-Runden in der Skyline-Lounge der Kanzlei waren bei den Anwälten und den Büromitarbeitern eine äußerst beliebte Art der Entspannung, insbesondere, wenn es spät wurde und die Konzentration nachließ. Dann traf man sich mit den Kollegen, die gerade Zeit hatten, spielte, quatschte, trank ein Bier, und nach einer halben Stunde war man wieder am Schreibtisch und bereit für die nächsten Stunden Aktenmarathon. Oder so ähnlich.

Ich hatte bislang noch nie teilgenommen. Irgendwie saß ich immer gerade an einer Aufgabe, die ich nicht unterbrechen wollte, oder ich musste noch eine Sache fertig machen. Mir fiel es grundsätzlich nicht leicht, Arbeit liegen zu lassen, und wenn es auch nur für einen Moment war. Ich zog Dinge einfach gerne bis zum Ende durch.

Nach und nach trudelten ein paar Absagen in den Verteiler, dann kam eine Mail von Barry, einem netten First-Year-Anwalt, mit einem knappen:

Bin dabei.

Ich ließ die Schultern kreisen. Vielleicht wäre es ganz gut, eine Pause zu machen und mit den anderen Mitarbeitern auch mal privat zu plaudern? Man konnte ja auch nicht immer nur arbeiten. Ich musste noch eine E-Mail vorbereiten und ein Memo schreiben, aber das konnte ich auch morgen machen. Kurz entschlossen klickte ich auf *Reply to all* und tippte:

Ich komme auch. Bis gleich.

Ich ging auf die Toilette und band mir die Haare zu einem Pferdeschwanz, bevor ich mit dem Aufzug die zwei Etagen nach oben in die Skyline-Lounge fuhr. Die Lounge war im Grunde die schickere Version eines Pausenraums, in dem die Mitarbeiter essen oder einen Kaffee trinken konnten. Die meisten Anwälte und Anwältinnen gingen mittags in eins der Restaurants im Umkreis der Kanzlei, aber die Studenten und anderen Mitarbeiter konnten sich das schlicht nicht leisten. Sie brachten sich von zu Hause Essen mit, wärmten es in der Mikrowelle auf und aßen hier. Manchmal fanden auch kleinere interne Feiern in der Lounge statt. Es gab einige Tische, zwei gemütliche Sofas und einen Billardtisch. Und das alles mit einer atemberaubenden Aussicht über New York, das in der Dämmerung glitzerte.

Chris und Barry waren bereits da und hatten sich jeder ein Bier aus dem Kühlschrank genommen.

»Magst du auch eins?«, fragte Chris und reichte mir eine Dose Budweiser. »Oder trinkst du kein amerikanisches Bier?«

Ich konnte nicht behaupten, dass Chris der sympathischste meiner Kollegen war. Er behandelte mich immer ein klein wenig von oben herab. Und er ritt andauernd darauf herum, dass ich Deutsche war. Sauerkraut und so. Haha. Ich versuchte meist, auf seine Witze so wenig wie möglich einzugehen, um ihm keine Angriffsfläche zu bieten, und sagte mir, dass er im Grunde harmlos war. Aber ein wenig erinnerte er mich an die Kinder in der Schule, die immer versuchten, auf Kosten anderer lustig zu sein.

»Danke.« Ich nahm ihm die Dose aus der Hand und sagte mit todernster Miene: »Aber du weißt schon, dass Budweiser kein amerikanisches Bier ist, oder?«

Er sah einen Moment verwirrt aus, doch bevor er etwas erwidern konnte, öffnete sich die Tür und herein kam … Anthony.

Mein Herz setzte einen Schlag aus. Ich hatte nicht erwartet, dass er dazustoßen würde. Er war zwar natürlich im Verteiler gewesen, aber ich hatte nicht angenommen, dass er die Zeit haben würde, mit seinen Mitarbeitern eine Runde Pool zu spielen.

Während Barry ein viertes Bier aus dem Kühlschrank holte, löste Anthony seine Krawatte und hängte sein Jackett über einen Stuhl. Dann krempelte er sein weißes Hemd hoch. Die Temperatur im Raum schien plötzlich um zehn Grad anzusteigen, und ich musste meinen Blick in eine andere Richtung zwingen.

»Okay. Los geht's«, sagte Anthony, als er fertig war. »Wer gegen wen?«

»Ich spiele mit Barry«, sagte Chris sofort. »Er ist ein Killer beim Pool.«

Anthony zog die Augenbrauen hoch. »Dass ich nicht sonderlich gut bin, wissen wir alle. Aber wer sagt dir, dass Emma kein Killer beim Pool ist? Vielleicht wäre sie die beste Wahl?«

Erstaunt sah ich ihn an. Er hatte natürlich keine Ahnung, ob ich gut oder grottenschlecht spielte, aber allein dass er diese

Bemerkung machte, ließ ihn in meiner Achtung noch ein gutes Stück steigen. Denn warum nahm Chris ohne weiteres an, dass ich schlechter war als die anderen? Weil Frauen nicht so gut Billard spielen konnten wie Männer?

Tatsächlich begann Chris auf Anthonys Einwurf so heftig an zu lachen, dass er etwas von dem Bier in seiner Hand verschüttete. Ich merkte, wie mein Puls anstieg und meine Wangen brannten. Ich presste die Lippen zusammen und zählte innerlich bis drei.

»Ich weiß nicht«, sagte ich dann zögernd und blickte vom einen zum anderen. »Wenn ihr alle so gut seid, dann traue ich mich gar nicht mitzuspielen. Vielleicht schaue ich besser nur zu?«

»Unsinn«, sagte Anthony sofort. »Lass uns zusammen spielen. Wenn wir verlieren, verlieren wir eben gemeinsam. Da stehen wir drüber.«

Er nahm einen Queue und warf ihn Chris zu, der ihn nach einem kurzen Schreckmoment sicher auffing. Er zwinkerte mir aufmunternd zu. »Besser gute Verlierer als schlechte Gewinner, oder?«

»Außerdem wird jetzt kein Rückzieher gemacht, Emma«, sagte Chris grinsend.

Ich nahm den Queue, den Barry mir reichte, und hatte fast ein schlechtes Gewissen, als Barry mir die Regeln erklärte. Ich kannte die Regeln. Andererseits: Warum nahm er eigentlich automatisch an, dass ich sie nicht kannte?

»Wollt ihr anfangen?«, fragte ich Chris.

Barry machte den Eröffnungsstoß. Er versenkte die erste volle Kugel.

»Weil ich die erste volle Kugel eingelocht habe, spielen wir jetzt auf die vollen und ihr auf die halben«, erklärte er mir. Ich nickte brav.

Barry war wirklich gut und versenkte noch zwei weitere

Kugeln. Die vierte ging daneben, und Anthony war dran. Er versenkte immerhin zwei von unseren halben, die dritte aber nicht. Er sah mich fast entschuldigend an, und ich zuckte mit den Schultern. Chris versenkte zwei der vollen, bis er den Fehler machte, die weiße zu versenken. Er fluchte.

Ich war an der Reihe. Es lagen noch zwei gegnerische Kugeln auf dem Tisch. Wir hatten noch fünf. Und die schwarze natürlich.

»Was ist eigentlich mit dem zehnseitigen Recherchememo für diese Bank, das ich vorbereiten soll?«, fragte ich Anthony, bevor ich an den Tisch trat. »Bis wann muss das noch mal fertig sein?«

Anthony trank einen Schluck Bier. »Freitag wäre gut, damit ich es mir am Wochenende anschauen kann. Warum?«

Ich lächelte Chris unschuldig an. »Wie wäre es, wenn du das übernimmst, wenn ich es schaffe, alle unsere Kugeln und die schwarze einzulochen?«

Chris lachte auf, und ohne zu zögern antwortete er: »Okay.« Dann fügte er hinzu: »Als ob sie das schaffen würde.«

Anthony bedachte ihn mit einem Seitenblick und zwinkerte mir dann aufmunternd zu. »Ich glaube an dich.«

Mit klopfendem Herzen stellte ich mein Bier ab und rieb Billardkreide auf meinen Queue. Aus den Augenwinkeln sah ich, wie Chris Barry mit dem Ellenbogen anstieß. Ich versuchte, mich nicht ablenken zu lassen.

Anthony stellte sich neben mich. »Schau mal, die rote dahinten liegt direkt am Loch. Die musst du nur ein bisschen anstupsen, und sie ist drin.«

Ich nickte und positionierte mich. Ich stieß die weiße Kugel an und versenkte die einfache rote, ohne dass die weiße ebenfalls fiel. Sehr gut. Ohne aufzusehen, ging ich um den Tisch herum und zielte die grüne an. *Klack*. Drin. Wunderbar. Die blaue war schwerer. Ich musste sie anschneiden, um sie versenken zu können.

»Schafft sie nie«, murmelte Chris, während ich überlegte, wie ich den Stoß am besten setzen sollte.

Sofort schoss mein Puls vor Aufregung in die Höhe, und am liebsten hätte ich etwas erwidert, aber ich musste mich konzentrieren, damit ich das hier nicht vermasselte. Trotzdem konnte ich nicht verhindern, dass meine Hände leicht zitterten, als ich mich wieder über den Tisch beugte. Ich atmete ein paar Mal tief durch und gestattete mir nicht, an ein Scheitern zu denken. Vor meinem inneren Auge sah ich den Queue gegen die weiße Kugel treffen, die weiße Kugel die blaue anstoßen und ins Loch schieben. Noch ein Atemzug, und ich setzte den Stoß. Die blaue rollte auf das Loch zu und fiel. Chris murmelte etwas, das ich nicht verstand, und erleichtert ballte ich die Faust.

Die gelbe war einfacher, und während ich den Stoß ausführte, achtete ich darauf, dass die weiße Kugel so zum Liegen kam, dass ich gute Chancen hätte, die verbleibende violette zu versenken. Ich schaffte es.

Nun lagen nur noch die schwarze und die weiße vor mir. Ich umrundete den Tisch, beugte mich vor und stieß die weiße an. Vielleicht hatte ich mich nicht gut genug konzentriert, oder Chris' Provokation hatte mich doch aus dem Konzept gebracht, denn der Stoß gelang mir nicht so, wie ich es erhofft hatte. Die weiße touchierte die schwarze ein bisschen zu seitlich, so dass sie ins Schlingern geriet und nicht in geradem Kurs auf das Loch zurollte. Es fühlte sich plötzlich an, als würden alle im Raum kollektiv die Luft anhalten, während die Kugel die Bande berührte und sich in Richtung Loch drehte. Einen Moment dachte ich, sie würde genau auf der Kante liegen bleiben, aber dann fiel sie mit einem satten *Klonk.* Mein Herz klopfte wie verrückt, aber ich bemühte mich um einen neutralen Gesichtsausdruck, als ich mich aufrichtete, mich mit beiden Händen auf den Queue stützte und in die Runde blickte.

Barry lachte leise in seine Faust und klopfte Chris mit der anderen Hand herzhaft auf die Schulter. Chris starrte mich nur an, als hätte er einen Geist gesehen. Da war kein Grinsen und kein Feixen mehr.

Und Anthony? Anthony begann laut zu lachen. Er lachte so heftig, dass er sich mit einer Hand am Tisch abstützen musste. Es dauerte eine ganze Weile, bis er sich wieder beruhigt hatte.

Dann wischte er sich die Tränen aus den Augenwinkeln und sagte: »Tja, Chris. Ich würde sagen, du bist richtig schön reingelegt worden. Ich hätte das Memo gerne Freitagmittag auf meinem Tisch.«

Barry warf grinsend seine Bierdose in den Mülleimer und schlug mir mit der Faust leicht gegen die rechte Schulter. »Ich muss wieder zurück zur Arbeit. Das hättest du uns ja mal vorher sagen können, dass du amtierende Weltmeisterin im Pool bist.«

Ich zwinkerte ihm zu, und mit einem Seitenblick auf Chris, der sich mit steinerner Miene ebenfalls zum Gehen wandte, sagte ich: »Das ist nur Übung. Wenn du richtig fleißig trainierst, Chris, schaffst du das auch irgendwann.«

Chris rang sich ein gequältes Lächeln ab und folgte Barry. Als die Tür hinter den beiden zufiel, drehte ich mich zu Anthony um, der immer noch mit dem Lachen kämpfte.

»Das war echt das Abgebrühteste, was ich seit Langem gesehen habe. Und das will was heißen.« Er ging zum Kühlschrank. »Noch ein Bier?«

Ich schüttelte den Kopf und ließ mich auf eins der Sofas fallen. »Lieber eine Cola.«

Er nahm zwei Pepsi aus dem Kühlschrank und setzte sich neben mich. »Wie kommt es, dass du so gut spielen kannst?«

Ich öffnete meine Dose, und es zischte. »Wir haben zu Hause

einen Tisch im Keller. Ich habe viel mit meinem Vater gespielt. Es war so ein gemeinsames Ding von uns.«

Nicht dass wir besonders viele Gemeinsamkeiten gehabt hätten. Eigentlich gar keine, außer natürlich Jura, aber das war viel später. Billardspielen war in meiner Kindheit und Jugendzeit eine Gelegenheit gewesen, bei der wir zusammen sein konnten, ohne viel reden zu müssen. Und es war mir natürlich wichtig gewesen, meinem Vater dabei zu imponieren. Richtig gut zu werden. Also hatte ich wie besessen geübt und geübt.

Er legte seinen Arm auf die Rückenlehne. »Na ja, das war aber mehr als nur Hobbyniveau.«

Wir saßen so nah nebeneinander, dass sich unsere Knie fast berührten. Mein Herz schlug plötzlich schneller. Um ihn nicht ansehen zu müssen, ließ ich meinen Blick über die leuchtende Skyline wandern, die mittlerweile im Dunkeln vor uns lag. Der Anblick löste ebenfalls ein Kribbeln in mir aus. Aber auf andere Art und Weise als die Nähe zu Anthony.

»Ich habe manchmal die Angewohnheit, mich in Dinge reinzusteigern, bis ich sie bis zur Perfektion beherrsche. Geige spielen musste ich mit 18 aufgeben, weil ich immer wieder Sehnenscheidenentzündungen bekam, die nicht mehr ausheilen wollten.«

»Wow«, sagte Anthony. »Erinnere mich auf jeden Fall daran, dass ich dich ab jetzt immer in meinem Team haben will. Egal wobei.«

Ich zwang mich, ihn wieder anzusehen. Er hatte so schöne braune Augen. Wie so oft in letzter Zeit flatterten in seiner Nähe tausend Schmetterlinge durch meinen Bauch. Er hielt meinen Blick fest, und nach ein paar Sekunden, die mir wie Stunden vorkamen, war ich es, die wegsah.

Die plötzliche Stille zwischen uns war mir unangenehm, und ich plapperte los: »Wusstest du, dass Getränkedosen so ungefähr die umweltschädlichste Verpackung sind, die es gibt?« Ich hielt die Pepsi-Dose hoch. »Wenn du mal was Gutes tun möchtest, dann sorgst du dafür, dass die Kanzlei in Zukunft eher Glasflaschen bestellt. Mehrwegflaschen. Getränkedosen bestehen aus Aluminium, und Aluminium besteht aus Bauxit. Um das zu gewinnen, werden in Ländern wie Australien, Brasilien oder Jamaika Ur- und Regenwälder abgeholzt. Und bei der Herstellung von einer Tonne Aluminium fallen vier Tonnen hochgiftiger Rotschlamm an, und es müssen vierzehntausend Kilowattstunden Energie aufgewendet werden. Jedes Jahr …«

Ich bemerkte seinen erstaunten Blick und brach verlegen ab.

»Sprich ruhig weiter. Ich frage mich nur, woher du das alles weißt? Du hörst dich an wie eine Professorin der Ökologie.«

Ich zuckte mit den Schultern. »Ich kann mir Sachen gut merken. Ich bin eine Streberin.«

Er betrachtete mich aufmerksam. »Das sagst du jetzt schon zum zweiten Mal. Dass du eine Streberin bist. Das ist doch nichts Schlimmes.«

»Na ja, wenn man in der Schule kaum Freunde hat, weil man nicht zu den coolen Kids gehört, dann schon.«

Er grinste verschmitzt.

»Ich weiß genau, wovon du sprichst. Kannst du dich an diesen Jungen im Sandkasten erinnern, der immer ein gebügeltes Hemd trug, das bis oben zugeknöpft war, der sich nicht dreckig machen durfte und deshalb keine Freunde hatte? Dieser Junge war ich.«

Ich lachte auf. »Nie und nimmer warst du dieser Junge.«

»O doch, war ich. Meine Eltern habe ich zwar selten zu Gesicht bekommen, weil sie so viel gearbeitet haben, aber die Nannys haben immer streng darauf geachtet, dass ich perfekt gekleidet war. Ich war froh, als ich endlich ins Internat durfte. Und an der Uni wurde es dann wirklich besser. Ab dem Studium fing das Leben an, richtig Spaß zu machen.«

»Ha, das kann ich mir gut vorstellen«, platzte es aus mir heraus. Bei seinem guten Aussehen und selbstbewussten Charme war es nicht schwer, sich auszumalen, wie beliebt er an der Uni gewesen war. Spätestens als Student hatte er wahrscheinlich einen eigenen Fanclub gehabt.

Er legte den Kopf schief und zog eine Augenbraue hoch. »Ach so? Und warum kannst du dir das gut vorstellen?«

Ach du meine Güte, was sollte ich darauf nur antworten? Ich konnte ihm natürlich schlecht sagen, was wirklich in meinem Kopf herumgegangen war. Und dass ich ihn für einen unglaublich tollen Mann hielt. Gutaussehend. Intelligent. Humorvoll. Nett. Sexy.

Unsere Blicke verhakten sich erneut. O Gott, ich konnte nur hoffen, dass meine Gedanken sich nicht auf meinem Gesicht widerspiegelten.

»Du bist eine echte Überraschung, Emma Meyer. Ich würde gerne …«

Er sprach nicht weiter, und ich schluckte. Es machte mich nervös, wenn er mich so intensiv ansah.

»Was?«, fragte ich und hörte selbst, dass meine Stimme ein klein wenig zitterte.

»Nichts.« Sein Lächeln verschwand, und er stand auf. »Ich muss weiterarbeiten. Sonst … wird das heute eine Nachtschicht.«

»Kann ich dir noch was helfen?«, fragte ich und erhob mich ebenfalls. Sein plötzlicher Stimmungsumschwung verunsicherte mich. »Ich habe das Memo ja nun erfolgreich an Chris abschieben können und dadurch freie Kapazitäten.«

Er sah mich einen Moment nachdenklich an und schüttelte dann den Kopf. »Nein, besser nicht. Mach Feierabend, Emma.«

Als Ende August der Tag kam, an dem die Kaufverträge von den Mandanten und der Gegenseite endlich unterschrieben wurden, hatte ich das Gefühl, als wäre ich high von wochenlangem Schlafentzug, ungesunden Sandwiches und zu viel Kaffee. Die einzigen Tage außerhalb des Büros waren für mich die Einführungs- und die Englischkurse gewesen, die die Universität den ausländischen Studenten anbot und an denen ich teilnehmen musste. Gegen die anstrengende Arbeit im Büro kamen mir die wenigen Tage, an denen die Kurse stattfanden, wie pure Freizeit vor. Keine Ahnung, wie die Kollegen das machten, die das ganze Jahr tagein, tagaus diese Schlagzahl durchhalten mussten. Ich war auf jeden Fall schon jetzt fix und fertig.

Anthony kam am Freitagabend um sieben wieder zurück ins Büro, zusammen mit den beiden Kollegen, die ihn zur Unterzeichnung begleitet hatten. Sogar er, der trotz der nächtelangen kräftezehrenden Arbeit meistens munter und frisch wirkte, hatte jetzt Ringe unter den Augen und wirkte etwas blasser als sonst. Aber es war Freitagabend, die Arbeit war vollendet, und wir ließen in Anthonys Partnerbüro die Champagnerkorken knallen. Alle waren völlig aufgedreht. Die Müdigkeit zusammen mit dem Adrenalin, das immer noch in unseren Adern pulsierte, ließ uns den Alkohol schneller in den Kopf steigen. In dieser ausgelassenen Stimmung zogen wir zum Abendessen weiter ins *Chester* im schicken *Gansevoort Hotel* im Meatpacking District. Der Mandant zahlte. Mir war zwar schleierhaft, warum wir von ihm zum Essen eingeladen wurden, nachdem er für die Dienstleistungen der Kanzlei einen Betrag im oberen sechsstelligen Bereich zahlen würde, aber so lief das offensichtlich nach einer erfolgreich abgeschlossenen Transaktion.

Das *Chester* war ein supercooles Restaurant mit schwarz-weißen Fliesen auf dem Boden – ganz im Stile eines alten Schlachthauses –, braunen Ledermöbeln und unglaublich schicken, glamourösen, schönen Gästen. Typisch Manhattan eben. Während meiner ganzen Zeit in New York war ich noch nie in einem solchen Restaurant gewesen, und normalerweise hätten mich die Umgebung und das Publikum eingeschüchtert, aber über solche Gedanken war ich nach meinem dritten Glas Champagner bereits hinweg. Und die Speisekarte las sich hervorragend. Ich war so ausgehungert, dass ich zuerst gar nicht wusste, was ich bestellen sollte, bis Anthony, der neben mir saß und offensichtlich häufiger hier war, mir das Thunfisch-Tatar und das in Mango marinierte Steak mit Süßkartoffel-Pommes empfahl. Ich war nach eineinhalb Monaten Wüste im Schlaraffenland gelandet.

»Hungrig?«, fragte er schmunzelnd.

Mein Herz setzte wie jedes Mal, wenn er mich anlächelte, einen Schlag aus. Ich nickte und beobachtete ihn verstohlen von der Seite, während er die Weinkarte nahm und sie studierte. Weltmännisch, aber ohne angeberisch zu wirken, diskutierte er kurz mit dem Sommelier und fällte dann seine Entscheidung. Ich wandte schnell den Blick ab, damit er nicht merkte, wie ich ihn ansah. Die Schmetterlinge in meinem Bauch waren in den letzten Wochen nicht weniger geworden. Im Gegenteil. Eigentlich konnte ich es nicht länger leugnen: Ich hatte mich in meinen Chef verknallt. So richtig heftig. Das war natürlich völlig lächerlich, inakzeptabel, unprofessionell, und ich tat alles, damit niemand es merkte. Ehrlich gesagt wäre ich gestorben, wenn einer der Kollegen mitbekommen hätte, wie verschossen ich war. Oder noch schlimmer – wenn er es selbst gemerkt hätte. Ich hatte noch nicht einmal Isy etwas davon erzählt.

Außerdem war Liebe auf den ersten Blick doch wirklich etwas, was nur in Hollywood passierte, oder? Aber bei Anthony war ich wirklich machtlos gewesen. Er war so ziemlich das Beste, was unsere Kanzlei zu bieten hatte. Nach dem, was ich bislang gesehen hatte, war er das Beste, was New York City zu bieten hatte! Und genau das machte es gleichzeitig so unmöglich, denn es musste eine ganze Schar von Frauen geben, die ihm hinterherliefen. Allein als er kurz vorher zum Telefonieren nach draußen gegangen war, hatten ihm einige Frauen im Raum nachgeschaut. Und das waren Frauen eines anderen Kalibers als ich. Das waren echte New Yorkerinnen. Schlanke Frauen mit engen Kleidern, schmalen Hüften, großen Brüsten, roten Lippen. Selbstbewusste, moderne, eloquente, erwachsene, berufstätige Frauen, mit perfekten Haaren und perfekten Nägeln. Frauen, deren Slips farblich zum BH passten.

Kurz: Frauen, die nicht ich waren.

Mir war bewusst, dass Anthony wahrscheinlich fast jede haben konnte und in einer ganz anderen Liga spielte als ich. Ich wusste nicht mal, wie die Liga hieß, in der er spielte. Und trotzdem war es mir nicht entgangen, dass Anthony mich in Meetings ebenfalls häufig nachdenklich ansah. Außerdem drifteten geschäftliche Besprechungen, die wir zu zweit führten, immer häufiger in private Themen ab, und wir vergaßen darüber oft die Zeit. Wo wir das letzte Jahr im Urlaub gewesen waren. Er – tauchen auf Barbados, ich – tauchen im Roten Meer. Welche Hobbys wir hatten. Er – Skifahren, Golfspielen, Segeln. Ich – Skifahren, Lesen, klassische Musik. Welche Teile der Welt wir noch sehen wollten. Er – Japan und Neuseeland. Ich – Peru, Island, Südafrika. Wir verstanden uns einfach immer besser und lachten viel miteinander. Irgendetwas war da zwischen uns. Oder war Anthony einfach nur nett zu mir? Ich hatte schließlich keine Ahnung, worüber er mit den anderen Kollegen und Kolleginnen so redete.

Ich warf ihm einen Blick zu. An diesem Abend wirkte er regelrecht gelöst, so als wäre ihm eine zentnerschwere Last von den Schultern genommen. Er hatte die Ärmel seines weißen Hemdes hochgekrempelt, und die oberen drei Knöpfe waren geöffnet. Wie es sich wohl anfühlen würde, ihn auf genau diese eine Stelle über dem Schlüsselbein zu küssen?

Puh. Ich verscheuchte den Gedanken schnell wieder. Ich hatte mich die letzten Wochen im Büro doch auch unter Kontrolle gehabt. Vielleicht war es die Kombination von Anthonys Nähe und dem Alkohol, die so verheerend war. Verlegen nahm ich einen Schluck Wasser und versuchte, dem Gespräch am Tisch wieder zu folgen. Ich hatte heute Abend schon mehr getrunken als in den vergangenen Wochen zusammen, und mein Kopf fühlte sich seltsam leicht an. Glücklicherweise kam in diesem Moment der Hauptgang, und ich konnte mich auf mein Steak konzentrieren.

»Und was sagst du zu deiner ersten erfolgreichen Transaktion?«, fragte mich Anthony, als sich das Gespräch am Tisch kurze Zeit später der unerwarteten und viel diskutierten Insolvenz einer anderen Großkanzlei zuwendete.

»Anstrengend. Der Schlafentzug, der viele Kaffee, das miese Essen und dabei gleichzeitig noch hochkonzentriert zu bleiben – ich weiß nicht, ob das dauerhaft etwas für mich wäre«, antwortete ich wahrheitsgemäß.

Er lachte. Seine Lachfältchen waren so unglaublich attraktiv.

»Ich sehne mich nur noch nach Schlaf«, fuhr ich fort. »Ich weiß nicht, wie du das machst, all die Arbeit und dennoch immer frisch und gut gelaunt zu sein? Ich bin erledigt.«

»Das macht die Übung, fürchte ich.« Er dachte kurz nach und strich sich über das nicht mehr ganz glatt rasierte Kinn. »Keine Ahnung, die wievielte Transaktion das war. Ich habe aufgehört zu zählen.«

Es war laut im Restaurant, und er beugte sich ein Stück zu mir herüber, bis seine Lippen fast mein Ohr berührten. »Zugegebenermaßen würde ich jetzt auch liebend gerne ins Bett. Aber ein Vertragsabschluss muss gefeiert werden.«

Ich schloss kurz die Augen und versuchte, meinen rasenden Herzschlag zu beruhigen. Er war mir plötzlich so nah.

O Gott. Ich war noch betrunkener, als ich gedacht hatte. Auffälliger konnte ich mich kaum verhalten. Ich ließ meinen Blick über den Tisch schweifen und sah, dass meine Sorge unbegründet war. Diejenigen, die nicht noch beim Rauchen draußen waren, aßen ihren Hauptgang, unterhielten sich und lachten miteinander. Uns schenkte niemand Beachtung.

Ich sah Anthony wieder an. Seine Augen waren bei dem gedimmten Licht fast schwarz, so dass ich den Ausdruck darin nicht lesen konnte. Aber sein Blick senkte sich für einen winzigen Moment auf meinen Mund. Dann sah er mir wieder in die Augen, atmete tief durch und stand auf.

Die anderen sahen ihn erwartungsvoll an, und er rief, um die Musik zu übertönen: »Wie wäre es, wenn wir das Dessert ausfallen lassen und hoch an die Bar gehen?«

Das fand allgemeine Zustimmung, und er gab dem Kellner ein Zeichen, dass er zahlen wollte. Ich versuchte, mich zu sammeln. Vielleicht war es besser, ich nutzte die Gelegenheit, um mich aus dem Staub zu machen? Ich fühlte mich völlig aus der Bahn geworfen. Doch während ich noch darüber nachdachte, ob Flucht eine Option war, wurde mir die Entscheidung auch schon abgenommen, denn die anderen zogen mich einfach mit in die Hotellobby, zum Fahrstuhl. Widerstand war zwecklos.

Es stellte sich heraus, dass es auf dem Dach des Hotels, in dem sich auch das Restaurant befand, eine spektakuläre Skyline-Bar gab. Die *Lelie Rooftop Bar* bot einen atemberaubenden Ausblick auf New York. Für uns war ein Tisch mit gemütlichen Sofas im Wintergarten reserviert, dessen Glastüren in Anbetracht der lauen Sommernacht komplett geöffnet waren. In der Ferne glitzerten Manhattans Wolkenkratzer, unter uns lag der Hudson River in der Dunkelheit und reflektierte die Lichter New Jerseys.

Mit einem Schlag vergaß ich die peinliche Situation im Restaurant und war nur noch froh, dass ich mitgekommen war.

Undenkbar, wenn ich das hier verpasst hätte! Warum war ich mit Isy noch nie hier gewesen?

Die Gäste sahen fast alle aus wie einem Modemagazin entsprungen. Oder der Gala. Zwar fühlte ich mich noch nicht ganz zugehörig, aber ohne Zweifel war ich gerade Teil dieses New Yorker Traums. Zumindest ein kleiner.

Anthony stellte sich neben mich an die Brüstung, und wir blickten über die leuchtende Skyline. Die Party war in vollem Gange. Ein DJ legte auf, und die Musik wummerte über uns hinweg, einige Leute tanzten.

Anthony musste lauter sprechen, damit ich ihn verstand: »Gefällt es dir?«

Ich nickte, ohne dass ich meinen Blick von der Skyline abwenden konnte.

»Freut mich«, rief er. »Als ich überlegt habe, wo wir heute Abend zum Feiern hingehen, dachte ich mir, dass ich dir das hier unbedingt zeigen muss.«

Seine Worte lösten ein Kribbeln in mir aus. Er hatte an mich gedacht. Wir plauderten noch eine Weile, bevor wir zusammen an den Tisch zurückkehrten, auf dem schon wieder eine Flasche Champagner im Eiskühler bereitstand. Der Mandant musste wirklich sehr, sehr zufrieden mit unserer Arbeit sein, wenn er für das alles hier aufkam. Hier wurde Geld ausgegeben, mit dem ich drei Monatsmieten hätte bezahlen können. Ein merkwürdiger Gedanke, aber in New York schien alles größer, schneller, höher, teurer zu sein. Wir stießen noch einmal auf unseren Erfolg an, auf das kommende Wochenende und die hoffentlich etwas ruhigere Zeit, die vor uns lag. Obwohl die Kollegen schon wieder begannen, über die nächste Transaktion und potenzielle Mandanten zu sprechen. Das Tempo konnte einen wirklich schwindelig machen.

Ich hatte mir – anders als die anderen, die beim Champagner blieben – einen der ausgefallenen Cocktails auf der Karte bestellt – einen Cosmopolitan mit Chili – und hakte innerlich glücklich einen weiteren Punkt auf meiner To-do-Liste ab. Ich trank einen Cocktail auf der Dachterrasse einer New Yorker Bar, genau, wie die Liste es verlangte.

Das Leben war schön.

Um drei Uhr morgens hatten sich unsere Reihen etwas gelichtet. Als Anthonys Sekretärin Cassie verkündete, dass sie auf Klo müsse, sprang ich ebenfalls auf. Das war ein Fehler. Mir wurde kurz schwindelig, und ich hielt mich an der aufgeschobenen Scheibe des Wintergartens fest.

Woah. Als der Raum aufgehört hatte, sich zu drehen, wagten wir, sicherheitshalber untergehakt, den Gang zu den Toiletten. Die Toilettenwände schienen leicht zu schwanken. Und kamen sonderbarerweise auf mich zu. Und entfernten sich wieder. Und kamen wieder … Hilfe!

Ich lehnte mich ans Waschbecken und ließ mir kaltes Wasser über die Handgelenke laufen. Ich brauchte dringend was Antialkoholisches zu trinken.

Als Cassie herauskam, sagte sie: »Ich bin total erledigt. Ich gehe heim.« Sie klang genauso betrunken, wie ich mich fühlte. »Sag den anderen schöne Grüße von mir und bis Montag.«

Ich suchte mir allein einen Weg zurück durch die immer noch gut besuchte Bar. Als ich mich halb durch den Raum gekämpft hatte, stand Anthony plötzlich vor mir. Mein törichtes Herz machte einen Satz, als er mich am Arm etwas auf die Seite zog, damit der Kellner mit seinem Tablett an mir vorbeikonnte.

»Schöne Grüße von Cassie, sie ist gerade gegangen!«, rief ich.

»Die anderen sind auch heim. Willst du noch was trinken?«

»Wasser bitte! Unbedingt Wasser.«

Er bestellte direkt an der Bar und kam mit zwei Gläsern zu

mir zurück. Ich nahm einen großen Schluck. Das tat so gut, und meine Gedanken klärten sich etwas.

Ich würde jetzt dieses Wasser austrinken, mir ein Taxi nach Hause nehmen und morgen den ganzen Tag im Bett bleiben. Und den Rest des Monats mit Detox verbringen. Oder besser den Rest des Jahres.

Anthony nahm meine Hand. »Komm, ich zeige dir was.«

Er zog mich hinter sich her, ohne eine Antwort abzuwarten. Wir verließen die Bar und liefen an den Aufzügen vorbei in den Hotelflur. Seine Hand fühlte sich gut in meiner an, und er grinste mir verschwörerisch über die Schulter zu, während ich versuchte, ihm zu folgen, ohne über die eigenen Füße zu stolpern. Wegen mir hätte der Flur zehn Kilometer lang sein können, allein schon, damit er weiter meine Hand hielt, aber viel zu bald blieb er stehen. Mit einer Chipkarte öffnete er eine Tür, schob sie aber nicht ganz auf.

»Augen zu«, befahl er. Ich gehorchte. Nahe an meinem Ohr sagte er: »Und leise. Wir dürften eigentlich um die Uhrzeit gar nicht hier sein.«

Mit geschlossenen Augen war ich mir seiner Nähe noch bewusster. Sein Atem streifte mein Ohr, und wenn ich die Augen nicht schon zugehabt hätte, hätte ich sie spätestens in diesem Moment geschlossen. Vorsichtig führte er mich weiter. Ich spürte, dass wir wieder aus dem Gebäude heraustraten, und ließ mich von ihm leiten.

Schließlich blieb er stehen und sagte: »Augen auf.«

Ich musste kurz blinzeln. Wir standen auf einer menschenleeren, schwach beleuchteten Terrasse mit einem wunderbaren Blick auf die Wolkenkratzer von Manhattan. In der Mitte der Terrasse schimmerte ein hellblauer, beleuchteter Swimmingpool. Um den Pool herum standen kerzengerade aufgereihte Liegestühle und Sessel mit Kissen. Es war wie auf einem Foto in einem Luxus-Reisemagazin, eins von denen, die man nicht kaufte, weil einem schon die Zeitschrift zu teuer war.

»Das ist ja wunderschön hier!«, rief ich und schlug mir dann sofort erschrocken die Hand vor den Mund, weil er ja gesagt hatte, dass wir leise sein mussten.

Aber Anthony lachte nur. Ich ließ seine Hand los und lief zum Pool. Ich streifte mir die Schuhe von den schmerzenden Füßen, setzte mich auf den Beckenrand und streckte meine heißen Beine ins herrlich kühle Wasser.

Mit den Händen in den Hosentaschen schlenderte Anthony zu mir herüber. Er zog ebenfalls Schuhe und Socken aus und krempelte seine Anzughose bis zum Knie hoch. Mit einem Seufzer setzte er sich neben mich und ließ seine Beine über die Kante baumeln. Unsere nackten Arme berührten sich. Ich bekam Gänsehaut. Anthony sah mich von der Seite an, und ich wandte ihm das Gesicht zu. In der nur von den Poollichtern erhellten Dunkelheit konnte ich den Ausdruck in seinen Augen kaum ausmachen, aber ich wusste in diesem Moment, dass er mich küssen würde. Er streckte langsam, wie in Zeitlupe, die Hand aus und strich mir eine Haarsträhne aus dem Gesicht und hinters Ohr. Seine Hand fuhr zärtlich über meine Wange und legte sich in meinen Nacken. Dann zog er mich zu sich heran. Seine Lippen waren warm, und er schmeckte nach dem Champagner, den wir getrunken hatten. Ich fühlte mich, als hätte man mir den Boden unter den Füßen weggezogen. Die Musik der Bar war hier nur noch leise zu hören, und es war, als wären wir völlig alleine auf der Welt. Es dauerte einen Moment, bis ich mich aus meiner Erstarrung lösen und seinen Kuss erwidern konnte. Als er meine Reaktion spürte, zog er mich näher zu sich heran. Mutig geworden drehte ich meinen Oberkörper in seine Richtung und lehnte mich in den Kuss. Mein Gott, das musste ein Traum sein. Wahrscheinlich würde ich jeden Moment in meinem Bett aufwachen, und all das war nie geschehen. Wochenlang hatte ich Anthony bei jeder Begegnung heimlich angeschmachtet. Ich hatte nachts wach gelegen und mir genau das hier in allen Einzelheiten vorgestellt. Davon geträumt, dass er sich von mir genauso angezogen fühlte wie ich mich von ihm. Und gleichzeitig versucht, mir klarzumachen, dass das unmöglich war, weil er mein Boss war. Dass ich meine Gefühle für ihn irgendwie verdrängen musste. Und jetzt küssten wir uns wirklich. Seine Lippen fühlten sich so gut an. Wie von selbst fuhr meine Hand in sein kurz geschnittenes Haar im Nacken, während seine Hände langsam meinen Rücken hinunterwanderten.

O Gott, seine Berührungen fühlten sich verboten gut an. Mein ganzer Körper kribbelte und verlangte nach mehr. Ob ich ihn fragen sollte, ob er mit mir nach Hause kommt? Von dem Hotel aus war es nicht weit zu mir. Und Isy war dieses Wochenende wegen der Hochzeit einer Freundin in Los Angeles. Wir wären also allein und ungestört. Aber ob es richtig wäre, ihn direkt am ersten Abend mit nach Hause zu nehmen? Vielleicht eher nicht. So was hatte ich auch noch nie getan. Nicht dass ich überhaupt über einen riesigen Erfahrungsschatz verfügte. Mit Männern wie Anthony ohnehin nicht. Ich hatte bislang nur feste Beziehungen gehabt, und da hatte sich der Sex irgendwann einfach von selbst ergeben. Ich wusste auch überhaupt nicht, wie so was in den USA lief. Wahrscheinlich war es klüger, ihn zappeln zu lassen. Was machte das für einen Eindruck, wenn ich ihn direkt mit nach Hause nahm? Aber anderseits lebt man ja nur einmal, oder?

Anthonys Hand schob sich mein Bein hoch und unter meinen Rock. Ich traf eine Entscheidung.

»Willst du …?«, sagte ich im gleichen Moment, in dem er »Wollen wir …?« sagte.

Wir lachten beide. Er zog die Chipkarte des Hotels aus der Hosentasche und hielt sie mir vors Gesicht.

»Zu mir ist es näher. Nur ein Stockwerk nach unten.«

Ich hatte das Gefühl, als würde mir das Herz stehen bleiben. Das Ganze wurde plötzlich erschreckend real.

»Du hast ein Zimmer hier im Hotel?«, fragte ich mit schwacher Stimme.

Oh, natürlich. Mit der Hotelkarte waren wir ja auch hier an den Pool gekommen.

»Meinst du, ich fahre nach so einer Party um vier Uhr morgens noch nach Brooklyn? Wenn ich hier feiern, schlafen, frühstücken und morgen noch eine Runde im Pool drehen kann?«

Er stand auf und zog mich mit sich hoch. Einen Moment dachte ich, ich müsse ohnmächtig werden.

O. Mein. Gott. Ich würde Sex mit Anthony Collins haben.

Ich wachte auf, weil die Morgensonne durch einen Spalt der nicht ganz geschlossenen Vorhänge direkt auf mein Gesicht schien. Das Licht tat mir in den Augen weh. Mein Kopf tat weh. Meine Hand tat weh, irgendwie schien ich komisch darauf geschlafen zu haben. Ich kniff die Augen zusammen und sah auf meine Uhr. Kurz nach neun. Neben mir drehte sich Anthony im Schlaf auf die Seite, ein Bein unter dem Laken, eins darüber.

Ich schloss die Augen wieder und bedeckte sicherheitshalber mein Gesicht mit beiden Händen. Wir hatten miteinander geschlafen. Und es war so, so schön gewesen. Fast wie in den Träumen, die ich in den vergangenen Wochen von ihm gehabt hatte. Einen Moment überlegte ich, ob ich mich kneifen sollte. Dass das wirklich passieren würde, hätte ich nie, NIE – in Großbuchstaben – in meinem Leben für möglich gehalten.

Am liebsten hätte ich mich an ihn gekuschelt, um den Traum noch einen Moment länger festzuhalten, aber zuerst musste ich aufs Klo. Und ich hatte Durst. So vorsichtig wie möglich stand ich auf und schlich auf Zehenspitzen zur Schlafzimmertür. Das erste brauchbare Kleidungsstück, das ich finden konnte, war Anthonys Hemd auf dem Fußboden. Ich streifte es mir über, schlüpfte ins Wohnzimmer der Suite, hob meine Unterhose auf und holte mir eine Flasche Perrier aus dem Kühlschrank. Ich trank sie auf ex. Danach fühlte sich mein Kopf ein wenig klarer an. Im Bad fand ich eine abgepackte Zahnbürste und putzte mir die Zähne. Auf dem Kopf hatte ich den prächtigsten Schlaffilz, den ich aber notdürftig mit einem Hotelkamm und meinem Haargummi beseitigen konnte. Ich wusch mir das Gesicht und wischte mir die Mascara-Reste unter den Augen weg. Ich sah trotzdem miserabel aus.

Schuld war Hollywood, entschied ich, als ich meinen Slip anzog. Uns wird vorgegaukelt, dass Frauen nach wildem Sex aussehen wie Mila Kunis in *Freunde mit gewissen Vorzügen*, dabei war die davor zwei Stunden in der Maske gewesen, um die perfekten Out-of-bed-Haare zu haben und süß verschlafen auszusehen. Trotzdem konnte ich nicht den Rest des Tages im Badezimmer verbringen. Ich warf einen letzten Blick in den Spiegel. Hoffnungslos.

Auf der Schwelle zum Schlafzimmer blieb ich unsicher stehen. Wie sollte ich mich jetzt am besten verhalten? War es für ihn eine einmalige Sache gewesen? Dann sollte ich jetzt vielleicht am besten verschwinden. Nichts war schlimmer als eine peinliche Konfrontation am Morgen danach und ein geheucheltes »Ich ruf dich an«. Andererseits würde es vielleicht kindisch wirken, wenn ich mich jetzt einfach aus dem Staub machte. Und der Walk-of-Shame am Montag im Büro wäre dann wahrscheinlich noch schlimmer.

Nicht zum ersten Mal wünschte ich mir, ich hätte ein bisschen was von Isy. Was würde sie an meiner Stelle tun? Sie würde wahrscheinlich ihre Klamotten anziehen, »Danke für die tolle Nacht« sagen und gehen.

Ich grinste. Nee. Wahrscheinlich würde sie nackt aufs Bett springen und rufen: »Runde zwei!«

Das würde ich mich allerdings nie im Leben trauen. Nicht dass ich einem zweiten Mal abgeneigt gewesen wäre.

Im gleichen Moment drehte sich Anthony um und machte die Augen auf. Mein Herz machte einen nervösen Satz. Als er mich in der Tür stehen sah, blinzelte er und murmelte: »Guten Morgen.« Seine Stimme war tief und etwas rauchig. Scheinbar war der gestrige Abend auch nicht ganz spurlos an ihm vorbeigegangen. »Du stehst da … keine Ahnung … als würdest du auf den Bus warten?«

Das brachte mich zum Lachen und löste meine Anspannung. Ich lief zum Bett und setzte mich auf die Kante. Ohne zu zögern, zog er mich an sich und küsste mich auf den Mund.

»Alles okay?«, fragte er dann und legte eine Hand auf meine Wange.

»Ich weiß es nicht«, sagte ich wahrheitsgemäß. »Ich kann das alles gerade ehrlich gesagt gar nicht richtig verarbeiten.«

Er lachte trocken auf und ließ sich zurück in die Kissen fallen. »Frag mich mal.«

Dass ihn die Situation vielleicht ebenso aus der Bahn warf wie mich, beruhigte mich etwas.

»Ich habe wirklich versucht, mir nichts anmerken zu lassen«, sagte ich. »Also, dass ich dich gut finde …«

»Na ja, das war nicht zu übersehen, Emma«, sagte er, und ich zog die Nase kraus.

»War das etwa so offensichtlich?«

Er schmunzelte. »Ein bisschen schon.«

Verflixt. Und ich hatte gedacht, dass ich mich in der Kanzlei immer gut im Griff gehabt hatte.

Er zog mich in seine Arme, und ich legte meinen Kopf auf seine Schulter. »Macht ja nichts. Spätestens beim Billard hattest du mich auch.«

Ich lachte auf. »Na, dann war das viele Üben ja zumindest für etwas gut.«

Sein Handy, das auf dem Nachttisch lag, klingelte. Er warf einen Blick darauf und drückte den Anrufer weg.

»Ich habe die ganze Zeit versucht … vernünftig zu sein. Mich zusammenzureißen. Das hat gestern Abend dann irgendwie plötzlich nicht mehr geklappt.«

Ich hielt den Atem an. »Bereust du es?«

Er fuhr sich mit einer Hand durch die kurzen Haare. Dann sagte er: »Nein. Ich bereue es nicht.«

»Aber es ist verboten, oder? Unter Kollegen?«

»Nicht direkt verboten. Aber Beziehungen unter Kollegen werden von der Kanzlei auch nicht gerade gern gesehen. Ich befürchte, ich muss dich feuern.« Als er meinen erschrockenen Gesichtsausdruck sah, grinste er. »Ich stelle dich Montagmorgen wieder ein.«

Ich schlug ihm spielerisch mit der Faust auf die Schulter. Er lachte und drehte mich auf den Rücken.

Während seine Lippen über meinen Hals wanderten, murmelte er: »Hast du dieses Wochenende schon was vor?«

»Eigentlich nicht«, antwortete ich etwas atemlos und schloss die Augen. »Außer schlafen.«

»Das hört sich hervorragend an«, sagte er und hob den Kopf. »Wir könnten dieses Zimmer nämlich einfach bis morgen nicht verlassen. Essen bestellen. Dass du allerdings viel zum Schlafen kommen wirst, kann ich nicht garantieren.«

»Ein Wochenende im Bett? Mit dir?«, fragte ich und lächelte, als er nickte. »Das hört sich ganz hervorragend an.«

Wir checkten erst am späten Sonntagnachmittag aus unserem Zimmer aus. Anthony bezahlte die Hotelrechnung und rief mir ein Taxi. Gemeinsam warteten wir unter dem Vordach, denn es regnete in Strömen. Ich fühlte mich völlig liebestrunken, aber gleichzeitig hatte ich Angst vor dem, was nun kommen würde. Wie würde es weitergehen? War es nur eine kurze Affäre für ihn gewesen, Sex zwischen zwei erwachsenen, ungebundenen Menschen, die nun wieder getrennte Wege gehen würden, nachdem sie ihren Spaß gehabt hatten? Das wäre ja grundsätzlich auch okay, versuchte ich mir einzureden. Aber puh, das fiel mir schwer.

Er betrachtete mich einen Augenblick und sagte dann: »Willkommen zurück in der Wirklichkeit.« Er nahm mich in den Arm. »Ich wünschte, dieses Wochenende wäre nie zu Ende gegangen.«

Ich lehnte mich an ihn und sagte: »Wir sehen uns ja morgen schon wieder im Büro.«

Er lächelte. »So weit zu den guten Nachrichten. Gehst du mit mir Mittag essen?«

Ich atmete aus. Ich hatte gar nicht gemerkt, dass ich die Luft angehalten hatte. Also wollte er die Sache nicht hier und jetzt beenden. Es war keine kleine Wochenend-Affäre für ihn gewesen. Ich versuchte, mir meine Erleichterung nicht zu sehr anmerken zu lassen.

»Gerne. Wenn du nicht meinst, dass das vielleicht zu auffällig ist?«

Er zuckte mit den Schultern. »Wir sind ja vorher auch zusammen essen und Kaffee trinken gegangen.«

Er fuhr sich mit einer Hand durch die kurzen dunklen Haare, und ich spürte, dass er noch etwas auf dem Herzen hatte.

»Was?«, fragte ich, um ihn zu ermuntern, es auszusprechen.

»Emma, die Sache ist die …«, begann er und brach dann ab, weil sein Handy klingelte. Er warf einen Blick auf das Display und drückte den Anrufer dann weg.

»Emma, weißt du, ich habe grundsätzlich nichts dagegen, wenn du deinen Freunden von uns erzählst. Allerdings ist Isy

Summers ein Sonderfall, sie ist eine Mitarbeiterin, und ich denke nicht, dass wir in der Kanzlei vorschnell …«

Ich unterbrach ihn: »Nein! Keinesfalls! Ich hätte Isy ohnehin nichts erzählt. Gerade weil sie in der Kanzlei arbeitet.«

Er sah erleichtert aus. Ein bisschen zu erleichtert, sagte eine kleine, leise Stimme in meinem Kopf. Obwohl ich ja grundsätzlich seiner Meinung war. In der Kanzlei konnten wir unmöglich die Bombe platzen lassen. Wie würde das aussehen? Anthony würde als Partner dastehen, der die Finger nicht von seinen Mitarbeiterinnen lassen konnte, und ich wäre die Monica Lewinsky in dem ganzen Spiel. Ganz davon abgesehen, dass ich die Kanzlei verlassen müsste, wenn unser Was-auch-immer publik würde.

Natürlich war so ein Versteckspiel blöd, aber andererseits hätte ich mir vor drei Tagen ja nicht einmal träumen lassen, was seit Freitagabend passiert war. Wir hatten ein wundervolles Wochenende zusammen verlebt. Und wir würden uns morgen schon wieder sehen. Er wollte sogar mit mir Mittag essen gehen. Das alles war ja wohl kaum ein Grund zum Trübsalblasen.

Ich sagte also mit einem Augenzwinkern: »Ich bin zu jeder Lüge bereit. Solange wir beide ehrlich zueinander sind.«

Er lachte und sagte: »Deal. Ich habe den Eindruck, aus dir wird mal eine hervorragende Rechtsanwältin.«

Die Wohnung war still, als ich die Tür aufschloss. Isy war offensichtlich noch nicht wieder zu Hause. Mir war das ganz recht, denn ich musste die Erlebnisse des Wochenendes erst mal verarbeiten, bevor ich meiner neugierigen und spitzfindigen Freundin mit Pokerface gegenübertreten konnte. Ich machte mir in der Küche einen Tee und legte mich mit einer Zeitschrift aufs Bett. Ich konnte mich allerdings nicht genug konzentrieren, um etwas darin zu lesen. Zu viel ging mir im Kopf herum.

Dieses unglaubliche Wochenende mit Anthony. Wie würde

es mit uns weitergehen? Dann der bevorstehende Umzug. Kaum zu glauben, dass ich in wenigen Tagen nicht mehr mit Isy zusammenwohnen würde. Aber fast noch unglaublicher war eigentlich, dass ich dann mit diesem Nick zusammenleben würde. Hoffentlich stellte sich das nicht als Alptraum und riesige Fehlentscheidung heraus. Und: In einer Woche würde mein Semester beginnen. Ich wäre ab dann offiziell eine eingeschriebene Studentin der New York University.

Das war eigentlich alles ein bisschen viel zu verarbeiten.

Um kurz nach neun kam Isy nach Hause.

»Wo ist meine Lebensabschnittsgefährtin?«, rief sie gut gelaunt in die Wohnung.

Ich hatte zwischenzeitlich geduscht und saß mit Handtuchturban auf dem Kopf in der Küche. Sie kam herein und warf ihre Reisetasche in die Ecke.

»Du siehst irgendwie … anders aus. Ist alles o.k.?« Sie nahm sich zwei Gläser aus dem Schrank und schenkte uns Rotwein ein. »Bläst du etwa Trübsal, weil du bald ausziehen musst? Was soll ich denn da sagen? Ich muss ab September wieder meine alte, übellaunige Mitbewohnerin ertragen, während du mit dem heißesten Junggesellen in ganz New York zusammenziehst. Buhu. Du hast mein volles Mitleid.«

Ich grinste in mich hinein. Der heißeste Junggeselle in ganz New York war ganz sicher nicht Nick.

»Wie war dein Wochenende?«, wollte ich wissen, damit sie mich nicht zuerst nach meinem fragen konnte.

»Gut. Ich habe jemanden kennengelernt.«

Sie stellte das Glas vor mich. Ich seufzte. Zum Teufel mit Detox. Zumindest für heute Abend.

»Moment mal«, fragte ich. »Was ist denn mit diesem US-Militär-Typen? Ich dachte, mit dem gehst du derzeit aus?«

»Ethan. Und er ist Navy-SEAL«, korrigierte mich Isy.

»Ja, ich weiß, ein Soldat in einer Spezialeinheit mit einer total harten Ausbildung und einem entsprechenden …«, ich ahmte Isys begeisterten Tonfall nach, »… unfassbar muskulösen, durchtrainierten Körper und einer unglaublichen Ausdauer!«

Sie lachte. »Der ist doch schon wieder über alle Berge. Irgendein geheimer Einsatz von geheimer Dauer in einem geheimen Land. Wir hatten eine gute Zeit, und das war es.«

Ich sah sie von der Seite an. »Hast du nicht das Bedürfnis, mal jemand Festes zu finden? Einen richtigen Freund?«

Sie zog die Augenbrauen hoch. »Kenne ich, hatte ich, kein Interesse. Next.«

Ich merkte, dass da noch mehr dahintersteckte, wagte aber nicht nachzubohren. Nach einem Moment des Schweigens sagte sie: »Also, willst du jetzt von dem neuen Typen hören, oder was?«

»Auf jeden Fall!«

»Also. Ich habe ihn auf der Hochzeit kennengelernt. Jetzt halt dich fest. Er ist Deutscher. Kein Scherz!«

Ich zog die Füße unter den Körper und sah sie erwartungsvoll an.

»Er heißt Philipp, ist 34 und Pilot. Und er ist richtig gutaussehend, lustig und supersüß.«

»Hmhm«, machte ich anerkennend. »Und weiter?«

»Na ja«, sagte sie und strich sich mit gespielt schüchternem Gesichtsausdruck eine Strähne hinters Ohr.

Ich lachte. »Tu nicht so, das nehme ich dir sowieso nicht ab. Werdet ihr euch wiedersehen?«

»Er hat gesagt, dass er mich anruft, wenn er das nächste Mal in New York ist. Und da er Pilot ist, könnte das schon sehr bald sein.«

Sie sah aus wie eine Katze, die gerade einen Sahnetopf ausgeschleckt hatte – sehr zufrieden mit sich und der Welt.

Ich grinste zurück und nahm einen weiteren Schluck Wein, als mein Handy piepte. Eine SMS von Anthony. Ich versuchte, nicht zu aufgeregt auszusehen, als ich las:

Vielen Dank für das wundervolle Wochenende.

Isy beobachtete mich mit schräggelegtem Kopf. Ertappt legte ich das Handy zur Seite und rubbelte an einem imaginären Fleck auf dem Tisch herum.

»Moment mal. Du wirst ja ganz verlegen! Hast du am Wochenende auch jemanden kennengelernt? Los, raus mit der Sprache! Wer ist es?«

Ich rutschte unruhig auf meinem Stuhl hin und her und versuchte, meine Nervosität zu unterdrücken. Ich hatte Anthony versprochen, Isy nichts zu erzählen. Außerdem wollte ich die Sache auch nicht verhexen, indem ich zu früh darüber sprach.

Isy schlug die Hände vor den Mund. »O. Mein. Gott. Es ist Nick!«

Ich riss erschrocken die Augen auf. Ganz. Sicher. Nicht.

»Natürlich! Erst gibt er dir seine Telefonnummer, dann diese Flirt-Aktion beim Poetry Slam, und dann ziehst du auch noch bei ihm ein. Du hast dich in Nick verknallt.«

Ich stand auf. »Glaub mir, Isy. Ich habe mich ganz sicher nicht in Nick verknallt. Ich bin doch nicht verrückt.«

Am nächsten Morgen hatte ich mich im Büro kaum an meinen Schreibtisch gesetzt, da steckte Cassie den Kopf ins Zimmer.

»Emma? Anthony möchte dich sprechen.«

Mein Herz machte einen Satz, und in meinem Magen flatterten schon wieder tausend Schmetterlinge umher. Ich hatte

Anthony erst gestern Nachmittag das letzte Mal gesehen, aber trotzdem schon so unglaubliche Sehnsucht nach ihm. Wie es wohl sein würde, ihm jetzt gegenüberzutreten? Wir waren schließlich nicht mehr in unserem Hotelzimmer aka Liebesnest, sondern zurück im Büro. Ich hoffte inständig, unsere Begegnung würde nicht merkwürdig sein. Was sollte ich sagen, wie sollte ich mich verhalten?

Anthony blätterte in einer Akte, als wir das Zimmer betraten.

Ohne aufzusehen, sagte er: »Cassie, du kannst die Tür schließen. Ich will nicht gestört werden.«

Cassie sah mich mit hochgezogenen Augenbrauen an und zuckte mit den Schultern. Vermutlich dachte sie, ich hätte etwas ausgefressen und würde jetzt meinen Anpfiff kassieren. Sie zog die Tür von außen hinter sich zu, und ich war mit Anthony allein.

Er blickte immer noch nicht hoch, sondern las scheinbar konzentriert in der Akte. Er trug heute einen grauen Anzug mit einer dunkelgrünen Krawatte und hatte wie immer ein blendend weißes Hemd mit Manschettenknöpfen an, die – wie ich jetzt wusste – seine Initialen trugen.

Unruhig trat ich von einem Bein aufs andere und begann an meinem Daumennagel zu knabbern, bis ich merkte, was ich tat und mich ermahnte, mich zusammenzureißen.

Schließlich sah er hoch. Seine Mundwinkel zuckten belustigt, und seine Augen blitzten, bis ich endlich merkte, dass er mich mit seinem kühlen Gehabe auf den Arm genommen hatte. Erleichtert atmete ich aus.

»Komm her«, sagte er und streckte einen Arm nach mir aus. Ich ging um den Tisch herum, und er zog mich zu sich heran, auf seinen Schoß. Einen langen Moment sah er mir in die Augen. Dann beugte er sich vor und küsste mich. Seine Lippen waren immer noch fremd und aufregend, aber auch schon ein bisschen vertraut.

»Ich habe dich vermisst«, sagte er und küsste mich wieder.

Ich sah unsicher aus dem Augenwinkel zur Tür. »Wenn jemand reinkommt …«, sagte ich. Die Scham wollte ich mir nicht ausmalen.

Er hielt kurz inne und lächelte langsam und sehr sexy. »Du brauchst keine Angst zu haben, Baby. Ich bin der Boss. Wenn ich sage, die Tür bleibt zu, dann bleibt die Tür zu.«

Meine New-York-To-do-Liste

- [ ] ~~Eine Wohnung finden!!!~~ und umziehen
- [ ] Sightseeing
- [ ] Fetter Klunker von Tiffany!
- [ ] Einen New Yorker küssen: auf der Brooklyn Bridge, auf der Staten-Island-Fähre, ~~auf der Dachterrasse einer coolen Bar~~, beim Schlittschuhlaufen am Rockefeller Center
- [ ] Sample Sale im Fashion District und eine teure (!) Shopping-Sünde begehen
- [ ] Von einem New Yorker für eine New Yorkerin gehalten werden
- [ ] New York bei Schnee sehen
- [ ] ~~Cocktails auf der Dachterrasse einer Bar~~
- [ ] ~~Sex mit einem New Yorker!~~ Mit dem heißesten Mann in NY! O. Mein. Gott.
- [ ] In ~~50~~ ~~40~~ 32 verschiedene Bars/Clubs gehen
- [ ] Ein Event im Madison Square Garden
- [ ] Ein Wochenendtrip in die Hamptons
- [ ] Meinen LLM-Abschluss schaffen
- [ ] Mir überlegen, was ich mit meinem Leben nach dem Abschluss anfangen will
- [ ] Die große Liebe finden

SEPTEMBER

Vier Tage später zog ich in die neue Wohnung. Ich sah Nick nur ein einziges Mal kurz beim Frühstück, bevor er sich mit irgendeinem Footballteam zu einer Interviewreise aufmachte. Oder war es Baseball? Oder Basketball? Er hatte es mir gesagt, aber ich hatte es sofort wieder vergessen.

Zweimal war ich in dieser Woche mit Anthony in der Mittagspause essen gewesen, und am Donnerstagabend lud er mich zum Dinner ein. Danach gingen wir zu mir nach Hause und landeten direkt im Bett.

Irgendwie war ich froh, dass Nick nicht da war. Eigentlich konnte es mir ja egal sein, aber die Vorstellung, dass er und Anthony sich kennenlernten, war mir unangenehm. Ich konnte mir nicht vorstellen, dass die beiden sich mögen würden. Warum, wusste ich selbst nicht so genau. Vielleicht weil sie einfach zu unterschiedlich waren.

»Ich mag dein Zimmer. Hier zu sein erinnert mich irgendwie total an meine Studienzeit in Yale«, riss Anthony mich aus meinen Gedanken.

Ich sah mich um und versuchte, das Zimmer mit seinen Augen zu sehen. Ich hatte zwar die Möbel von Nicks Freund übernommen, aber trotzdem versucht, dem Raum meinen eigenen Stil zu geben. Ich hatte helle Vorhänge gekauft. Und Kissen. Viele, viele Kissen. Außerdem eine bunte Patchworkdecke, die ich tagsüber über mein Bett warf, so dass ich es auch als

Sofa benutzen konnte. Über dem Spiegel neben der Tür hatte ich eine Lichterkette aus kleinen Papiersternen drapiert, die das Zimmer in ein gemütliches Licht tauchte. An der Wand hing mittlerweile ein Sammelsurium von Schnappschüssen, vor allem von Isy und mir, Fotos einiger New Yorker Sehenswürdigkeiten, Eintrittskarten und sonstigen Erinnerungsschnipseln.

Anthony drehte sich auf die Seite, um mich anzusehen. Der Lattenrost unter uns quietschte, und er fiel fast aus dem Bett.

Ich musste kichern. »Echt jetzt? Ist es dir nicht etwas zu eng hier?«

Er zog mich näher zu sich heran und küsste mich auf die Haare. »Im Moment finde ich eng ganz gut.«

Ich schmunzelte und kuschelte mich an seine Schulter. Ich fand es toll, ihn bei mir zu haben. Es machte alles ein bisschen realer. Manchmal musste ich mich immer noch kneifen, weil ich kaum glauben konnte, dass Anthony und ich … ja, was eigentlich? Zusammen waren? Eine Affäre hatten? So genau hatten wir das noch nicht besprochen.

»Vielleicht sollten wir uns am Wochenende lieber bei dir treffen«, sagte ich mutiger, als ich mich fühlte.

Er wollte mir gerade eine Haarsträhne aus dem Gesicht streichen und hielt in der Bewegung inne. »Am Wochenende muss ich leider arbeiten.«

Ich versuchte, mir meine Enttäuschung nicht anmerken zu lassen, und nickte nur. »Werden die Kollegen morgen früh nicht komisch gucken, wenn wir zusammen ins Büro kommen?«

Er zuckte mit den Schultern. »Lass uns mit dem Taxi fahren. Ich kann eine Ecke früher aussteigen und den Rest zu Fuß gehen. Dann sehen uns die Kollegen gar nicht erst zusammen ankommen.«

Ich stand auf, um mir die Zähne zu putzen, da klingelte es. Als ich im Flur den Buzzer drücken wollte, hörte ich, dass der

Besucher schon oben war und nicht unten vor dem Haus stand. Ich öffnete. Vor der Tür stand eine Frau, ungefähr in meinem Alter.

»Kann ich dir helfen?«, fragte ich im gleichen Moment, als sie sagte: »Bist du seine Neue?«

Ich stand auf dem Schlauch. »Neue?«

Sie verdrehte die Augen. »Nicks Neue? Nicks Aktuelle? Die Frau der Woche? Des Tages? Der Stunde? Die nächste, die er erst bezirzt, verführt, verliebt macht und dann fallen lässt?«

Okaaay. Die Frau war offenbar nicht gut auf Nick zu sprechen. Ich versuchte, höflich zu bleiben, und streckte ihr meine Hand hin. »Nein. Ich bin nur die Mitbewohnerin. Emma.«

Zögernd nahm sie meine Hand. »Stella. Nicks Exfreundin.«

Oha. Daher also die negativen Vibes. Ich betrachtete sie genauer. Blond, groß, schlank, sportlich, hübsches Gesicht. Sicherlich eine Traumfrau für viele Männer. Aber scheinbar nicht für Playboy Nick.

»Scheint ja nicht gut ausgegangen zu sein?«, sagte ich vorsichtig.

Sie schnaubte. »Er hat mich nach Strich und Faden verarscht. Erst hat er mir das Blaue vom Himmel versprochen, und als er es endlich geschafft hatte, mich rumzukriegen, wurde es ihm langweilig, und er suchte sich die nächste.«

Ich runzelte die Stirn. Das passte total zu ihm.

»Das tut mir leid«, sagte ich. »Nick ist im Moment auf Reisen, und ich weiß nicht, wann er wiederkommt.«

Ihre Schultern sackten herunter. Sie sah plötzlich klein und verletzlich aus.

»Kannst du ihm dann ausrichten, dass ich hier war? Und dass er sich bei mir melden soll?« Sie suchte nach Worten. »Und ... dass ich ihn vermisse?«

O wow. Die Arme hatte es ja offensichtlich richtig erwischt.

Nick war wirklich ein Ober-Arsch. Mein erster Eindruck hatte mich nicht getrogen.

Als ich in mein Zimmer zurückkam, beendete Anthony gerade ein Telefonat.

»War was?«

Ich schüttelte den Kopf. »Nur eine Verflossene meines Aufreißer-Mitbewohners.«

Er nahm meine Hand und zog mich zu sich aufs Bett. »Er darf meinetwegen alle Frauen der Welt aufreißen. Aber dich nicht.«

Als ich am folgenden Samstagmorgen aufwachte, hörte ich Nick im Nachbarzimmer. Es war ein merkwürdiges Gefühl, dass er nun da war, nachdem ich eine Woche alleine in der neuen Wohnung gelebt hatte. Ich hatte meine Abende – außer natürlich Donnerstag – dazu genutzt zu putzen, aufzuräumen und mich gemütlich einzurichten. Ich hatte nicht nur mein Zimmer geschrubbt, bis alles glänzte, sondern auch den Rest der Wohnung. Wobei es nicht so dreckig gewesen war, wie ich es von einer Männerbude erwartet hätte. Es war zwar nicht klinisch rein, aber sauber und ordentlich, und es erleichterte mich ungemein, dass mein neuer Mitbewohner zumindest keine Messie-Tendenzen hatte.

Ich quälte mich aus dem Bett, putzte mir die Zähne und tappte immer noch verschlafen in die Küche. Dort stellte ich den Wasserkocher an und warf einen Teebeutel in die Tasse. Während ich wartete, dass das Wasser anfing zu kochen, hopste ich auf die Küchenzeile und griff mir die *Vogue* von dem Stapel Zeitschriften, die ich hier liegen gelassen hatte.

Im gleichen Moment öffnete sich die Tür zu Nicks Zimmer, das genau gegenüber der Küche lag, und Nick kam heraus. Er trug blau-weiß gestreifte Boxershorts und ein weißes College-

T-Shirt. Er hatte richtig Farbe bekommen und war viel brauner, als ich ihn in Erinnerung hatte. Er kam in die Küche und gähnte. Er sah unverschämt gut aus, auf eine sexy Ich-komme-gerade-aus-dem-Bett-Art. Ich sah verstohlen an mir runter. Ich hatte eine alte, ziemlich ausgeleierte Pyjamahose und ein weißes Tank-Top an und wünschte mir sofort, ich hätte einen Bademantel oder zumindest eine Strickjacke übergezogen. Hoffentlich sah man meine Brustwarzen nicht durch das Shirt.

»Guten Morgen.« Er griff an mir vorbei in den Schrank und holte sich eine Tasse heraus. Und blickte dabei mit einer hochgezogenen Braue direkt auf meine Brüste.

Schwein.

Ich sprang von der Küchenzeile und goss das kochende Wasser auf den Teebeutel.

»Morgen. Willst du auch einen Tee?«, fragte ich und widerstand dem Impuls, meine Arme zu verschränken.

Ich hatte überhaupt keinen Grund, nervös zu sein. Das war schließlich mein Mitbewohner. Und meine WG. Was war schon schlimm daran, sich morgens in der Küche im Schlafanzug zu begegnen? Isy hatte mich ja auch im Schlafanzug gesehen. Wo war der Unterschied?

»Danke, aber ich brauche morgens meinen Kaffee, um in Gang zu kommen«, antwortete Nick und stellte die Kaffeemaschine an.

»Du hast dich ja offenbar schon ganz gut eingelebt«, sagte er und nickte zu dem Stapel Frauenzeitschriften auf der Küchenzeile. »Und es hat in dieser Wohnung schon lange nicht mehr so intensiv nach WC-Reiniger und Scheuermilch gerochen.« Er schmunzelte. »Vielen Dank fürs Putzen.«

»Gern geschehen.« Nahm er mich auf den Arm? »Ich dachte nur, diese Männerwohnung hatte einen Putzlappen mal nötig.«

»Definitiv«, sagte er.

Er nahm mich auf jeden Fall auf den Arm.

Was er konnte, konnte ich schon lange. »Die pinke Wandfarbe für Flur und Küche ist auch schon bestellt und kommt nächste Woche«, sagte ich und genoss, wie er mich einen Moment erschrocken ansah. Ha.

»Wie war deine Reise?«, fragte ich mit Unschuldsmiene.

Er hatte sich schnell wieder gefangen. »Super. Ich war mit dem Center der New York Knicks im Trainingscamp auf Hawaii.«

Ich sah ihn mit hochgezogenen Augenbrauen an. »New York Knicks? Was war das noch mal für eine Mannschaft? Fußball oder? Und was macht der – wie heißt das? Center? – auf Hawaii?«

»Du hast wirklich keine Ahnung von Sport, oder? Na ja. Das wird sich ab sofort ändern.« Er baute sich vor mir auf und zählte an den Fingern ab. »Erstens: Die Knicks sind das New Yorker Basketball Team. Du bist hiermit Fan, klar? Sonst können wir nicht zusammenwohnen.«

Unwillkürlich musste ich lachen, aber er schien es ernst zu meinen. »Zweitens: Der Center ist der Spieler, der sich meist unter dem Korb bewegt, Rebounds holt und Körbe erzielt. Drittens: Gerade ist Spielpause, und die Spieler bereiten sich auf die neue Saison vor. In diesem Fall in Verbindung mit einem Werbedeal für einen Sportartikelhersteller medienwirksam auf Hawaii. Ich war mit einigen anderen Reportern dabei und habe Interviews geführt, das Training beobachtet und darüber berichtet.«

»Und das nennst du Arbeit?«, fragte ich.

Er legte den Kopf schief. »Ich gebe zu, dass Reisen nach Hawaii eher der angenehmere Teil meiner Arbeit sind. Das habe ich auch nicht jede Woche. Leider.«

Ich stellte meine Tasse in die Spüle. »Vielen Dank für die Nachhilfestunde in Sachen Sport, ich werde mir brav alles merken. Aber nun muss ich leider los.«

»Was hast du heute vor?«

»Meine Freundin Isy hat Besuch. Wir gehen frühstücken und machen dann ein bisschen Sightseeing.«

»Ah«, machte er.

Ich ging zur Tür.

»Emma?«, rief er mir hinterher, als ich schon im Flur war.

»Ja?« Ich drehte mich noch mal um.

»Das mit der pinken Wandfarbe war ein Scherz, oder?«

Als ich gerade im Bad stand und mir die Haare zu einem Dutt auf dem Kopf zusammenband, klingelte es. Ich hörte, wie Nick den Türöffner betätigte. Zwei Minuten später erklang Isys Stimme im Treppenhaus.

»Ich werde dich erst wieder besuchen, wenn der Aufzug repariert ist, so viel ist klar!«, keuchte sie.

Ich warf einen letzten Blick in den Spiegel und verließ das Bad. Nick trug mittlerweile eine Jeans und ein T-Shirt. Isy kam schnaufend durch die Tür, aber sie strahlte mich an.

»Das ist Philipp. Aber Deutsch sprechen ist verboten, sonst verstehe ich nicht, was ihr hinter meinem Rücken bequatscht.«

Ich schüttelte Philipp – in der Tat groß und attraktiv – die Hand, bevor Isy ihm auch Nick vorstellte.

»Was sind eure Pläne für heute?«, fragte Nick.

»Freiheitsstatue, Empire State Building, One World Trade Center, 9/11 Memorial, Wall Street und was wir sonst noch so schaffen«, sagte Isy. »Und heute Abend Dinner und ein bisschen Party.«

Sie hatte offenbar hervorragende Laune. Kein Wunder.

»Was hast du vor?«, fragte Isy Nick. »Das Wetter soll heute und morgen super bleiben.«

»Vielleicht ein bisschen arbeiten. Ich setze mich mit dem Laptop aufs Dach, denke ich.«

Ich schnappte mir meine Tasche. Ich war bereit zu gehen und freute mich unglaublich auf den Tag. Eine echte Sightseeing-Tour hatte ich bislang noch nicht gemacht. Ich war im Büro einfach zu beschäftigt gewesen.

Isy blickte von mir zu Nick und wieder zurück. Dann sagte sie: »Kommt gar nicht in Frage, dass du am Wochenende arbeitest. Du kommst mit! Dann hat Emma auch einen Begleiter und fühlt sich nicht so einsam.«

Ich sah sie ungläubig an. Hatte ich gerade richtig gehört? Ich erwartete, dass Nick dankend ablehnen würde, aber er grinste nur und sagte: »Ja, klar, warum nicht? Aber nur, weil Emma sich sonst so einsam fühlt.«

Wir machten eine richtige Touri-Tour, fuhren aufs Empire State Building, besichtigten Ground Zero und setzten mit der Fähre zur Freiheitsstatue über. Im Geiste hakte ich den Punkt *Sightseeing* auf der To-do-Liste ab. Erledigt. Herrlich.

Als ich das Isy gegenüber erwähnte, sagte sie nur trocken: »Kümmere dich lieber um die wirklich wichtigen Punkte, zum Beispiel *Sex mit einem New Yorker.*« Vielsagend sah sie zu Nick rüber.

Ich verdrehte die Augen. Wenn sie wüsste.

Abends lud Philipp uns als Dankeschön für die Stadtführung ins *Neta* ein, ein kleines, aber sehr gutes Sushi-Restaurant in der 61 West Eighth Street, in unserer unmittelbaren Nachbarschaft. Es war eigentlich merkwürdig, dass man in einer so großen Stadt wie New York mit all den unbegrenzten Möglichkeiten doch immer wieder in die eigene Gegend zurückkehrte, weil man sich dort eben am wohlsten fühlte. Für uns war »unser« Viertel das West Village, und hier hielten wir uns am liebsten auf.

Das Restaurant war bis zum letzten Platz besetzt, und wir

saßen an dem langen Holztresen, leider in einer Viererreihe nebeneinander, obwohl Isy mit all ihrem Charme und unter Einsatz von Augenaufschlag und Dekolleté versucht hatte, dem Kellner den Platz am Ende des Tresens abzuschwatzen, an dem man sich gegenübersitzen konnte. Manchmal kam auch Isy mit all ihren Waffen nicht weiter, obwohl man sagen musste, dass zumindest Philipp stark beeindruckt von ihrem Einsatz war, denn er konnte während des Essens die Finger kaum mehr von ihr lassen.

»Nehmt euch ein Zimmer«, murmelte Nick neben mir irgendwann in sein Asahi-Bier.

Ich musste schmunzeln und sagte: »Sag bloß, das stört dich? Ich hätte dich nicht für so prüde gehalten.«

Obwohl ich selbst fand, dass die beiden einen Gang runterschalten sollten. Knutschen und nur schlecht verstecktes Fummeln unterm Tisch waren für meinen Geschmack nicht die richtigen Begleiter für die Lachs-Avocado-Röllchen, die gerade vor mir standen. Aber die beiden konnten offenbar kaum genug voneinander bekommen, und am Montag würde Philipp schon wieder fliegen. Also ließ ich sie und wandte mich lieber Nick zu, der sich gerade ein kunstvolles Sushi-Türmchen von einer heiß brutzelnden Platte nahm.

»Was isst du da?«, fragte ich.

»Lachstatar Szechuan-Art«, antwortete er. »Willst du probieren?«

Er nahm Reis, Lachstatar und etwas von dem merkwürdig aussehenden Topping zwischen seine Stäbchen und hielt sie mir hin. Ich zögerte kurz und lehnte mich dann zu ihm. Nick schob mir den Fisch in den Mund und sah mich erwartungsvoll an.

»Und?«

Es schmeckte scharf nach Chili, Pfeffer und exotischen Gewürzen.

»Das ist der Hammer«, sagte ich begeistert. »Was ist das da obendrauf?« Ich deutete mit meinen Stäbchen auf den Belag.

»Katsuobushi.«

»Gesundheit«, sagte ich, und er lachte.

»Das ist getrockneter und geräucherter Thunfisch, der dünn gehobelt wird. Willst du die Hälfte?« Er schob mir den Teller hin.

»Auf jeden Fall!«, sagte ich.

Vielleicht war Nick letztlich doch nicht ganz so übel. Wenn er sein Essen mit mir teilte, dann bekam er auf jeden Fall einen großen Mitbewohner-Sympathie-Bonus-Punkt.

Schnell nahm ich eine gegrillte Jakobsmuschel zwischen die Stäbchen und hielt sie ihm hin: »Probier das mal.«

Nick konzentrierte sich auf den Geschmack in seinem Mund und nickte anerkennend. »Auch nicht schlecht. Gegrillte Jakobsmuschel und Seeigel in Knoblauchbutter und Sojasoße. Mit ein bisschen Limette.«

»Kannst du etwa kochen?«, fragte ich verwundert, weil ich ihm das irgendwie gar nicht zutraute.

»Ich komme zurecht, würde ich behaupten«, sagte er und schnappte sich noch eines meiner Lachs-Röllchen.

Bevor ich protestieren konnte, beugte sich Isy zu uns rüber: »Wir haben uns überhaupt keine Gedanken gemacht, was wir heute Abend nach dem Essen machen könnten.« Sie schaute mich und Nick hilfesuchend an. »Irgendeine Idee für einen Club?«

Meine Erfahrung mit New Yorker Clubs war beschränkt, aber Nick sagte: »Wie wäre es mit *Marquee*?«

»Pfft«, machte Isy. »Wir haben gleich halb zwölf. Wie sollen wir da jetzt noch reinkommen? Die Schlange reicht bestimmt um drei Ecken.«

Nick zog sein Telefon aus der Tasche und stand auf. Er ging, das Handy am Ohr, Richtung Garderobe, sprach kurz und kam eine Minute später wieder zurück.

»Wir stehen auf der Gästeliste und haben einen Tisch. Philipp plus eins und ich plus eins.«

Isy rutschte vom Stuhl und hopste begeistert auf und ab.

»Wie hast du das gemacht?«, fragte sie. Dann winkte sie ab. »Ach, was frage ich. Als Journalist kennst du wahrscheinlich die halbe Stadt. Lasst uns gehen! Ich bin ›plus eins‹ im *Marquee*!«

Die Schlange war in der Tat lang, es warteten sicherlich fast hundert Gäste vor dem Club. Wir folgten Nick und gingen direkt zur Tür, unter den bösen Blicken der anderen Wartenden. Nick sprach kurz mit dem Türsteher, der unsere Namen auf der Gästeliste abhakte, und wir wurden reingelassen.

»Puh, das ist ja fast unangenehm. Alle anderen müssen warten, und wir dürfen einfach rein«, sagte ich zu Isy, als wir den Club betraten.

Sie sah mich verständnislos von der Seite an. »Bist du verrückt? Wir sind heute Abend die VIPs. Das solltest du genießen. Weißt du, wie schwer es ist, in diesen Club zu kommen?«

Ich verdrehte die Augen, denn Isy hatte mit ihrem Aussehen und ihrer fröhlichen und selbstbewussten Art sicherlich noch niemals Probleme gehabt, in irgendeinen Club gelassen zu werden. Sie sprühte förmlich vor Energie, und ich ließ mich direkt von ihr auf die Tanzfläche ziehen.

Als wir einige Zeit später verschwitzt und außer Puste zu dem kleinen Tisch zurückkamen, an dem Nick und Philipp saßen, stand Nick auf und ließ Isy zu Philipp auf die Couch rutschen. Mir reichte er ein Glas und lehnte sich neben mich an die Wand.

»Danke! Was ist das?«, fragte ich. Ich musste ihm fast ins Ohr schreien, damit er mich verstand. Die Musik war toll, und der DJ wusste offenbar, was er tat.

»Gin Tonic«, sagte er.

Lecker. Der Mann verstand nicht nur was von gutem Essen, sondern konnte auch die richtigen Drinks besorgen. Nicht übel. Wir stießen an, und ich wollte auch Isy und Philipp zuprosten, doch die beiden waren bereits wieder mit Gott weiß was auf dem Sofa beschäftigt.

Nick lehnte sich zu mir rüber. »Du hast mir noch gar nicht von deiner ersten Woche an der Uni erzählt.«

»Es war gut. Ich hatte einen Englisch-Kurs und zwei Einführungskurse in US-Recht.«

»Hört sich sehr spannend an«, sagte Nick. »Nicht …«

Ich zog die Nase kraus und ließ meinen Blick über die anderen Gäste schweifen. Am Tisch neben uns saß eine Gruppe Frauen, offenbar ein Junggesellinnenabschied, denn die eine trug einen rosafarbenen Schleier und ein Krönchen im Haar. Zumindest hoffte ich für sie, dass sie eine Braut war und dass das nicht ihr übliches Samstagabend-Ausgeh-Outfit war.

Es dauerte eine Weile, bevor ich bemerkte, dass sie tuschelten und immer wieder zu Nick schauten. Nick hob kurz die Hand und grüßte, was bei den offensichtlich schon ziemlich betrunkenen Damen weiteres Kichern und Tuscheln auslöste.

»Findest du es okay, mit anderen Frauen zu flirten, während du dich mit mir unterhältst?« Ich wollte es eigentlich mit einem lustigen Unterton sagen, aber als die Frage aus meinem Mund war, klang sie irgendwie schnippisch. Vielleicht weil mir die Worte der armen Stella noch in den Ohren klangen.

»Würde dich das etwa stören? Wenn ich mit anderen Frauen flirte?« Sein amüsiertes Grinsen ärgerte mich irgendwie.

Würde mich das stören? Was für eine arrogante Frage. Typisch für ihn. War mir doch egal, wem er schöne Augen machte.

»Nein, du kannst flirten, mit wem du willst. Aber es ist unhöflich, wenn du dich gerade mit jemandem unterhältst«, sagte ich und sah zu Philipp und Isy rüber, die immer noch wie wild knutschten. Leider war aus dieser Richtung wohl keine Rettung zu erwarten. Nick, der neben mir an der Wand lehnte, folgte meinem Blick und beugte sich zu mir herunter. Dann sagte er dicht an meinem Ohr: »Willst du auch?«

Was? Hatte ich richtig gehört? Das konnte ja wohl nicht sein Ernst sein. War er jetzt völlig verrückt geworden? Ich sah ihn fassungslos an. »Nein! Ich will nicht! Ich habe einen Freund!«

Nick sah mich einen Moment verwirrt an, dann legte er den Kopf in den Nacken und lachte laut los. Er lachte so heftig, dass er einen Teil seines Gin Tonics verschüttete. Als er sich wieder halbwegs beruhigt hatte, sah er mich mit Tränen in den Augen an und sagte: »Ich meinte tanzen, Emma. Tanzen!«

Oh, lieber Himmel. Ich wurde knallrot und wünschte mir ein Loch herbei, in das ich kriechen konnte. Wie dämlich war ich denn? Mir fiel nichts ein, wie ich die peinliche Situation retten konnte.

Nick lachte immer noch herzhaft. »Aber gut zu wissen, dass du einen Freund hast. Dann hätten wir das ja auch geklärt.«

Ich hatte genug. Entnervt drehte ich mich um und beugte mich zu Isy runter. »Ihr seht wirklich aus, als würdet ihr langsam mal ein Zimmer brauchen. Können wir uns ein Taxi teilen?«

»Klar«, sagte sie und ließ sich von Philipp hochziehen, der offenbar ganz dankbar war, gehen zu können. »Was ist mit Nick?«

Ich drehte mich zu ihm um. Nick hatte sich zu den Junggesellinnen gesellt und schien sich prächtig mit einer langbeinigen Brünetten in einem roten Kleid zu amüsieren.

Ich zog die Nase kraus. »Der ist beschäftigt.«

Ich war froh, als ich eine halbe Stunde später endlich im Bett lag. Meine Füße taten unglaublich weh. Erst den ganzen Tag durch die Stadt gelaufen und dann auch noch den Abend lang in Pumps gezwängt. Ich war todmüde, doch einschlafen konnte ich trotzdem nicht. Von drei bis fünf lag ich wach. Dann hörte ich die Haustür, ein Poltern und ein Kichern. Mein Mitbewohner machte seinem Ruf alle Ehre und war ganz offensichtlich nicht allein nach Hause gekommen. Ich drehte mich genervt zur Wand. Nick und seine Begleitung stolperten durch den Flur. Dann schloss sich seine Zimmertür, und ich hörte leise Stimmen und Lachen nebenan.

Ich suchte in meiner Nachttischschublade nach Ohrstöpseln, fand aber keine. Stattdessen zog ich mir die Decke über den Kopf, was mich aber nicht davor bewahrte mitanzuhören, was offenbar ein sehr langer, intensiver weiblicher Orgasmus war.

Am nächsten Morgen saß ich übermüdet und genervt in der Küche und rührte in meinem Tee, als die Tür zu Nicks Zimmer aufging und die Brünette im roten Kleid herausschlüpfte. Sie sah mich einen Moment irritiert an und verschwand dann aus der Wohnung, ohne etwas zu sagen.

Auch gut. Manchmal wurden Worte einfach überbewertet.

Als ich mir gerade eine Müslischüssel mit Frühstücksflocken füllte, kam Nick in die Küche. Er lehnte sich mit verschränkten Armen an den Türrahmen und beobachtete mich einen Moment.

»Und? Das nächste Herz gebrochen?«, fragte ich und schob mir einen Löffel Frühstücksflocken in den Mund.

Er kam stirnrunzelnd in die Küche und schenkte sich ein Glas Orangensaft ein. »Ich breche keine Herzen.«

Ich schnaubte und wischte mir etwas Milch vom Mund. »Stimmt. Du hast ja nur One-Night-Stands und machst dich schnell aus dem Staub, wenn sich eine in dich verliebt.«

»Was für ein Quatsch«, sagte er kopfschüttelnd und nahm einen Schluck Saft.

»Deine Ex Stella findet sicher nicht, dass das Quatsch ist. Schöne Grüße übrigens«, sagte ich und sah mit Genugtuung, wie er sich an seinem Saft verschluckte und heftig zu husten begann. Ich widerstand dem Impuls, ihm auf den Rücken zu klopfen. Hart.

»Was?«, fragte er, als er wieder halbwegs atmen konnte. »Woher kennst du Stella?«

Ich zuckte mit den Schultern. »Sie hat wie ein Häufchen Elend vor unserer Tür gestanden und mir erzählt, wie du sie fallen gelassen hast wie eine heiße Kartoffel, nachdem du sie im Bett hattest.«

Er runzelte die Stirn. »Du solltest nicht alles glauben, was man dir erzählt. Ich bin dir zwar keine Rechenschaft schuldig, Mami, aber ich erkläre es dir trotzdem: Ich habe Stella – wie übrigens jeder Frau, mit der ich schlafe – von Anfang an klargemacht, dass ich nicht an was Festem interessiert bin. Aber sie hat sich wie ein Pitbull in die Idee verbissen, dass ich die Liebe ihres Lebens bin. Sie war nie meine Freundin und wird es auch nie sein. Und ich habe sie auch nie glauben lassen, dass sie es werden könnte.« Ich muss wenig überzeugt ausgesehen haben, denn er fügte hinzu: »Meine Güte, ich habe sie auf einem Konzert kennengelernt und bin noch am selben Abend mit ihr nach Hause gegangen. Und danach direkt wieder verschwunden. Was hat sie erwartet? Dass ich sie heirate?«

»Offensichtlich«, antwortete ich trocken, musste aber zugeben, dass ich nicht in Erwägung gezogen hatte, dass es immer zwei Seiten einer Geschichte gab.

»Dazu habe ich ihr aber ganz sicher keinen Anlass gegeben«, erwiderte er und stellte die Kaffeemaschine an. »Im Gegenteil. Wir haben nicht mal Telefonnummern ausgetauscht, aber sie hat mich über meinen Blog ausfindig gemacht und mir regelrecht nachgestellt.«

»Manche Männer würden alles für eine so heiße Stalkerin geben.«

Das brachte ihn zum Grinsen. »Ich sage ja auch nicht, dass sie nicht heiß war.«

Ich schüttete mehr Flakes in meine Schüssel. »Bitte, erspar mir die Details.«

»Peanut Butter Cheerios?«, fragte Nick und deutete auf meine Müslischüssel. »Ist das dein Ernst?«

Ich zuckte mit den Schultern. »Ich lebe eben voll und ganz den American Way of Life.«

»Du weißt schon, dass die ungesund sind und direkt auf die Hüfte gehen?«

Ich zog die Augenbrauen hoch. »Willst du mir damit irgendwas sagen?«

»Keine Sorge, Emma. Ich finde dich perfekt, so wie du bist.« Bevor ich mich von diesem unerwarteten Kompliment erholen konnte, fragte er mit treuherzigem Blick: »Bekomme ich welche ab?«

Obwohl ich nicht wollte, musste ich lächeln und füllte ihm eine zweite Schüssel.

Waffenstillstand, würde ich sagen.

In den folgenden Wochen an der Uni wurde mir schnell klar, wie sehr ich mich reinhängen musste, wenn ich in den Kursen mitkommen wollte. Strafrecht, Steuerrecht, Gesellschaftsrecht, Arbeitsrecht – allein wenn ich darüber nachdachte, schwirrte mir der Kopf. Die amerikanischen Kommilitonen taten sich schon allein deswegen leichter, weil sie Muttersprachler waren, und die zahlreichen klugen und fleißigen asiatischen Studenten jagten mir Angst ein. Sie schienen regelrecht in der Bibliothek zu leben. Und sie waren eine permanente Erinnerung daran, dass ich mehr lernen musste. Mit Anthonys Unterstützung konnte ich meine Arbeitszeiten glücklicherweise um die Vorlesungen und meine Lernzeiten herum arrangieren.

Obwohl ich nicht dieselben Kurse belegte wie Isy, sahen wir uns jetzt häufig an der Uni, lernten zusammen, gingen Mittag essen und Kaffee trinken. Manchmal begleitete uns Nick, dessen Journalismus-Fakultät nur wenige Minuten Fußweg von unserem Gebäude entfernt war. Und unsere Wohnung lag ja ohnehin um die Ecke. Isy ging immer noch davon aus, dass ich in Nick verliebt war, was mir letztendlich ganz recht war, weil sie so erst mal keinen Verdacht schöpfte, was Anthony anbelangte. Ich hätte sie natürlich gerne in alles eingeweiht, aber das ging eben im Moment noch nicht. Wenn Anthony und ich erst einmal etwas länger zusammen waren, würde ich es ihr sowieso erzählen. In allen Einzelheiten.

Am letzten Freitag im September holte Nick mich mittags von meiner Vorlesung ab und lud mich auf einen Kaffee ein, bevor sein Tutorium an der Uni begann. Das hatten wir in letzter Zeit häufiger getan, und eigentlich musste ich zugeben, dass wir uns mittlerweile ganz okay verstanden.

Wir saßen mit unseren Coffee-to-go-Bechern auf der breiten Treppe vor der Business School am Washington Square Park in der noch angenehm warmen Spätsommersonne. Nick hatte sich auf den Stufen zurückgelehnt, die Beine ausgestreckt und die Augen hinter seiner Sonnenbrille geschlossen. Er trug wie üblich eine verwaschene Jeans und ein weißes T-Shirt.

»Hast du Pläne fürs Wochenende, Peanut?«

Ich verdrehte die Augen, als er den Spitznamen gebrauchte, den er sich für mich angewöhnt hatte. Nur weil ich dieses eine Mal die Peanut Butter Cheerios gegessen hatte.

Als er meine Genervtheit sah, grinste er nur. »Wir könnten morgen früh im Central Park laufen gehen und mal wieder ein bisschen was für deine Fitness tun.«

Unverschämter Kerl.

»An meiner Fitness ist nichts auszusetzen«, sagte ich und überlegte gleichzeitig, was ich antworten sollte.

Anthony hatte sich heute noch nicht gemeldet, und ich wusste nicht, ob wir uns dieses Wochenende sehen würden. Ich hoffte es. Wir hatten uns Mittwoch das letzte Mal getroffen, als ich in der Kanzlei gearbeitet hatte. Wir waren zusammen Mittag essen gewesen, aber er hatte nicht bei mir übernachtet, weil er am nächsten Morgen einen frühen Termin gehabt hatte. Obwohl es erst zwei Tage her war, dass ich ihn gesehen hatte, vermisste ich ihn schon. Außerdem hoffte ich, dass er mir dieses Wochenende vielleicht sein Haus in Brooklyn zeigen würde. In den vergangenen Wochen hatten wir uns vor allem bei mir gesehen – ich hatte darauf geachtet, dass Nick an diesen Abenden nicht da war, so dass die beiden sich nicht über den Weg laufen konnten. Zwei Mal hatten wir uns spontan in einem Hotel in der Nähe der Kanzlei getroffen, wo Anthony manchmal ein Zimmer buchte, wenn er abends lang arbeiten musste und keine Lust mehr hatte, nach Brooklyn rüberzufahren.

»Hast du denn Pläne?«, sagte ich, um seiner Frage auszuweichen, und trank einen Schluck von meinem Latte.

»Hm«, sagte er, drehte das Gesicht in die Sonne und schloss wieder die Augen. »Ich werde mich wohl mit ein paar Freunden zum Basketballspielen treffen, eine Runde laufen gehen und mich auf die Terrasse legen, um ein bisschen zu bloggen. Außerdem sollte ich mich auf die Redaktionssitzung am Montag vorbereiten.«

»Also Sport und Arbeit? Aufregend.«

Er grinste und kniff mich in die Seite. »Von nichts kommt nichts.«

Bevor ich darauf antworten konnte, pingte mein Handy.

Eine Textnachricht von Anthony. Mein Herz setzte, wie immer, wenn ich von ihm hörte oder ihn sah, einen Schlag aus. Ich öffnete die App.

Was machst du dieses Wochenende?

Als könnte er Gedanken lesen. Ich sah verstohlen zu Nick und tippte schnell.

Nichts Besonderes. Du?

Es pingte sofort wieder.

Du. Ich. Ein Wochenende in den Catskills? Abfahrt JETZT?

Ich lachte unwillkürlich auf. Ein Wochenende in den Catskills? Mit Anthony? Ich musste träumen.

Nick musterte mich von der Seite und sagte: »Ah. Dein Freund?« Das letzte Wort betonte er spöttisch. Idiotischerweise wurde ich rot.

Bin noch an der Uni. Sitze vor der Business School.

Mit Isy?

Nein, mit meinem Mitbewohner.

Hole dich ab. 10 Minuten.

Holy Moly! Anthony wollte mit mir in die Catskills fahren! Jetzt sofort. Ich konnte mein Glück kaum fassen. Die Schmetterlinge in meinem Bauch drehten durch.

Ich versuchte, mich wieder zu beruhigen, und atmete ein paar Mal tief durch.

Dann fragte ich betont gelassen: »Was machst du eigentlich in deinem Tutorium? Außer den Mädels den Kopf zu verdrehen?«

»Würde ich nie tun.« Er sah mich mit gespielter Empörung an.

Zwei Studentinnen liefen an uns vorbei und grüßten ihn. Er grüßte zurück. Sie kicherten beide.

Ich warf ihm einen bezeichnenden Blick zu. »Miau.«

Er grinste. »Um auf deine Frage zurückzukommen: Gerade beim Journalismusstudium kommt der praktische Teil oft zu kurz. Daher gibt es Tutorien. Die werden von aktiven Journalisten gehalten, die den Studenten alles beibringen, was sie aus den Büchern und von den Professoren nicht lernen können.«

»Du bist also der Mann fürs Praktische«, spottete ich. »Und was bringst du den Studenten bei?«

»Ich halte ein Tutorium über Print- und Onlinejournalismus, also Publizieren in Magazinen, Zeitungen und im Internet – das, was ich ja auch bei der *New York Times* mache. Außerdem gebe ich einen Workshop über den Einsatz von Multimedia, also Foto, Audio und Video. Wir haben auch einen eigenen Studentenblog. Da geht es um allerlei Skurriles, was in New York passiert. Die Studenten sollen ihr Auge für die Themen des Alltags schärfen und es dann in kurze prägnante Artikel oder Beiträge umwandeln können.«

Ich runzelte die Stirn. »Wieso der Workshop über Multimedia? Du arbeitest doch bei einer Zeitung.«

»Tja, Emma«, sagte er und überkreuzte die Beine. »Fernsehjournalismus ist eben meine geheime Leidenschaft.«

»Ach wirklich?«, scherzte ich. »Ich dachte, du hättest ganz andere.«

»Meinen anderen Leidenschaften gehe ich nur privat nach.«

»Und du würdest Berufliches und Privates natürlich nie miteinander vermischen ...« Ich nickte mit dem Kopf in Richtung der eben noch kichernden Studentinnen, die sich in einiger Entfernung niedergelassen hatten.

»Niemals!« Er hob die Sonnenbrille hoch und sah mir treuherzig in die Augen.

Ich versuchte, ernst zu bleiben. »Und warum arbeitest du dann bei einer Zeitung, wenn es dein geheimer Traum ist, zum Fernsehen zu gehen?«

»Ich arbeite erst seit ein paar Jahren als Journalist. Man kann ja nicht erwarten, dass man frisch von der Uni kommt und direkt seinen Traumjob landet. Man muss schon ein bisschen geduldig sein und für seine Ziele arbeiten. Oder erwartest du, dass man dir direkt nach der Uni einen Job als Partnerin in einer Kanzlei anbietet?«

Ich prustete. »Ja, genau. Als ob.«

Außer bei meinem Vater in der Kanzlei, schoss mir durch den Kopf. Da würde ich bequem direkt Partnerin werden. Ich schob den Gedanken lieber wieder beiseite, bevor er mir meine gute Stimmung verdarb.

»Also werde ich weiter arbeiten und schreiben. Und meine Tutorien geben. Davon kann ich gut leben. Und ich berichte über das, was ich liebe: Sport. Alles andere wird sich irgendwann ergeben.« Er dachte kurz nach. »Wobei allein der Job bei der *New York Times* etwas ist, wofür andere morden würden. Dafür bin ich wirklich sehr dankbar.«

Er trank den letzten Schluck Kaffee und zielte mit dem leeren Becher auf einen Papierkorb, der etwa fünf Meter von uns entfernt stand.

»Triffst du nicht«, sagte ich.

Er sah mich aus den Augenwinkeln an. »Wetten, dass doch?«

Ich zuckte mit den Schultern: »Niemals.«

»Wenn ich spätestens beim dritten Versuch treffe, lädst du mich zum Abendessen ein.«

»Und wenn nicht?«

»Mache ich zwei Wochen den Abwasch.«

Oh, das war ein interessantes Angebot!

»Deal«, sagte ich.

Er traf direkt beim ersten Versuch.

»Das war ja viel zu einfach!«, rief ich. »Das hätte sogar ich gekonnt.«

»Wenn du meinst. Gegenangebot: Wenn du beim ersten Versuch triffst, dann gewinnst du.«

Ich konzentrierte mich, zielte und warf vorbei. Nick lachte und sammelte den Becher auf, der weit neben dem Papierkorb gelandet war. Dann setzte er sich wieder neben mich und legte mir einen Arm um die Schultern.

»Darf ich mir ein Restaurant aussuchen?«, fragte er.

»Okay«, brummte ich. »Aber nicht so teuer!«

Ich versuchte, mich loszumachen, aber er hielt mich fest und wuschelte mir zu allem Überfluss auch noch durch die Haare.

»Ich will dich ja nicht ruinieren. Am Ende kannst du deine Miete nicht mehr bezahlen.«

Ich schob ihn mit der Schulter weg und wollte ihn in den Bauch zwicken. Aber klar. Kein Gramm Fett unter dem T-Shirt, in das ich hätte kneifen können. Nicht dass ich das nicht schon vorher gewusst hätte. Aber es war noch mal etwas anderes, einen Sixpack zu fühlen, als ihn nur zu sehen. Ich zog die Hand schnell wieder zurück.

Im gleichen Moment hielt auf der gegenüberliegenden Straßenseite ein schwarzes Auto. Die Tür öffnete sich, und Anthony stieg aus. Er sah in seinem dunklen Anzug und der Sonnenbrille aus wie eine Million Dollar. Mein Herz machte einen Satz, und ich merkte kaum, wie Nick den Arm langsam wieder von meiner Schulter nahm.

»Komm, ich stelle euch vor«, versuchte ich so normal wie möglich zu sagen, aber ich hörte mich an, als hätte ich Helium eingeatmet.

Nick stand auf und streckte sich ausgiebig. Erst dann überquerten wir gemeinsam die Straße. Zu meiner Überraschung zog Anthony mich direkt in seine Arme und küsste mich auf den Mund.

Als ich mich wieder etwas gefasst hatte, stellte ich die beiden vor: »Nick, das ist Anthony. Er ist Rechtsanwalt. Und das ist Nick, mein Mitbewohner, den du bislang noch nicht kennengelernt hast. Er arbeitet bei der *New York Times* und gibt Vorlesungen an der Uni.«

Die beiden gaben sich die Hand. Anthonys Augenbrauen hoben sich kaum merklich, als er Nick musterte. Wahrscheinlich hatte er sich meinen Mitbewohner irgendwie anders vorgestellt. Nick überragte ihn ein gutes Stück und war um einiges breiter gebaut als er. Dazu kam seine selbstsichere, natürliche Art, die nicht nur aus seinem guten Aussehen resultierte, sondern aus seiner Haltung und seiner ganzen Ausstrahlung, die zeigte, dass er sich wohl in seinem Körper fühlte und ihm egal war, was andere über ihn dachten.

Anthony fasste sich schnell wieder, zog mich an sich und sagte: »Ob er wohl zwei Tage auf seine Mitbewohnerin verzichten kann?«

Ich lachte und sagte zu Nick: »Ich denke schon, oder? Du hast ja am Wochenende eigene Pläne. Wir fahren in die Catskills.«

Nick sah nicht so begeistert und enthusiastisch aus, wie ich mich gerade fühlte. Er sah eigentlich eher angepisst aus. Hatte ich was Falsches gesagt, oder war das hier irgendein geheimes Männerding, das ich nicht verstand?

»Ich muss los. Mein Tutorium fängt gleich an«, erwiderte er nur.

»Man sieht sich«, sagte Anthony.

Als Antwort bekam er nur ein kurzes Nicken zurück.

»Bis Sonntag!«, rief ich Nick hinterher, der sich noch mal umdrehte, als er schon halb über die Straße war: »Vergiss deine Wettschulden nicht.«

»Welche Wettschulden?«, fragte Anthony, als wir im Auto saßen.

»Ich habe eine Wette verloren und muss ihn zum Essen einladen.«

Schon wieder hochgezogene Augenbrauen. Aber statt etwas zu sagen, ließ Anthony das Thema fallen.

Zwei Minuten später hielten wir vor meiner Haustür. Vorfreude auf das Wochenende, das vor uns lag, breitete sich in mir aus. Ich lief nach oben, um zu packen, während Anthony noch einige Telefonate erledigen wollte. In meinem Zimmer warf ich schnell einige Klamotten in eine Tasche und sprang in Windeseile unter die Dusche. Keine sieben Pferde würden mich mit unrasierten Beinen in die Catskills bringen.

Zwanzig Minuten später war ich wieder am Auto. Anthony legte gerade das Handy weg.

»Bereit?«

»Bereit, wenn du es bist«, antwortete ich und ließ mich auf den Beifahrersitz fallen.

Noch bevor wir die Stadtgrenze von New York passiert hatten, pingte mein Handy. Nick.

Die Catskills sind was für Spießer – nur damit Du es weißt.

Sofort wieder Ping.

Und für Anwälte.

Ping.

Aber das ist ja dasselbe.

Ich ignorierte seine Spitzen und schrieb zurück.

Wäre Dir dankbar, wenn Du Isy nichts erzählst. Anthony ist mein Chef.

Dann löschte ich die letzten beiden Worte und schrieb:

... ein Kollege.

Ping.

Alles klar. Und ich korrigiere mich: Die Catskills sind was für Spießer und Leute, die ihre Affären geheim halten wollen.

Ich steckte mein Handy zurück in die Tasche. Nick konnte wirklich eine ernsthafte Nervensäge sein.

Als ich am Sonntagnachmittag sonnenverbrannt und überglücklich nach Hause kam, war es in der Wohnung kühl und still. Nick schien auf der Dachterrasse zu sein, denn das Fenster zur Feuerleiter in der Küche war offen. Ich warf meine Wochenendtasche aufs Bett und zog eine leichtere Hose und ein frisches T-Shirt an. Dann schnappte ich mir ein paar Zeitschriften und meine Sonnenbrille und kletterte vorsichtig die Treppe nach oben.

Auf der Terrasse spielte leise Musik, und ich erkannte meinen All-Time-Lieblingssong *Sugar* von *Maroon 5*. Ich stieg über die Brüstung. Nick lag ausgestreckt auf dem großen Sonnenbett, einen Arm hinter dem Kopf. In der anderen Hand hielt er ein Buch. Er trug eine dunkelblaue, kurze Hose mit knallrotem Gürtel und ein weißes T-Shirt mit tiefem V-Ausschnitt. Er sah ein bisschen aus wie aus der *GQ*.

Als ich direkt vor ihm stand und ihm die Sonne nahm, sah er auf und runzelte kurz die Stirn: »Ach, du?«

Ich warf mich mit Schwung und vor guter Laune fast platzend neben ihn auf die Liege.

»Dir auch einen Guten Tag, lieber Nick. Wie schön, dich zu sehen.« Ich rollte mich auf die Seite und stützte meinen Kopf in die Hand: »Hast du jemand anderen erwartet?«

Er drehte sich ebenfalls auf die Seite, so dass wir uns ansahen. Wobei ich seine Augen nicht sehen konnte, weil er eine dunkle Sonnenbrille trug. »Ich habe auf die unglaublich scharfe Blondine gewartet, mit der ich die ganze Nacht und den halben Tag heißen Sex hatte und die gerade unter der Dusche steht, während ich hier eine Flasche Champagner kaltgestellt habe.«

Er sah mich einen Moment länger an und rollte sich dann wieder auf den Rücken und schloss die Augen, das Buch aufgeschlagen auf der Brust.

»Ja, ist klar …«, spottete ich.

Ich schob mir selbst die Sonnenbrille auf die Nase, drehte mich auf den Rücken und sang leise den Text des Liedes mit, das aus dem Bluetooth-Lautsprecher zu unseren Füßen drang.

»Gut, dass du Jura studierst. Als Sängerin würdest du verhungern«, kam es von der Seite.

Ich drehte mich wieder zu ihm hin. »Du kannst so viel sticheln, wie du willst. Ich habe blendende Laune, und nichts und niemand wird sie mir verderben.«

Das nächste Lied begann. Hm. *Cake by the Ocean* von *DNCE*. Nicks Playliste war wirklich gut, das musste man ihm lassen.

»Wie war das Wochenende in den Catskills?«, fragte er. »Romantische Spaziergänge durch die Wälder? Golfspielen und so?«

»Neidisch?«, fragte ich zurück.

Er schnaubte. »Nee. Bestimmt nicht.«

Immer noch entschlossen, mich von seinem Spott nicht runterziehen zu lassen, schnappte ich mir das Buch auf seiner Brust.

»Stattdessen hast du lieber ...«, ich sah auf den Titel, »... *Buddenbrooks* gelesen?« Ich sah ihn ungläubig an. »Ist das dein Ernst? Und du machst dich über mein spießiges Wochenende lustig?«

Er zuckte mit den Schultern, nahm mir das Buch wieder ab und sagte: »Was ist falsch an ein bisschen deutscher Literatur? Ich habe gehört, dass so einiges Gutes aus Deutschland kommt. Zum Beispiel Frauen.«

Er sah mich über den Rand seiner Sonnenbrille bedeutungsvoll an, und ich war mir nicht ganz sicher, ob ich geschmeichelt sein sollte. Dann sagte er: »Ich kannte da mal eine superheiße deutsche Stewardess, die ... Autsch!« Ihm blieb kurz die Luft weg, als ich ihm mit der fetten *Vogue* auf den Bauch schlug.

»Bitte verschon mich. Ich will deine Weibergeschichten nicht hören, Don Juan.«

Ich wollte noch mal mit der Zeitschrift zuschlagen, doch er riss sie mir mit Leichtigkeit aus der Hand und rollte sich zu mir rüber. Ich kicherte und wollte mich freimachen, doch er hielt mir die Arme über dem Kopf fest. Er beugte sich über mich und sagte: »Das ist häusliche Gewalt.«

Sein Gesicht war nur wenige Zentimeter von meinem entfernt, und ich sah das erste Mal, wie blau seine Augen wirklich waren. Blau wie das Wasser eines Swimmingpools. Eigentlich fast türkis.

»Störe ich?«, fragte plötzlich eine kühle Stimme hinter mir.

Wir sahen beide überrascht auf. Vor uns stand eine große, schlanke Blondine und starrte mit gerunzelter Stirn auf uns herab. Sie hatte unglaublich lange Beine und trug einen kurzen ledernen Minirock, der nur einer Frau mit makelloser Figur gut stehen konnte.

Sie zog ihr Stupsnäschen kraus, so dass sie aussah wie eine wütende kleine Maus. Nick rollte sich lässig wieder auf den Rücken und schob seine Sonnenbrille zurecht.

Dann sagte er, ohne auf ihre Frage einzugehen: »Ava, das ist meine Mitbewohnerin, Emma. Emma, das ist Ava.«

Immer noch leicht erhitzt und mit rotem Kopf stand ich auf und hielt ihr meine Hand hin. Sie sah sie einen Moment an und nahm sie dann zögerlich.

Menschen mit laschem Händedruck. Fürchterlich.

»Freut mich, Eva«, sagte ich.

»Ava«, korrigierte sie mich. »Mit A.«

»Emma kommt aus Deutschland«, erklärte Nick. Er sprach betont langsam und etwas zu laut. »Sie. Spricht. Nicht. So. Gut. Englisch. Wie. Wir.«

Ich versuchte, ihn mit meinen Blicken zu töten, aber er schien sich nur darüber zu amüsieren und lachte in sich hinein.

Ava – mit A! – musterte mich noch einmal von Kopf bis Fuß und wieder zurück. Ich kam mir mit einem Mal merkwürdig klein, unattraktiv und irgendwie ungeschickt vor. Frauen wie sie, die wirkten, als wären sie gerade der Titelseite der *Harpers Bazar* entstiegen, hatten diese Wirkung auf mich.

Ava schien jedenfalls zu dem Schluss zu kommen, dass ich es nicht wert war, sich weiter Gedanken über mich zu machen. Sie warf sich ihre langen, goldenen Haare über die Schultern und sagte an Nick gewandt: »Honey, ich habe geduscht und fahre jetzt zur Arbeit. Wir sehen uns nächste Woche, ja?«

Dann beugte sie sich über ihn und küsste ihn lange auf den Mund. Ich starrte gebannt auf meine Fingernägel. Himmel, wegen mir musste sie ihr Revier wirklich nicht markieren.

Als sie sich wieder aufrichtete, winkte sie mir nur mit einer müden Handbewegung zu und verschwand mit klimpernden Armreifen über die Feuerleiter, ohne sich weiter zu verabschieden.

Hoffentlich bricht sie sich in ihren Highheels nicht das Genick beim Runterklettern, dachte ich.

Nick vertiefte sich wieder in sein Buch, ohne die Situation weiter zu kommentieren.

Zögernd legte ich mich wieder neben ihn auf die Liege und schlug die *Vogue* auf. Eine Zeitlang sagte keiner von uns beiden etwas. Aber in meinem Kopf ratterte es.

Irgendwann fragte ich, ohne von meiner Zeitschrift aufzublicken: »Wo muss sie denn so dringend hin an einem Sonntag? Geht sie in die Kirche? Ich nehme nicht an, dass sie Nonne ist?«

Ich hörte die Belustigung in Nicks Stimme, als er antwortete: »Du kannst ja richtig zickig sein. Gefällt mir irgendwie. Und um deine Frage zu beantworten: Ava ist PR-Agentin und hat heute Abend noch ein Event.«

»Aha«, machte ich. »PR-Agentin.«

Nick griff neben seine Liege. Ich hörte Eiswürfel klirren. Als ich aufsah, hatte er eine eisgekühlte Flasche Champagner und zwei Gläser in der Hand, die offensichtlich neben seiner Liege gestanden hatten.

»Champers, Baby?«, fragte er und schenkte uns ein.

Es war wirklich nicht zu fassen.

Meine New-York-To-do-Liste

- [ ] ~~Eine Wohnung finden!!! und umziehen~~
- [ ] ~~Sightseeing~~
- [ ] Fetter Klunker von Tiffany!
- [ ] Einen New Yorker küssen: auf der Brooklyn Bridge, auf der Staten-Island-Fähre, ~~auf der Dachterrasse einer coolen Bar~~, beim Schlittschuhlaufen am Rockefeller Center
- [ ] Sample Sale im Fashion District und eine teure (!) Shopping-Sünde begehen
- [ ] Von einem New Yorker für eine New Yorkerin gehalten werden
- [ ] New York bei Schnee sehen
- [ ] ~~Cocktails auf der Dachterrasse einer Bar~~
- [ ] ~~Sex mit einem New Yorker!~~ Mit dem heißesten Mann in NY! O. Mein. Gott.
- [ ] In ~~50~~ ~~40~~ ~~32~~ 26 verschiedene Bars/Clubs gehen
- [ ] Ein Event im Madison Square Garden
- [ ] Ein Wochenendtrip in die Hamptons
- [ ] Meinen LLM-Abschluss schaffen
- [ ] Mir überlegen, was ich mit meinem Leben nach dem Abschluss anfangen will
- [ ] Die große Liebe finden

OKTOBER

Der Oktober startete verregnet und trüb. Keine Spur von dem Indian Summer, den ich mir erträumt hatte. Aber da fiel es wenigstens leichter zu lernen und am Schreibtisch zu Hause oder in der Bibliothek zu sitzen. Man hatte zumindest nicht das Gefühl, permanent draußen das süße Leben zu verpassen.

Am Columbus Day, einem der typischen amerikanischen Feiertage, saß ich mit Isy im Café bei uns unten im Haus. Ich hatte in den Wochen, die ich bei Nick wohnte, einige Zeit hier verbracht. Ich holte mir häufig morgens auf dem Weg zur Uni oder ins Büro noch ein Brötchen oder einen Bagel und einen Kaffee zum Mitnehmen. Wenn Nick nicht da war und mir die Wohnung zu still wurde, setzte ich mich gerne an einen der Tische am Fenster und las. Es gab hervorragende deutsche Brötchen und dunkles Brot – in New York eine Seltenheit – und leckeren italienischen Kaffee.

Regen prasselte ans Fenster und lief die Scheiben hinunter. Isy rührte in ihrem Latte Macchiato und leckte dann gedankenverloren den langen Löffel ab. Ihr Mund, glänzend vom kirschfarbenen Lipgloss, formte einen kleinen Kussmund, während sie nachdenklich den attraktiven Mann am Nachbartisch beobachtete.

Sie lehnte sich zu mir rüber. »Soll ich den mal ansprechen?«

»Wenn du ihn nach seiner Telefonnummer fragst, wird er glauben, dass heute Weihnachten und Ostern zusammenfallen«, antwortete ich und musterte unseren Tischnachbarn. »Aber erlaube mir die Frage: Was ist mit Philipp?«

Sie seufzte und löste ihren Blick von dem Mann. »Philipp könnte nächste Woche nach New York fliegen und hat mich gefragt, ob er wieder bei mir übernachten kann.«

»Und?«

Bevor sie antworten konnte, riss Nick die Tür zum Café auf und brachte einen Schwall kühle Luft herein. Er ließ sich auf den freien Stuhl neben mir fallen und schüttelte die Haare, dass die Tropfen flogen. Die drei Schritte aus unserer Haustür heraus und in das Café herein hatten schon gereicht, um ihn völlig zu durchnässen. Trotz des miesen Wetters sah er aus wie ein California Surfer Boy.

Die etwa sechzigjährige Inhaberin des Cafés, die hinter dem Tresen stand, lächelte ihn an und winkte. Mit Verwunderung sah ich, wie sie zu uns rüberkam und im Vorbeigehen Nick umarmte und auf die Stirn küsste, bevor sie wieder in der Küche verschwand. Isy und ich sahen uns an.

»Mir war ja klar, dass du ein Aufreißer bist«, sagte Isy. »Aber ich hatte nicht erwartet, dass Frauen über sechzig dein Typ sind …«

»Isy, ich bitte dich«, sagte Nick und verzog das Gesicht. »Das ist meine Mutter!«

»Deine Mutter?«, fragte ich erstaunt. »Deiner Mutter gehört das Café bei uns im Haus, und das erzählst du mir fünf Wochen lang nicht?« Ich seufzte tief. »Denk doch nur mal an all die kostenlosen Brötchen und Kaffees, die ich hier in der Zeit hätte bekommen können!«

»Eben«, antwortete Nick trocken. »Ich wollte meinen Eltern ersparen, dass du sie ruinierst. Das da hinter der Bar ist übrigens mein Vater Leo. Kommt, ich stelle euch vor.«

Wir standen auf und gingen zusammen zum Tresen rüber,

hinter dem der grauhaarige, südländisch aussehende Barista stand und die riesige, chromglänzende Kaffeemaschine bediente. Das war also Nicks Vater. Das hätte ich nie für möglich gehalten. Sie ähnelten sich so gar nicht.

Nicks Mutter kam dazu und trocknete sich die Hände an ihrer karierten Schürze ab, bevor sie Isy und mir die Hand schüttelte: »Ach, dann bist du also Nicks neue Mitbewohnerin. Du warst ja schon häufiger hier, aber ich wusste ja nicht, dass du das bist. Alter Geheimniskrämer, mein Sohn.«

Ich sah Nick mit hochgezogenen Augenbrauen an, aber der zuckte nur mit den Schultern.

»Ich bin Monika. Ich bin auch Deutsche«, sagte sie und wechselte in ein sehr amerikanisch eingefärbtes Deutsch. »Ich komme ursprünglich aus Hannover. Aber ich bin schon vor über vierzig Jahren in die USA gekommen und habe meinen Mann geheiratet, der eigentlich aus Italien kommt. Er war Lehrer, und nach seiner Pensionierung haben wir dieses Café eröffnet.«

Das erklärte die deutschen Backwaren und den guten italienischen Kaffee. Ich versuchte, die Vielzahl der Informationen zu verarbeiten.

Ich wandte mich an Nick: »Deine Mutter ist Deutsche, und das erzählst du mir nicht? Und warum ist dein Name Fraser McGowan? Ich dachte, das wäre eher schottisch oder so?«

Nick wirkte plötzlich etwas unbehaglich und schien nach einer Erklärung zu suchen, aber seine Mutter sagte schnell: »Setzt euch doch wieder. Ich bringe euch ein Stück von der Frischkäse-Himbeer-Torte, die ich heute Morgen gemacht habe.«

Als wir wieder an unserem Tisch saßen, fragte Isy: »Also, spreche ich den Typen jetzt an?«

»Keine Lust mehr auf Philipp?«, fragte Nick, genau wie ich vorher.

»Irgendwie wird es langsam langweilig mit ihm. Er versucht,

so häufig wie möglich nach New York zu fliegen. Das wird mir einfach zu eng. Es wird Zeit weiterzuziehen.«

Nick sah aus, als könnte er voll und ganz nachvollziehen, was Isy da sagte, und nickte bedächtig, doch ich verstand gar nichts mehr.

»Wie kann dir eine Fernbeziehung zwischen New York und Frankfurt zu eng werden?«, fragte ich fassungslos.

»Also ich verstehe, was sie meint«, sagte Nick.

Natürlich.

Isy grinste ihn an: »Wir sind ja auch Seelenverwandte, Nick. Wir glauben beide nicht an die eine wahre, große, immerwährende Liebe. Und daher haben wir eine Menge Spaß.« Dann murmelte sie: »Nur leider nicht miteinander.«

Nick lachte, aber ich konnte nur den Kopf schütteln: »Ihr macht euch doch was vor. Du, Isy, bist auf der Suche nach der einen wahren, großen, immerwährenden Liebe, weißt es nur noch nicht, und hast eine Menge Spaß, bis du sie gefunden hast. Nick hat nur eine Menge Spaß. Punkt. Das ist ein Unterschied.«

Ich spürte Nicks Blick auf mir ruhen und sah ihn an. Sein Lachen war einem Stirnrunzeln gewichen. »Du scheinst mich ja echt durchschaut zu haben, Emma, Glückwunsch.«

Ich öffnete den Mund, um etwas zu erwidern. Er hob eine Augenbraue, als wartete er gespannt auf meine Antwort. Sein durchdringender Blick war mir unangenehm, und schließlich war ich es, die wegsah.

Isy hatte nichts von unserem stummen Austausch mitbekommen und fragte unvermittelt: »Und da wir zwischenzeitlich festgestellt haben, dass ihr beide offenbar nichts miteinander habt, möchte ich nun endlich wissen, wer dein Romeo ist.«

Nick hob die Hände und sagte: »Ich darf nichts sagen.«

Isy riss empört die Augen auf. »Waaas? Er weiß es, und ich darf es nicht wissen?«

Ich seufzte innerlich. Sie würde keine Ruhe geben, bevor ich es ihr nicht gesagt hatte. Und ich war mit Anthony ja mittlerweile schon über einen Monat zusammen. Irgendwie war es lächerlich, es noch länger geheim zu halten. Isy würde ja auch sicherlich nicht in der Kanzlei herumrennen und es jedem erzählen. Sie hatte zwar eine große – zauberhafte, liebenswerte – Klappe, aber ein Geheimnis konnte sie für sich behalten, das wusste ich.

»Na gut, aber nur, wenn es unter uns bleibt.« Sie nickte eifrig, und ich sagte leise: »Es ist Anthony.«

Als sie mich mit unverändertem Gesichtsausdruck ansah, wurde ich ein bisschen rot und sagte noch leiser: »Collins.«

Sie sah mich immer noch an, als hätte ich in einer anderen Sprache mit ihr gesprochen.

Also sagte ich langsam: »Der Partner in unserer Kanzlei?«

Sie blinzelte zwei- oder dreimal, und plötzlich bekam ich ein unangenehmes Gefühl in der Magengegend. Was hatte sie denn?

Endlich schien Isy ihre Stimme wiedergefunden zu haben: »Der Anthony Collins aus unserer Kanzlei? Der Partner?«

Ich nickte. Das hatte ich doch jetzt schon dreimal gesagt!

»Alles okay mit dir?«, fragte ich besorgt.

Sie schluckte und antwortete: »Aber Emma. Anthony Collins ist verheiratet.«

»Quatsch!«, sagte ich und lachte. »Du irrst dich.«

Ich sah Nick an, der wie erstarrt zwischen uns saß und von der einen zur anderen blickte.

»Nein, ich irre mich nicht«, beharrte Isy. »Ich habe seine Frau auf irgendeiner Kanzleifeier kennengelernt. Ich glaube, Weihnachten letztes Jahr. Sie hat mir von ihrem Tauchurlaub auf Barbados erzählt, den sie gerade gebucht haben und …«

Sie verstummte, als ich aufstand und der Stuhl, auf dem ich gesessen hatte, umkippte und auf den Fußboden knallte.

»Emma«, sagte Isy und stand ebenfalls auf. Sie ergriff meine Hand. »Vielleicht lassen sie sich ja gerade scheiden?«

Ich riss meine Hand zurück. Es fühlte sich an, als würden in meinem Kopf einige Tetris-Teile an die richtige Stelle fallen. Die Anrufe auf dem Handy, die Anthony immer wegdrückte, und die Telefonate, bei denen er den Raum verließ. Klick. Dass ich in der ganzen Zeit kein einziges Mal in seinem Haus in Brooklyn gewesen war, sondern wir immer in irgendwelchen Hotels übernachtet hatten. Klick. Seine Bitte, niemandem, auch nicht Isy, von uns zu erzählen. Klick. Klick. Klick.

Wie benommen taumelte ich zur Tür und auf die Straße in den strömenden Regen. Mit drei Schritten war ich in unserem Hauseingang und rannte die Treppe hoch. Mit zitternden Händen schloss ich die Tür zu unserer Wohnung auf. In meinem Zimmer setzte ich mich aufs Bett und legte den Kopf vorsichtig in meine Hände. Ich hatte das Gefühl, dass er sonst platzen würde. Mein Herz raste, von der Aufregung oder von meinem Sprint die Treppe hoch, das wusste ich nicht, und mein Brustkorb fühlte sich an, als wäre er zu eng. Nachdem ich eine Ewigkeit wie erstarrt so dagesessen hatte, ließ ich mich in die Kissen fallen und zog meine Decke hoch. Mir war eiskalt.

Irgendwann klopfte es leise an meiner Tür.

»Emma, kann ich reinkommen?«

Es war Isy.

Ich versuchte, meine Stimme wiederzufinden. »Lass mich. Ich will nur meine Ruhe.«

»Bitte, Em?«

»Wirklich, ich will jetzt nicht sprechen. Ich rufe dich an.«

Ich hörte, dass sie noch einen Moment vor der Tür stehen blieb, sich aber dann seufzend entfernte, bevor die Wohnungstür ins Schloss fiel.

Ich hörte auch, dass Nick in die Wohnung kam, aber dankenswerterweise ließ er mich in Ruhe.

Am nächsten Vormittag saß ich wie benommen in meiner Vorlesung an der Uni. Ich nahm nichts von dem auf, was ich hörte. Wer kann sich auch schon auf »Steuerrechtliche Probleme bei internationalen Firmentransaktionen« konzentrieren, wenn er die halbe Nacht nicht geschlafen hatte? Ich rutschte ungeduldig auf meinem Stuhl hin und her und sprang auf, sobald die Vorlesung vorbei war. Ich hastete zur nächstgelegenen U-Bahn-Station und nahm die 6 in Richtung Kanzlei. Ich hielt die halbe Stunde in der U-Bahn kaum aus.

»Anthony ist noch zu Tisch«, informierte mich Cassie, als ich an ihrem Büro vorbeihastete. Ich musste ein ziemlich verzweifeltes Gesicht gemacht haben, denn sie fügte freundlicher hinzu: »Soll ich ihm Bescheid sagen, dass du ihn sprechen willst?«

Zusammenreißen!

Ich zwang mich zu einem Lächeln und sagte: »Das wäre sehr nett. Mir ist noch etwas zu dem … Mandat eingefallen, an dem wir gerade arbeiten.«

Ich wartete nervös an meinem Schreibtisch, bis ich es nicht mehr aushielt. Ich schnappte mir Jacke und Handtasche und verließ das Büro. Im Central Park suchte ich mir eine Bank und schrieb Anthony eine Nachricht, dass ich im Park auf ihn wartete.

Eine halbe Stunde später sah ich ihn über den Weg auf mich zulaufen. Er telefonierte mit dem Headset.

Mit einem Mandanten? Oder mit seiner Frau?

Ich fröstelte.

Aber als er mich sah, lächelte er fröhlich und winkte mir zu, so dass ich einen Moment glaubte, ich hätte nur einen bösen Traum gehabt. Er beendete das Telefonat, setzte sich neben mich und drückte kurz meine Hand. Mein Herz machte einen

Satz, aber ich spürte gleichzeitig tausend Nadelstiche in meinem Bauch. Bitte, lass ihn eine gute Erklärung haben.

Er betrachtete mich einen Moment und fragte dann: »Alles in Ordnung mit dir?«

Ich wusste plötzlich nicht, wie ich die Sache ansprechen sollte, und stotterte: »Ich habe Isy gestern von uns erzählt.«

Ich sah die Veränderung in seinem Gesicht sofort.

»Sie behauptet, du seist verheiratet. Das ist doch nicht wahr, oder, Anthony?«

Ich suchte in seinem Gesicht nach Anzeichen von Entsetzen oder sogar Belustigung wegen dieser absurden Behauptung und wartete darauf, dass er mich in den Arm nehmen und alles aufklären würde. Aber er saß nur da und sagte nichts. Sein Gesicht war blass geworden, und er sah plötzlich sehr müde aus, fast grau. Hätte ich noch ein Fünkchen Hoffnung gehabt, wäre es in diesem Moment gestorben. Mir wurde noch kälter.

Er nahm meine Hand. Ich riss sie zurück.

Nun sag doch schon was! Irgendwas!, schrie eine Stimme in meinem Kopf.

Und tatsächlich sagte er etwas. »Es stimmt.«

Ich hatte das Gefühl, als würde mir alles Blut aus meinem Körper in die Füße sacken. Obwohl ich mich fühlte, als würde mein Kreislauf zusammenklappen, versuchte ich aufzustehen. Anthony hielt mich fest und drückte mich wieder auf die Bank neben sich.

»Hör mir zu!«, sagte er eindringlich. »Wir sind nur noch auf dem Papier verheiratet. Unsere Ehe existiert eigentlich gar nicht mehr. Lass mich dir alles erklären, bitte!«

Er suchte meinen Blick, aber ich konnte ihn nicht ansehen. Ich schloss die Augen und wollte nichts fühlen. Ich war umfangen von den typischen Geräuschen der Stadt, Hupen, wummernde Musik aus einem Auto, der Sirene eines Krankenwagens.

Vielleicht wurde ich auch ohnmächtig.

Anthony war verheiratet. Wie konnte das sein? Wir hatten wundervolle Tage und Nächte und sogar eine Wochenendreise miteinander verbracht. Wir hatten uns so häufig abends gesehen. Wie passte eine Ehefrau da ins Bild? Wie hatte er mir das verheimlichen können? Wie hatte er mich verheimlichen können? Das *musste* alles ein schlechter Traum sein.

Langsam öffnete ich die Augen wieder. Anthony saß immer noch vor mir, mit flehendem Gesichtsausdruck.

»Du trägst keinen Ehering, niemand hat in der Kanzlei je über deine Frau gesprochen. Es steht nicht mal ein Foto auf deinem Schreibtisch …«, stammelte ich.

»Ich trage mein Privatleben nicht in den Job. Habe ich noch nie gemacht. Meine Frau begleitet mich hin und wieder zu Firmenveranstaltungen, und das war es. Emma, bitte lass mich dir alles in Ruhe erklären, ja?« Ohne meine Antwort abzuwarten, fuhr er fort: »Ich bin mit meiner Frau seit der Highschool zusammen. Wir haben schon während des Studiums geheiratet. Lilly … « Er stockte, als ich zusammenzuckte.

Es fühlte sich an, als hätte er mir eine Ohrfeige verpasst.

Lilly also.

Anthonys Ehefrau Lilly.

Ich blinzelte eine Träne weg, und Anthony fuhr hastig fort: »Nachdem ich Partner bei Donovan geworden war, haben wir das Haus in Brooklyn gekauft, und Lilly wollte unbedingt ein Baby.«

Ich war mir plötzlich nicht mehr sicher, ob ich das alles hören wollte. Anthony schien das zu spüren, denn er sprach noch schneller weiter, die Worte stürzten förmlich aus seinem Mund: »Aber es klappte nicht. Lilly wurde nicht schwanger. Wir gingen zum Arzt, aber die konnten auch nach zig Untersuchungen keinen Grund feststellen. Es gab keinen. Zumindest keinen medizinischen. Die Ärzte rieten uns, es einfach locker angehen zu lassen. Aber ab da ging es eigentlich nur noch bergab. Lillys Launen wurden immer schwankender, im einen Moment war sie gut drauf, im nächsten Moment brach sie in Tränen aus, weil Kinder in Afrika verhungern und es Kriege auf der Welt gibt und das World Trade Center eingestürzt ist. Die Ärzte diagnostizierten eine Depression, ausgelöst durch den unerfüllten Kinderwunsch. Sie bekam Medikamente und fing sich wieder etwas. Wir haben einen Hund gekauft, und sie geht viel an die frische Luft, trifft wieder Freundinnen. Aber zwischen uns ist es nicht mehr so wie früher. Sie ist einfach nicht mehr der fröhliche, ausgelassene Mensch, den ich kennengelernt und geheiratet hatte.« Er schluckte und fuhr sich mit den Händen durch die Haare. Langsamer fuhr er fort: »Wir kommen irgendwie zurecht. Aber … ich liebe sie nicht mehr. Schon lange nicht mehr. Es hört sich schäbig an, schließlich heiratet man, um in guten und in schlechten Zeiten zusammen zu sein. Aber ich kann nichts machen. Ich hätte mich schon längst scheiden lassen, aber ich hatte einfach Angst, was das bei ihr auslösen würde. Ich weiß, dass das nicht ewig so weitergehen kann. Ich muss ihr irgendwann sagen, dass es aus ist, aber ich habe einfach nicht den Mumm dazu. Wenn sie sich was antun würde …« Er stockte wieder und rieb sich mit den Händen das Gesicht. »Ich darf nicht drüber nachdenken.«

Bis zu diesem Moment hatte ich wie erstarrt dagesessen, aber jetzt nahm ich, einem Impuls folgend, seine Hand und drückte sie. Dann zog ich sie sofort wieder zurück. Was tat ich da? Wollte ich ihn wirklich trösten?

Anthony fuhr fort: »Unsere Ehe ist am Ende, Emma. Absolut, endgültig und unwiderruflich am Ende. Der Schlussstrich ist nur noch nicht gezogen.«

Er nahm meine eiskalten Hände und wandte sich mir zu.

»Emma.« Er sah mir in die Augen und lächelte traurig. »Ich will mit *dir* zusammen sein. Ich weiß, dass das alles ein Riesenchaos ist. Ich weiß, dass ich einen Fehler gemacht habe, weil ich dir nicht von Anfang an reinen Wein eingeschenkt habe. Aber ich hatte Angst, dass du abgeschreckt wirst und alles zu Ende wäre, bevor es richtig angefangen hat. Das mit uns, unser Wochenende in den Catskills, alles, was wir miteinander erlebt haben – das bedeutet mir wahnsinnig viel.«

Sein Gesichtsausdruck war gequält und spiegelte ungefähr das wider, was ich fühlte. »Ich hatte noch nie eine Affäre oder so was. In der ganzen beschissenen Zeit nicht. Ich lege auch nicht reihenweise Studentinnen in der Kanzlei flach oder was auch immer du denken magst. Ich suche auch keine Geliebte, mit der ich neben meiner Ehefrau ein bisschen Spaß haben kann. Ich habe mich in dich verliebt, und ich kann nichts dagegen machen.« Er breitete seine Arme in einer hilflosen Geste aus. »Ich werde meine Frau verlassen, sobald der geeignete Moment dafür gekommen ist und sie stabil genug ist, dass sie diesen Schlag verwinden kann. Das ist nur noch eine Frage des ›Wann‹.«

Ich merkte erst jetzt, dass ich am ganzen Körper zitterte. Ich fror durch und durch. Mir gingen tausend Gedanken durch den Kopf, und gleichzeitig war ich innerlich völlig leer.

»Kannst du bitte irgendwas sagen, Emma?«

Ich löste mich aus meiner Schockstarre. »Was soll ich denn dazu sagen, Anthony?« Ich wunderte mich selbst darüber, dass ich meine Stimme wiedergefunden hatte. »Du bist verheiratet. Du hast Telefonate weggedrückt, wenn wir zusammen waren und sie angerufen hat. Wir waren abends miteinander essen, du hast bei mir übernachtet, wir waren ein Wochenende zusammen weg, und du hast keinen Ton darüber verloren, verdammt noch mal!«

»Ich weiß – das alles war idiotisch von mir. Ich habe geglaubt, dass wir in dieser kleinen Seifenblase leben können, bis … ich alles geregelt habe.«

»Bis du deine Frau verlassen hast, wolltest du sagen.« Ich presste die Lippen aufeinander.

Er räusperte sich, bevor er sagte: »Du bist nicht der Auslöser dafür, Emma. Ich verlasse meine Frau auch ohne dich.« Ich hörte sein Flüstern kaum. »Ich will dich nicht verlieren.«

Ich merkte, wie ein Schluchzen in mir aufstieg, und wusste, wenn ich jetzt anfangen würde zu weinen, wäre ich nicht mehr zu stoppen. Ich stand auf und griff nach meiner Tasche.

»Ich weiß nicht, was du hören willst. Ich weiß nicht, was ich dir sagen soll. Im Moment habe ich nicht mal eine Ahnung, was ich denken soll. Ich weiß nur, dass du es mir hättest sagen müssen. Ich bin die ganze Zeit deine Geliebte gewesen, ohne es zu wissen!«

»Hättest du dich denn auf mich eingelassen, wenn ich dir die Wahrheit gesagt hätte?«, fragte er und fuhr sich mit beiden Händen durchs Haar.

»Ich weiß es nicht!«, sagte ich aufgebracht. »Aber es hätte meine Entscheidung sein müssen und nicht deine! Du hättest von Anfang an mit offenen Karten spielen müssen.« Er versuchte, mich am Arm festzuhalten, doch ich machte mich los. Ich wusste selbst nicht, woher ich die Kraft nahm.

»Ich muss nachdenken. Sehr, sehr lange nachdenken.«

Ich lief, so schnell ich konnte, ohne zu rennen, den Weg zurück. Ich hörte Anthony nach mir rufen, aber ich ignorierte ihn. Er kam mir nicht hinterher. Wahrscheinlich wusste er, dass es vergebens gewesen wäre.

Ich lief den gesamten Weg vom Central Park bis nach Hause. Über eine Stunde. Ich bemerkte kaum, wie mir die Tränen über die Wangen liefen, nur den einen oder anderen Passanten, der mir merkwürdige Blicke zuwarf. Auf halber Strecke fing es an zu gewittern, aber es regnete nicht. Die Luft war wie aufgeladen. Ich überlegte, ob ich ein Taxi oder die U-Bahn nehmen sollte, aber ich konnte den Gedanken nicht ertragen, mit anderen Menschen auf engstem Raum zu sein. Ich hatte das Gefühl, ich würde zusammenbrechen, wenn ich auch nur ein Wort mit jemandem wechseln müsste. Also schlängelte ich mich zwischen den Touristengruppen und Passanten durch, bis ich endlich zu Hause angekommen war.

Nach dem nachmittäglichen Verkehr und den vielen Menschen auf der Straße kam mir die Wohnung vor wie eine Oase der Ruhe. In meinem Zimmer streifte ich die Schuhe ab, zog meine Klamotten aus und schlüpfte in meinen Pyjama. Dann legte ich mich aufs Bett und ließ die Tränen fließen. Vor meinem inneren Auge tanzten tausend Bilder wie ein Anthony-und-Emma-Film. Wie wir uns das erste Mal in der Kanzlei gesehen hatten, wie er mich anlächelte, seine Augen. Die Feier und der Abend auf der Terrasse des *Gansevoort Hotels*. Unsere erste gemeinsame Nacht und das Wochenende danach. Unser Wochenende in den Catskills. Unsere Mittagessen, unsere Abendessen.

Und die ganze Zeit war da noch jemand anderes gewesen. Eine Ehefrau. Und immer, wenn Anthony mich nach Hause gebracht und sich von mir verabschiedet hatte, war er in sein Haus nach Brooklyn gefahren, wo seine Frau – Lilly – auf ihn gewartet hatte. Wo er ihr zuliebe den glücklichen Ehemann spielte.

Als es langsam dunkel wurde, schaltete ich die Nachttischlampe an. Aber im Hellen schien die ganze Situation noch grausamer und auswegloser, und ich hatte plötzlich das Gefühl, nicht mehr allein in meinem Zimmer sein zu können, ohne durchzudrehen. Ich stand auf, wischte mir über die Augen und wusste, dass ich trotzdem wie ein Waschbär aussah. Ich hätte am Morgen wasserfeste Mascara verwenden sollen. Dass der Tag ein Desaster werden würde, war ja irgendwie klar gewesen. Vor Nicks Tür blieb ich stehen und klopfte vorsichtig.

Er rief sofort: »Komm rein.«

Ich öffnete die Tür. Nick saß in Jeans und T-Shirt auf dem Sofa, seinen Laptop auf den hochgelegten Beinen. Und er trug eine Brille.

»Du hast eine Brille?«, fragte ich, als wäre das die drängendste Frage des Tages. Er nahm sie ab und sah dabei doch tatsächlich verlegen aus.

»Habe ich vor dir bislang versteckt. Passt nicht zu meinem Image.«

Ich musste trotz allem lächeln. »Du bist so eitel.« Dann fügte ich hinzu: »Steht dir gut. Gibt dir irgendwie einen intellektuellen Touch.«

Er lächelte zurück und fragte dann: »Ist alles okay mit dir? Du siehst grauenhaft aus, Peanut.«

Ich zog eine Schnute. »Du weißt einfach, wie man ein Mädchen mit Komplimenten glücklich macht.«

Er winkte mich ungeduldig herein und räumte den Stapel Zeitungen neben sich auf die Seite, um mir Platz zu machen. Zögernd betrat ich sein Zimmer und ließ mich neben ihm aufs Sofa fallen.

Er betrachtete mich einen Moment und stellte dann seufzend seinen Laptop neben sich auf den Boden. »Willst du drüber reden?«

Ich atmete tief durch. Es war so schwer, es auszusprechen.

Ich konnte ihm nicht in die Augen sehen, als ich sagte: »Ich habe mit Anthony gesprochen. Isy hatte Recht. Er ist verheiratet.«

»Das ist …«, begann er und suchte nach dem richtigen Wort, »… krass.«

»Er will sich von seiner Frau trennen«, beeilte ich mich zu sagen, wusste aber selbst nicht, warum ich versuchte, Anthony zu verteidigen.

»Wollen sie das nicht alle?«, fragte er trocken. Als er merkte, wie sehr mich seine Worte trafen, legte er einen Arm um meine Schultern und zog mich an sich. »Hast du heute schon was gegessen?«

Ich schüttelte den Kopf.

»O Mann, das ist ja mit dir wie mit einer kleinen Schwester, um die man sich dauernd kümmern muss.« Er stand auf und streckte sich. »Los, ich mache dir was zu essen und du erzählst mir in Ruhe alles.«

Ich trottete wie ein geprügelter Hund hinter ihm her in die Küche und ließ mich von ihm auf einen Stuhl drücken. Ich beobachtete ihn, wie er kurz vor unserem Weinregal nachdachte, dann eine Flasche Rotwein herauszog, entkorkte, zwei Gläser einschenkte und eines vor mich hin stellte. Der Wein schmeckte herrlich, es war ein schwerer, guter Rotwein, der meinen leeren Magen angenehm wärmte und dann den direkten Weg in meinen Kopf zu finden schien.

»Der ist lecker«, sagte ich.

»Das ist auch mein zweitbester«, antwortete er, nahm einen Kochtopf aus dem Schrank, stellte ihn auf den Herd und gab Olivenöl hinein.

»Was ist mit deinem besten?«, fragte ich und trank noch einen Schluck.

»Den hebe ich uns für den Tag auf, an dem du über die Sache hinweg bist. Heute wäre er Verschwendung.«

Stimmte wohl.

Nick presste zwei Knoblauchzehen in den Topf. Sofort wurde die Küche von einem herrlichen Duft erfüllt, der mich an Sommerurlaube in Italien denken ließ. Aus dem Kühlschrank nahm er einen Salatkopf und zerrupfte ihn unter fließendem Wasser.

»Kann ich helfen?«, fragte ich.

»Nein, du sollst deinen Wein trinken und mir erzählen, was passiert ist.«

Er begann eine Salatsoße aus Essig, Öl, Senf und noch mehr Knoblauch zuzubereiten, und ich ergriff die Gelegenheit, ihm alles zu erzählen, solange er mir noch den Rücken zuwandte und ich ihm dabei nicht ins Gesicht schauen musste. So war es irgendwie einfacher.

Als ich fertig war, drehte er sich um und fragte: »Und jetzt wird er sie verlassen, um mit dir zusammen zu sein?«

Ich zuckte mit den Schultern. »Ich weiß es nicht. Er will seine Frau nicht verletzen.«

Er schenkte mir Wein nach. »Wenn er dich liebt, sollte er dann nicht in erster Linie darauf bedacht sein, *dich* nicht zu verletzen?«

In einem schwachen Versuch, Anthony zu verteidigen, erwiderte ich: »Die beiden sind seit der Highschool zusammen!«

Er lehnte sich an die Küchenzeile. »O ja, jetzt hört es sich gleich so viel besser an.«

Ich biss mir auf die Unterlippe. Er hatte natürlich Recht, und ich wusste nicht, was ich darauf antworten sollte.

Nick löschte den brutzelnden Knoblauch mit etwas Wein ab, öffnete zwei Dosen mit geschälten Tomaten und gab sie zum Knoblauch und dem Olivenöl. Als die Soße anfing zu köcheln, sah er auf die Uhr und zog sein Handy aus der Hosentasche.

»Ich muss kurz eine Verabredung absagen.«

»Mit Ava?« Ich betonte spöttisch das »A«.

Mit der linken Hand rührte er mit dem Löffel in der Soße, mit der anderen tippte er.

»Nein. Nicht mit Ava. Mit Laura.« Als er meinen Blick sah, ergänzte er: »Kennst du nicht.«

Ich nahm einen weiteren großen Schluck Rotwein. Mein

Kopf fühlte sich leichter an, und der Knoten in meiner Brust schien sich langsam zu lösen.

»O Mann«, sagte ich. »Stella. Ava. Dann die Brünette aus dem *Marquee*. Jetzt Laura. Und das sind nur die, von denen ich weiß. Eine nicht enden wollende Schlange von Frauen. Männer sind echt alle gleich.«

Er hielt kurz inne und blickte zu mir rüber. »Ich bin ja auch nicht verheiratet.«

Ich warf ihm einen Blick zu. »Bang! Der Schlag landete direkt in der Magengrube. Danke.«

Nick verdrehte kurz die Augen und tippte dann seine Nachricht zu Ende. Vielleicht sollte ich lieber Wasser statt Wein trinken? Oder nein. Einfach schnell noch viel mehr Wein.

Am nächsten Morgen hatte ich einen ziemlichen Brummschädel, also duschte ich erst mal lange und heiß, bevor ich mich anzog und mich mit meiner letzten Willenskraft in die Uni schleppte. Ich hatte Schwierigkeiten, den Vorlesungen zu folgen, und war froh, als es endlich Nachmittag war und ich nicht mehr vortäuschen musste, den Professoren interessiert zuzuhören. Ich hatte Isy getextet, und wir trafen uns im Washington Square Park zum Kaffee. Es war ein kalter Oktobernachmittag, und ich wärmte mir die Finger an dem heißen Becher. Zwei Muffins lagen auf der Bank zwischen uns, doch keine von uns beiden rührte sie an. Ich war nicht hungrig, und Isy war auf Diät.

Ich wusste gar nicht, wo ich anfangen sollte, aber wie immer redete Isy nicht lange um den heißen Brei herum.

»Und? Hast du das Schwein zur Rede gestellt? Was hat er gesagt?«, fragte sie.

Nein, Zurückhaltung war wahrlich nicht Isys Art. Ich rutschte unruhig auf der Bank herum. Es war schwer, über die

Sache zu reden, denn ich war mit mir ja selbst noch nicht ins Reine gekommen, was ich über alles denken sollte.

Schwach sagte ich: »Ich weiß nicht, ob er ein Schwein ist, Isy. Es ist alles so kompliziert.«

Sie schnaubte. »Klar ist es kompliziert. Er hat eine Frau und trotzdem mit dir geschlafen! Unkompliziert ist anders. Unkompliziert ist, wenn man sich auf jemanden einlässt, wenn man Single ist. Unkompliziert ist …«

Ich fiel ihr ins Wort: »Er will seine Frau verlassen.«

Sie biss sich auf die Lippe und sagte dann noch mal betont langsam: »Unkompliziert ist, wenn man seine Frau verlässt, *bevor* man mit einer anderen etwas anfängt.«

Ich erwiderte nichts, und sie schwenkte gedankenverloren ihren Becher, um den letzten Kaffee mit dem Milchschaum zu vermischen.

»Und glaubst du ihm?«

Ich zuckte mit den Schultern. »Ich weiß überhaupt noch nicht, was ich glauben soll. Ich habe von alledem ja gestern erst erfahren. Ich hatte kaum Zeit nachzudenken. Ich habe die Hälfte des Tages nur geheult und mich die andere Hälfte des Tages und die halbe Nacht mit Nick betrunken.«

»Und hoffentlich heißen, lebensverändernden Sex mit ihm gehabt?«, fragte Isy hoffnungsvoll.

Ich musste schwach lächeln, als ich ihr begeistertes Gesicht sah, und bremste ihre Euphorie direkt: »Nein, da ist nichts gelaufen. Wir sind wirklich nur Mitbewohner und mittlerweile sogar irgendwie gute Freunde, obwohl ich das am Anfang niemals gedacht hätte. Er hat sich lieb um mich gekümmert.«

Isy schüttelte den Kopf. »Nick würde sofort etwas mit dir anfangen, so wahr ich hier sitze.«

»Nick würde mit jeder Frau was anfangen, die ihm vor die Flinte kommt.«

»Ja, *die* Flinte würde ich auch gerne mal sehen.«

Obwohl mir nicht danach zumute war, musste ich schmunzeln. Mit Isy konnte man einfach nicht Trübsal blasen.

Sie dachte kurz nach und fragte dann: »Oder hast du seine Flinte etwa schon mal gesehen?«

Wir brachen beide in albernes Kichern aus, und ich fühlte mich ein kleines bisschen besser. Ein klitzekleines bisschen.

Sie trank den letzten Schluck ihres Kaffees und brach mit spitzen Fingern ein Stückchen von einem der Muffins ab. Verträumt steckte sie es sich in den Mund. »Ich verstehe deine Zurückhaltung nicht. Nick ist einfach perfekt. Er sieht gut aus, ist klug, erfolgreich und humorvoll. Und dieser Körper – unglaublich, dass du mit ihm unter einem Dach lebst und noch nicht deine Krallen in ihn geschlagen hast. Ich würde mich nicht zweimal bitten lassen.«

»Ich würde ja sagen, dass du dein Glück bei ihm versuchen solltest, aber ich habe Angst, dass unser Universum implodiert, wenn ihr zwei was miteinander anfangt.«

Isy schüttelte den Kopf: »Nick und ich – das wird niemals passieren, keine Sorge.«

Ich wunderte mich einen Moment, wie wir so fließend vom Thema Anthony auf das Thema Nick abgeschweift waren.

Isy schien meine Gedanken zu lesen, denn sie sagte: »Aber lassen wir Nick mal außen vor. Was ist jetzt mit Anthony?«

Es war, als würde sich eine zentnerschwere Last wieder auf meine Brust senken, als ich ihr von meinem Gespräch mit Anthony am Tag zuvor berichtete. Als ich fertig war, hatte Isy ihren Muffin aufgegessen und mit meinem angefangen. Die Diät war offensichtlich beendet. Nicht dass sie eine nötig gehabt hätte.

»Im ersten Moment wusste ich noch nicht mal, ob ich ihm überhaupt glauben sollte. Andererseits: So wie er die ganze Situation geschildert hat, kann ich mir irgendwie nicht vorstellen, dass er sich das ausgedacht hat.«

»Ja, das hört sich echt übel an mit seiner Frau. Wenn es stimmt, ist es kein Wunder, dass er von dir angezogen wurde wie eine Motte vom Licht.« Als sie meinen skeptischen Blick sah, sagte sie: »Was denn? Du verkörperst alles, was seine Frau nicht ist, du bist jung, frei, ungebunden, lebenslustig …«

»Kein Wunder eher, dass er sie nicht so einfach verlassen kann. Nicht dass ich mir im Moment überhaupt sicher bin, was ich will«, fügte ich dann hinzu. »Will ich die Ursache dafür sein, dass eine Ehe zerbricht?«

»Du wärst ja nicht die Ursache. Nur der Anlass.«

Ich sah sie von der Seite an. »Meinst du, das macht einen Unterschied, wenn man die betrogene Ehefrau ist und seinen Mann liebt?«

Isy lehnte sich zurück und atmete tief ein. »Wahrscheinlich nicht.«

Ich meldete mich mit meiner besten Krächz-Stimme in der Kanzlei für den Rest der Woche und die kommende krank. Virusinfekt. Ich wolle die Kollegen nicht anstecken, sagte ich. Das würde mir zwar ein Loch ins Budget reißen, aber ich hatte durch all die Überstunden schon etwas Geld beiseitelegen können. Und waren wir ehrlich: Ich war de facto einfach nicht arbeitsfähig.

Anthony versuchte Dutzende Male, mich auf dem Handy zu erreichen. Ich drückte ihn jedes Mal weg. Ich brachte es nicht über mich, mit ihm zu sprechen. Was hätte ich ihm auch sagen sollen? Er ging dazu über, mir Nachrichten zu schicken, die ich ebenfalls nicht beantwortete.

Den Rest der Woche und die folgende verbrachte ich im Pyjama und verließ das Bett kaum. Wenn er zu Hause war, versorgte Nick mich mit Essen, Kaffee, Kopfschmerztabletten und

Wein. Ich verschwendete keinen Gedanken mehr daran, wieder in die Uni zu gehen. Ich konnte mich ohnehin nicht konzentrieren. Wenn das Chaos in meinem Kopf aufgehört hatte, würde ich sehen müssen, wie ich den Stoff aufholte.

Isy kam jeden Tag vorbei, brachte Ben-&-Jerry's-Eiscreme mit, schaute *Riverdale* und *New Girl* mit mir. Aber Serien und Süßes waren nicht genug, um mich aufzumuntern. Und ich wollte auch nicht aufgemuntert werden. Ich wollte einfach nur, dass der Schmerz in meiner Brust aufhörte und ich irgendwie weiterleben konnte.

Am Samstagmorgen der folgenden Woche hämmerte es an meine Schlafzimmertür. Ich sah auf meinen Wecker. Es war noch nicht mal acht Uhr. Ich drehte mich auf die andere Seite, hörte aber, dass sich die Tür öffnete. Aus den Augenwinkeln sah ich, dass Nick den Kopf hereinstreckte. Ich musste dringend anfangen, meine Tür abzuschließen.

»Geh weg!«, sagte ich und zog mir die Decke über den Kopf. Ich hatte um zwei Uhr nachts eine Schlaftablette genommen und war noch nicht bereit zum Aufstehen. Aber Nick ließ sich nicht wegschicken. Er riss die Vorhänge und das Fenster auf. Ich protestierte lautstark, aber er ließ sich neben mir aufs Bett fallen und zog mir die Decke weg.

»Keine Chance. Heute ist der erste Tag deines neuen Lebens.«

Ich versuchte, mich unter meinem Kopfkissen zu verstecken, doch Nick beugte sich erbarmungslos über mich und fixierte mich mit seinen blauen Augen. Ich wurde mir plötzlich bewusst, dass ich seit einiger Zeit meine Haare nicht mehr gewaschen hatte. Und meine Zähne noch nicht geputzt waren.

»Schluss jetzt mit dem Rumjammern und dem Selbstmitleid. Fast zwei Wochen reichen. Anfangs warst du noch ganz süß mit deinem Dackelblick und deinem Weltschmerz, aber jetzt reicht es.«

Seine ganze Energie hatte einen eher niederschmetternden Effekt auf mich, und ich fühlte mich plötzlich, als könnte ich nicht mal aus dem Bett aufstehen. Geschweige denn, den »ersten Tag meines neuen Lebens« in Angriff nehmen. Meines neuen Lebens ohne Anthony? Ich merkte, wie meine Unterlippe wieder anfing zu zittern.

Nick runzelte die Stirn. »O nein, keinesfalls fängst du wieder an zu heulen. Du hast jetzt genau drei Möglichkeiten: Entweder du fährst nach Brooklyn und sagst seiner Frau, dass sie sich aus dem Staub machen soll, weil der Typ dir gehört. Oder du hältst die Klappe und wirst seine Geliebte. Wenn du dich das Erste nicht traust und du das Zweite nicht willst, dann reiß dich jetzt endlich zusammen und komm drüber hinweg.« Er stand auf und murmelte: »Als wenn der Typ der letzte Mann auf Erden wäre. Ihr Frauen seid wirklich unglaublich. Kein Wunder, dass unsereins euch andauernd verarscht.«

An der Tür drehte er sich noch einmal zu mir um. »Ich gebe dir zwanzig Minuten, um aufzustehen, heiß zu duschen und deine Laufklamotten anzuziehen. Wenn nicht, komme ich mit einem Eimer Wasser wieder, und wenn ich dann mit dir fertig bin, dann ist dein bescheuerter Anwalt das Geringste deiner Probleme.« Aus dem Flur rief er: »Und rasier dir die Beine. So kann ich mich nicht mit dir sehen lassen. Ich habe einen Ruf zu verlieren.«

Nick hatte Recht. Nachdem wir zweieinhalb Stunden durch das West Village gerannt waren, war der einzige Gedanke, den ich noch hatte, es zum Kühlschrank und einer kalten Wasserflasche zu schaffen. Wir waren bis zum Meatpacking District gelaufen, dann am Hudson River bis nach Tribeca und zurück, bis wir wieder am Washington Square Park ankamen. Nick ließ mich alle fünfhundert Meter hundert Meter sprinten. Oder Liegestütze machen. Oder Kniebeugen. Oder Klimmzüge. Es war, wie mit einem sehr, sehr grausamen Personal Trainer unterwegs zu sein. Oder eine besonders harte militärische Ausbildung zu durchlaufen. Das Training von Isys Navy-SEAL konnte unmöglich härter gewesen sein als das, was Nick mir zumutete.

Nebenbei hatte dieser unverschämte Kerl immer noch genug Atem, um mich fröhlich auf einen besonders schönen Blick auf die Skyline, auf das neue One World Trade Center oder Jersey City auf der anderen Seite des Flusses aufmerksam zu machen. Er war so viel fitter als ich, dass er keinerlei Anstrengung zu empfinden schien, während ich neben ihm herkeuchte wie ein altersschwacher Teekessel.

Als wir wieder in der Wohnung ankamen, ließ ich mich mit einer Wasserflasche in der Hand auf einen Küchenstuhl fallen. Nick lehnte sich lässig ans Fensterbrett und sah mich spöttisch an.

»Na, habe ich dir zu viel versprochen?«

»Du bist ein sehr, sehr grausamer Mensch.« Ich trank einen tiefen Schluck direkt aus der Flasche. »Kann ich jetzt wieder ins Bett?«

»Auf gar keinen Fall. Du duschst dich und ziehst dich an. Und dann zeige ich dir etwas.«

Ich runzelte die Stirn. Schon wieder Sport? Ich war nicht sicher, ob ich das aushalten würde.

Er nahm mir die Flasche aus der Hand und trank den Rest in einem Zug aus. »Keine Sorge, das wird dir gefallen.«

Wir fuhren mit der Subway in Richtung Norden und stiegen an der Haltestelle 145. Straße aus. Obwohl ich noch nie hier gewesen war, wusste ich, dass wir in Harlem waren. Uns umgaben trostlos aussehende Hochhäuser aus Backstein und einige zweigeschossige, unfreundlich wirkende Häuser mit verschlossenen Fensterläden. Nick schien die Umgebung nicht weiter zu beeindrucken, er steuerte zielstrebig auf einen kleinen, schäbigen Kiosk zu. Ich bemühte mich, dicht hinter ihm zu bleiben.

»Wusstest du eigentlich, dass in New York eines von vier Kindern in Armut lebt?« Er sah mich an. »Denkt man gar nicht, wenn man sich nur in der Glitzerwelt von Manhattan aufhält, oder?«

Am Kiosk kaufte Nick bei einer fröhlichen älteren Latina, die ihn gut zu kennen schien und herzlich begrüßte, einen Kaffee, einen Karton mit kleinen, eingeschweißten Wasserflaschen und zwanzig Schokoriegel.

Ich verstand gar nichts mehr, nahm aber den Kaffee und die Tüte mit den Schokoriegeln entgegen und versuchte, mit Nick Schritt zu halten, der zielstrebig die Straße überquerte.

Die Kiosk-Frau rief uns hinterher: »Nick, ist sie deine Freundin?«

Nick lachte und rief zurück: »Das wäre sie gerne.«

Ich atmete tief ein und aus und zählte bis zehn. Brachte ja nichts, sich aufzuregen. Nick war eben Nick.

Auf der anderen Seite der Straße lag ein kleiner, mit einem hohen Zaun umgebener Park. Drinnen konnte ich ein Baseball- und ein Basketballfeld erkennen. Eine Schar Kinder spielte Fangen. Am Eingang zum Park saß ein Obdachloser auf einem Stück Pappe und sah uns erwartungsvoll entgegen. Er grinste. Ihm fehlten vorne fast alle Zähne.

»Hey! Mein Freund Nick!«, rief er.

Als wir uns näherten, bemerkte ich, dass er ziemlich streng roch, doch Nick klatschte ihn mit seiner freien Hand ab, während er mit der anderen Hand die Wasserflaschen auf der Hüfte balancierte.

Zu mir sagte er: »Der Kaffee ist für Jim. Zwei Teelöffel Zucker, ein Schuss Milch, Kumpel, wie immer.«

Ich zögerte einen Moment, doch Nick sah mich aufmunternd an und deutete mit dem Kinn zu dem Mann. Ich erwachte aus meiner Erstarrung, murmelte ein »Hallo« und reichte Jim den Kaffeebecher. Als seine schmutzigen Finger meine berührten, zuckte ich unwillkürlich kurz zusammen und schämte mich sofort dafür. Um meine blöde Reaktion wiedergutzumachen, schenkte ich Jim ein freundliches Lächeln und wünschte ihm einen schönen Tag.

Nick hatte mich natürlich beobachtet und schnaubte kurz verächtlich durch die Nase, während er mit dem Ellenbogen die Gittertür zum Park aufdrückte. »Hätte gar nicht gedacht, dass du so eine Prinzessin bist. Ein Mensch ist immer noch ein Mensch. Auch wenn er schmutzig ist und nicht nach Veilchen riecht.«

»Das weiß ich selbst, Nick«, sagte ich, mehr wütend auf mich selbst als auf ihn.

Als wir den Park betraten, entdeckte uns eines der Mädchen auf dem Basketballfeld und rief: »Da ist Nick!«

Eine Horde Kinder stürmte begeistert kreischend auf uns zu und umringte uns. Nick klatschte jeden der Jungs und Mädchen ab. Fast alle waren afro- oder lateinamerikanischer Abstammung und im Alter zwischen fünf und zehn Jahren.

Als er mit dem Abklatschen fertig war, rief Nick: »Hey Mädels und Jungs, hört mal her. Das ist Emma.« Er sah mich verschmitzt von der Seite an. »Sie ist ein bisschen uncool, aber sie ist eine gute Freundin.«

Ich sah ihn vorwurfsvoll an, aber die Kids fanden meine Vorstellung offenbar lustig und pfiffen und johlten. Nick schnappte sich den Jungen, der am nächsten zu ihm stand, und nahm ihn in den Schwitzkasten. Der Kleine quietschte vor Vergnügen.

»*Eine* Freundin, habe ich gesagt, ihr Rüben. Nicht *meine* Freundin.«

Dann wurde er plötzlich ernst, klatschte in die Hände und rief über den Lärm hinweg: »Los jetzt, Faulpelze, warm machen! Drei Runden um den Platz!«

Die Kinder maulten und meckerten, machten sich aber brav auf den Weg. Nick drehte sich wieder zu mir um. Ich sah ihn fragend an. Konnte er mich jetzt endlich mal einweihen?

Den Blick auf die laufenden Kinder geheftet, sagte er: »Das hier ist ein Teil des ›Harlem Kinder- und Jugend-Hilfsprogramms‹. Wir versuchen, Kinder aus unterprivilegierten Familien von der Straße zu holen und zu beschäftigen. Anstatt am Wochenende mit älteren Jugendlichen abzuhängen, die zum Teil kriminell sind oder anderen Unfug anzustellen, sollen sie lernen, Regeln zu befolgen, im Team zu spielen und einen Gegner zu respektieren. Und natürlich sollen sie Spaß und Freude haben. Davon haben sie nämlich zu Hause häufig viel zu wenig.«

Ich war sprachlos.

»Ich trainiere die Kids einmal die Woche im Basketball«, fuhr er fort. »Du kannst den Mund wieder zumachen, auch wenn du das von deinem oberflächlichen Mitbewohner Nick nicht gedacht hättest, was? Aber davon abgesehen hast du hier die Gelegenheit, mal zu sehen, was echte Sorgen sind. Und jetzt beweg deinen süßen Hintern um den Platz. Ich habe nicht gesagt, dass du vom Warmmachen ausgenommen bist.«

Obwohl mein ganzer Körper protestierte, trabte ich brav los. Als ich, umringt von einer Kindertraube, nach einigen Runden wieder bei Nick ankam, hatte er glücklicherweise ein Einsehen mit mir, und ich musste die kollektiven Liegestütze und Sit-ups nicht mitmachen. Stattdessen packte ich die Wasserflaschen aus und verteilte sie. Nach dem Aufwärmen wurde Dribbeln und schnelles Passen geübt, und dann teilte Nick vier Mannschaften ein, die gegeneinander spielten.

»Kannst du die Kinder, die nicht spielen, beschäftigen?«,

fragte er. »Sie langweilen sich sonst nur und fangen an, Quatsch zu machen.«

»Wie soll ich sie denn beschäftigen?«, fragte ich erschrocken. Ich kannte mich mit Basketball doch gar nicht aus.

»Überleg dir was. Du bist doch ein kluges Mädchen.«

Er wandte sich mit einer Pfeife im Mund wieder dem Spielfeld zu und überließ mich meinem Schicksal und zehn Kindern, die mich erwartungsvoll ansahen. Ich zermarterte mir das Gehirn und versuchte, mir ein sinnvolles und nicht langweiliges Sportspiel auszudenken. Wo waren die Erinnerungen an dreizehn Jahre Sportunterricht in der Schule, wenn man sie brauchte? Wahrscheinlich erfolgreich ins tiefe Unterbewusstsein verdrängt. Wo sie auch hingehörten.

Es war genau, wie Nick gesagt hatte: Kaum waren die Kinder kurz unbeschäftigt, fingen sie an, sich gegenseitig zu ärgern und zu balgen. Als sie begannen, sich mit den Wasserflaschen gegenseitig nasszuspritzen, hatte ich einen rettenden Einfall.

Ich rief so laut ich konnte: »Hey, alle mal herhören!«

Das Problem war nur, dass sich niemand mehr für mich interessierte. Ich rief noch mal, mit ähnlicher Wirkung.

Ich blickte zu Nick, der nur die Augenbrauen hochzog und mit den Schultern zuckte. Von ihm hatte ich offenbar keine Hilfe zu erwarten.

Ich drehte mich wieder den Kindern zu und pfiff einmal so laut ich konnte durch die Finger. Der durchdringende Ton ließ alle verstummen und sich zu mir drehen. Ich atmete tief durch. Wer hätte geahnt, dass der Umgang mit kleinen Kindern so herausfordernd sein konnte?

»Wir gehen rüber auf das Baseball-Feld und machen eine Übung!«

Ich spürte Nicks Blick im Rücken, während die kleine Meute mir brav auf das benachbarte Feld folgte. Ich ließ alle Kinder sich am einen Ende des Feldes auf einer Linie aufstellen, während ich am anderen Ende mit dem Rücken zu ihnen stand. Die Kinder durften auf mich zurennen, solange ich mit dem Rücken zu ihnen stand. Sobald ich mich umdrehte, mussten alle sofort wie eingefroren stehen bleiben. Wenn ich einen erwischte, der nicht schnell genug stoppte, musste er fünf Schritte zurück. Die Kids lachten vor Vergnügen und kreischten jedes Mal begeistert auf, wenn ich mich blitzschnell zu ihnen umdrehte.

Nach einer halben Stunde wechselten wir, und Nicks Kids kamen zu mir. Auch die zweite Gruppe machte begeistert mit.

Ich bemerkte gar nicht, wie schnell die Zeit vergangen war, bis Nick rief: »Fertig für heute! Cooldown!«

Fast mit Bedauern, dass es schon vorbei war, lief ich zu Nick rüber. Er überraschte mich völlig, als er mich kurz an sich zog und auf die verschwitzte Schläfe küsste.

»Du bist ein Star«, sagte er, und ich wurde rot.

»Nick, ihr müsst ein One-on-One machen!«, rief einer der Jungen und warf Nick einen Basketball zu.

»Ist das was Unanständiges?«, murmelte ich.

»Hättest du das gerne?«, fragte er mich hochgezogenen Augenbrauen und prellte den Basketball abwechselnd mit der einen, dann mit der anderen Hand vor sich auf den Boden.

Als er meinen Gesichtsausdruck sah, sagte er: »Schon gut. Ein One-on-One im Basketball ist ein Zweikampf, der an der Mittellinie beginnt. Ich habe den Ball, und du musst versuchen, mich davon abzuhalten, einen Korb zu machen. Beziehungsweise andersrum. Mann gegen Mann sozusagen. Oder eben Frau.«

Die Kinder klatschten begeistert, und ich folgte ihm unsicher aufs Spielfeld. Das konnte ja nur in einer Blamage für mich enden.

»Los, Nick, vernasch sie!«, rief eins der Kinder.

Nick rief zurück: »Sei nicht so frech. Und macht eure Dehnübungen! Das Training ist erst nach dem Cooldown zu Ende.« Zu mir gewandt erklärte er: »Mit *Vernaschen* ist übrigens wieder nichts Unanständiges gemeint, sondern dass ich dich gleich völlig fertigmache und du nicht den Hauch einer Chance gegen mich hast.«

»Ach, so ist das«, sagte ich mit einem zuckersüßen Lächeln und schlug ihm mit einer blitzschnellen Bewegung den Ball aus der Hand. Er war so verdutzt, dass ich ungehindert ein paar Schritte dribbeln und sogar zu einem Wurf ansetzen konnte. Unter dem Jubel der Kinder und zu meiner großen Überraschung landete der Ball tatsächlich im Korb. Ich grinste Nick an.

»Wer vernascht jetzt wen?«, fragte ich und warf ihm den Ball zu.

»Nicht schlecht, Rookie«, sagte Nick und fing den Ball. »Ich hoffe, du weißt, dass das der letzte Korb war, den du je gegen mich erzielen wirst.«

Er dribbelte auf mich zu, täuschte einmal nach rechts an, umspielte mich dann links und versenkte den Ball mühelos im Korb.

Der eine Treffer, den ich ohne seine Gegenwehr erzielt hatte, sollte tatsächlich der einzige bleiben, den ich an diesem Tag machte. Nick bewegte sich auf dem Spielfeld wie eine Katze. Beim ersten Treffer hatte er mich mit seinem angetäuschten Manöver ausgeschaltet. Beim zweiten Mal dribbelte er den Ball niedrig und schützte ihn mit dem Körper. Den Rücken zu mir gewandt zog er einfach mit einer Drehung an mir vorbei. Beim dritten Mal warf er den Ball kurzerhand über meinen Kopf und versenkte ihn im Korb.

Als es zehn zu eins stand und ich völlig außer Puste war, hob ich meine Hände in einer Geste der Unterwerfung und gab auf. Nick klatschte erst mich und dann alle Kinder ab und verteilte die Schokoriegel. Die Kids zogen glücklich davon.

Als Nick seine Sachen zusammenpackte, sagte er: »Du warst toll. Die Kids haben dich geliebt. Danke, Emma.«

Ich schüttelte den Kopf und sagte: »Du bist toll, Nick! Das alles hier …«, ich machte eine Handbewegung, die den ganzen Platz einschloss, »… ist unglaublich. Du gibst den Kindern so viel. Sie wirkten während des Trainings so glücklich.«

Nick hielt beim Packen inne und sah mich an. Sein Lächeln war offen, fast verletzlich, absolut entwaffnend und traf mich irgendwie mitten ins Herz.

»Meinst du?«

Ich nickte ernst. Und ich merkte, wie viel ihm das bedeutete.

Ich fand an diesem Abend, mit all der positiven Energie des Tages im Rücken, endlich die Kraft, Anthony anzurufen. Ich konnte mich nicht länger krankmelden. Ich musste die kommende Woche wieder arbeiten gehen, denn ich brauchte das Geld, um meine Miete zu bezahlen und mein Leben in New York zu finanzieren. Ich musste die Situation mit Anthony klären.

Er ging nach dem dritten Klingeln dran: »Emma. Endlich.«

Ich hörte Gesprächsfetzen und Kinderlachen im Hintergrund. Es hörte sich an, als würde er seine Hand auf das Mikro halten und sich entfernen.

»Ich bin auf dem Geburtstag eines Freundes. Warte kurz.« Es raschelte. »Emma, ich versuche seit Tagen, dich zu erreichen. Ich bin fast verrückt geworden.«

»Ich wollte nicht mit dir sprechen.«

»Das habe ich gemerkt. Das ist doch kindisch. Wir müssen reden!«

»Kindisch?« Zorn stieg in mir hoch. »Falls du es vergessen haben solltest: Ich musste mir über einiges klar werden, weil du mir verschwiegen hast, dass du zu Hause eine Frau sitzen hast!«

Der Schlag saß, und er schwieg einen Moment betroffen. Obwohl er ihn eigentlich erwartet haben musste.

»Und hast du Klarheit gewonnen?«, fragte er dann betont ruhig.

»Nein«, sagte ich. »Ich meine: Ja … Ich weiß es nicht.«

Ich hätte mir vorher genauer überlegen sollen, was ich überhaupt sagen wollte. Ich versuchte, meine Gedanken in Worte zu fassen.

»Ich brauche mehr Zeit. Ich muss nachdenken, und ich glaube, du solltest auch nachdenken. Aber ich muss wieder arbeiten gehen, und ich möchte, dass wir uns im Büro so wenig wie möglich sehen. Unser letztes Projekt ist abgeschlossen, und ich werde nicht weiter in deinem Team arbeiten. Wir werden einfach erst mal getrennte Wege gehen.«

Es kam keine Reaktion von der anderen Seite.

»Anthony?«

Ich hörte ihn atmen. Dann fragte er: »Wenn du sagst, du brauchst Zeit – von wie viel Zeit reden wir da?«

Ich schloss die Augen. Und sagte noch einmal: »Ich weiß es nicht.«

Am Montagnachmittag ging ich wieder zur Uni. Als ich in der ersten Vorlesung saß, kam eine Nachricht von Isy:

Hast du Nicks Blog gelesen?!

Gleich darauf sendete sie mir den Link. Ich klickte ihn an und wartete, bis die Homepage sich öffnete. Direkt sprang mir der erste Post ins Auge. Er hieß »Willkommen im Team«. Ich scrollte langsam nach unten. Nick berichtete über das Training am Wochenende, von den Fortschritten der Kinder und von meiner Beteiligung. Am Ende fand man einen Link zur Homepage des Projekts und das Konto, auf das man Spendengelder überweisen konnte.

Ich tippte:

Und?

Da stand doch wirklich nichts Besonderes.

Schau dir das letzte Foto an!

Ich scrollte weiter runter. Nick hatte einige Fotos von dem Tag hochgeladen. Auf dem letzten hatte Nick den Arm um meine Schultern gelegt, und wir waren umringt von allen Kindern. Das Bild hatte einer der größeren Jungs gemacht. Es war ein schönes Bild. Auch wenn meine Haare katastrophal aussahen.

Ihr seht aus wie ein Paar! Läuft da doch was?!?

O Mann. Ich antwortete ihr sofort:

NEIN!! Es läuft nichts, es ist nichts gelaufen, und es wird niemals etwas laufen. Er hat dauernd irgendwelche Frauen am Start, da reihe ich mich doch nicht ein!

Ich atmete tief durch und legte das Handy weg, bevor der Prof bemerkte, dass ich ihm überhaupt nicht mehr zuhörte.

Am Montagmorgen erfuhr ich von Cassie, dass Anthony spontan zu einem Seminar nach Montreal geflogen war und nicht im Büro sein würde. Die Woche darauf hätte er Urlaub genommen. Ich war froh, dass er meinen Wunsch nach Distanz respektierte und dass ich ihn diese und die folgende Woche nicht sehen musste. Gleichzeitig vermisste ich ihn. Wie bescheuert war das denn bitte?

Blödes, verräterisches Herz.

Meine New-York-To-do-Liste

- [ ] ~~Eine Wohnung finden!!! und umziehen~~
- [ ] ~~Sightseeing~~
- [ ] Fetter Klunker von Tiffany!
- [ ] Einen New Yorker küssen: auf der Brooklyn Bridge, auf der Staten-Island-Fähre, ~~auf der Dachterrasse einer coolen Bar~~, beim Schlittschuhlaufen am Rockefeller Center
- [ ] Sample Sale im Fashion District und eine teure (!) Shopping-Sünde begehen
- [ ] Von einem New Yorker für eine New Yorkerin gehalten werden
- [ ] New York bei Schnee sehen
- [ ] ~~Cocktails auf der Dachterrasse einer Bar~~
- [ ] ~~Sex mit einem New Yorker!~~ Mit dem heißesten Mann in NY! O. Mein. Gott.
- [ ] In ~~50~~ ~~40~~ ~~32~~ ~~25~~ 23 verschiedene Bars/Clubs gehen
- [ ] Ein Event im Madison Square Garden
- [ ] Ein Wochenendtrip in die Hamptons
- [ ] Meinen LLM-Abschluss schaffen
- [ ] Mir überlegen, was ich mit meinem Leben nach dem Abschluss anfangen will
- [ ] Die große Liebe finden

NOVEMBER

Meine Erleichterung, dass Anthony sich in der ersten Novemberwoche freigenommen hatte, hielt nicht lange an. Am Mittwoch rief Cassie mich zu sich ins Büro. Als ich das Zimmer betrat, telefonierte sie gerade und bedeutete mir, mich zu setzen. Während sie den Telefonhörer auflegte, schob sie mir eine Mappe über den Tisch.

»Anthony hat aus dem Urlaub angerufen. Er braucht dich übernächste Woche für eine Präsentation in San Francisco. Dein Flug geht Mittwoch, den Fünfzehnten, hin und …«, sie sah auf das Ticket und suchte das Datum, »… am Samstagabend, den Achtzehnten, wieder zurück.«

Mir rutschte das Herz in die Hose. »Was soll das denn heißen? Ich kann doch keine Präsentation in San Francisco halten!«

Ich war doch nur Studentin!

Cassie schüttelte den Kopf. »Dummerchen, doch nicht du. Anthony. Er wird Dienstag hinfliegen. Eine superwichtige Sache. Wir versuchen einen echt großen Mandanten an Land zu ziehen. Er braucht deine Unterstützung vor Ort. Aber natürlich wirst nicht du präsentieren, sondern er.«

Ich blickte ungläubig auf das Ticket und die Unterlagen vor mir.

»Aber ich muss in die Uni. Ich habe Vorlesungen! Er kann doch nicht über meine halbe Woche verfügen!« Ich nahm das Ticket in die Hand. Der Rückflug war tatsächlich am

Samstagabend. »Und über mein Wochenende«, fügte ich hinzu.

Sie blickte mich verständnislos an. »Willkommen in einer Großkanzlei. Hier bist du sowieso nicht mehr Herr deiner Zeit. Weißt du, wann ich das letzte Mal vor zehn Uhr nach Hause gekommen bin? Weißt du, wann ich das letzte Mal mit meinem Verlobten zu Abend gegessen habe? Oder das Wochenende ohne Anrufe von Anthony oder den anderen im Team verbracht habe? Das interessiert auch keinen.«

Sie nahm den Telefonhörer ab und begann zu wählen. Ich war offensichtlich entlassen. Als ich dennoch in Schockstarre sitzen blieb, legte sie wieder auf und seufzte. »Schätzchen. Fliegst du von der Uni, wenn du nächste Woche mal drei Tage nicht an deinen Kursen teilnimmst?«

Ich schüttelte den Kopf.

»Wirst du deswegen durch deine Prüfungen fallen?«

Wohl nicht. Also schüttelte ich noch mal den Kopf.

»Dann rate ich dir, flieg nach San Francisco. Sonst wirst du nämlich hier rausfliegen. Es gibt tausend Trainees, die gerne deinen Job machen und ohne mit der Wimper zu zucken ein paar Tage Uni schwänzen würden, um mit unserem jüngsten Starpartner einmal quer durch die USA zu jetten.«

Wie benommen lief ich mit den Unterlagen und dem Ticket in der Hand zurück in den Trainee-Raum. Isy saß an ihrem Computer und kräuselte die Nase. Sie hatte eine Haarsträhne um den Finger gewickelt.

»Sag mal, weißt du, wie man bei Excel eine Zeile löscht, die man vorher mit einer anderen verbunden hat?«

Sie sah hoch, als ich nicht antwortete, sondern mich nur mit einem Stöhnen auf meinen Stuhl ihr gegenüber fallen ließ. Augenblicklich hatte ich ihre volle Aufmerksamkeit.

Sie senkte die Stimme, damit die anderen Mitarbeiter im Großraumbüro sie nicht hören konnten: »Was ist passiert? Du siehst aus, als hättest du einen Geist gesehen. Oder noch schlimmer: Anthony?«

Ich klopfte auf die Mappe vor mir auf dem Tisch.

»Weißt du, was das ist? Das sind meine Reiseunterlagen für einen Trip nach San Francisco. Mit Anthony. Von nächster Woche Mittwoch bis Samstagabend.«

Isy riss die Augen auf. »Holy Shit!«

Sie zog ihren Schreibtischstuhl zu mir herüber und nahm das Ticket heraus, während ich den Kopf in meine Hände fallen ließ.

»Warum macht er das?«, jammerte ich. Ich wollte doch einfach nur meine Ruhe.

»Warum er das macht? Das kann ich dir beantworten. Er ist nach wie vor scharf auf dich. Er zieht alle Register.«

»Aber er ist verheiratet«, zischte ich. »Ver-hei-ra-tet!«

Isy faltete die Hände vor dem Gesicht. Ich konnte förmlich sehen, wie es in ihrem Kopf arbeitete.

»Nachdem ihr im Central Park miteinander gesprochen habt, hast du keinen seiner Anrufe mehr angenommen und auch seine Nachrichten nicht mehr beantwortet. Dann hast du ihm gesagt, dass du Abstand willst. Er weiß nicht, wie er an dich rankommen soll. Und sich vor deine Haustür zu stellen und zu deinem Fenster hochzujaulen ist nicht sein Stil. Sein Stil ist es vielmehr, dich an einen Ort weit weg von zu Hause zu bringen, dich dazu zu zwingen, Zeit mit ihm zu verbringen und dich wieder zu erobern.«

Während sie sprach, nickte sie immer heftiger, als würde sie das, was sie sagte, mit jedem Satz überzeugender finden. Ihr blonder Bob wippte im Takt mit.

»Und wenn ich mich weigere?«

»Dann fliegst du wahrscheinlich raus. Die ganze Reise ist doch schon gebucht. Die werden das nicht stornieren wollen.«

»Also habe ich eigentlich gar keine andere Wahl.«

Isy nickte.

Dann legte sie mir die Hand auf den Arm und sagte ernst: »Ich finde die Tatsache, dass er seine Machtposition ausnutzt, um dich nach San Francisco zu locken, gelinde gesagt keinen coolen Move. Also bitte, bitte, höre auf deine Freundin Isy: Lass diesmal besser dein Höschen an.«

»Ist das dein Ernst?«, fragte Nick ungläubig und stellte sein Weinglas ziemlich abrupt auf dem Tisch ab. Ein Wunder, dass dabei der Stiel nicht abbrach.

Es war Samstagabend, und wir saßen uns an einem der begehrten Zweiertische im *Cotenna* gegenüber. Ich löste endlich meine Wettschulden ein und saß mit Nick in dem kleinen italienischen Restaurant, das dem Sohn eines Freundes von Nicks Vater gehörte.

Zwischen uns standen warmer Ziegenkäse mit Kräutern und Tomatensoße, Riesengarnelen in Knoblauchbutter und ein Teller mit Bresaola. Das Essen war bodenständig und wahnsinnig lecker, original italienisch, und Nick musste es ja wissen. Trotzdem blieb mir das Essen fast im Hals stecken, so fassungslos schaute er mich jetzt an.

»Du wirst mit diesem Vollarsch doch nicht tatsächlich nach San Francisco fliegen? Und dich von ihm wieder um den Finger wickeln lassen?«

Ich strich eine kaum sichtbare Falte in der Tischdecke glatt. Antwort auf Frage eins: Doch. Antwort auf Frage zwei: Nein!

»Ich habe nicht wirklich eine Wahl«, antwortete ich stattdessen.

Nick rieb sich mit beiden Händen übers Gesicht. »Man hat immer eine Wahl. Kann ich die letzte Garnele haben?«

Ich nickte. »Siehst du, und ich habe die Wahl, ganz professionell und cool diese Geschäftsreise zu machen, ohne mich von ihm um den Finger wickeln zu lassen.«

Nick sah mich nachdenklich an, während er kaute. »Eins muss man diesem Windhund ja lassen – dumm ist er nicht.«

Ich verzichtete darauf, das zu kommentieren, und wechselte lieber das Thema. »Apropos Windhund – oder andere dürre, überzüchtete Hunderassen: Was läuft eigentlich mit dir und Ava? Das wollte ich dich die ganze Zeit schon fragen.«

Er lachte auf und verschluckte sich fast an seinem Wein. »Du bist eine kleine Kratzbürste, Emma. Und ich weiß nicht, was du meinst.«

»Na ja, ich hatte nicht das Gefühl, dass sie eine von deinen üblichen One-Night-Stands ist. Es wirkte eher so, als würdet ihr euch besser kennen.«

»Was soll das denn heißen? ›Eine von deinen üblichen One-Night-Stands‹? Das hört sich an, als würde ich dauernd jemanden nach Hause schleppen. Und Ava kenne ich seit Ewigkeiten, und ja, wir sehen uns immer mal wieder. Aber nein, es ist nichts Ernstes.«

»Woher kennst du sie denn?«, bohrte ich weiter.

Er seufzte und nickte dankend dem Kellner zu, der unsere Vorspeisenteller abräumte. »Ich habe sie schon an der Uni in Los Angeles kennengelernt, als wir beide noch Studenten und Anfang zwanzig waren. Und wir haben uns über die Jahre nicht aus den Augen verloren, weil mir ihre Kontakte einfach manchmal nützlich sind und andersrum.«

»Und du schläfst mit ihr?«, versuchte ich ihn festzunageln.

Er seufzte wieder und antwortete: »Wenn du es genau wissen willst: Im Moment nicht. Und können wir jetzt bitte das Thema wechseln?«

Kurz darauf trudelten zuerst Isy und dann Toby ein, einer

von Nicks Freunden, der im selben Basketballteam spielte. Wir bezahlten und wechselten in eine kleine Bar in der Downing Street, in der an diesem Abend eine Indie-Band spielte.

»Wie findest du Toby?«, fragte sie, als die beiden Jungs Getränke holten.

»Süß. Gutaussehend. Fit. Genau dein Typ. Aber nur damit du es weißt: Er geht im Dezember für ein Jahr nach Spanien, zum Studieren. Hat er mir vorhin erzählt.«

Isy machte einen nachdenklichen Schmollmund. »Bis Dezember sind ja noch vier Wochen. In vier Wochen kann man viel Spaß haben.«

Ich verdrehte die Augen und drückte ihren Arm: »Du bist unverbesserlich. Ich liebe dich. Aber du bist verrückt.«

Isy gluckste und drückte mir einen Kuss auf die Wange. Kaum kamen Nick und Toby mit vier Bier an den Tisch zurück, zog Isy Toby auf die Tanzfläche. Es dauerte keine halbe Minute, und die beiden ließen eng umschlungen die Hüften kreisen. Ich schmunzelte. Isy würde heute definitiv nicht allein nach Hause gehen.

»Willst du auch?«, fragte Nick und lächelte schief.

Ich ging auf seinen Scherz ein, in Erinnerung an unseren ersten gemeinsamen Abend in einem Club. »Tanzen? Oder knutschen?«

Nick nahm mir mein Bier aus der Hand und stellte es zu seinem auf den Tisch. Dann legte er beide Hände auf meine Schultern und schob mich Richtung Tanzfläche.

Beim Laufen beugte er sich von hinten über mich und sagte so leise in mein Ohr, dass ich es kaum verstehen konnte: »Von mir kannst du alles haben, Emma, aber das weißt du ja, oder?«

Ich bekam eine Gänsehaut. Ob nun von seinen Worten oder davon, dass sein Mund mir so nah war, dass ich seinen heißen Atem auf meiner Haut spürte, das wusste ich nicht. Ich schüttelte das merkwürdige Gefühl schnell ab, denn es war doch offensichtlich, dass das einer seiner üblichen Sprüche war. Er scherzte nur.

Oder?

Als wir bei Isy und Toby angekommen waren, drehte ich mich zu Nick um. Er überraschte mich und zog mich in seine Arme. Wie von alleine legten sich meine Hände auf seinen Rücken. Es fühlte sich schön an, so mit ihm zu tanzen. Vertraut, geborgen, sicher. Aber warum kribbelte gleichzeitig jeder Zentimeter meiner Haut? Jede Faser meines Körpers schien auf ihn zu reagieren. Dabei war doch überhaupt nichts dabei, mit seinem Mitbewohner in einen Club zu gehen und ein bisschen zu tanzen.

Absolut. Nichts. Dabei.

Nick riss mich aus meinen Gedanken, als er sich zu mir herunterbeugte und mir in die Augen blickte. Mein Herz machte einen unerwarteten Satz. Er war mir plötzlich so nah. So nah, dass ich den Impuls unterdrücken musste, meine Hand auszustrecken und ihm eine widerspenstige Haarsträhne aus den Augen zu streichen.

Mit ruhiger Stimme sagte er: »Wenn ich dich darum bitten würde, Emma, würdest du dann nicht nach San Francisco fliegen?«

Er klang ernst. Aber warum sollte er mich darum bitten, nicht nach San Francisco zu fliegen? Machte er sich solche Sorgen um mich? Dachte er wirklich, er müsse mich beschützen?

Ich versuchte so zu klingen, als wäre das alles keine zu große Sache: »Ich kann das nicht absagen. Die Kanzlei hat alles schon gebucht, und außerdem brauche ich das Geld.«

Es sah aus, als würde er mit sich kämpfen, doch dann sagte er ebenso ruhig wie vorher: »Er wird dir wieder das Herz brechen, das weißt du, oder?«

Wir hatten mittlerweile aufgehört zu tanzen und standen uns

gegenüber. Es war plötzlich so, als wären wir die einzigen Menschen im Raum. Seine Hände lagen immer noch auf meinen Schultern.

»Es ist sehr lieb, dass du dir solche Gedanken machst, aber ich werde auf mich aufpassen, versprochen.« Ich versuchte zu scherzen. »Ich bin erwachsen, weißt du.«

Seine Kinnmuskeln spannten sich kurz an, und er ließ die Hände sinken. Meine Haut fühlte sich kalt an, wo er mich einen Moment zuvor noch berührt hatte.

Dann machte er einen Schritt zurück und sagte: »Ja, aber du bist eine Träumerin, Emma.«

Eineinhalb Wochen später kam ich am späten Mittwochnachmittag im Hotel in San Francisco an. Der Chauffeur, der mich in einer schwarzen Limousine vom Flughafen abgeholt hatte, brachte meinen Koffer auf mein Zimmer und fragte, ob er sonst noch etwas für mich tun könne. Ich wusste, dass diese Luxusbehandlung Anthonys Werk war, denn sicherlich wurden nicht alle studentischen Mitarbeiterinnen auf Geschäftsreise so behandelt.

An diesem Abend würde ich ihn wiedersehen. Mein Magen verwandelte sich in ein nervöses Chaos, wenn ich nur daran dachte. In der Kanzlei hatten wir uns nicht mehr gesehen. Ich hatte mein Großraumbüro nur verlassen, um auf die Toilette zu gehen. Einmal kam Anthony telefonierend aus dem Aufzug, als ich gerade im Flur war, doch ich flüchtete schnell in die Küche, bevor er mich sehen konnte. Vielleicht war ich doch nicht so erwachsen und abgeklärt, wie ich Nick gegenüber behauptet hatte?

Mein Hotelzimmer war riesig und verfügte über ein großes Bett und eine Sitzecke. Die Fenster reichten bis zum Boden, und einen Moment lang blickte ich fasziniert auf die Hochhäuser von San Francisco, die in der Abenddämmerung glitzerten.

Ich stellte meine Handtasche ab, und mein Blick blieb an einem riesigen Blumenstrauß hängen, der auf dem Couchtisch stand. Es mussten fünfzig oder mehr rote Rosen sein. Im ersten Moment konnte ich kaum glauben, dass das Hotel den Gästen solche riesigen Sträuße aufs Zimmer stellte, doch dann sah ich die Karte, die zwischen den Stielen steckte. Ich ging zu der Sitzecke hinüber und zog sie heraus.

Ich weiß, dass ich Dich verletzt habe, aber ich werde es wiedergutmachen. Versprochen.
Anthony.

Ich drehte die Karte um.

Heute Abend findet ein Dinner mit potenziellen Mandanten statt. Der Chauffeur wartet in der Lobby und bringt Dich um 19.30 Uhr direkt zum Restaurant.

Ich strich mit einer Hand über die weichen Rosenblüten. Mit der anderen drückte ich mir fest auf die Brust. Ich hatte das Gefühl, als würde etwas an meinem Herz zerren und reißen.

Ich musste verrückt sein, mich auf all das hier einzulassen. Absolut verrückt.

Vor dem Restaurant wartete eine lange Schlange, als der Chauffeur in die Parkbucht davor einscherte. Unzählige Menschen standen auf dem Bürgersteig, doch ich sah Anthony sofort. Er sah so gut aus in seinem teuren Anzug, die Hände lässig in den Hosentaschen. Als er das Auto sah, war er mit zwei Schritten bei uns und öffnete mir die Tür, bevor der Chauffeur auch nur aussteigen konnte. Ohne etwas zu sagen, blickte er mich an, als wartete er zuerst auf meine Reaktion, bevor er etwas tat.

O Gott, ich kann das nicht, schoss es mir durch den Kopf. Ich wollte am liebsten die Tür wieder zuziehen und dem Chauffeur sagen, dass er losfahren solle. Im selben Moment streckte Anthony mir seine Hand entgegen. Ich zögerte einen Moment, ergriff sie dann aber und stieg aus dem Auto.

Als ich neben ihm auf dem Bürgersteig stand, sagte er: »Du siehst wundervoll aus.«

Ich brachte ein nervöses Lächeln zustande.

Ich trug eine weite schwarze Marlene-Hose und eine enge weiße Bluse mit Schleife an der Seite. Gleichzeitig schick, sexy und professionell. Isy hatte das Outfit für mich ausgesucht. Um den Mandanten zu beeindrucken. Nicht Anthony. Natürlich nicht.

Drinnen war es voll, und eine junge Kellnerin kam auf uns zu. Ich spürte Anthony dicht hinter mir, als er ihr seinen Namen nannte. Ich schloss kurz die Augen, als er mir die Hand auf den Rücken legte, um mich sanft in die Richtung zu schieben, in die die Kellnerin uns führte. Am Tisch saßen bereits sechs Männer und eine Frau. Immer noch die typische Verteilung der Geschlechter in den Vorstandsetagen, schoss es mir durch den Kopf.

Anthony stellte mich reihum vor und schob mir dann einen Stuhl hin. Rechts neben mir saß ein Mann Mitte sechzig, der laut Anthony der Geschäftsführer der Gesellschaft war, die er gerne als Mandanten akquirieren wollte. Er verwickelte mich sofort in ein begeistertes Gespräch über Deutschland und München, wo er während seiner Studienzeit ein Jahr verbracht hatte. Die Unterhaltung verlief angenehm, und glücklicherweise wurde nicht viel über Geschäftliches gesprochen. Dieses Dinner sollte ausschließlich dazu dienen, uns und die Kanzlei vorzustellen, unsere Gäste mit gutem Essen und teuren Weinen zu verwöhnen und letztlich davon zu überzeugen, Anthony zu mandatieren.

Die Zeit verflog, und ich hatte wenig Zeit und Gelegenheit, mir um Anthony Gedanken zu machen, obwohl ich bemerkte, dass er immer mal wieder zu mir rübersah.

Die Mandanten verabschiedeten sich nach dem Essen und einem Absacker. Anthony und ich blieben alleine an der Bar zurück. Das Essen war sehr gut gelaufen, und Anthony war bester Laune. Die zweite Flasche Champagner, die Anthony am Tisch bestellt hatte, war noch halbvoll.

Er schenkte mir nach und sagte: »Auf uns.«

Als ich etwas dazu sagen wollte, brachte er mich mit einer Handbewegung zum Schweigen und hob sein Glas: »Auf uns. Denn wir sind ein unschlagbares Team, und ich bin mir relativ sicher, dass wir heute Abend gemeinsam einen neuen, sehr großen Mandanten für die Kanzlei gewonnen haben. Und das habe ich zu einem Großteil dir und dem guten Draht zu verdanken, den du zum Senior des Unternehmens hattest.«

Ich zögerte einen Moment und stieß dann mit meinem Glas gegen seins. Der Champagner war eiskalt und schmeckte herrlich. Ich genoss, wie er mir im Hals prickelte.

Anthony nahm auch einen tiefen Schluck und stellte sein Glas auf der Bar ab.

Dann lockerte er seine Krawatte. »Du erlaubst?«

Ich musste wegen seiner förmlichen Frage schmunzeln. Sie war so typisch für Anthony. Erst als ich nickte, zog er sie sich vom Hals und öffnete die obersten zwei Knöpfe seines weißen Hemdes.

Ich hatte ein Déjà-vu und erinnerte mich an unseren Abend nach Abschluss der Transaktion im August. Da hatte ich auf genau diese Stelle gestarrt und mich gefragt, wie es sein müsste, ihn dort zu küssen. Nun, jetzt wusste ich es. Und wo hatte mich das hingebracht? Genau.

Ich atmete tief durch und ermahnte mich, einen klaren Kopf zu bewahren. Bislang war alles völlig reibungslos gelaufen. Und das sollte auch so bleiben. Ich würde noch dieses eine Glas austrinken und dann ins Hotel gehen, schlafen und morgen genauso weitermachen wie heute. Alles total easy.

Betont sachlich fragte ich: »Und wie geht es morgen weiter?«

Anthony lehnte sich gegen die Bar: »Morgen haben wir vormittags noch ein Meeting mit Mandanten und eine Präsentation, und nachmittags gehen wir zu einem Seminar, wo wir ein paar neue Kontakte knüpfen können, wenn es gut läuft. Am Freitag werden wir den Inhaber eines großen Weingutes mit Fünfsternehotel in der Nähe von St. Helena, Napa Valley, treffen. Wir haben einen japanischen Mandanten, der an einem Kauf interessiert ist.«

»Einen japanischen Mandanten? Was will der denn mit einem Weingut in Kalifornien?«

»Du hast ja keine Ahnung, wie viele Weingüter nicht mehr inhabergeführt sind, sondern eigentlich Investoren aus Fernost gehören. Halb Bordeaux ist in chinesischer Hand.«

Ich schob die Unterlippe vor und betrachtete das Etikett der Champagnerflasche. »Das ist aber nicht sehr romantisch.«

Anthony lächelte und schenkte mir noch mal nach. »Nein. Ist es nicht. Das ist Geschäft.«

Dann legte er den Kopf schief und sah mir in die Augen. Ich schaffte es nicht, den Blick abzuwenden. Nach einigen Sekunden, die mir unendlich erschienen, sagte er leise: »Ich weiß, dass du das nicht hören willst, aber du hast mir gefehlt.«

O doch, ich wollte es hören. Und wie ich es hören wollte. Ich hatte ihn ja selbst so unglaublich vermisst. Obwohl ich gleichzeitig wusste, wie falsch das war. Anthony war verheiratet. Aber trotzdem wünschte sich ein Teil von mir nichts mehr, als dass er mich in die Arme nehmen und küssen würde. Dass alles wieder sein könnte wie am Anfang. Dass Anthony einfach der freie, ungebundene Traummann wäre, als den ich ihn kennengelernt hatte. In den ich mich verliebt hatte.

Anthony betrachtete mich noch einen Moment länger und sagte dann nur: »Emma.«

Ich dachte, dass er mich küssen würde, aber stattdessen ergriff er nur meine Hände. »Ich weiß, dass ich dich verletzt habe, und ich weiß, dass ich mich wie das letzte Arschloch verhalten habe, weil ich nicht ehrlich zu dir war.«

Als ich ihn unterbrechen wollte, legte er mir einen Finger auf den Mund. »Shhh. Ich weiß, dass ich nichts sagen kann, was mein Verhalten rechtfertigt oder auch nur annähernd entschuldigt. Aber eines weiß ich: Ich will mit dir zusammen sein, egal, was es kostet. Ich werde mich von meiner Frau trennen. Das ist keine Überlegung, sondern ein Entschluss. Ich habe dir die volle Wahrheit über die Situation gesagt, und daher weißt du auch, dass das alles nicht einfach ist. Aber wenn du nur einen Bruchteil von dem für mich empfindest, was ich für dich empfinde, dann ist die Entscheidung eigentlich keine schwere.«

Ich holte Luft, um etwas zu sagen, doch er kam mir zuvor: »Ich will nicht, dass du jetzt irgendetwas sagst. Ich will, dass du nachdenkst über das, was ich gesagt habe, und … dich entscheidest, ob du auf mich warten kannst.« Er presste seine Lippen zärtlich auf meine Fingerspitzen. »Der Fahrer bringt dich zurück ins Hotel.«

Völlig überrumpelt fragte ich: »Kommst du nicht mit?«

Er schüttelte den Kopf. »Ich brauche noch etwas frische Luft. Ich rufe mir später ein Taxi.«

Im Hotel verbrachte ich eine weitere schlaflose Nacht und dachte über das nach, was Anthony gesagt hatte. Er war mit seiner Frau doch nur noch zusammen, weil sie so labil war und weil er den richtigen Moment abwarten musste, sich von ihr zu trennen. Immerhin war zu befürchten, dass sie sich etwas antun könnte. Natürlich konnte er sie nicht Hals über Kopf verlassen und mit mir zusammen sein. Er hatte Verantwortung.

Aber verdammt, er hatte seine Position in der Kanzlei ausgenutzt, um mich nach San Francisco zu zwingen, obwohl ich ihn gebeten hatte, mich in Ruhe zu lassen. Er hatte mich angelogen, und er hatte mich verletzt. Und er hatte sich gegenüber seiner Frau unehrenhaft verhalten, indem er fremdging. Mit mir.

Ich drehte mich seufzend auf die Seite. An Schlaf war nicht zu denken. Mein Kopf drehte sich wie eine Waschmaschine. Auf dem Hotelflur schlug eine Tür, und ich hörte ein Paar, das sich unterhielt. Die Frau lachte auf, und der Mann murmelte etwas.

Ich starrte zur Decke, an die das Licht, das durch die Schlitze in den Vorhängen fiel, orange Streifen warf. Ich wiederholte jedes von Anthonys Worten in meinem Kopf und blieb immer wieder an einem Satz hängen: »Aber eines weiß ich: Ich will mit dir zusammen sein.«

Der Donnerstag verging wie im Flug. Wir trafen Mandanten, Anthony hielt seine Präsentation, und ich verbrachte den Nachmittag mit nichts als Small Talk. Aber etwas anderes schien auch nicht von mir erwartet zu werden. Und im Übrigen war das auch schon anstrengend genug.

Am Freitagmorgen brachen Anthony und ich im Mietwagen gemeinsam nach St. Helena auf. Napa Valley war unbeschreiblich schön. Wir fuhren auf langen baumgesäumten Straßen, die durch sanfte, mit Wein bewachsene Hügel führten. Rechts und links von uns reihten sich die Reben bis zum Horizont. Kakteen und Rosen säumten den Weg, und jedes zweite Haus schien eine Weinhandlung oder ein Weingut zu sein. Der Himmel war stahlblau und gesprenkelt mit kleinen weißen Puffwölkchen.

Unser Hotel war ein wunderschönes altes Weingut inmitten der sanften Hügel. Mein Zimmer lag direkt neben Anthonys und hatte den unglaublichsten Blick ins Tal. Anthony blieb in der Tür stehen, während ich ungläubig in mein Zimmer stolperte und die Balkontür aufriss. Unter mir lag ein türkisblauer Pool mit weißen Liegen und Korbsesseln, dahinter erstreckten sich in herbstlichem Orange, Gelb und Rot Hektar um Hektar Weinreben. Da hatte ich meinen Indian Summer, und er hätte perfekter nicht sein können. Am Horizont hob sich dunkel die gegenüberliegende Hügelkette vom Himmel ab. Anthony stand immer noch im Türrahmen, als würde er auf meine Erlaubnis warten, das Zimmer zu betreten. Ich winkte ihn herein.

Er folgte mir auf den Balkon und murmelte: »Das ist wirklich sagenhaft schön.«

Ich drehte mich um. Er stand direkt hinter mir und blickte mich sanft an. Ich schluckte und versuchte, seinem Blick standzuhalten. Ich wünschte mir so sehr, dass er mich küssen würde, und fürchtete es gleichzeitig. Er wandte den Blick zuerst ab, ohne mich auch nur berührt zu haben.

»Wie wäre es, wenn du dich umziehst und es dir im Wellnessbereich gemütlich machst, während ich etwas arbeite? Heute Abend essen wir mit dem Eigentümer, und morgen gibt es eine Führung durch das Weingut. Aber davon abgesehen hast du frei.« Er lächelte mich an. »So könnte Arbeiten immer sein, oder?«

Bevor ich etwas sagen konnte, verließ er das Zimmer. An der Tür drehte er sich noch einmal um.

»Ach, wenn du was zum Lesen brauchst oder einen Bikini – unten in der Lobby habe ich einen Shop gesehen, der Bücher, Zeitschriften und ein paar Klamotten verkauft.«

Der Tag im Wellnessbereich war ein Traum, und das Abendessen im Hotelrestaurant verlief in angenehm lockerer Atmosphäre. Der Eigentümer des Weinguts und seine Frau waren braungebrannte, gutgelaunte Mittfünfziger, die uns nach dem Abendessen auf eine Tour durch ihren Weinkeller mitnahmen. Der Cabernet Sauvignon, den die Familie anbaute, war hervorragend, und als ich in mein Zimmer zurückkehrte, hatte ich dunkelrote Lippen und eine blaue Zunge vom vielen leckeren Wein.

Trotzdem konnte ich in dieser Nacht wieder nicht gut schlafen. Ich wusste nicht, ob das daran lag, dass mir immer noch so viel im Kopf herumging, oder einfach, weil ich einen zu langen Mittagsschlaf auf meiner Liege gehalten hatte.

Ich blickte das erste Mal auf die Uhr, als es nicht einmal halb eins war. Seufzend stand ich auf, tappte barfuß zum Fenster und zog die schweren Gardinen beiseite. Das Tal lag in pechschwarzer Dunkelheit, doch unter mir glitzerte der beleuchtete Außenpool. Ich schlüpfte in die Hotelpantoffeln, trat auf den Balkon und stützte die Arme auf die eiskalte Brüstung. Es waren sicher nicht mehr als zehn Grad, und ich fröstelte in meinem Pyjama.

Als meine Augen sich an die Dunkelheit gewöhnt hatten, sah ich, dass jemand auf einer der Bänke neben dem Pool saß. Ich kniff die Augen zusammen. Mein Herz setzte einen Schlag aus, als ich Anthony erkannte. Schnell ging ich nach drinnen, bevor er mich entdecken konnte, und verschloss das Fenster. Unschlüssig blieb ich vor dem Bett stehen.

Sollte ich nach unten gehen? Mein Verstand sagte mir, dass das eine ganz schlechte Idee war und dass ich besser wieder brav unter die Decke schlüpfen sollte. Aber mein Herz … Mein Herz zog mich so sehr runter in den Garten und zu Anthony, dass es fast körperlich schmerzte. Ich sehnte mich nach seiner

Umarmung, nach seinen Küssen. Und nach seiner Bestätigung, dass alles gut werden würde. Dass wir zusammengehörten und nur ein bisschen geduldig sein mussten, bis wir wirklich zusammen sein konnten.

Entschlossen griff ich meine Jacke vom Haken und schlüpfte barfuß in meine UGGs. In der Lobby und im Garten war keine Menschenseele.

Anthony hatte den Kopf in den Nacken gelegt, und ich dachte, dass er die Sterne betrachtete. Aber als ich näher kam, sah ich, dass er die Augen geschlossen hatte. Nicht sicher, wie ich mich ihm nähern sollte, ohne ihn zu Tode zu erschrecken, blieb ich stehen. Nur das leise Blubbern des Pools war zu hören.

Als hätte er meine Anwesenheit gespürt, öffnete er die Augen, und ein Lächeln breitete sich auf seinem Gesicht aus. Ich konnte nicht anders, als zurückzulächeln.

»Komm, setz dich zu mir«, sagte er und rutschte ein Stück zur Seite, um mir Platz zu machen.

Ich zögerte, aber Anthony streckte mir seine Hand entgegen. »Na komm schon.«

Bevor ich es mir anders überlegen konnte, ergriff ich seine Hand und setzte mich neben ihn. Anthony ließ meine Hand nicht los, sondern zog mich zu sich heran, bis unsere Gesichter nur noch Zentimeter voneinander entfernt waren. Aber dann wartete er darauf, dass ich etwas tat.

Und ich tat etwas. Ich küsste ihn sanft auf den Mund. Er erwiderte meinen Kuss und umarmte mich, als wollte er mich nie wieder loslassen.

Er flüsterte: »Ich bin so froh, dass ich dich wiederhabe.«

Tränen stiegen mir in die Augen, als ich sagte: »Du hattest mich schon, als ich in San Francisco vor dem Restaurant aus dem Auto ausgestiegen bin.«

Als ich am Samstagabend nach New York zurückkam, hörte ich Nick in seinem Zimmer. Kurz darauf verließ er die Wohnung, ohne mir Hallo zu sagen. Ob er nicht gehört hatte, dass ich gekommen war, oder mich aus anderen Gründen nicht begrüßt hatte, wusste ich nicht. Ich duschte heiß und lange, bestellte mir etwas zu essen und fiel todmüde ins Bett.

Am nächsten Morgen fühlte ich mich das erste Mal seit Wochen ausgeschlafen und frisch. Nick saß in Jeans und T-Shirt am Küchentisch und trank seinen Kaffee, als ich hereinkam.

Ohne von seiner Zeitschrift aufzusehen, fragte er: »Und, wie war der – rein geschäftliche – Wochenendausflug mit deinem verheirateten Lover? Hat er dich wieder um den Finger gewickelt?«

Ich biss mir auf die Unterlippe und holte mir eine Teetasse aus dem Schrank. »Ich weiß nicht, wovon du sprichst.«

Er drehte sich auf seinem Stuhl zu mir um und verschränkte die Arme hinter dem Kopf. »Und? Wie hat er es angestellt? Lass mich raten: Besprechungen in romantischen Restaurants und bei Kerzenschein? Rote Rosen? Champagner? Gab es überraschenderweise nur noch ein einziges freies Hotelzimmer, und das musstet ihr euch teilen?«

Ich hatte keine Lust, mit ihm zu sprechen, solange er in dieser Stimmung war. Ich wollte mir nur schnell einen Tee machen und dann wieder in mein Zimmer verschwinden.

Doch er ließ nicht locker. Lauter sagte er: »Muss ich dich daran erinnern, wie schlecht es dir ging und wie mühsam Isy und ich dich in den letzten Wochen wieder aufgebaut haben? Erwartest du, dass wir das das nächste Mal wieder machen, wenn er dich wieder enttäuscht?« Er zog spöttisch die Augenbrauen hoch. »Oder hat er die Scheidung etwa schon eingereicht?«

Ich blies die Backen auf und entschied mich für einen sofortigen Rückzug. Ohne Tee.

»Ich weiß nicht, welche Laus dir über die Leber gelaufen ist. Es war alles rein geschäftlich. Wir haben uns mit Mandanten getroffen, und sonst lief gar nichts.«

»Du bist so eine verdammt schlechte Lügnerin.«

»Was fällt dir ein, so mit mir zu reden, Nick?« Ich blieb in der Tür stehen. So langsam wurde ich richtig sauer. Obwohl er natürlich mit allem, was er sagte, Recht hatte. Oder gerade weil er Recht hatte.

Er drehte sich wieder zum Tisch um und griff nach seiner Zeitung. Mit dem Rücken zu mir sagte er: »Emma, ich sehe von meinem Schreibtisch aus die Straße unten, und daher kann ich auch sehen, wenn du dich fünf Minuten lang innig knutschend von dem Mann verabschiedest, mit dem du angeblich nur ein rein geschäftliches Verhältnis hast.«

Ja, aber nur, wenn du sehr neugierig bist und dich sehr weit aus dem Fenster lehnst, um zu sehen, was auf der Straße passiert, schoss es mir durch den Kopf. Bevor ich allerdings etwas sagen konnte, ging die Tür zu Nicks Zimmer auf, und eine Frau – gutaussehend, groß, schlank, blond, was auch sonst? – kam heraus.

»Nick? Ich gehe jetzt«, sagte sie und hielt inne, als sie mich in der Küchentür stehen sah.

Meine Kinnlade klappte nach unten.

Dieser Heuchler!

Saß dort wie ein Unschuldsengel und hielt mir moralische Standpauken, während die nächste Frau, die er flachgelegt hatte, sich gerade in seinem Zimmer anzog. Oder von der er sich hatte flachlegen lassen, wie auch immer.

Nick drehte sich wieder zu mir um und sagte so ätzend gut erzogen, dass ich am liebsten ein Würgegeräusch von mir gegeben hätte: »Darf ich vorstellen? Das ist meine Mitbewohnerin, Emma. Und das ist Vanessa.«

In meinem Kopf gab es in diesem Moment irgendeinen Kurzschluss, denn ich sagte zu Nick, ohne seine neueste Flamme auch nur eines Blickes zu würdigen: »Ach, Nick, weißt du, den Namen merke ich mir erst, wenn sie in zwei Wochen immer noch hier ist. Vorher macht das wirklich keinen Sinn.«

Befriedigt nahm ich zur Kenntnis, dass Vanessa empört die Luft ausstieß und Nick mich ansah, als hätte er mich vorher noch nie gesehen, bevor ich die Küche verließ und die Tür zu meinem Zimmer zuschlug.

»Das hast du gesagt?«, rief Isy und brach in schallendes Gelächter aus. Sie bekam sich gar nicht mehr ein und beruhigte sich erst wieder halbwegs, als unser Tischnachbar von seiner Zeitung hochblickte und irritiert zu uns rüberschaute. Beide Hände vor dem Mund kicherte sie leise weiter. Seit der Geschäftsreise war eine Woche vergangen, und wir saßen morgens in unserem Café und tranken wie üblich einen Latte Macchiato, bevor wir uns auf den Weg zur Unibibliothek machten, wo wir lernen wollten.

»Ich weiß auch nicht, was in mich gefahren ist«, sagte ich, und mir wurde bei dem Gedanken an meinen Ausfall direkt wieder heiß. »Nick ist bestimmt richtig sauer. Und die arme Vanessa tut mir auch leid. Sie konnte ja nichts dafür. Sie bekam nur meinen ganzen Zorn ab, der in dem Moment eigentlich Nick hätte treffen sollen.«

Isy winkte ab. »Pfft. Die arme Vanessa, die arme Vanessa. Sie wusste ja, worauf sie sich eingelassen hat. Da muss sie auch die Wahrheit ertragen können, ohne scheinheilig empört in das Taschentuch zu schnupfen. So ist das eben, wenn man am Wochenende einen Typen kennenlernt und sich direkt abschleppen lässt.«

Ich musste schmunzeln. Isy ließ sich ja auch gerne mal abschleppen. Wobei. Wenn ich richtig überlegte, war sie wohl eher diejenige, die abschleppte.

»Ich weiß ja gar nicht, ob er sie am Wochenende kennengelernt hat. Vielleicht gehen sie ja schon seit Wochen aus. Ich habe keine Ahnung, was Nick die ganze Zeit so treibt. Er erzählt mir sicher nicht alles.«

»Ach was. Er geht mit niemandem aus. Er tröstet sich doch nur mit irgendwelchen Lückenbüßern, weil du Anthony hinterherweinst.«

Ich verdrehte die Augen. »Ja, genau«, sagte ich ironisch. »Und außerdem weine ich nicht mehr hinter Anthony her. Wir haben uns in San Francisco ausgesprochen.«

Sie setzte sich aufrechter hin. »Und?«

»Er hat mir noch mal gesagt, dass er mit mir zusammen sein will. Dass er seine Frau verlassen wird. Und ich habe ihm gesagt, dass ich auf ihn warten werde.«

Sie runzelte die Stirn. »Und das heißt? Dass ihr so weitermacht wie bisher? Also eine Affäre habt, bis er sich trennt? Und wann ist das? Wirst du seine Geliebte bis dahin? Oder lasst ihr solange die Finger voneinander und schmachtet euch im Büro aus der Ferne an?«

Ihr Nachbohren machte mich etwas unsicher. So genau hatte ich noch gar nicht darüber nachgedacht, und wir hatten es auch nicht im Detail besprochen. Das Einzige, was für mich von Bedeutung war, war doch, dass Anthony gesagt hatte, dass er seine Frau verlässt und dass wir dann zusammen sein würden. Oder?

Dass ich bis dahin in die Kategorie »Geliebte« fallen würde, stimmte natürlich ganz streng genommen. Aber so wollte ich es lieber nicht sehen. Wir beide, Anthony und ich, wollten zusammen sein. Die Trennung von seiner Frau war eigentlich nur eine Hürde, bevor wir unser Happy End bekamen, oder?

Aber bevor ich weiter darüber nachdenken oder Isy antworten konnte, betrat Nick das Café. Mein Herz rutschte förmlich in die Hose, und ich hätte mich am liebsten unter dem Tisch verkrochen. Er würde so sauer auf mich sein, wenn ich ihm die Nummer mit Vanessa verhagelt hatte. Und das hatte ich mit Sicherheit.

Ich beobachtete, wie er seinen Vater hinter dem Tresen begrüßte und seiner Mutter einen Kuss auf die Wange gab, bevor er zu uns herüberkam und sich auf den Stuhl neben mir fallen ließ.

»Ich bin erledigt. Fünf Tage mit Studenten unterwegs und davon 80 Prozent Frauen. Ich brauche drei Wochen Urlaub. Und heute Mittag habe ich noch Redaktionssitzung.«

Er dankte seiner Mutter, die einen Espresso und ein Blätterteigteilchen vor ihn hinstellte.

»Armes Baby«, sagte Isy spöttisch und tätschelte sein Knie. Dann stand sie auf und ging in Richtung Toilette. Über ihre Schulter sagte sie: »Ich tue jetzt so, als würde ich aufs Klo müssen, und lasse euch kurz Zeit, um eure Themen ...«, sie machte Anführungszeichen in der Luft, »... zu besprechen. Und dann müssen wir los zur Uni, Emma.«

Nick sah mich an und zog gespielt erstaunt eine Augenbraue hoch. »Welche Themen?«

Ich überlegte, wie ich anfangen sollte. Vielleicht wäre es am einfachsten, wenn ich einfach direkt auf den Punkt käme.

»Es tut mir leid, dass ich vor ein paar Tagen so ausgeflippt bin.«

Ich kaute an meiner Unterlippe und beäugte seinen Teller. Nick seufzte und schob mir sein Blätterteigteilchen hin. Lecker, mit Pudding. Ich nahm es als Ermunterung zu sagen, was ich zu sagen hatte. Mit etwas Süßem im Magen ging es mir doch gleich viel besser. Nick kannte mich einfach zu gut.

Nachdem ich hineingebissen hatte, fand ich den Mut weiterzusprechen. »Es war nicht in Ordnung, deine Freundin so anzufahren.«

Seine Mundwinkel zuckten leicht. »Ich glaube, wir wissen beide, dass sie nicht meine Freundin ist.«

Ich atmete aus. »Wie auch immer. Es war nicht in Ordnung, was ich gesagt habe, und ich entschuldige mich dafür, und es wird nicht wieder vorkommen.«

»Okay.« Er zog den Teller mit dem Teilchen wieder zu sich und schob sich den Rest davon in den Mund.

»Okay?«, fragte ich. »Das war's?«

Er zuckte mit den Schultern und trank seinen Espresso in einem Zug aus. »Ich bin nicht der nachtragende Typ.«

Einem Impuls folgend beugte ich mich zu ihm rüber und umarmte ihn fest. Er zögerte eine winzige Sekunde und legte dann seine Arme um mich. Ich schmiegte den Kopf an seine Schulter und atmete tief durch. In diesem Moment wurde mir mit einem Mal bewusst, wie wichtig unsere Freundschaft mir inzwischen war. Wie wichtig Nick mir war.

»Awwww. Ihr seid so zuckersüß«, spöttelte Isy, die in dem Moment wieder an den Tisch kam.

Schnell ließ ich Nick wieder los.

Isy grinste, sagte aber nur: »Was macht ihr eigentlich an Thanksgiving nächste Woche?«

»Ich bin bei meinen Eltern zum Truthahnessen«, sagte Nick. »Ich habe Freitag frei.«

Ich hatte mir ehrlich gesagt noch gar keine Gedanken darüber gemacht, was ich machen sollte. Das lag vielleicht daran, dass ich als Deutsche diesen wichtigen amerikanischen Feiertag nicht so wirklich auf dem Schirm gehabt hatte.

»Ich fliege nach Los Angeles«, sagte Isy und breitete genießerisch die Arme aus. »Endlich mal wieder Temperaturen über fünfzehn Grad. Herrlich. Ich kann es kaum erwarten. Was machst du, Emma?«

Ich verzog das Gesicht und sagte: »Eigentlich nichts. Ich

denke, ich werde mir was zu essen bestellen und mir einige Folgen *Vikings* ansehen.« Weil ich Nicks Mitleid nicht wollte, fügte ich hinzu: »Und hoffen, dass Nick nicht merkt, dass ich seinen Fernseher heimlich benutze, während er nicht da ist.«

Er schmunzelte nur. Oh, das wusste er offensichtlich ohnehin.

»Warum kommst du nicht mit zu uns?«, fragte Monika, die gerade Nicks Teller abräumte und den letzten Teil unserer Unterhaltung mitgehört hatte. »Wir essen Truthahn, und du kannst in unserem Gästezimmer schlafen, damit du nachts nicht mehr mit dem Taxi nach Hause fahren musst.«

Ich zögerte. »Ich weiß nicht.« Ich sah Nick von der Seite an. »Ich will nicht stören. Das ist doch ein Feiertag für die engste Familie.«

Nick winkte ab. »Für Familie und Freunde. Aber du fällst ja schon fast in die erste Kategorie. Und sag nicht, dass du Monikas sensationellen gefüllten Truthahn verpassen möchtest. Mit Süßkartoffeln. Und Kürbis. Und Mais. Und den warmen Apfelkuchen, den es zum Nachtisch geben wird?«

Ich strich mir die Haare aus dem Gesicht. »Du tust so, als wäre ich echt verfressen.«

Nick und Isy brachen in Gelächter aus. Ein bisschen beleidigt sagte ich zu Monika: »Vielen Dank für die Einladung. Ich komme sehr gerne. Aber ich kann auch nach dem Essen wieder mit dem Taxi nach Hause fahren. Ich möchte keine Umstände machen.«

Monika schüttelte energisch den Kopf. »Du machst keine Umstände. Das Gästezimmer wird ohnehin viel zu wenig genutzt. Auf keinen Fall lasse ich dich nach dem Essen mit dem Taxi wieder zurück in die Stadt fahren.«

Vorfreude kam in mir auf. Ich würde ein richtiges amerikanisches Thanksgiving miterleben, anstatt alleine zu Hause vor dem Fernseher zu sitzen. Mit Nick und seiner Familie.

Eine Woche später fuhren Nick und ich Donnerstagnachmittag mit der Subway nach Queens, wo seine Eltern lebten. Nach fünfzig Minuten Bahnfahrt und zehn Minuten zu Fuß waren wir da. Das Wohnviertel war sehr schön und mit Manhattan gar nicht zu vergleichen. Die Häuser waren maximal zweistöckig und hatten alle einen Garten.

Obwohl es so schön war, war ich unglaublich dankbar dafür, dass ich eine Wohnung im West Village gefunden hatte und nicht jeden Tag pendeln musste.

Vor Nicks Elternhaus angekommen, klingelten wir an der Tür. »De Luca« stand auf dem Klingelschild. Ich sah Nick verwundert an: »Wieso ›De Luca‹ und nicht ›Fraser McGowan‹?«

Nick konnte nicht antworten, denn Leo öffnete die Tür und umarmte uns herzlich. Monika war in der Küche und stand etwas aufgelöst am Herd. Ich überreichte Leo die Flasche italienischen Rotwein – hoffentlich trinkbar, denn ich hatte mich in einem Weingeschäft beraten lassen und kannte ihn selbst nicht – und legte den Blumenstrauß für Monika auf die Kücheninsel.

»Du hättest doch nichts mitbringen müssen, Emma«, sagte sie, zog den Ofen auf und löffelte hektisch Bratensoße über den noch blassen Truthahn.

Nick beobachtete schmunzelnd seine leicht überfordert wirkende Mutter und sagte: »Wie wäre es, wenn ich Emma das Gästezimmer zeige und dann die Suppe mache?«

Monika drückte ihm einen Kuss auf die Wange. »Das wäre fantastisch.« Mir zugewandt sagte sie: »Wusstest du, dass Nick ein hervorragender Koch ist?«

Nick nahm meine Tasche vom Boden und wandte sich zum Gehen. »Du musst keine Werbung für mich machen. Emma ist mir ohnehin völlig verfallen. Sie weiß es nur noch nicht.«

Ich folgte ihm durch den Flur und die Treppe nach oben, nicht ohne ihm hinter seinem Rücken die Zunge rauszustrecken. Nicht sehr schlagfertig, aber trotzdem irgendwie befriedigend.

Am frühen Abend trudelte der Rest von Nicks Familie ein. Seine ältere Schwester Leticia mit ihrer Lebensgefährtin Molly und sein großer, gerade frisch geschiedener Bruder Lenni. Ich hatte Schwierigkeiten, mir Nick als Nesthäkchen und kleinen Bruder der anderen beiden vorzustellen. Für mich wirkte er immer so vernünftig und wie ein Fels in der Brandung. Von seinen Frauengeschichten mal abgesehen. Die waren eher weniger erwachsen.

Wir setzten uns zur Vorspeise an den festlich mit Kerzen gedeckten Esstisch und aßen Nicks hervorragende Kürbiscremesuppe und danach Truthahn mit Brotfüllung. Dazu gab es schweren Rotwein aus dem Napa Valley, was mich dazu verleitete, verstohlen auf mein Handy zu blicken, aber da war keine Nachricht von Anthony. Natürlich nicht. Anthony war mit seiner Frau in seinem Haus in Brooklyn und spielte heile Welt.

Ja, es stimmte. Theoretisch hatte ich ihm versprochen, auf ihn zu warten, doch ich musste feststellen, dass das schwieriger war, als ich gedacht hatte. In der Realität bedeutete das vor allem hoffen und bittere Gefühle runterschlucken. Ich schob die negativen Gedanken schnell wieder beiseite. Die Stimmung war zu gut, die Gespräche am Tisch zu laut und ausgelassen und der Abend zu schön, um wegen Anthony Kummer zu haben.

»Wirst du an Weihnachten nach Hause fliegen, Emma?«, fragte mich Monika. Ich nickte nur, weil mein Mund voll leckerer Süßkartoffeln war.

»Da werden sich deine Eltern aber freuen.«

Ich zögerte kurz, dann sagte ich: »Meine Mutter lebt schon lange nicht mehr. Aber mein Vater freut sich sicherlich.« Ich zuckte mit den Schultern. »Seine neue Frau vielleicht nicht so sehr.«

Ich wollte den Tod meiner Mutter und die nachfolgende Parade an Ehefrauen im Leben meines Vaters sicher nicht über dem gefüllten Truthahn an Thanksgiving besprechen, daher sagte ich schnell: »Und wie feiert ihr Weihnachten?«

Leticia antwortete: »Wir feiern dieses Jahr alle zusammen bei Molly in Denver.« Sie lächelte ihrer Freundin zu. »Wir sind jetzt schon fünf Jahre zusammen. Wird Zeit, dass sich unsere Familien kennenlernen.«

Monika sagte mit einem Seitenblick auf Nick: »Leider kann Nick nicht mitkommen, weil er zwischen den Jahren arbeiten muss.«

»Dann bist du Weihnachten alleine in New York?«, fragte ich überrascht.

»Ich werde es überleben«, sagte er kauend.

Da hatte ich keine Zweifel. Aber es war trotzdem ein trauriger Gedanke, dass Nick Weihnachten alleine feiern würde.

Obwohl Monika protestierte, stand ich später mit Leticia in der Küche und trocknete das Geschirr ab, das sie spülte.

»Und, wie ist es, mit meinem unerträglichen kleinen Bruder unter einem Dach zu leben?«, fragte sie und reichte mir eine tropfende Pfanne.

Ich nahm sie ihr ab. »Er ist gar nicht so unerträglich. Eigentlich ist er eher der perfekte Mitbewohner. Er ist immer gut gelaunt, lustig, fürsorglich. Er kümmert sich um mich, wenn es mir schlecht geht, und macht hammermäßige Gin Tonics. Außerdem hat er einen super Musikgeschmack und kocht gut.« Ich stellte die Pfanne ab. »Dazu sieht er nicht gerade schlecht aus, wenn er morgens nur mit einem Handtuch um die Hüften aus der Dusche kommt.«

In dem Moment, in dem es draußen war, wollte ich es zurücknehmen. Ich sprach hier schließlich mit Nicks großer Schwester. Die ich kaum kannte. Nicht wirklich der richtige Ort, die richtige Zeit und die richtige Person, um über Nicks Körper zu sprechen.

Aber Leticia lachte nur laut auf und sagte: »So wie du Nick beschreibst, hört es sich weniger nach dem perfekten Mitbewohner an, sondern eher nach dem perfekten Mann.«

Das traf mich unerwartet, und für einen Moment wusste ich nicht, was ich sagen sollte. Ich spürte, wie sie mich prüfend von der Seite anschaute.

»Nein«, murmelte ich und drehte ihr den Rücken zu, um einen Teller abzustellen, so dass sie mein Gesicht nicht sehen konnte. »Wir sind nur wirklich gute Freunde. Nick steht auf einen ganz anderen Frauentyp: groß, schlank und meistens blond. Und ich … habe einen Freund.« Dann seufzte ich und fügte hinzu: »Quasi zumindest.«

Leticia ließ das Wasser aus der Spüle ablaufen und lehnte sich an den Küchentresen, während sie sich die Hände abtrocknete.

»Freunde kann man wechseln.« Sie grinste. »Vor allem die von der Quasi-Sorte.«

Das wollte ich lieber nicht vertiefen und sagte: »Lustig, dass ihr euch alle so ähnlich seht, eure Eltern und Lenni und du, mit euren dunklen Haaren und braunen Augen. Und Nick ist einen Kopf größer als ihr alle und so blond und blauäugig und …« Ich stockte, als ich Leticias Blick sah. Hatte ich was Falsches gesagt? Es schien, als würde sie überlegen, ob sie etwas sagen sollte.

Dann antwortete sie langsam: »Du weißt schon, dass Nick nicht unser leiblicher Bruder ist?«

Ich starrte sie an. Äh, nein? Das wusste ich nicht.

Ein langer Moment verstrich, in dem ich versuchte zu verarbeiten, was sie gerade gesagt hatte.

»Das hat er mir nie erzählt«, sagte ich dann langsam.

Ich war geschockt, aber auch ein bisschen gekränkt, dass er

mir offenbar nicht genug vertraute, um so eine wichtige Information mit mir zu teilen.

»Wo sind denn seine richtigen Eltern?«

Leticia sah mich an: »Das ist seine Geschichte, nicht meine. Die muss er dir schon selbst erzählen.«

Wenig später verabschiedeten sich Leticia, Molly und Lenni und fuhren mit dem Auto nach Hause nach Brooklyn.

Ich war von Leticias Eröffnung völlig durcheinander und ging kurz danach ins Bett. Ich hörte, wie Nick im Wohnzimmer noch eine Weile mit Monika und Leonardo plauderte und lachte.

Nach Mitternacht kam er ebenfalls die Treppe hoch und ging erst ins Bad und dann in sein Zimmer. Ich wälzte mich noch eine halbe Stunde hin und her, stand dann auf und schlich zur Toilette. Auf dem Rückweg sah ich, dass im Zimmer neben meinem noch Licht brannte. An der Tür hing ein Schild mit Spiderman und dem Namen *Nick* darunter.

Ich klopfte vorsichtig. Als er »Herein!« rief, öffnete ich die Tür. Er saß in T-Shirt und Boxershorts im Bett, ein Kissen im Rücken, und las, mit Brille auf der Nase und einem Textmarker in der Hand, in einigen Computerausdrucken.

Ich lehnte mich an den Türrahmen und tippte mit dem Zeigefinger auf das Schild. »Bist du nicht etwas zu alt für Spiderman?«

Er schmunzelte und sagte: »Monika ist ein bisschen nostalgisch und lässt unsere Kinderzimmer, wie sie waren.«

Ich trat von einem Fuß auf den anderen, weil der Boden kalt war.

»Komm rein«, sagte Nick, rutschte zur Seite und hielt seine Bettdecke hoch. Ich zögerte kurz. Aber es war wirklich kalt. Also lief ich schnell durchs Zimmer und schlüpfte unter die Decke. Das Bett war wundervoll warm von seinem Körper.

»Was liest du da?«, fragte ich und kuschelte mich in die Laken.

»Recherche für einen Artikel. Und lass deine eiskalten Füße bei dir, sonst fliegst du wieder raus.«

Ich kicherte und drehte mich auf die Seite, so dass ich ihn ansehen konnte. Unglaublich, dass ich erst vor knapp drei Monaten bei ihm eingezogen war. Dass es mir peinlich gewesen war, dass er mich morgens im Schlafanzug in der Küche gesehen hatte.

Er sah mich einen Moment an, dann seufzte er, nahm seine Brille ab und drehte den Bügel zwischen den Fingern hin und her. »Was ist, Peanut? Dir brennt doch was auf der Seele.«

Ich zögerte. Dann sagte ich: »Vorhin in der Küche habe ich mit Leticia gesprochen.«

Er seufzte. »Und das Plappermaul hat dir erzählt, dass Monika und Leonardo nicht meine leiblichen Eltern sind?«

Ich nickte. Er seufzte wieder. Das waren sehr viele Seufzer in sehr kurzer Zeit.

»Und jetzt soll ich dir die ganze traurige Geschichte erzählen?«

Ich nickte noch mal. »Aber nur, wenn du es erzählen möchtest.«

Er rieb sich die Augen und die Stelle an der Nase, an der die Brille Abdrücke hinterlassen hatte.

»Ich rede nicht gerne darüber, denn man muss gewisse Dinge irgendwann auch einfach ruhen lassen, sonst haben sie einen zu großen Einfluss auf die Gegenwart.«

Ich wartete, dass er weitersprach.

»Wenn du die Kurzfassung hören möchtest: Ich bin eigentlich in Harlem geboren, genauso wie die Kinder, mit denen ich Basketball spiele. Ich bin einer von ihnen. Meine Eltern – meine leiblichen Eltern – waren Kinder schottischer Einwanderer, daher mein Name. Sie heirateten sehr früh, mein Vater war Anfang neunzehn, meine Mutter siebzehn. Mein Vater hatte keine Ausbildung gemacht und hielt sich und meine Mutter mit Gelegenheitsjobs auf Baustellen über Wasser. Bei einem schweren Arbeitsunfall verlor er einen Arm. Danach konnte er gar keine Anstellung mehr finden. Er begann zu trinken und zu spielen, wurde immer wieder wegen kleinerer Delikte verhaftet und verurteilt. Dann wurde meine Mutter schwanger, und zuerst wurde mein großer Bruder Colin und dann ich geboren. Wir waren das Glück unserer Mutter. Sie versuchte, die Familie zu ernähren, putzte, nähte, machte die Wäsche für andere Familien. Aber es reichte nie, nicht um vernünftig zu leben, nicht um die Spielschulden meines Vaters zu begleichen und nicht um die Arztkosten zu bezahlen.« Er drehte sich auf die Seite und blickte mich an. »Ich weiß nicht, ob es vor unserer Geburt auch schon gelegentlich vorgekommen ist, aber mein Vater hat unsere Mutter regelmäßig geschlagen. Richtig verprügelt.«

Mir wurde bei seinen Worten eiskalt, und ich rutschte etwas tiefer unter die Decke.

»Als ich sechs war, bin ich das erste Mal dazwischengegangen. Ich konnte natürlich rein gar nichts ausrichten. Ich war ein kleiner Kerl und habe heulend versucht, meinen Vater von meiner Mutter wegzuziehen.« Er schwieg kurz.

Das Herz tat mir weh bei dem Gedanken an den kleinen Jungen Nick, der das alles hatte erleben müssen. Unter der Decke nahm ich seine Hand. Unsere Finger verwoben sich.

»Sagen wir es so: Sein noch verbliebener Arm reichte aus, um mir zwei Rippen zu brechen und mich mit Gehirnerschütterung ins Krankenhaus zu befördern. Das Jugendamt wurde aufmerksam, und das alles in Verbindung mit seinen Vorstrafen reichte aus, um ihn für längere Zeit ins Gefängnis zu bringen. Meine Mutter ließ sich scheiden, und wir haben ihn nie wieder gesehen, auch nicht, als er Jahre später aus dem Gefängnis kam. Ich weiß noch nicht mal, ob er noch lebt.« Er sah mich nachdenklich an. »Was mich am meisten wundert, ist, dass sie bei ihm geblieben ist, obwohl er sie immer wieder verprügelt hat. Erst als er mich angerührt hat, war sie stark genug, ihn zu verlassen.«

»Eine Mutter würde wohl immer alles für ihre Kinder tun.«

Er schluckte, und ich merkte, dass es ihm schwerfiel weiterzusprechen. »Als ich zehn war, wurde meine Mutter krank. Bauchspeicheldrüsenkrebs. Wir konnten uns keine wirkliche Behandlung leisten.« Er sah mich an. »Aber Bauchspeicheldrüsenkrebs ist sowieso ein Arschloch. Auch Chemotherapie hilft meistens nicht. Meine Mutter starb innerhalb weniger Monate. Mein Bruder kam in ein Heim, machte eine Ausbildung und verließ New York, sobald er achtzehn war. Er lebt mittlerweile mit seiner Familie in Philadelphia. Wir haben nicht wirklich viel Kontakt miteinander, telefonieren höchstens an Weihnachten und den Geburtstagen.«

»Und wie kamst du zu Monika und Leonardo?«

»Leo war mein Klassenlehrer. Er hatte sich schon vorher um mich gekümmert, mich gefördert und mich häufiger mal zum Mittagessen mit nach Hause genommen. Ich träumte von der heilen Familienwelt, in der die De Lucas lebten. Monika und Leo führten so eine liebevolle Beziehung und liebten Leticia und Lenni abgöttisch. Nach dem Tod meiner Mutter holten sie mich zu sich. Obwohl ich eine schwere Zeit durchmachte, taten sie alles dafür, dass ich die Schule fertig machte. Leo und Monika haben immer an mich geglaubt und alles für meine Ausbildung getan und auch dafür, dass ich Basketball spielen konnte. Nach dem Highschool-Abschluss bin ich mit Stipendien auf die University of California gegangen. Ich habe hart dafür gearbeitet. Eigentlich nur noch gelernt und Basketball gespielt. Als ich mit dem College fertig war, habe ich mich auf ein Stipendium der NYU beworben und es bekommen. Den Rest der Geschichte kennst du ja.«

Ich musste mich erst einmal aus meiner Schockstarre lösen. »Ich weiß gar nicht, was ich sagen soll.«

»Verändert das dein Bild von mir?« Er wirkte völlig ruhig, nur daran, dass er den Textmarker während der ganzen Zeit mit einer Hand auf- und zugemacht hatte, merkte ich, dass er nicht ganz so gefasst war, wie er tat. »Darum erzähle ich die Geschichte normalerweise nicht.«

Natürlich veränderte seine Vergangenheit mein Bild von ihm. Er wirkte immer so zielstrebig, selbstsicher, völlig mit sich im Reinen. Das imponierte mir ja ohnehin schon, aber mit dem Wissen, was er in seiner Kindheit und Jugendzeit durchgemacht hatte, erschien mir das noch einmal in einem ganz anderen Licht. Außerdem war ich jetzt noch beeindruckter von dem, was er in seinem Leben schon erreicht hatte. Die Ausbildung, der Job an der Uni, der Job bei der *New York Times*. Und sein Engagement für Kinder mit ähnlichem Hintergrund.

»Und du hast dein ganzes Studium mit Stipendien finanziert?«

Er nickte. »Und mit Samenspende.«

Ich musste ihn ziemlich fassungslos angesehen haben, denn er sagte trocken: »Scherz, Peanut« und grinste mich schief an.

»Ach, Nick«, sagte ich, weil das einfach so typisch für ihn war, dass er versuchte, die Stimmung aufzuheitern.

Er grinste mich an, wurde dann aber schnell wieder ernst. »Du hast mir noch nie richtig etwas von deiner Mutter erzählt. Also, ich weiß, dass sie gestorben ist, als du noch klein warst, aber darüber hinaus sprichst du nie über sie. Übrigens auch nicht über deinen Vater.«

Ich seufzte. »Sie kam bei einem Autounfall ums Leben, als ich fünf war. Auf einer Landstraße kam ein entgegenkommendes

Auto von der Spur ab und krachte frontal mit ihr zusammen. Ich kann mich nur noch ganz dunkel an sie erinnern.«

»Das tut mir sehr leid.«

»Danke.« Ich versuchte zu lächeln, aber es misslang. »Mein Vater ist mittlerweile mit seiner vierten Ehefrau zusammen. Unser Verhältnis ist nicht sonderlich gut. Ich konnte nie verstehen, wie er so wahllos bei Frauen sein kann. Das Jurastudium ist das Einzige, was uns wirklich verbindet.«

Er legte mir den Arm um die Schultern und zog mich an sich, und ich merkte plötzlich, wie müde ich war.

»Kann ich bei dir schlafen?«

Die Frage war raus, bevor ich richtig darüber nachgedacht hatte. Vielleicht wollte ich im Moment nicht alleine sein. Oder ich wollte ihn nicht alleine lassen.

»Klar. Aber du musst keinen Mitleidsex mit mir haben.«

Er beugte sich über mich und legte seine Papiere und die Brille auf den Boden vor dem Bett. Sein Körper auf meinem fühlte sich gut an. Ich schob den Gedanken schnell zur Seite und knipste das Licht aus.

Im Dunkeln sagte er: »Obwohl, wenn ich es mir jetzt gerade noch mal überlege, wäre es völlig okay, wenn du Mitleidsex mit mir haben würdest.«

Ich lachte und streckte ihm als Antwort meine eiskalten Füße entgegen. »Du würdest mit niemandem schlafen, der so kalte Füße hat.«

»Mit dir würde ich jederzeit schlafen, Emma.«

Ich schmunzelte. »Vielleicht komme ich irgendwann mal drauf zurück.«

Eine Weile war Stille, und ich gähnte.

Dann sagte er: »Emma?«

»Ja?«

»Zum Thema Sex muss ich dir noch was sagen.«

»Hm«, machte ich.

»Ich habe deine To-do-Liste gelesen.«

O Gott. Wie peinlich.

»Sie lag auf dem Küchentisch. Ich dachte zuerst, dass es die Einkaufsliste ist.«

»Aber dann fandest du das, was da steht, noch viel interessanter als die Einkaufsliste und hast prompt alles gelesen?«, fragte ich.

Ich konnte hören, dass er grinste: »Genau.«

O Mann. Aber ich war nicht wirklich sauer. Schließlich war heute die Nacht der Enthüllungen. So schien es zumindest.

»Und was möchtest du zu dem Thema loswerden?«, fragte ich in die Stille.

»Bei deinen Kommentaren ist dir ein Fehler unterlaufen. Du hast definitiv nicht mit dem heißesten Mann in New York geschlafen. Ich hab's durchgestrichen. Ich hoffe, das war okay.«

Wir lachten beide leise in der Dunkelheit. Dann drehte ich mich um und war innerhalb von wenigen Minuten eingeschlafen.

Meine New-York-To-do-Liste

- ☐ ~~Eine Wohnung finden!!! und umziehen~~
- ☐ ~~Sightseeing~~
- ☐ Fetter Klunker von Tiffany!
- ☐ Einen New Yorker küssen: auf der Brooklyn Bridge, auf der Staten-Island-Fähre, ~~auf der Dachterrasse einer coolen Bar~~, beim Schlittschuhlaufen am Rockefeller Center
- ☐ Sample Sale im Fashion District und eine teure (!) Shopping-Sünde begehen
- ☐ Von einem New Yorker für eine New Yorkerin gehalten werden

- [ ] New York bei Schnee sehen
- [ ] ~~Cocktails auf der Dachterrasse einer Bar~~
- [ ] ~~Sex mit einem New Yorker! Mit dem heißesten Mann in NY! O. Mein. Gott.~~
- [ ] In ~~50~~ ~~40~~ ~~32~~ ~~26~~ ~~23~~ 16 verschiedene Bars/Clubs gehen
- [ ] Ein Event im Madison Square Garden
- [ ] Ein Wochenendtrip in die Hamptons
- [ ] Meinen LLM-Abschluss schaffen
- [ ] Mir überlegen, was ich mit meinem Leben nach dem Abschluss anfangen will
- [ ] Die große Liebe finden

DEZEMBER

Mit Anthony verfiel ich in eine Art Normalität. Wir sahen uns im Büro und machten zusammen Pause, wenn es sich ergab. Einmal lud er mich abends zum Dinner ein, aber ich verspürte keine Lust, mit ihm danach ins Hotel zu gehen. Über seine Frau sprachen wir nicht mehr, fast so, als würde es sie nicht geben. Aber es gab sie, und deswegen schaffte ich es nicht, in den verliebten Zustand zurückzufinden, in dem ich mich noch vor zwei Monaten befunden hatte.

In der ersten Dezemberwoche gingen wir in der Mittagspause zum Essen ins *Paolas*, einem italienischen Restaurant auf der Madison Avenue, wo viele Anwälte und Geschäftsleute ihre Business-Lunches abhielten.

Ich merkte schon auf dem Weg dorthin, dass etwas mit ihm nicht stimmte. Er wirkte ernster als sonst und sah mir nicht in die Augen. Ich ahnte, dass er irgendeine Hiobsbotschaft für mich hatte. Aber auch ich wollte noch etwas Wichtiges mit ihm besprechen.

Als wir unser Essen bestellt hatten, sagte ich: »Ich wollte dich schon länger etwas fragen. Viele Kanzleien leisten doch eine gewisse Anzahl von Stunden Pro-bono-Arbeit, oder? Also für Menschen oder Organisationen, die sich keinen Anwalt leisten können?« Er nickte, und ich fuhr fort: »Ich würde gerne Pro-bono-Arbeit machen. Geht das? Kannst du mir sagen, an wen ich mich da wenden muss?«

»Warum? Bist du nicht ausgelastet?«, fragte er und legte sich seine Serviette auf den Schoß.

»Doch, schon. Aber ich lebe nun schon ein paar Monate in New York, und ich sehe natürlich auch, dass es nicht allen Menschen hier gut geht. In Deutschland gibt es wenigstens Prozesskostenhilfe und Rechtsschutzversicherungen. Das gibt es hier alles nicht. Ich denke, viele Menschen bräuchten anwaltliche Beratung, können sie sich aber nicht leisten.«

»Hm«, machte er. »Ich glaube, bei uns ist Wendy Clarkson für die Koordination der Pro-bono-Arbeit verantwortlich. Wegen mir kannst du dich an sie wenden. Aber nur, wenn deine sonstige Arbeit nicht drunter leidet.«

Ja, Papa, hätte ich am liebsten gesagt, aber ich biss mir auf die Zunge.

Die Vorspeise kam. Anthony schob sein Lachstatar auf dem Teller hin und her und räusperte sich. »Jetzt, wo wir das geklärt haben, muss ich dir auch etwas sagen.«

Mit ungutem Gefühl im Bauch fragte ich: »Was ist los?«

Er wich meinem Blick aus, sagte aber immer noch nichts.

Ich versuchte zu scherzen. »Schlimmer als die Neuigkeit, dass du verheiratet bist, wird es doch nicht sein, oder?«

Anthony sah mich an, als hätte ich sie nicht mehr alle. Okay. Der Scherz war wohl misslungen.

»Ich weiß nicht, wie ich es dir sagen soll, und ich weiß, dass du total sauer auf mich sein wirst, aber ich werde meine Frau zur Kanzlei-Weihnachtsfeier Ende Dezember mitbringen.« Mein Gesichtsausdruck musste mir entglitten sein, denn er fügte schnell hinzu: »Müssen. Ich werde sie mitbringen müssen. In der Kanzlei weiß noch niemand, dass wir uns trennen und …«

Ich fiel ihm ins Wort: »Soweit ich informiert bin, weiß deine Frau auch noch nicht, dass ihr euch trennt, oder habe ich etwas verpasst?«

Er legte seine Hand auf meine. »Emma, ich habe in der letzten Zeit das Thema gemieden, aber so langsam habe ich das Gefühl, dass sie sich etwas fängt. Sie nimmt neue Medikamente, und es geht ihr besser. Ich bringe es einfach nicht über mich, das alles jetzt wieder kaputtzumachen.«

Ich lehnte mich erschöpft in meinem Stuhl zurück. Er konnte sie nicht verlassen, wenn es ihr schlecht ging, weil das zu riskant war, und er konnte sie nicht verlassen, wenn es ihr gut ging, um die positive Entwicklung nicht zu gefährden. So sah es doch aus.

»Sie geht seit Jahren mit zur Weihnachtsfeier, und wie sollte ich ihr erklären, dass das dieses Jahr nicht geht?«

»Versuch es doch mal mit: Ich liebe eine andere.«

Und das Groteske an der ganzen Situation war: Ich wollte diese »andere« überhaupt nicht sein. Ich wollte diese Unterhaltung nicht führen. Ich wollte nicht mal an diesem Tisch sitzen. Ich wollte in einer anderen Galaxie sein.

Anthony fuhr sich mit beiden Händen durchs Gesicht. Er sah grau und müde aus.

»Dann springt sie aus dem Fenster.« Er sah mich an und sagte niedergeschlagen: »Das wollte ich nicht laut sagen.«

Unser Hauptgang kam, und wir schwiegen eine Zeitlang. Ich stocherte lustlos in meiner Pasta herum. Mir war der Appetit vergangen.

Wie alle Mitarbeiter der Kanzlei hatte ich natürlich auch eine Einladung erhalten, und ich hatte mich auf den Abend gefreut. Aber keine zehn Pferde würden mich nun dorthin bringen, wenn ich damit rechnen musste, *Mrs* Collins zu begegnen.

Nachdem unsere Teller weggeräumt worden waren, zuckte ich mit den Schultern und sagte: »Es gibt ja sowieso nichts, was ich dagegen tun kann.«

Er streichelte mir die Hand. »Ich mache es wieder gut.«

Ja sicher.

Am ersten Advent traf ich mich mit Nick, Isy und Toby vormittags zum Schlittschuhlaufen am Rockefeller Center. Ich hatte zuerst nicht mitkommen wollen, weil ich eigentlich für die Klausuren, die vor Weihnachten anstanden, lernen musste. Aber Isy war der Meinung, dass die To-do-Liste in diesem Punkt unbedingt befolgt werden sollte, und Nick war voll auf ihrer Seite. Die Tickets, die man für das Schlittschuhlaufen kaufen musste, waren ohnehin nur für neunzig Minuten gültig, und so konnten mich die beiden überzeugen. Wir liehen uns Schlittschuhe und drehten, dick eingemummelt in Schals, Mützen und Handschuhe, andächtig unsere Runden unter dem berühmten glitzernden Weihnachtsbaum, im Schatten des imposanten Rockefeller Gebäudes. Trotz Klausurenstress kam ich plötzlich richtig in Weihnachtsstimmung. Es war wunderschön.

Nach einer halben Stunde brauchte ich eine Pause und fuhr mit Nick an den Rand der Eisbahn. Isy und Toby fuhren weiter, händchenhaltend wie zwei verliebte Teenager.

»Isy weiß schon, dass Toby demnächst für ein Jahr weggeht, oder?«, fragte Nick und blickte den beiden nach.

»Wenn er ein verfügbarer, in New York dauerhaft ansässiger Mann wäre, mit dem sie eine normale, erwachsene Beziehung führen könnte, wäre sie dann mit ihm zusammen?«

Auch wenn ich gerade die Richtige war, um über normale, erwachsene Beziehungen mit verfügbaren Männern zu sprechen.

»Auch wieder wahr«, sagte Nick.

Eine Weile beobachteten wir die anderen Schlittschuhläufer, bevor er weitersprach: »Um noch mal auf deine Liste zu sprechen zu kommen: Ich habe mir überlegt, dass ich dir dabei helfen sollte, die restlichen Punkte zu erfüllen.«

Ich lächelte ihn an. »Gewissermaßen hast du das schon. *Schlittschuhlaufen am Rockefeller Center* stand ja auch auf der Liste.«

Nick legte den Kopf schief und sah mich an: »Wenn ich mich richtig erinnere, heißt der Punkt aber: *Einen New Yorker küssen: beim Schlittschuhlaufen am Rockefeller Center.*«

Er schlitterte vor mich und stützte seine Hände rechts und links neben mir auf der Bande ab. Er suchte meine Augen, und ich spürte, wie mein Mund trocken wurde. Sein intensiver Blick machte etwas Merkwürdiges mit meinem Bauch. Und meinen Knien. Ich hielt mich an seinen Unterarmen fest, um nicht zu fallen.

Was hatte er vor? Wollte er mich küssen?

Mein Herz schlug plötzlich wie die Flügel eines kleinen Vogels gegen meinen Brustkorb. Unwillkürlich musste ich auf seine Lippen schauen. Sein Mund war wunderschön, wie alles an ihm. Schön geschwungen und weich, fast ein bisschen feminin für einen Mann, wenn der Rest seines Gesichts nicht so markant gewesen wäre.

Würde ich mich von ihm küssen lassen? Natürlich nur, damit ich einen weiteren Punkt abhaken konnte? Streng aus Listen-Gründen quasi?

Er beobachtete mich aufmerksam, und es schien mir, als könnte er jeden einzelnen meiner Gedanken lesen. Aber dann stieß er sich plötzlich von der Bande ab und tippte einem älteren Herrn im gelben Anorak, der neben uns gerade seiner Enkelin die Schuhe zuband, auf die Schulter.

Ich riss die Augen auf. O nein, er würde doch nicht …?

»Entschuldigung, Sir, sind Sie New Yorker?«

O doch, er würde.

Und er tat es gerade.

»Ja«, antwortete der Mann, der vielleicht siebzig war. »1958 mit meinen Eltern aus Irland eingewandert.«

»Das zählt, würde ich sagen.«

Nick grinste. Dieser gemeine Hund.

»Meine Freundin hier hat eine Wette verloren und muss sich von einem New Yorker küssen lassen. Würden Sie vielleicht …?«

Der ältere Herr richtete sich auf, sah mich an und lachte herzhaft. »Aber mit dem größten Vergnügen.«

Bevor ich protestieren oder irgendetwas sagen konnte, war der Mann zu mir herübergefahren, nahm mich bei den Schultern und drückte mir einen lauten Schmatz auf die Wange.

Nick fiel fast von den Schlittschuhen, so sehr lachte er, und Isy, die mit Toby genau im richtigen Moment dazugekommen war, ebenfalls.

»Ich finde es wunderbar, mit welchem Ehrgeiz du die Liste abarbeitest«, kicherte sie.

Ich war immer noch völlig verdattert und rief dem Fremden, der sich mit seiner Enkelin wieder in die Masse der Schlittschuhlaufenden eingereiht hatte, hinterher:

»Danke! Wie heißen sie denn überhaupt?«

»Theodore«, rief er zurück.

Theo. Siebzig, grauhaarig und etwas übergewichtig. Meine große Liebe im gelben Anorak, dachte ich. Ich konnte nicht anders, ich schloss mich dem Lachen der anderen an und versuchte dabei zu verdrängen, was Nicks Nähe in mir ausgelöst hatte.

Als wir uns wieder halbwegs beruhigt hatten, summte mein Handy. Ich nahm es aus der Tasche und las verwundert eine der seltenen Nachrichten von Susanne, der aktuellen Frau meines Vaters. Ohne sich mit Floskeln aufzuhalten, schrieb sie:

Hast Du schon dein Ticket für Weihnachten gebucht?

Oh-oh. Hatte ich natürlich nicht. Ich antwortete:

Noch nicht. Wollte ich heute Abend machen.

Prompt kam die Antwort:

Buch noch nicht. Ruf bitte zuerst Deinen Vater an.

Ich runzelte die Stirn. Nick hatte mich beobachtet und fragte: »Alles o.k.?«

»Ja. Schon. Meine Stiefmutter fragt, ob ich die Flüge für Weihnachten schon gebucht habe. Eigentlich habe ich überhaupt keine Lust, nach Hause zu fliegen. In den letzten Jahren war die Stimmung an Weihnachten immer so angespannt, und meistens habe ich mich mit meinem Vater gestritten, während seine Frau missmutig aus der Wäsche geschaut und sich zum hunderttausendsten Mal gewünscht hat, lieber einen Mann ohne nervige Tochter geheiratet zu haben.«

Ich lächelte ihn schief an.

»Bleib doch hier«, sagte Nick.

Aber ich schüttelte den Kopf. Das konnte ich meinem Vater unmöglich antun.

Als wir wieder zu Hause ankamen, setzte ich mich auf mein Bett und wählte die Nummer meines Vaters.

»Meyer?«, antwortete er, obwohl ich sicher war, dass er meine Nummer auf dem Display sah.

»Hallo Papa, ich bin's. Susanne bat mich, dich anzurufen.«

Mein Vater fragte höflich, wie es mir ging und ob ich gut auf die Klausuren vorbereitet war, und ich war ihm dankbar, dass er endlich ein gewisses Interesse an meinem Studium und meinem Leben in New York zeigte. Ich berichtete, dass ich vor einigen Tagen in der Kanzlei ein Gespräch mit der Anwältin gehabt hatte, die für Pro-bono-Arbeit zuständig war, und nun anfangen würde, jede Woche ein paar Stunden für Mandanten zu arbeiten, die sich eigentlich keinen Anwalt leisten konnten. Kurz beschrieb ich die beiden Fälle, die mir zugewiesen worden waren und die ich nun zusammen mit einem Kollegen bearbeiten würde. Bei dem einen ging es um eine gemeinnützige Organisation, die von einem Immobilienentwickler aus ihren Räumlichkeiten geklagt werden sollte, und bei dem anderen um eine alleinerziehende Mutter, deren Exmann keinen Unterhalt zahlte. Mein Vater erzählte kurz von der Kanzlei und der neuen Mitarbeiterin, die er mit einem befristeten Vertrag eingestellt hatte und die wieder gehen musste, sobald ich zurückkam. Ich sagte nicht, dass ich mir immer unsicherer wurde, ob ich wirklich in der Kanzlei meines Vaters anfangen würde. Ob ich überhaupt nach Deutschland zurückkehren wollte.

Als ich auf meine möglichen Flüge nach Hause zu sprechen kam, sagte er: »Tja, Emma, ich weiß gar nicht, wie ich dir das sagen soll, aber du kannst Weihnachten dieses Jahr nicht nach Hause kommen.«

Ich dachte im ersten Moment, ich hätte mich verhört. Susanne sagte etwas im Hintergrund. Sie hörte wie üblich jedes Wort mit und gab ihren Senf dazu.

Mein Vater fuhr fort: »Susanne und ich haben spontan eine Reise nach Bali gebucht. Über Weihnachten und Silvester. Wir wollten einfach mal was anderes machen.«

»Was anderes?«, konnte ich mir nicht verkneifen. »Was anderes als den Heiligabend mit mir zu verbringen?«

Mein Vater räusperte sich. Er sprach nicht gerne über Gefühle und hatte mit Sicherheit keine Lust, sich mit einer emotionalen Tochter auseinanderzusetzen, nahm ich an.

»Sei nicht enttäuscht, ja? Wir haben uns überlegt, dass wir dich stattdessen im März in New York besuchen kommen. Ich nehme an einer Konferenz teil, und Susanne würde gerne mit dir shoppen gehen. Was hältst du davon?«

Fast hätte ich gelacht. Klar. Pflichttermin und Shopping. Das war natürlich ein adäquater Ersatz für einen gemeinsamen Heiligabend. Aber was sollte ich tun? Ich konnte ihn ja nicht zwingen, wenn er nicht wollte. Ich beendete das Gespräch, ohne mir meine Enttäuschung anmerken zu lassen. Ich blieb eine Weile wie betäubt auf meinem Bett sitzen und starrte das Handy in meiner Hand an, als könnte es mir irgendwelche Antworten liefern. Dann stand ich auf und ging in die Küche. Nick schob gerade das Essen vom Vortag in die Mikrowelle und drehte sich um, als ich reinkam.

»Willst du auch was? Es gibt Reste vom Chinesen von gestern.« Er betrachtete mich mit gerunzelter Stirn. »Alles okay, Peanut?«

Ich ließ mich auf einen Küchenstuhl fallen und sagte: »Mein Vater hat mir gerade, ohne mit der Wimper zu zucken, eröffnet, dass ich dieses Jahr leider nicht nach Hause kommen kann, weil er mit Susanne eine Reise nach Bali gebucht hat.«

»Puh.« Nick blies die Backen auf, ging vor mir in die Hocke und legte mir die Hände auf die Knie. »Das ist irgendwie scheiße.«

Das traf es ziemlich genau. Mit Entsetzen stellte ich fest, dass meine Augen sich mit Tränen füllten. Dabei hatte ich doch gar nicht nach Hause gewollt! Nick setzte sich vor mir auf die Knie und nahm mich in den Arm. Ich legte meinen Kopf auf seine Schulter und atmete seinen vertrauten Geruch ein.

»Hey, nicht weinen. Ich bin ja auch noch da. Ich verspreche dir, du wirst das fantastischste Weihnachten erleben, das du jemals hattest. Dafür werde ich sorgen, okay?« Als ich nicht antwortete, fügte er hinzu: »Wusstest du übrigens, dass im Dezember Regenzeit auf Bali ist und deine Stiefmutter und dein Vater voraussichtlich keinen Traumurlaub erleben werden?«

Unwillkürlich musste ich schmunzeln. Er schaffte es doch immer wieder, mich aufzumuntern.

Am Abend vor dem zweiten Advent saß ich mit Nick und Isy in einem kleinen indischen Restaurant in unserer Nachbarschaft. Vor uns standen ein unglaublich leckeres Hähnchen Tikka Masala, Tandoori Lamm und Fisch-Curry. Ich bediente mich das dritte Mal und fragte mich, ob ich unauffällig den obersten Knopf meiner Jeans öffnen konnte, ohne dass Nick und Isy das bemerkten.

Ich hatte die letzten Tage vor allem mit Lernen verbracht und dafür Urlaub in der Kanzlei genommen. Wenigstens hatte ich durch die Lernerei genügend Ablenkung und musste nicht dauernd über Anthony und seine Frau nachdenken. Oder meinen Vater und seine Frau. Eigentlich musste ich über gar nichts nachdenken, außer über Paragraphen und Präzedenzfälle. Eine angenehme Abwechslung.

Nachdem er den Currytopf mit gebuttertem Naan-Brot ausgewischt hatte, faltete Nick beide Hände auf seinem – nicht vorhandenen – Bauch und lehnte sich zurück.

»Mädels, ich habe mir überlegt, dass es Zeit für Veränderungen ist.«

Ich sah ihn misstrauisch aus den Augenwinkeln an. »Schmeißt du mich aus der Wohnung?«

Er lachte und streichelte mir über den Kopf, als ob ich ein putziger kleiner Hund wäre. »Ach Quatsch. Ein Leben ohne dich könnte ich mir doch gar nicht mehr vorstellen, Peanut.«

Ich strich mir die Haare glatt, die er durcheinandergebracht hatte. »Und was ist es dann?«

»Ich war gestern mit einem alten Studienfreund Mittag essen, der Kameramann bei dem Fernsehsender *NBC Sports* ist. Und der erzählte mir, dass der Sender dabei ist, das Sportnachrichtenteam bei *SportCenter* umzustellen und zu verjüngen, und dass es ein guter Moment sein könnte, sich für einen Moderatorenjob zu bewerben.«

Ich legte die Gabel weg. »Wow. Das ist … mega! Das hattest du dir doch immer gewünscht.«

Er hob die Hände und sagte: »Na ja, sie haben mich ja noch nicht genommen.«

Isy sprach genau das aus, was ich dachte: »Sag mir einen Grund, warum sie dich nicht nehmen sollten?«

»Sehe ich genauso. Erstens, du bist …«, ich hielt kurz inne und tat so, als würde ich ihn intensiv mustern. »… leidlich attraktiv. Das heißt, die Frauen werden dich lieben. Zweitens, du weißt alles über Sport. Wirklich alles. Das heißt, die Männer werden dich lieben. Drittens, du bist jung und selbst sportlich. Das macht dich glaubwürdig. Viertens, du arbeitest schon eine Weile als Journalist und bist erfolgreich mit allem, was du tust. Mit deinem Job an der Uni und bei der *New York Times*. Diese Zeitung ist ja nicht gerade eine Schülerzeitung. Außerdem hast du noch deine Blogs und dein Kinder-Basketball-Programm. Du bist der perfekte Moderator für eine Sportsendung bei *NBC*.«

Er lächelte mich an und sagte: »Vielen Dank. Vor allem für das ›leidlich attraktiv‹. Du machst mich zu einem sehr glücklichen Mann.«

Er schob seinen Teller weg und sagte: »Meine Bewerbungsunterlagen sind schnell zusammengestellt. Aber ich brauche ein Bewerbungsvideo. Ein richtig gutes. Ein Video, das die Redaktion von den Socken haut. Etwas, das die noch nie gesehen haben.«

Ich war mir absolut sicher, dass Nick etwas Sensationelles einfallen würde. Und richtig: Als ich am dritten Advent nach dem Plätzchenbacken mit Isy wieder zu Hause ankam, erwartete Nick mich schon ungeduldig.

»Ich dachte schon, du kommst gar nicht mehr.«

Ich nahm meine Mütze und meinen Schal ab und hängte

beides an den Garderobenhaken im Flur. »Ich war unterwegs noch einkaufen. Alles okay?«

Er drückte mir Mütze und Schal gleich wieder in die Hand.

»Du kannst angezogen bleiben. Ich habe eine super Idee für mein Bewerbungsvideo. Und du, Peanut, wirst mir dabei helfen.«

In der U-Bahn weihte er mich in seinen Plan ein. Er hatte sich überlegt, dass wir sein Bewerbungsvideo auf einem Basketballfeld im Liberty State Park auf der anderen Seite des Hudson Rivers drehen würden, mit der Skyline von Manhattan im Hintergrund. Am Terminal Pier 11/Wall Street erwischten wir gerade noch die New-York-Waterway-Fähre. Es war eiskalt und bewölkt, aber glücklicherweise schien das Wetter zu halten, obwohl ich das Gefühl hatte, dass mir Füße und Nase abfroren. Im Park waren kaum Leute, und auf dem Basketballfeld war kein Mensch zu sehen, als wir ankamen.

Ich sah, dass Nick aufgeregt war, aber er versuchte, es sich nicht anmerken zu lassen. Er dirigierte mich herum und nahm mir immer wieder die Kamera aus der Hand, um selbst zu schauen, was der beste Standort für mich war. Als er zufrieden war, stellte er sich mit einem Basketball in der Hand auf die Mittellinie, die in der Dämmerung glitzernde Skyline im Hintergrund. Er begann seine Moderation, die er am Vormittag geschrieben hatte. Als er die ersten Sätze gesprochen hatte, begann es zu schneien. Dicke, weihnachtlich weiße Flocken schwebten vom Himmel. Ob Nick das überhaupt bemerkte, wusste ich nicht, zumindest sprach er unbeirrt weiter und schob dabei den Ball zwischen seinen Händen hin und her. Er wirkte wie immer selbstsicher und eloquent, und er sprach, als hätte er nie etwas anderes getan, als im Fernsehen zu moderieren. Er stolperte kein einziges Mal über die Worte oder vergaß seinen Text. Er wirkte wie ein absoluter Vollprofi. Er würde den Job bekommen, das wusste ich in diesem Moment.

Ich war plötzlich so stolz auf ihn, dass ich Mühe hatte, die Kamera still zu halten. In der Stadt hinter ihm waren die Lichter angegangen und funkelten in der Dämmerung, und die Schneeflocken tanzten in dem Scheinwerferlicht des Platzes. Dann kam er zum Ende seiner Moderation, lächelte breit und sagte: »Das war Nick Fraser McGowan von *NBC Sports*. Ich wünsche Ihnen noch einen schönen Abend und gebe zurück ins Studio.«

Ich wollte schon die Kamera ausschalten, doch da drehte sich Nick zum Basketballkorb hinter sich um, dribbelte einmal, sprang hoch und warf den Ball. Ich hielt den Atem an. Der Ball segelte in einem hohen Bogen durch die Luft und landete mit einem satten *Wuuusch* im Korb, ohne auch nur den Ring zu berühren. Hinter der Kamera riss ich fassungslos die Augen auf und biss mir fest auf die Unterlippe, damit ich nicht laut losjubelte und die Kamera fallen ließ. Nick drehte sich cool um und sah wieder in die Kamera.

In dem Moment, in dem ich auf *Stopp* drückte, gab es für uns beide kein Halten mehr. Nick jubelte im selben Moment los, in dem ich schrie: »Das gibt es doch gar nicht! Wie krass war das denn?!«

Wir rannten aufeinander zu und fielen uns in die Arme. Eng umschlungen hüpften wir wie zwei Verrückte über den Platz und konnten gar nicht fassen, was gerade geschehen war.

»Ich hatte das gar nicht geplant«, rief Nick atemlos. »Ich dachte nur, während ich so gesprochen habe, dass ich ja versuchen könnte, den Ball von der Mittellinie aus zu versenken. Wenn es nicht geklappt hätte, hätten wir es ja rausschneiden können. Eigentlich habe ich gar nicht damit gerechnet, dass der Ball reingeht.«

»Das war einfach nur der Hammer, Nick!«

Auf der Rückfahrt standen wir auf dem Deck der Fähre, waren immer noch ganz zappelig und strahlten um die Wette.

Ich deutete auf die Kamera und sagte: »Das hier, das ist genau das, was du wolltest. Etwas ganz Besonderes. Das wird sie umhauen.«

Er richtete kurz das Gesicht gen Himmel, dem fallenden Schnee entgegen. »Oh, bitte, bitte, bitte!«

Ich zog meinen Mantel enger um mich. Es war ganz schön eisig und windig an Deck.

»Kalt?«, fragte er. »Komm her.«

Er öffnete seinen Parka, und ich machte ohne Zögern einen Schritt in seine Umarmung. Er hatte einen weichen grauen Wollpulli an und einen herrlich warmen Körper. Nick schloss seine Jacke hinter meinem Rücken so weit es ging und legte sein Kinn auf meinen Kopf. Was ohne weiteres möglich war, weil er einen Kopf größer war als ich.

Ich murmelte in seinen Pullover: »Dir ist schon klar, dass du hundertprozentig der nächste *NBC-Sports*-Moderator bist, oder? Ich bin so stolz auf dich. Du wirst berühmt.«

An seinen Brustkorb gelehnt spürte ich mehr als ich hörte, dass er lachte, und sah zu ihm hoch. Als unsere Blicke sich trafen, wurde er ernst. In seinen Augen sah ich etwas, das ich nicht benennen konnte, und mir wurde bewusst, dass wir von den Fußspitzen bis zum Kopf aneinandergeschmiegt an der Reling standen. Ohne einen Zentimeter zwischen uns. Dass unsere Körper zusammenpassten wie zwei Puzzleteile. Einen Moment lang sah er mich nur an, dann nahm er vorsichtig mein Gesicht in beide Hände, hielt es auf die zarteste Art und Weise fest, beugte sich herunter und küsste mich langsam auf den Mund.

Die Macht, mit der seine Berührung in mir einschlug, raubte mir fast den Atem. Seine Lippen waren wunderbar warm und weich. Genau, wie ich sie mir vorgestellt hatte. Ohne dass ich etwas dagegen tun konnte, schloss ich die Augen, krallte meine Hände in seinen Pullover und stellte mich auf die Zehenspitzen. Ich wollte näher bei ihm sein, ich wollte mehr von ihm, mehr von diesem Kuss.

Doch genauso unvermittelt, wie er mich geküsst hatte, beendete Nick den Kuss auch wieder. Ich machte einen Schritt zurück, und Nick entließ mich aus seiner Umarmung. Unwillkürlich fasste ich mir an die Lippen.

»Danke, Emma«, sagte er ernst. »Für deine Hilfe.«

Puh. Gern geschehen?

Ich wollte etwas sagen, doch mir fehlten die Worte. Ich legte meine zitternde Hand auf die eiskalte Reling des Schiffes und versuchte, meinen rasenden Herzschlag zu beruhigen.

»Und *Küssen auf der Staten-Island-Fähre* kannst du jetzt auch abhaken.«

Oh, ja. Natürlich! Die Liste. Ich brauchte einen Moment, um meine Enttäuschung zu verdrängen. Eine Enttäuschung, die ich mir nicht mal selbst erklären konnte.

»Wir sind nicht auf der Staten-Island-Fähre. Das ist die Waterfront Ferry«, sagte ich schwach.

»Ich würde sagen, das zählt trotzdem«, lächelte er. Sein Lächeln brachte mich noch etwas mehr aus der Fassung.

Mein Gott. Nick hatte mich geküsst. Auf den Mund. Unschuldig und zart, aber es hatte sich gut angefühlt. Verdammt gut. Ich schmeckte seine Lippen noch auf meinen. Und wie sich sein Körper an meinen gepresst hatte.

Aber es war nur ein Dankeschön für meine Hilfe bei dem Videodreh gewesen und, um einen weiteren Punkt auf der Liste abzuhaken. Der Kuss hatte also nichts zu bedeuten. Rein gar nichts. Und es war ja auch nur ein ganz kurzer Kuss gewesen. Ohne Zunge.

Ich lachte etwas zu laut und drehte mein Gesicht weg von ihm, in den eiskalten Schneewind.

Ich wusste nicht, wo die Frage plötzlich herkam, doch bevor ich merkte, was ich sagte, waren die Worte auch schon raus: »Hast du Lust, mich nächsten Freitag auf die Kanzlei-Weihnachtsfeier zu begleiten?«

Ich hatte mehrere Wochen Zeit gehabt, um über mein Outfit für die Weihnachtsfeier nachzudenken. Natürlich war mein ursprünglicher Plan gewesen, fantastisch auszusehen, um Anthony umzuhauen. Da hatte ich aber auch noch nicht gewusst, dass Anthony mit seiner Frau erscheinen würde. Jetzt, da ich es wusste, war mein Plan … nun ja, Anthony umzuhauen. Umso mehr.

Eigentlich hatte ich gar nicht mehr zur Weihnachtsfeier gehen wollen. Auf der anderen Seite hatte ich mich auf die Feier gefreut. Er und seine Frau würden da sein und einen netten Abend verbringen und Spaß haben, und ich sollte mich zu Hause verkriechen und im Pyjama Chips vor dem Fernseher essen? Kam gar nicht in Frage. Meine Klausuren waren abgeschlossen, und das gab mir das Recht zu feiern. Und mit Nick als Begleiter fühlte ich mich sicher. Sicher, Anthony gegenüberzutreten und dabei einfach umwerfend auszusehen. Das war meine Mission, und als Frau mit Mission nahm ich mir trotz Klausuren die Zeit, um mit Isy shoppen zu gehen. Zum Sample Sale im Fashion District.

Ich machte solche Fortschritte mit meiner Liste! Wenn es so weiterging, hatte ich bald alle Punkte abgehakt. Nicht dass ich einen Sample Sale noch einmal in meinem Leben erleben wollte. Dieses Gedränge, dieses Streiten um die besten Stücke. Schrecklich!

Aber ich hatte ein – trotz Sale – sündhaft teures, aber wunderschönes nachtblaues, enganliegendes und mit Pailletten besticktes Kleid von Diane von Fürstenberg ergattern können. Es reichte fast bis zu den Knien und war kurz genug, um richtig viel Bein zu zeigen, aber lang genug, dass es auf einer Firmenfeier nicht anstößig wirkte. Die dünnen Spaghettiträger und der tiefe Ausschnitt waren sehr sexy, aber nicht so, dass der Managing Partner einen Herzinfarkt erleiden würde. Kurz: Es war perfekt. Ich kombinierte es mit knallroten Peeptoes und einer Clutch. Die passende, ebenfalls nachtblaue und ebenso teure Spitzenunterwäsche kaufte ich gleich dazu.

Äußerlich war ich also perfekt vorbereitet, aber je näher der Tag der Weihnachtsfeier rückte, desto nervöser wurde ich. Ich würde Anthonys Ehefrau – also »den Feind«, wie Isy sie mittlerweile halb im Spaß, halb im Ernst nannte – das erste Mal mit eigenen Augen sehen. Ich wusste jetzt schon, dass mir das im Nachgang so einige schlaflose Nächte bescheren würde. Aber selbst wenn ich vor Aufregung schlotterte, war ich entschlossen, den Abend in Würde zu überstehen. Nick würde mir helfen.

Ich kam am Freitagnachmittag um drei Uhr aus der Uni nach Hause, ignorierte Nicks spöttische Kommentare und besetzte für die nächsten Stunden das Badezimmer. Nach einer Haar- und Gesichtsmaske, einem langen Bad, lackierten Fuß- und Fingernägeln und mit sorgfältig aufgedrehten und geföhnten Haaren fühlte ich mich halbwegs in der Lage, den Abend zu überstehen. Als Nick um sechs an die Tür klopfte, gab ich das Bad widerwillig auf und schminkte mich in meinem Zimmer, damit er duschen konnte.

Um sieben warf ich einen letzten Blick in den Spiegel, checkte mein Make-up und meine Haare und schlüpfte in mein Kleid. Egal, wie ich mich verrenkte, den Reißverschluss am Rücken bekam ich nicht zu. Nick würde mir helfen müssen. Ich stieg in meine Pumps, spritzte mir etwas Parfüm auf die Handgelenke und den Hals und schnappte mir meine Handtasche. Nick verließ in genau der Sekunde sein Zimmer, in der ich auf den Flur trat.

Er erstarrte auf der Türschwelle, und sein Kiefer klappte nach unten. Oh, wie gut sich das anfühlte! Wenn Anthony nur annähernd so reagierte wie Nick, wäre meine Mission für heute Abend mehr als erfüllt.

Nick fing sich schnell wieder und räusperte sich. »Du siehst … wunderschön aus.«

Mein Magen zog sich bei seinem Kompliment zusammen. Er sah selbst nicht gerade schäbig aus in einem dunklen Anzug mit weißem Hemd. So schick angezogen hatte ich ihn noch nie erlebt.

Ich lächelte ihn an: »Danke. Du musst dich auch nicht verstecken, würde ich sagen. Kannst du mir das Kleid hinten zumachen?«

Nick räusperte sich noch mal, als ich ihm den Rücken zuwandte, und stellte sich hinter mich. Sein Atem streifte meine Haut, und ich schloss unwillkürlich die Augen, während ich auf die Berührung seiner Hände wartete. Er schob mir mit einer quälend langsamen Bewegung die Haare zur Seite. Ebenso langsam zog er den Reißverschluss nach oben. Meine Haut kribbelte an den Stellen, an denen er mich berührte. Ich atmete etwas zittrig aus und öffnete die Augen wieder.

»Passender BH zum Kleid, ja?«, fragte Nick hinter mir, und seine Stimme hörte sich rauer an als sonst.

Das Kleid war zu, aber ich konnte mich nicht bewegen, und Nick nahm seine Hände nicht weg. Sie blieben auf meinen nackten Schultern liegen, und ich spürte, wie seine Daumen sanfte Kreise über meine Haut zogen. Das Blut rauschte mir in den Ohren, und ich hatte das Gefühl, dass Nick den Schlag meines Herzens hören musste. Ich wollte mich zu ihm umdrehen. Ich wollte …

Da riss uns die Türklingel aus der Erstarrung. Einen Moment befürchtete ich, einen Herzstillstand zu erleiden. Ohne Nick anzusehen, drückte ich auf den Buzzer und ließ Isy und Toby unten ins Haus.

Nach einem schnellen Glas Sekt in der Küche – zum Mutmachen – brachen wir auf. In unserem Flurspiegel checkte ich noch mal mein Aussehen. Meine Haare waren in Ordnung, die Mascara noch nicht verrutscht. Ich zog meinen knallroten Lippenstift nach, der dieselbe Farbe hatte wie meine Schuhe und meine Tasche.

»Den möchte man dir direkt wieder von den Lippen küssen«, murmelte Nick leise, als ich die Tür hinter uns abschloss.

O Himmel. Wieder lief ein Schauer über meinen Rücken.

Isy, die ihre Ohren überall hatte, sagte: »*Man* möchte ihr diesen Lippenstift von den Lippen küssen? Oder *du*?«

Nick sah mich an und verdrehte statt einer Antwort verschwörerisch die Augen. »Bereit für den Kampf, Peanut?«

»Nein. Nicht wirklich. Aber jetzt gibt es kein Zurück mehr, oder?«, antwortete ich.

Er grinste mich an. »Anthony wird sich in den Hintern beißen.«

Die Kanzlei hatte die bekannte *230 Fifth Rooftop Bar* auf der 5th Avenue exklusiv für ihre Weihnachtsfeier gemietet. Vor der Tür hatte sich eine kleine Schlange gebildet, und wir mussten einige Minuten warten, bis wir bis zum Türsteher kamen. Isy und ich nannten unsere Namen, und wir wurden zum Fahrstuhl durchgelassen.

Nick schmunzelte und sagte: »Schön, heute dein ›Plus eins‹ zu sein.«

Ich lachte nervös und knabberte an meinem Fingernagel, während wir auf den Aufzug warteten. Nick lehnte neben der Fahrstuhltür an der Wand und sah mich an. Als ich fragend die Augenbrauen hob, zog er mir den Finger aus dem Mund und schüttelte langsam den Kopf. Er ließ meine Hand nicht los, sondern hielt sie fest.

»Entspann dich, Emma«, sagte er.

Ich blies kurz die Backen auf und nickte. »Ich versuch's.«

Isy nahm meine andere Hand. »Du packst das.«

In der obersten Etage war die Party schon in vollem Gange. Wenn ich geglaubt hatte, dass die Aussicht aus dem *Gansevoort Hotel* spektakulär gewesen war, dann war das hier überirdisch. Die Bar lag mitten zwischen den Hochhäusern von Manhattan, fast direkt neben dem Empire State Building. Doch trotz der atemberaubenden Aussicht auf die Skyline konnte ich nicht anders, als zuallererst den Raum nach Anthony abzusuchen. Ich konnte ihn in der Menge nicht entdecken.

Nick nahm zwei Gläser Champagner vom Tablett einer Kellnerin und hielt mir eins hin. »Los, auf ex. Ist gut für die Nerven.«

Ich gehorchte und trank das Glas in einem Zug leer, ohne mit den anderen anzustoßen. Er hatte Recht. Ich fühlte mich sofort besser. Nick stellte mein leeres Glas auf das Tablett zurück, nahm das nächste und drückte es mir in die Hand.

»Ab jetzt aber lieber langsam«, ermahnte er mich.

Ich zog die Nase kraus und widerstand dem Impuls, ihm die Zunge rauszustrecken. »Spielverderber.«

Isy und Toby drehten eine Runde durch die Bar, während Nick und ich zu den bodentiefen Fenstern hinübergingen und den Blick über die in der Dunkelheit glitzernden Hochhäuser schweifen ließen.

»Emma! Emma!«

Ich drehte mich um und sah Cassie auf uns zukommen. Sie küsste mich kurz auf die Wange und stellte uns dann ihren Verlobten vor, bevor sie Nick die Hand schüttelte. Sie hatte offenbar schon das eine oder andere Glas getrunken, denn sie war ungewohnt guter Laune. Wir unterhielten uns eine Weile über ihre Hochzeitspläne. Gerade als ich begann, mich ein wenig zu entspannen, geschah das Unvermeidliche. Cassie entdeckte Anthony in der Menge und winkte ihn gut gelaunt zu uns herüber.

»Hallo Anthony! Lilly! Hier drüben stehen wir.«

Ich erstarrte und spürte sofort, wie mir der kalte Schweiß ausbrach. Da war er. Der Moment.

Was für eine dumme, dumme Idee es gewesen war hierherzukommen.

Nick war sofort neben mir und legte mir seinen Arm um die Schultern. Ich sah, dass Anthony einen Moment geschockt war, mich hier zu sehen. Er hatte offenbar nicht damit gerechnet, dass ich kommen würde. Ein klitzekleiner, gemeiner Teil in mir ballte innerlich zufrieden die Faust. Sollte er doch ins Schleudern kommen. Ebenfalls mit Befriedigung nahm ich zur Kenntnis, wie sein Blick einmal verstohlen an mir hoch- und runterwanderte. Aber Anthony wäre nicht Anthony gewesen, wenn er sich nicht sofort wieder gefangen hätte.

Ohne mit der Wimper zu zucken sagte er: »Lilly, das ist unsere beste studentische Mitarbeiterin Emma. Und das ist meine Frau Lilly.«

Lilly sah so anders aus, als ich sie mir vorgestellt hatte. Sie war klein und zierlich, brünett und sehr hübsch auf eine französische Art und Weise. So wie man sich eine Pariserin vorstellte. Sie trug ein schlichtes schwarzes Kleid mit flachen Schuhen und hatte sich einen beigen Louis-Vuitton-Schal um die Schultern geschlungen. Auf diese elegante und gleichzeitig lockere Weise, wie man selbst es nie hinbekam. Ihre dunklen Haare trug sie zu einem schlichten Knoten geschlungen tief im Nacken. Lange Wimpern, Rehaugen. Nicht ganz der hässliche, besitzergreifende, gemeine Drachen, den ich mir in meinem Liebeskummer ausgemalt hatte.

Ich schluckte trocken und merkte erst, als Nick mir einen kleinen Stups in den Rücken gab, dass Lilly mir die Hand hinstreckte. Ich nahm sie schnell.

Sie lächelte und sagte: »Freut mich, Sie kennenzulernen, Emma.«

Mir war schlecht, aber Nick gab mir noch einen leichten Stoß, und ich stotterte: »Danke, freut mich ebenso. Das ist Nick. Nick Fraser McGowan.«

Nick nahm seine Hand von meiner Schulter und reichte sie Lilly. Ohne das geringste Zögern streckte Nick auch Anthony die Hand hin und stellte sich vor, als würden sie sich zum ersten Mal treffen.

»Sind Sie auch Anwalt?«, fragte Lilly an Nick gewandt, und er lachte laut auf: »O Gott. Nein. Ich bin Journalist.«

Lilly lachte ebenfalls, ein offenes, freundliches Lachen. Es versetzte mir einen Stich, als ich feststellte, dass ich sie nett gefunden hätte, wenn wir uns in einem anderen Kontext begegnet wären. Sie begann, angeregt mit Nick zu plaudern und zu scherzen, aber mein Gehirn war wie leer gefegt. Mir fiel kein einziger Satz ein, den ich hätte beitragen können. Ich starrte nur Anthony an, der meinen Blick mied und auf seine Schuhe schaute. Sein rechtes Auge begann nervös zu zucken, und er legte unauffällig einen Finger ans Lid.

Ich fuhr förmlich zusammen, als Lilly sich an mich wandte und sagte: »Ihr Mann hält offenbar nicht sehr viel von der Anwaltszunft.«

Bevor ich antworten konnte, sagte Nick: »Wir sind nicht verheiratet.« Er zog mich an sich und küsste mich zärtlich auf die Schläfe. »Noch nicht. Wir sind gerade erst zusammengezogen.«

Anthony fielen fast die Augen aus dem Kopf, und sein fragender Blick ging zu mir.

Lilly bemerkte davon nichts und lächelte. »Ach, wie schön. Ja, das ist eine wundervolle Zeit, wenn man so frisch verliebt ist.« Sie sah ihren Mann an und legte ihm eine Hand auf den Arm. »Ich kann mich noch genau erinnern, wie wir uns kennengelernt haben. Wir waren beide während unserer Highschool-Zeit im Debattierclub, und ich fand Anthony unerträglich arrogant. Er hat mich ungefähr zwanzig Mal gefragt, ob ich mit ihm ausgehe, bevor ich Ja gesagt habe. Ich hätte nie geglaubt, dass aus uns mal was Festes wird. Geschweige denn, dass wir heiraten.«

Mein Gott. Sie liebt ihn. Sie liebt ihn wirklich, schoss mir durch den Kopf. Ich hatte plötzlich einen Kloß im Hals.

Aber natürlich, was hatte ich denn gedacht? Die beiden waren seit Ewigkeiten zusammen und gemeinsam durch sehr schwere Zeiten gegangen. Anthony war dabei immer an ihrer Seite gewesen. Bis ich in sein Leben getreten war. Ich hatte all das verändert. Und da konnte ich mir tausend Mal einreden, dass ich nicht der Grund für die Trennung sein würde.

Ich wusste, dass ich nichts dafür konnte, dass ich mich in Anthony verliebt hatte. Ich war in dem festen Glauben gewesen, dass er Single und ungebunden war. Aber jetzt war es anders. Jetzt war die volle und ganze Wahrheit auf dem Tisch. Jetzt konnte ich mich nicht mehr dahinter verstecken, nichts gewusst zu haben.

Meine Knie wurden plötzlich weich, und Nick legte mir unauffällig einen Arm um die Hüfte, um mich zu stützen.

»Das hört sich wirklich romantisch an, Lilly«, sagte er freundlich, aber ich kannte ihn gut genug, um einen Hauch Mitleid in seinem Gesicht lesen zu können. Mein Herz zog sich schmerzhaft zusammen.

»Lass uns doch mal zum Büfett rübergehen«, sagte Anthony, und seine Stimme war etwas zu laut.

Lilly nickte und nahm seine Hand. »Hat mich sehr gefreut, Sie beide kennenzulernen. Anthony arbeitet wahnsinnig viel, und da ist es umso schöner zu wissen, dass er von netten Menschen umgeben ist.« Sie zwinkerte mir zu. »Juristen können ja manchmal auch eine furchtbar langweilige und trockene Gesellschaft sein.«

Ich fühlte mich wie in einem Traum. Einem sehr, sehr schlimmen Alptraum. Trotzdem zwang ich mich zu lächeln. »Ebenso. Also ... ich meine ... es hat mich auch gefreut, Sie kennenzulernen.«

Die beiden wandten sich zum Gehen, und Nick prostete ihnen leicht zynisch mit seinem Glas hinterher. »Sorry, dass ich zu der Notlüge greifen musste und behauptet habe, wir seien ein Paar.« Er machte eine Geste mit der Hand. »Aber auf deiner Stirn stand so groß: ›Ich schlafe mit Ihrem Mann.‹ Du sahst aus, als würdest du ihr gleich auf die Schuhe kotzen. Ich dachte, ich sage etwas, das sie davon ablenkt, dass ihr beide aus der Wäsche geschaut habt, als hätte sie euch in flagranti in ihrem Ehebett erwischt.«

Ich brachte keinen Ton heraus, und Nick kippte seinen Champagner hinunter. »Willst du noch bleiben, oder hast du dich jetzt endlich genug gequält, Emma?«

Wir waren gerade erst gekommen, aber ich wollte nur noch gehen. Weg von Lilly. Weg von Anthony. Weg von dieser ganzen vermaledeiten Situation.

»Bring mich hier raus. Bitte.«

Nick nahm, ohne eine Sekunde zu zögern, meine eiskalte

Hand fest in seine kräftige, warme. Wir durchquerten gemeinsam den Raum, und er drückte meine Finger aufmunternd, als wir am Büfett vorbeikamen, wo Anthony und Lilly sich mit einem Kollegen und dessen Frau unterhielten. Ich spürte, wie Anthonys Blicke sich in meinen Rücken bohrten, aber an Nicks Seite fand ich die Kraft weiterzugehen und nicht das zu tun, was ich gerne getan hätte.

Mich mitten im Raum auf den Boden zu setzen und in Tränen auszubrechen.

Auf der Straße hatte Nick mit einem entschlossenen Pfiff innerhalb von wenigen Sekunden ein Taxi für uns herangerufen. Im Auto sprachen wir kein Wort, aber er hielt meine Hand immer noch fest in seiner.

Ich hatte ein unbändiges Bedürfnis, einfach nach Hause zu gehen, mich abzuschminken und im Pyjama ins Bett zu legen. Und das Wochenende damit zu verbringen, alle Staffeln *Game of Thrones* zu schauen und Eiscreme aus dem Container zu essen. Und zu schlafen. Drei Tage am Stück.

»Ich will nur noch nach Hause«, sagte ich müde.

»Kannst du vergessen«, antwortete Nick. »Du siehst heute Abend viel zu gut aus, um so früh nach Hause zu gehen und dich zu verkriechen.«

Wir landeten letztlich in einer kleinen, überfüllten Bar in der Thompson Street, in unserer direkten Nachbarschaft. Während ich versuchte, irgendeine Ecke zu finden, in der ich mich unsichtbar machen konnte, ging Nick an die Bar und kam mit zwei großen Gin Tonic zu mir zurück.

Viel Gin. Wenig Tonic.

Die gut gelaunte Menge war in bester Vorweihnachtsstimmung, was in einem krassen Kontrast zu meiner schrecklichen Niedergeschlagenheit stand. Nach ein paar Schlucken ging es mir ein bisschen besser. Ich hatte nichts gegessen, und der Gin wärmte meinen leeren Magen angenehm.

Nick strich mir eine Strähne aus der Stirn und sah mich ernst an. »Ich kann die Sache beim besten Willen nicht verstehen.« Ich wich seinem Blick aus, aber er nahm mein Gesicht in seine Hände und zwang mich, ihm in die Augen zu sehen. »Emma. Du bist eine wunderschöne, intelligente, lustige, einmalig tolle Frau. Was willst du von jemandem, der verheiratet ist und dich bisher nur unglücklich gemacht hat?«

»Es ist nicht so einfach, wie du das jetzt darstellst. Außerdem hat er mich nicht nur unglücklich gemacht. Ich war zeitweise sogar richtig glücklich mit ihm.«

Er ließ mich los. »Ich glaube, dass es genau so einfach ist, wie ich es darstelle, Emma. Und glücklich warst du mit ihm nur, als du noch nicht wusstest, dass er verheiratet ist.«

Ich fasste mir an die Stirn. Ein rasender Kopfschmerz kündigte sich an. Ich hatte das Gefühl, dass mein Kopf explodieren würde, wenn er weitersprach. Aber natürlich sprach er weiter.

»Denk dir doch mal die teuren Abendessen und Hotelübernachtungen und eure schicken Wochenend-Trips weg. Denk dir mal weg, dass er Partner in einer großen Kanzlei ist und maßgeschneiderte Anzüge trägt. Was bleibt denn dann noch übrig? Ein Typ, der seine Frau betrügt. Dich belogen hat. Und du glorifizierst ihn trotzdem, redest dir ein, dass er dein Traummann ist.« Er sah plötzlich wütend aus. »Glaub mir, der steht auch nur auf einem Bein, wenn er seine Unterhose anzieht.«

Fast hätte ich gelacht, wenn nicht alles so traurig gewesen wäre. Und wenn der Kopfschmerz nicht so schlimm gewesen wäre.

Genervt entgegnete ich: »Es kann ja nicht jeder so ein moralisch einwandfreies Leben führen wie du. Nick mit seinem perfekten Leben samt sozialem Engagement, seinem perfekten Job und mit einem steten Strom von perfekten Models, die in seinem Schlafzimmer ein und aus gehen. Natürlich ohne feste Bindungen und Verpflichtungen und ohne dass irgendwer verletzt wird. Der perfekte Nick, der jede bekommt, die er will.«

Seine Kinnmuskeln spannten sich an, und er trank einen großen Schluck von seinem Drink.

Dann sagte er mit ruhiger Stimme: »Wie falsch du das siehst. Ich bekomme nicht jede, die ich will.«

Ich lehnte mich erschöpft neben ihn an die Wand und ließ den Kopf hängen. Jetzt stritt ich mich noch zu allem Überfluss mit Nick.

Ich legte ihm eine Hand auf den Arm und atmete tief durch. »Lass uns nicht streiten. Es ist alles schon beschissen genug.«

Er sah mich aus den Augenwinkeln an und zog dann spöttisch einen Mundwinkel nach oben.

»O Mann. Du bist echt ein Jammerlappen. Aber in diesem Kleid auf jeden Fall der bezauberndste Jammerlappen, den ich je gesehen habe.«

Ich versuchte ein Lächeln.

Bevor ich etwas sagen konnte, hatte Nick mich in den Arm genommen. Ich lehnte mich an ihn und schlang meine Arme um seinen Oberkörper. Mein Gedankenkarussell kam sofort zur Ruhe. Warum nur fühlte sich Nicks Umarmung immer so gut an? Als ob mir nichts auf der Welt passieren konnte, solange er da war und mich hielt? Unwillkürlich schmiegte ich mich mit dem Gesicht an seine Brust und genoss das Gefühl seiner tröstenden Umarmung. Und seines durchtrainierten Körpers unter dem kühlen Hemd.

Er räusperte sich und löste sich aus der Umarmung. Widerwillig ließ ich ihn.

»Und weil jemand, der so gut aussieht wie du heute Abend, keinesfalls Trübsal blasen darf, habe ich eine Überraschung für dich.«

»Ein Maxi-Becher Ben & Jerry's Chocolate Caramel Cookie Dough in unserem Gefrierfach?«, fragte ich. »Mit nur einem Löffel? Auf dem mein Name steht?«

Nick lachte und schüttelte den Kopf.

»Viel besser. Hör zu, das wird dir gefallen: Ein Freund in meinem Basketball-Team hat vor einigen Jahren eine ziemlich erfolgreiche App entwickelt und dann sehr lukrativ verkauft. Um es kurz zu machen: Er ist jetzt steinreich und hat neben einigen anderen Immobilien ein Haus in den Hamptons. Ich habe ihm beim Training erzählt, dass ich dieses Jahr an Weihnachten alleine hier sein werde, und da hat er mir angeboten, in sein Haus in Southampton zu fahren. House-Sitting sozusagen.« Er sah mich erwartungsvoll an. »Hast du Lust, Weihnachten dort zu verbringen? Wir könnten uns einen Mietwagen nehmen und am dreiundzwanzigsten hinfahren und am zweiten Weihnachtsfeiertag wieder zurück. Und du hättest einen weiteren Punkt auf deiner Liste abgehakt: *Ein Wochenendtrip in die Hamptons*. Was sagst du?«

Einen Moment sagte ich nichts. Sondern malte mir vier Tage in den Hamptons aus. Gemütlich kochen, Wein trinken, ausschlafen, lesen, am Strand spazieren gehen. Mit Nick. Das schien wie das Paradies auf Erden.

Nick beobachtete mich. »Keine gute Idee?«, fragte er dann unsicher.

Ich lächelte ihn an. »Eine hervorragende Idee.«

Er strahlte zurück. Mein Magen drehte ein Looping, und ich musste schnell wegsehen.

Im gleichen Moment kam Isy mit Toby an der Hand auf uns zu. »Hey, da seid ihr ja!« Sie warf mich fast um, als sie mir um den Hals fiel. Dann drückte sie mir einen dicken, feuchten Kuss auf die Wange.

»Nick hat mir geschrieben, dass ihr hier seid. Und dass er

Unterstützung braucht, um dich aufzumuntern. Und hier sind wir, also kann der lustige Teil des Abends endlich beginnen.« Sie sah mich mit gespieltem Ernst an. »Du hast die neun Kreise der Hölle überlebt und allen Grund, dich rechtmäßig zu betrinken. Und wir betrinken uns alle aus Solidarität mit. Sind wir nicht die allerbesten Freunde, die man sich vorstellen kann?«

Drei Tage vor Weihnachten lag ich bei Isy auf der Couch, in der einen Hand mein Handy und in der anderen eine Tasse Tee. Ich kaute auf meinen Nägeln herum und fragte mich, ob ich Anthony auf seine Textnachricht antworten sollte oder lieber nicht. Er hatte geschrieben:

Wie geht es Dir? Das mit der Weihnachtsfeier tut mir so leid. Ich vermisse Dich. Axxx

»Er vermisst mich«, sagte ich zu Isy. »Und schickt Küsschen. Drei Stück.«

Isys Füße steckten in dicken Socken, und ihre nackten Beine lagen überkreuzt auf dem Couchtisch. Sie sah auf das Handy und schüttelte den Kopf.

»Die drei ›x‹ hinter dem ›A‹ stehen nicht für Küsschen, sondern stellvertretend für die Buchstaben ›r-s-c-h-l-o-c-h‹.«

Ich warf ihr einen Blick zu, und sie hob abwehrend die Hände. »Hey, nicht böse sein, du hast gefragt.«

Nachdenklich drehte sie eine Haarsträhne um ihren Finger. »Aber ernsthaft: Ich würde ihm keinesfalls antworten.«

»Ich will ihm ja auch gar nicht antworten. Oder vielleicht nur so etwas wie: Bitte schreib mir nicht mehr. Es ist aus. Ich kann das nicht mehr. Oder so ähnlich.«

Ich knibbelte an einem Pickelchen herum, das sich auf meiner Stirn bildete, bis Isy sich vorbeugte und mir auf die Finger schlug.

Ich ging dazu über, auf meiner Lippe herumzukauen. Warum war das alles nur so kompliziert? Als Kind hatte ich immer gedacht, dass man mit Mitte zwanzig ein geordnetes, ruhiges, sortiertes, erwachsenes Leben führen würde. Stattdessen spielte sich gerade das größte Chaos ab, das ich je erlebt hatte.

»Ich kann kaum glauben, dass ich mich in diesen Schlamassel reingeritten habe, Isy. Ich bin … war! … die andere Frau. Die *andere* Frau!«

»Jetzt hör auf, dich selbst zu zerfleischen. Du hast dich in ihn verliebt, als du noch nicht wusstest, dass er verheiratet ist. Als du es herausgefunden hast, war es schon zu spät. Es ist alles nur seine Schuld. Basta.«

Ich musste schmunzeln. »Du bist eine wahre Freundin, Isy.«

Mein Handy klingelte. Ich hüpfte vor Schreck vom Sofa hoch und warf meine Teetasse um. Isy sprang ebenfalls auf.

»Du machst mich fertig, Emma«, rief sie und lief in die Küche.

Ich schaute auf das Handy.

»Entwarnung. Es ist nur Nick«, sagte ich und ging ran, während Isy hektisch versuchte, die Teeflut auf dem Tisch mit einem Lappen einzudämmen.

»Hi, Nick«, sagte ich.

»Hey, Emma. Ich buche gerade den Mietwagen. Wäre es okay, wenn wir am dreiundzwanzigsten morgens losfahren und am sechsundzwanzigsten nachmittags wieder zurück? Ich muss am Tag danach wieder im Büro sein.«

»Ja, klar, das hört sich super an.«

Wir sprachen noch einen Moment und planten unsere Reise, und als ich auflegte, sah Isy mich fragend an.

»Du feierst mit Nick Weihnachten in den Hamptons?«

Ich nickte, und Isy seufzte ungeduldig. »Siehst du, Emma, so funktioniert das: Nick fragt dich, ob du mit ihm Weihnachten in den Hamptons verbringen willst. Du sagst Ja. Ihr fahrt zusammen hin, habt unglaublichen Sex, kommt endlich zusammen, und der Drops ist gelutscht. Ende der Geschichte. Gewisse andere Männer hingegen versprechen einem monatelang, ihre Frau zu verlassen, und tun es nicht.«

»Ich werde mit Nick keinen unglaublichen Sex in den Hamptons haben, und es wird auch kein Drops gelutscht«, entgegnete ich.

Sie warf den Lappen in den Wäschekorb. »Na ja, vielleicht wird was anderes gelutscht. Die Hoffnung stirbt ja bekanntlich zuletzt.«

Am dreiundzwanzigsten Dezember wartete Nick morgens mit dem Wagen vor unserem Haus. Voller Vorfreude rannte ich die Treppen hinunter und stieß mit Monika zusammen, die vor ihrem Urlaub noch einmal im Café war, um zu sehen, ob die beiden Studenten, die über die Feiertage aushalfen, alles im Griff hatten. Sie drückte mir eine große Tüte mit Hörnchen, Plätzchen und zwei XXL-Kaffeebecher in die Hand und wünschte uns viel Spaß. Sie war ein Engel.

Ich schob meine Reisetasche in den Kofferraum und stellte die Tüte mit den Süßigkeiten auf den Rücksitz. Nick warf mir über das Autodach hinweg die Schlüssel zu, und ich fing sie reflexartig. Ich sah ihn fragend an.

»Du fährst«, sagte er. Ich beäugte den Mazda kritisch, und Nick zuckte mit den Schultern. »Tut mir leid, aber der Porsche ist gerade in der Werkstatt.«

Ich verdrehte die Augen. »Das ist es nicht. Ich weiß nur nicht, ob ich in New York Auto fahren kann.«

Er ließ sich auf den Beifahrersitz fallen und rief: »Wir werden es gleich herausfinden.«

Als ich schließlich zögernd auf der Fahrerseite einstieg, hatte er schon ein halbes Hörnchen verdrückt.

Das Autofahren klappte besser als gedacht, was auch daran lag, dass Nick mich sicher durch die Straßen von Manhattan dirigierte. Aber ich konnte mich erst richtig entspannen, als wir aus der Stadt heraus waren. Wir fuhren über den Long Island Expressway durch nicht enden wollende Vororte von New York. Unglaublich, wie viele Menschen in dieser Stadt lebten.

Nick ließ seine Weihnachts-Playlist laufen, und bei *Last Christmas* von *Wham!* drehte er sich zu mir.

»Und, wie ist der aktuelle Stand mit dem Anwalt?«

»Das Wort ›Anwalt‹ hört sich aus deinem Mund wie ein Schimpfwort an.«

Er zuckte nur mit den Schultern und sagte nichts. Auch Antwort genug.

»Es gibt keinen aktuellen Stand.«

Ein unangenehmer Kloß bildete sich in meinem Hals, wie immer, wenn ich von Anthony redete. Oder an ihn dachte.

»Und? Trennt er sich nun von seiner Frau? Wann? Im Frühling? Pünktlich zu deiner Abreise?«

Ich sah ihn kurz von der Seite an, bevor ich mich wieder auf die Straße konzentrierte.

»Da vorne vom Highway abfahren«, kommandierte Nick.

»Was meinst du damit? Pünktlich zu meiner Abreise?«, fragte ich, als ich mich in den dichten Verkehr eingeordnet hatte. Wir waren offensichtlich nicht die Einzigen, die auf die Idee gekommen waren, Weihnachten in den Hamptons zu verbringen.

»Na ja, dein Master-Studium ist im Mai doch zu Ende. Und dann gehst du nach Deutschland zurück.«

Ich kaute auf meiner Unterlippe, bevor ich vorsichtig sagte: »Vielleicht gehe ich ja nicht zurück.«

Jetzt hatte ich seine volle Aufmerksamkeit. Er drehte sich mit seinem ganzen Körper auf dem Sitz zu mir um, und ich konnte sogar aus dem Augenwinkel seine gerunzelte Stirn sehen.

»Wegen diesem Vollidioten?«

Ich ignorierte die Beleidigung und antwortete: »Nein, nicht wegen Anthony. Meinetwegen.«

Jetzt spielte Nicks iPod *Driving home for Christmas* von *Chris Rea*.

Er sagte nichts, sondern starrte mich nur von der Seite an, also fuhr ich fort: »Ich spiele schon eine Weile mit dem Gedanken, nicht nach Deutschland zurückzukehren. Nicht bei meinem Vater zu arbeiten. Nicht die Kanzlei zu übernehmen. Sondern etwas ganz Eigenes zu machen. Etwas, das ich will. Das mich glücklich macht. Hier.«

»Brauchst du dafür kein Visum?«

»Ich brauche kein Visum, weil ich die doppelte Staatsbürgerschaft habe. Ich dachte, dass ich zuerst mein Anwaltsexamen machen sollte. Das geht für Studenten mit ausländischem Abschluss im Staat New York und in Kalifornien. Erst danach würde ich beginnen zu arbeiten.«

Weil er immer noch nichts sagte, fügte ich hinzu: »Sollte es doch Probleme geben, heirate ich dich einfach. Dann darf ich doch auf jeden Fall in den USA bleiben?«

Er drehte sich ruckartig wieder nach vorne. »Sehr witzig.«

Okay. Offensichtlich nicht witzig.

Wir kamen mittags in Southampton an. Das Navigationssystem dirigierte uns durch kleine Straßen mit wunderschönen Häusern und Villen, von denen jede einzelne ein Vermögen kosten musste. Schließlich hielten wir vor einem kleinen, weiß gestrichenen zweistöckigen Ferienhaus mit Sprossenfenstern. Nick nahm unsere Taschen aus dem Kofferraum und schloss die Tür auf. Zuerst erkundeten wir das Haus. Im Erdgeschoss gab es eine riesige offene Küche mit Kücheninsel, ein Ess- und Wohnzimmer mit einer Sofaecke und einem Kamin. Nach einer kurzen

Kabbelei, wer das große Schlafzimmer mit Blick auf Pool und Garten bekommen sollte – ich –, packten wir unsere Taschen aus und gingen dann einkaufen, um unseren Kühlschrank für die Feiertage zu füllen.

Danach machten wir einen langen Strandspaziergang. Der kalte Wind pfiff uns um die Ohren, aber ich fühlte mich dabei einfach herrlich. Abends kochten wir gemeinsam. Oder vielmehr: Nick kochte, und ich saß auf der Kücheninsel und trank Wein.

»Es ist wirklich beeindruckend, wie gut du kochen kannst«, sagte ich, als er das kurz angebratene Filet in den Ofen gab, damit es nachgaren konnte, und sich dann der Soße zuwandte, die im Topf köchelte. »Sehr untypisch für einen heterosexuellen Mann. Oder willst du mir irgendetwas sagen, Nick?«

Er sah kaum hoch. »Klar, Emma. Das wollte ich dir schon die ganze Zeit sagen. Ich bin schwul.«

Ich prustete, und der Rotwein kam mir durch die Nase wieder hoch. Aua, das tat weh. Keine gute Idee, zu lachen und gleichzeitig zu trinken. Ich trocknete mir das Gesicht mit einem Küchentuch ab und wischte die Tropfen vom Tresen.

Nick schmunzelte und fügte einen Schuss Sahne zur Soße. Ich beobachtete ihn, wie er konzentriert die Soße mit einem Löffel abschmeckte und dann irgendwelche Gewürze hinzugab. Er wirkte, wie bei allem was er tat, so sicher und selbstbewusst. Ich hatte noch nie einen Menschen gekannt, der so in sich ruhte und bei sich war wie Nick. Und der so gut in tief sitzenden verwaschenen Jeans und einem engen schwarzen T-Shirt mit V-Ausschnitt aussah, die seinen Knackarsch, seinen breiten Oberkörper und seine muskulösen Arme betonten.

Nick konnte glücklicherweise meine Gedanken nicht lesen. Er trank einen Schluck Rotwein aus seinem Glas und zitierte feierlich: »*Widme dich der Liebe und dem Kochen mit ganzem Herzen.*«

Er stellte sein Glas ab und stützte die Hände rechts und links neben mir auf die Kücheninsel. Er war so groß, dass er genau auf meiner Augenhöhe war. Unwillkürlich dachte ich an unseren Kuss auf der Fähre. Diesen wunderschönen, aufregenden, einmaligen Kuss, der doch nichts bedeutet hatte. Und bei dem mir immer noch heiß und kalt wurde, wenn ich an ihn dachte.

Ich versuchte, meine Gefühle mit einem flapsigen Spruch zu überspielen: »Aha. Und von wem ist das Zitat? Deinem großen Vorbild Hugh Hefner?«

Er sah mich etwas mitleidig an, ehe er sich vom Küchentresen abstieß und sich dem Salatdressing widmete: »Das kommt vom Dalai Lama, Emma. Aber mit Hugh Hefner warst du schon ganz dicht dran.«

Oh.

Am nächsten Tag war Weihnachten. Nick kochte wieder. Feldsalat mit Speck und Walnüssen, Rinderfilet mit Kartoffelgratin und Karotten und – mein ausdrücklicher Wunsch – Tiramisu zum Nachtisch. Einfach alles war hervorragend. Genauso wie der Wein, den Nick ausgesucht hatte. Wir hatten einen so entspannten Heiligabend, wie ich ihn zu Hause in Deutschland noch nie erlebt hatte.

Weil wir nach amerikanischer Sitte erst am nächsten Morgen bescheren wollten, fiel ich um elf todmüde ins Bett. Nur einschlafen konnte ich dann nicht. Ich wälzte mich bis weit nach Mitternacht in meinem Bett herum. Ich fragte mich, ob es daran lag, dass mir das Essen zu schwer im Magen lag, oder ob mir einfach zu viel im Kopf herumging. Nachdem ich eine weitere halbe Stunde vergeblich versucht hatte einzuschlafen, stand ich auf, nahm Nicks verpacktes Geschenk und schlich mich über den Flur. In Nicks Zimmer war es dunkel, und ich wollte schon wieder ins Bett gehen in der Annahme, dass er schlief, da sah ich einen Lichtschein im Erdgeschoss. Ich lief barfuß die Treppe hinunter und fand Nick vor dem Kamin, mit einem Buch in der Hand, Brille auf der Nase.

Er sah auf, als er mich bemerkte. »Alles klar, Peanut?«

»Kannst du auch nicht schlafen?«, fragte ich statt einer Antwort.

Er nickte und klopfte neben sich auf das Sofa. Ich setzte mich und zog meine kalten Füße unter den Körper. Das Kaminfeuer strahlte eine wohlige Wärme aus. Dennoch war ich dankbar, als Nick mir eine Decke reichte, in die ich mich einwickelte.

»Ich wollte dir nur das hier geben.« Ich reichte ihm mein Geschenk. »Ich finde es irgendwie merkwürdig, am Morgen nach Heiligabend zu bescheren. Also dachte ich, ich gebe es dir jetzt.«

Er sah mich gespielt erschrocken an. »Wir schenken uns was? Das wusste ich nicht! Ich habe gar nichts für dich gekauft!«

Jemand, der ihn weniger kannte als ich, hätte die zuckenden Mundwinkel und blitzenden Augen nicht gesehen.

Ich spielte mit. »Aber das macht doch nichts. Ich weiß ja, wie überaus beschäftigt du bist, Nick. Mit deinem Job. Und mit der New Yorker Damenwelt. Es ist auch wirklich nur ein ganz kleines Geschenk.«

Er schob die Unterlippe vor. »Das ist natürlich sehr, sehr schade. Denn ich habe das hier …« Er zog grinsend einen Briefumschlag aus seiner Tasche, die neben dem Sofa stand, »… für dich, und das ist etwas verdammt Großes.«

Ich schlug ihm lachend auf den Arm. »Du sollst mich nicht veräppeln. Fast hätte ich es geglaubt. Aber nur fast.«

»Mach auf.«

Ich öffnete den Umschlag, und mir fielen zwei schmale, lange Tickets in den Farben Orange und Blau in die Hände.

»Was ist das?«, fragte ich.

»Lies vor«, antwortete Nick.

»New York Knicks gegen Miami Heat«, las ich. »Am zwanzigsten Februar im Madison Square Garden.«

Ich sah ihn aufgeregt an, und Nick hob abwehrend die Hände.

»Bitte frag mich jetzt nicht, ob die Knicks eine Band sind. Dann drehe ich durch.«

»Quatschkopf!« Ich schlug ihm noch einmal auf den Arm. »Ich weiß, dass die Knicks ein Hockeyteam sind.« Einen Moment sah er mich entgeistert an, dann grinste ich. »Reingelegt. Natürlich Basketball«, sagte ich und fügte würdevoll hinzu: »Ich bin doch mittlerweile fast New Yorkerin. Ich kenne selbstverständlich *unser* Basketballteam. Und außerdem wohne ich mit Amerikas aufsteigendem Stern am Sportjournalisten-Himmel zusammen. Da bekommt man schon so einiges mit.« Ich tippte auf die Tickets. »Muss ich dich da mitnehmen, oder darf ich mir jemanden aussuchen?«

»Der Eintritt mit diesen Karten ist verbunden mit der Begleitung durch New Yorks smartesten, attraktivsten und begehrtesten Junggesellen.« Er sah mich treuherzig an. »Also mir.«

»Du solltest wirklich mit einem Psychiater über dein mangelndes Selbstbewusstsein sprechen.«

Wir grinsten uns an, und ich umarmte ihn kurz.

Er räusperte sich. »Aber im Ernst. Du darfst natürlich auch mit jemand anderem hingehen. Ich dachte nur … Basketball ist für mich einfach der tollste Sport der Welt, und die Knicks sind mein absolutes Lieblingsteam. Ich würde mich freuen, wenn ich es dir zeigen dürfte.«

Ich lächelte ihn an. Ich fand es süß von ihm, dass er mich für etwas begeistern wollte, das ihm wichtig war. »Vielen Dank, Nick. Ich freue mich riesig darauf, mit dir hinzugehen. Und einen weiteren Punkt auf der Liste abzuhaken.« Ich hielt ihm sein Geschenk hin und sagte: »Und jetzt du.«

Er strahlte wie ein kleiner Junge, als er vorsichtig das Papier aufriss und ein kleiner, schmaler Karton zum Vorschein kam. Er öffnete die Schachtel und zog den in Seidenpapier eingewickelten Silberrahmen heraus, den ich ihm in New York gekauft hatte.

»Ein Bilderrahmen?«, fragte er verwundert und wickelte das Papier ab.

»Ich dachte, du würdest dich vielleicht über ein Bild von dir und deinen Basketball-Kindern freuen.«

Er starrte das Bild an.

»Und von mir. Also uns. Also von uns an dem Tag, an dem wir …« Ich brach ab und kam mir blöd vor.

Nick sagte immer noch nichts.

Ich hatte das Foto von seinem Blog heruntergeladen und ausdrucken lassen, weil ich gedacht hatte, dass er sich über die Erinnerung freuen würde, aber vielleicht war ich ein bisschen zu vorschnell gewesen, ein Bild auszusuchen, auf dem wir zusammen abgebildet waren? Fast so, als wären wir ein Paar.

»Du kannst natürlich auch irgendein anderes Bild reinmachen«, sagte ich und merkte, wie ich rot wurde. Schnell sprach ich weiter. »Das Geschenk ist der Rahmen, und das Foto ist nur eine Art Platzhalter. Also egal für welches Bild. Das kannst du dir aussuchen. Ganz wie du möchtest …«

Ich konnte nicht weitersprechen, denn er zog mich unsanft in seine Arme. Vielleicht hatte ich mit dem Geschenk doch nicht ganz danebengelegen? Ich rutschte ein Stück näher an ihn heran und lehnte mich in seine Umarmung, mein Gesicht an seinem Hals. Seine Haut war ganz warm, und er roch nach Nick, dem Kaminfeuer und den Resten seines Duschgels. Unwillkürlich schloss ich die Augen und atmete tief ein.

Nach einer Weile ließ er mich los und küsste mich wieder auf die Haare. Bildete ich es mir ein, oder waren seine Augen etwas feucht?

Er betrachtete das Bild noch einmal. »Das ist das schönste Geschenk, das ich je bekommen habe.« Er sah mich an, und mein Herz machte einen Satz. »Wirklich.«

Am ersten Weihnachtsfeiertag spazierten wir in der Abenddämmerung dick eingemummelt die Holztreppen zum Strand hinunter. Etwa einen halben Kilometer nördlich von unserem Einstieg sahen wir eine Gruppe um ein mannshohes Lagerfeuer stehen und beschlossen, in diese Richtung zu laufen.

Wie sich herausstellte, verbrachte eine Clique von Studenten die Zeit zwischen den Jahren in den Hamptons und startete an ihrem ersten Ferientag direkt mit einem – verbotenen, aber dennoch großartigen – Lagerfeuer am Strand.

Nick organisierte uns ein breites Holzbrett, auf dem wir sitzen konnten, und eine Decke. Trotzdem war es fürchterlich kalt, und ich zog den Reißverschluss meines Daunenmantels bis zur Nase hoch. Nick legte einen Arm um meine Schultern und zog mich näher zu sich. Wir hielten unsere Gesichter in Richtung der Flammen, um ein wenig Wärme abzubekommen.

»Hast du eigentlich schon eine Rückmeldung auf deine Bewerbung bekommen?«, fragte ich und trank einen Schluck des mitgebrachten Rotweins direkt aus der Flasche.

Nick schüttelte den Kopf.

Ich spürte seine Enttäuschung und sagte schnell: »Na ja, ich hätte auch nicht erwartet, dass vor Weihnachten und Silvester noch viel passiert. Die melden sich sicherlich im neuen Jahr.«

»Keine Ahnung«, antwortete er ausweichend.

Ich sah ihn an. »Natürlich melden die sich. Die werden ihr Glück kaum fassen können, wenn sie dein Bewerbungsvideo sehen. Die können doch froh sein, dass du dich bei denen beworben hast und nicht bei der Konkurrenz.«

Er lächelte nachdenklich, doch ich sah, dass er mir nicht

wirklich glaubte. Oha. Auch ein Nick Fraser McGowan hatte also Selbstzweifel. Das war neu für mich. Ich musste wohl etwas deutlicher werden.

»Ich werde mich später wahrscheinlich dafür ohrfeigen, dass ich das jetzt sage, weil ich weiß, dass du dann noch unerträglicher wirst, als du es ohnehin schon bist. Aber ich sage es trotzdem: Die werden dich einstellen. Hundert Prozent. Du hast eine wahnsinnig selbstbewusste Ausstrahlung und bist einer der wenigen Menschen, die in einen Raum kommen und nach dem sich alle sofort umdrehen. Du hast einfach diese Art von Präsenz. Du könntest auch auf eine Bühne, singen, schauspielern oder sonst was machen, du würdest immer gut ankommen. Denk nur daran, wie du den Poetry Slam gerockt hast. Du bist gut mit Worten, du bist klug und schlagfertig und witzig. Nick, du bist einfach der perfekte Mann …«, ich stockte und stolperte über meine eigenen Worte, »… für diesen Job.«

»Für diesen Job?«, fragte er leise und sah mich von der Seite an.

Sein Arm lag immer noch auf meiner Schulter. Und es fühlte sich gut an. Sehr gut sogar. Warm und geborgen und vertraut. Und noch irgendetwas anderes. Aufregend.

»Für diesen Job«, flüsterte ich und drehte meinen Kopf so, dass ich ihn auch ansehen konnte.

Der Feuerschein der Flammen tauchte sein Gesicht in ein warmes rot-oranges Licht. Seine Augen waren fast schwarz in der Dunkelheit. Sein Gesicht war meinem so nah, dass ich seinen warmen Atem auf meiner Haut spürte. Er musterte mich fast konzentriert, und ich konnte förmlich sehen, dass Hunderte Gedanken durch seinen Kopf rasten. Es mussten Hunderte sein, denn durch meinen schossen Tausende.

Langsam streckte er die Hand aus und schob mir vorsichtig eine Haarsträhne in die Mütze zurück. Aber er nahm seine Hand nicht weg, sondern ließ sie auf meiner Wange liegen. Ich öffnete den Mund, um etwas zu sagen, aber ich brachte kein Wort heraus. Sein Blick wanderte über mein Gesicht und blieb an meinen Lippen hängen. Mein Herz begann wie verrückt zu schlagen, als er den Kopf wie in Zeitlupe zu mir herabsenkte.

In diesem Moment fiel ein rot-blau flackerndes Licht auf uns, und eine Sirene heulte auf. Ich blinzelte ein paar Mal, um wieder zu mir zu kommen. Die Studenten waren aufgesprungen und begannen hektisch, ihre Sachen zusammenzuraffen. Nick fing sich schneller als ich, kam auf die Füße und zog mich gleichzeitig mit.

»Scheiße. Polizei«, sagte er und lief los, ohne meine Hand loszulassen. Die Studenten rannten in die entgegengesetzte Richtung. Innerhalb weniger Minuten war ich vom Rennen im tiefen, schweren Sand völlig außer Atem. Wir hielten uns am Rand der Dünen, und nach ein paar Hundert Metern wurde Nick langsamer, und wir wagten es, uns umzudrehen. Der Strand hinter uns war vom Blau- und Rotlicht und einigen Scheinwerfern der Polizeiautos erleuchtet, und offenbar hatten die Polizisten einige der armen Studenten erwischt. Aber glücklicherweise schienen sie nicht in unsere Richtung zu kommen. Ich hielt mich keuchend an Nick fest und presste eine Hand in die Seite. Er war nach unserem kurzen Sprint natürlich nicht mal außer Puste.

Als ich wieder halbwegs bei Atem war, verließen wir den Strand durch die Dünen und liefen über die schwach beleuchteten Straßen zurück zum Haus. Kurz vor unserem Ziel wollte ich schon erleichtert aufatmen, als eine Polizeistreife hinter uns um die Ecke bog.

O nein. Bitte nicht.

Ich warf Nick einen erschrockenen Blick zu und griff unwillkürlich nach seinem Arm. Sie würden nur einmal kurz an unseren verqualmten Klamotten riechen müssen, um zu wissen, dass wir mit am Lagerfeuer gewesen waren. Wahrscheinlich würden sie uns letztlich nichts nachweisen können, aber unnötigen Ärger mit der amerikanischen Polizei wollte ich trotzdem nicht riskieren. Und auf einen Abend auf der Wache konnte ich auch gut verzichten. Nick hatte die Polizisten auch bemerkt, und ehe ich etwas sagen oder tun konnte, zog er mich in die nächste Hauseinfahrt. Wir quetschten uns an einem Rhododendron vorbei und duckten uns hinter die hohe Gartenmauer, die das Grundstück umgab. Nicks Körper presste sich gegen meinen Rücken, als wir uns vorsichtig nach vorne beugten und auf die Straße spähten.

Ich spürte ihn zucken, und dann wurde mir klar, dass er lachte. »O Mann, das ist ja fast wie früher auf irgendwelchen Studentenpartys, wenn wir verbotenes Zeug geraucht haben.«

»Hör sofort auf zu lachen«, flüsterte ich über meine Schulter. »Wenn die mich bei was Illegalem erwischen, werde ich wahrscheinlich sofort ausgewiesen. Doppelte Staatsbürgerschaft hin oder her.«

Ich hörte das Schmunzeln in seiner Stimme, als er sagte: »Bevor du abgeschoben wirst, heirate ich dich wirklich, Peanut.«

Sein Atem streifte mein Ohr, und ich bekam eine Gänsehaut. Nervös schob ich mir eine Haarsträhne aus dem Gesicht und versuchte das Gefühl zu ignorieren, das seine Nähe in mir auslöste.

Das Polizeiauto fuhr vorbei und verschwand aus unserem Sichtfeld.

Erleichtert richtete ich mich auf und drehte mich zu Nick um. »Glück gehabt. Sie …«

Ich verstummte mitten im Satz, als ich in sein Gesicht sah. Nick lachte nicht mehr, sondern fixierte mich so ernst mit seinen blauen Augen, dass mein Herz einen Schlag aussetzte, nur um dann doppelt so schnell weiterzuschlagen. Plötzlich wurde mir überdeutlich bewusst, wie nah wir uns gerade waren.

»Emma …«, murmelte er und zog mich langsam an sich.

Trotz meines dicken Mantels hatte ich das Gefühl, seine Hände direkt auf meiner Haut zu spüren.

Ich wollte etwas sagen, aber das Einzige, was ich herausbrachte, war ein geflüstertes »Was?«.

Statt einer Antwort umfasste Nick mein Gesicht mit beiden Händen, beugte sich herunter und fuhr mit seinen warmen Lippen langsam über meine kalte Wange. Sein heißer Atem streifte meine Haut, und ich schloss die Augen.

Im nächsten Moment war sein Mund auf meinem.

Die zarte und gleichzeitig entschlossene Berührung seiner Lippen fühlte sich unbeschreiblich an. So aufregend, dass tausend Schmetterlinge durch meinen Bauch flatterten. Und gleichzeitig wunderschön vertraut. Wie nach Hause kommen. Wie ankommen an einem Ort, an den man schon lange gehört, ohne es je gewusst zu haben.

Wie von selbst öffnete sich mein Mund, und unsere Zungen berührten sich. Meine Knie wurden so weich, dass ich mich an seinen Parka klammern musste, weil meine Beine nachzugeben drohten.

Denn guter Gott. Nick konnte küssen. Ich hatte ja keine Ahnung gehabt.

Der Kuss war perfekt.

Plötzlich war da das Gefühl, nicht genug von ihm bekommen zu können. Ich wollte ihn spüren und schmecken, mit ihm verschmelzen. Meine Zunge drängte in seinen Mund, und Nick stöhnte leise auf. Er presste seinen Körper an mich und schob gleichzeitig eine Hand auf meinen Rücken, um mich vor der Mauer hinter mir zu schützen. Aber ich spürte die harten Steine kaum, nur die immer forscher werdenden Berührungen seiner Lippen, seiner Zunge, seinen Atem auf meiner Haut und meinen eigenen Herzschlag.

Und in diesem Moment wusste ich es:

Das war der beste Kuss meines Lebens.

Das war so, wie ich noch nie geküsst worden war.

Das war so, wie ich für den Rest meines Lebens geküsst werden wollte.

Der Kuss erfüllte mich mit Sehnsucht nach etwas, das ich nicht benennen konnte, und ich schlang meine Arme um Nicks Körper, um ihm noch näher zu sein. Ich wusste nicht, wie lange wir dort standen und uns küssten, aber irgendwann spürte ich, wie Nick unseren Kuss langsam beendete. Ich gab einen schwachen Laut des Protests von mir, aber Nick löste seine Lippen trotzdem von meinen. Wir waren beide atemlos.

»Ich würde sagen, die Luft ist rein«, murmelte er gegen meinen Mund. Dann räusperte er sich. »Und wir haben einen weiteren Punkt auf der To-do-Liste abgehakt – Küssen in den Hamptons.«

Ich nahm einen tiefen Atemzug und versuchte, meine Stimme zu kontrollieren. »Da steht nur *Ein Wochenende in den Hamptons*, aber nichts vom Küssen.«

Er fuhr mit seinen Lippen über mein Kinn zu meinem Hals und schob den Schal mit einer Hand beiseite. Ich zitterte, während ich meinen Kopf zur Seite bog, damit er besseren Zugang hatte. Im gleichen Moment ließ er mich los, und ich hätte am liebsten vor Frustration aufgeheult.

Seine Augen blitzten, als er sagte: »Tut mir leid, da habe ich wohl was verwechselt.« Er setzte mir die Mütze, die während unseres Kusses verrutscht war, vorsichtig wieder gerade auf den Kopf. »Komm, lass uns nach Hause gehen, du bist ja ganz durchgefroren.«

Im Haus war es herrlich warm. Ich warf meinen Mantel über die Bank im Flur und streifte mir die Winterstiefel von den Füßen.

Ich konnte Nick kaum ansehen, also floh ich in die Küche, um uns einen heißen Tee zu machen. Dann sah ich unsere letzte Flasche Rotwein auf dem Küchentisch stehen und entschied mich spontan um. Ich suchte nach dem Korkenzieher und versuchte, mein Gedankenkarussell zu beruhigen.

O Gott, wir hatten uns geküsst. Schon wieder! Und was für ein Kuss. Was für ein Kuss. Einen Moment musste ich die Augen schließen, so sehr war ich innerlich in Aufruhr.

Ich schenkte mir mit zitternden Händen ein großes Glas Rotwein ein und trank es auf ex, am Küchentresen stehend. Dann füllte ich es gleich noch einmal. Ich zögerte einen Moment, bevor ich auch Nick ein Glas einschenkte. Es wäre kindisch gewesen, wenn ich mich jetzt schnell in mein Zimmer verzogen hätte. Ich war schließlich eine erwachsene Frau, auch wenn ich mich gerade fühlte wie ein nervöser Teenager. Sicherheitshalber trank ich aber noch einen weiteren großen Schluck, bevor ich die Küche verließ, ohne einen Plan, wie ich Nick begegnen oder was ich sagen sollte. Als ich mit den Rotweingläsern ins Wohnzimmer kam, hockte er vor dem Kamin und entfachte gerade ein Feuer. Ich stellte die Rotweingläser auf dem Couchtisch ab, setzte mich aufs Sofa und streckte die Beine aus. Mit klopfendem Herzen beobachtete ich ihn dabei, wie er das Feuer schürte, bis die Flammen begannen, hoch und kräftig zu lodern. Nick stand auf, setzte sich neben mich und nahm meine Füße auf den Schoß. Allein die Berührung seiner Hände elektrisierte mich.

»Morgen geht es schon wieder nach Hause«, sagte er gedankenverloren und wickelte seinen Schal ab.

»Nicht traurig sein, Nick«, sagte ich mit mehr Kühnheit, als ich empfand. »Ich bin ja auch in New York noch da.«

»Na, wenn das kein Trost ist«, sagte er und grinste. »Was würde ich auch ohne meine Mitbewohnerin tun, die überall ihre Zeitschriften rumliegen lässt, stinkende Badezusätze benutzt und permanent meinen Gin- und Weinvorrat leer trinkt?«

»Das ist eine absolute Frechheit«, lachte ich. »Wenn einer Sachen rumliegen lässt, dann du. Und das Einzige, was in unserer Wohnung stinkt, sind deine Sportklamotten.«

Bevor ich reagieren konnte, hatte er schon ein Sofakissen nach mir geworfen und mich mitten ins Gesicht getroffen. Ich stemmte mich hoch und setzte mich auf die Knie.

»Das hättest du nicht tun sollen«, sagte ich drohend und griff mir gleich zwei Kissen.

Nick lachte nur und setzte sich ebenfalls auf die Knie, um meinen Angriff abzuwehren. »Du hast keine Chance gegen mich.«

Ich konnte mit den Kissen zwei Treffer auf Arm und Schulter platzieren, bevor er meine Handgelenke erwischte und es schaffte, mich festzuhalten. Er schubste mich nach hinten, und ich fiel auf den Rücken. Mit einer Hand pinnte er meine Arme über meinem Kopf fest und beugte sich über mich. Ich versuchte vergeblich, mich aus seiner Umklammerung zu winden. Er war mir so nah, dass mir seine Haare ins Gesicht fielen.

»Ich überlege gerade, wo genau du so richtig kitzelig sein könntest«, sagte er mit einem diabolischen Grinsen.

»Ich bin nicht kitzelig«, log ich, und er schnaubte.

»Das werden wir ja sehen.«

Nick war über mir, sein Gesicht nur Zentimeter von meinem entfernt. Ich spürte die Hitze, die von seinem Körper ausging, durch meine Kleider. Meine Gegenwehr erstarb.

Bitte, küss mich noch mal. Küss mich. Jetzt.

Das spielerische Grinsen verschwand aus seinem Gesicht, und einen Moment befürchtete ich, die Worte laut ausgesprochen zu haben. Vielleicht hatte ich das auch, denn er murmelte meinen Namen, fragend, fast ein wenig verzweifelt. So, als würde er mich bitten, vernünftig zu sein, weil er dazu nicht mehr in der Lage war. Aber ich konnte nicht vernünftig sein. Nicht wenn er auf mir lag, nicht wenn seine Lippen meinen so nahe waren.

Ich hob mein Gesicht im gleichen Moment, in dem er den letzten Zentimeter zwischen uns überwand. Unsere Lippen trafen sich, und mein Kopf setzte aus.

Völlig. Aus.

Es war, als würde ein Damm brechen. Von einem Moment auf den anderen. Ich wand mich unter ihm, weil er mich immer noch festhielt und ich ihn anfassen wollte. Ich wollte ihn überall anfassen. Sofort ließ er mich los, und ich schlang beide Arme um ihn. Wir küssten uns so leidenschaftlich mit offenem Mund, mit Zunge, dass ich fast das Atmen vergaß.

Nicks Hände fuhren über meine Seiten zu meinem Po, dann zog er mich enger an sich und presste seine Hüfte gegen meine. Durch seine Jeans spürte ich, wie hart er war, und ich stöhnte auf, als er mir zart in die Unterlippe biss und dann mit seiner Zunge über die sensible Stelle fuhr.

O Gott, das hier war Nick. Nick! Mein Mitbewohner, mein bester Freund.

Mein Nick.

Jede Faser meines Körpers reagierte auf ihn. Und es fühlte sich so verdammt gut an. *Er* fühlte sich verdammt gut an. In diesem Moment wollte ich ihn. So sehr. Oder hatte ich ihn schon die ganze Zeit gewollt?

Ohne weiter nachzudenken, zerrte ich an seinem Shirt, um es aus der Hose zu bekommen. Er unterbrach den Kuss, damit ich es ihm zusammen mit dem Pullover über den Kopf streifen konnte, dann waren seine Lippen sofort wieder auf meinen.

Ich hatte ihn schon so häufig halbnackt gesehen, aber noch nie angefasst. Ich ließ meine Hände langsam über seine Schultern wandern, dann über seine Oberarme und seinen Rücken.

Erst zögerlich, dann immer selbstbewusster. Seine Muskeln waren hart und definiert, seine Haut samtweich und warm. Er bekam von meiner Berührung eine Gänsehaut.

Seine Hände fuhren unter meinen Pulli und strichen über meine nackte Haut. Als seine Daumen seitlich meine Brust streiften, zog ich scharf die Luft ein. Nick löste seine Lippen von meinen, um mir Pulli und T-Shirt über den Kopf zu ziehen. Dann beugte er sich wieder über mich und küsste eine feuchte, heiße Spur über meinen Hals zu meinem Schlüsselbein. Ich ließ den Kopf nach hinten fallen und schloss die Augen, während sein Mund meine Brustwarzen durch den dünnen Stoff meines Tops liebkoste. Ich krallte die Hände in seine Haare und presste mich an ihn. Als ich dachte, es kaum mehr aushalten zu können, setzte er sich auf die Knie und zog mir auch das Top über den Kopf.

Sein Brustkorb hob und senkte sich schnell, während seine Blicke über meinen Körper wanderten, als würde er sich jedes Detail meines Körpers für alle Zeiten ins Gedächtnis brennen wollen. Es fühlte sich an wie eine Liebkosung. Ich hielt den Atem an, und für einen Moment war nichts zu hören außer dem Knacken der Holzscheite im Kamin.

»Emma, du bist wunderschön«, sagte er schließlich mit rauer Stimme.

Er senkte den Kopf, um mit seinen Lippen langsam über meine nackte Haut zu fahren. Ich hatte das Gefühl, ich müsste verglühen. Von seinen Berührungen. Von seinen Worten.

Ich rückte zur Seite, damit er sich neben mich auf das Sofa legen und ich mich über ihn beugen konnte. Ich küsste seinen Hals und seine Brust, atmete ein. Er roch fast noch besser, als er sich anfühlte. Warm, salzig, männlich. Nach Nick. Ich ließ meine Lippen über seinen Oberkörper nach unten wandern, ohne ihn dabei aus den Augen zu lassen. Als ich beim Bund seiner Jeans angekommen war, fuhr ich mit meiner Zunge über seine Bauchmuskeln zu seinen Hüftknochen. Dann knöpfte ich ihm langsam die Hose auf.

»Gott, Emma, du bringst mich um«, keuchte er.

Er ließ den Kopf aufs Kissen zurückfallen. Seine Atmung ging schnell, und ich sah, wie sehr er mit der Beherrschung kämpfen musste. Es war ein unglaubliches Gefühl zu wissen, dass *ich* das in ihm auslöste. Mutig geworden hakte ich meine Finger in seinen Hosenbund ein und zog die Jeans nach unten. Mein Herz klopfte mir bis zum Hals, als er seine Hüfte anhob und die Boxershorts direkt hinterherschob. Dann lag er nackt vor mir. Ich hatte kaum Zeit, seinen Anblick richtig in mich aufzunehmen, denn er drehte mich wieder auf den Rücken und zog den Reißverschluss meiner Hose auf, fast so, als könnte er es kaum abwarten, bis ich ebenfalls nackt war.

»Weißt du, wie lange ich schon hiervon träume?«, murmelte er, während er mir die Hose herunterzog und von den Beinen streifte.

Ich schüttelte den Kopf, und wie um seinen Worten mehr Ausdruck zu verleihen, fuhren seine Lippen über meinen Hals, mein Schlüsselbein, mein Dekolleté bis zu meinen Brüsten. Er umschloss sie mit den Händen und nahm eine Brustwarze in seinen heißen Mund. Ich keuchte auf, als ich seine Zähne auf meiner empfindlichen Haut spürte. Seine Hand wanderte langsam über meinen Bauch in meinen Slip, ohne dass er aufhörte, an meinen Brustwarzen zu lecken und zu saugen. Ich konnte nichts dagegen tun, dass mein ganzer Körper vor Erregung und Erwartung zitterte. Noch nie zuvor hatte ich irgendjemanden so gewollt wie ihn in diesem Moment. Ich bestand nur noch aus Gefühl und Instinkt und Lust. Als er endlich zwischen meine Beine fuhr und mich dort berührte, wo ich es am meisten wollte, wölbte ich keuchend meinen Rücken und presste meine Hüfte an ihn.

»Gott, Emma. Du fühlst dich so gut an. So unfassbar gut.«

Ich stöhnte auf, als er mit einem Finger in mich eindrang.

Mein Stöhnen wurde zu einem Wimmern, als er ihn wieder herauszog, aber er kam mit einem zweiten zurück, tiefer, fester. Woher wusste er so genau, wie er mich berühren musste? Ich wand mich unter ihm, als er wieder und wieder mit seinen Fingern in mich fuhr. Ich war kurz davor, die Kontrolle zu verlieren.

O Gott, ich wollte die Kontrolle verlieren.

»Nick«, keuchte ich verzweifelt. »Ich komme, wenn du weitermachst.«

»Dann komm.« Er hob den Kopf. Seine Augen waren dunkel vor Lust. »Ich will sehen, wie du aussiehst, wenn du kommst.«

Ich lachte erstickt auf. Und er sagte, dass ich *ihn* umbrachte? Ich war kurz davor, in Flammen aufzugehen. Ich konnte kaum mehr einen klaren Gedanken fassen.

»Nein, ich will dich«, schaffte ich es zu sagen. In mir. »Jetzt.«

Er stützte sich auf die Unterarme und strich mir die Haare aus der Stirn.

»Warte kurz«, murmelte er und küsste mich zärtlich auf den Mund. Dann stemmte er sich hoch. »Ich schaue nach, ob im Bad oder im Schlafzimmer Kondome sind.«

Mit bebendem Atem schloss ich die Augen. O Gott, wenn wir jetzt aufhören mussten, weil wir kein Kondom hatten, würde ich sterben.

Aber zum Glück musste ich nicht lange warten, da war Nick wieder da und hielt mit einem verschmitzten Lächeln ein Kondom in der Hand.

Meine Haut war empfindlich und erhitzt, und ich erschauderte, als er sich über mich beugte und mit einer Hand von meinem Schlüsselbein über meine Brust zu meinem Bauchnabel fuhr.

Dann kniete er sich breitbeinig über mich und riss die Folie des Kondoms auf. Fasziniert beobachtete ich ihn, während er es sich überstreifte. Himmel. Von diesem Anblick würde ich mich nie wieder erholen. Ich hatte in meinem Leben noch nie etwas Erotischeres gesehen. Ich hielt die Luft an, als Nick mir mit einer langsamen Bewegung das Höschen von den Beinen zog, ohne mich dabei aus den Augen zu lassen.

Plötzlich hatte ich das Gefühl, mein Herz müsse mir aus der Brust springen. So viele widerstreitende Empfindungen tobten in mir. Erregung. Vertrautheit. Aufregung. Lust. Zärtlichkeit. Ein bisschen Angst. Das Gefühl, eine Grenze zu überschreiten, Neuland zu betreten, von dem es kein Zurück mehr geben würde.

Nick ließ sich zwischen meine Beine sinken. Ich spürte seine harte Erektion an meinem Bauch. Er suchte meinen Blick, während er sich in die richtige Position brachte. Dann drang er mit einer quälend langsamen Bewegung in mich ein. Ich erkannte meine eigene Stimme kaum, als ich seinen Namen keuchte.

Einen Moment verharrten wir bewegungslos. Er passte absolut perfekt in mich. Perfekt. Wie für mich gemacht.

Dann zog er sich ein Stück aus mir zurück, nur um sofort wieder in mich zu gleiten.

Seine Lippen senkten sich auf meine, und ich spürte seine Worte mehr an meinem Mund, als dass ich sie hörte. »Emma. Endlich.«

Mein Herz zog sich für einen Moment schmerzhaft zusammen, und in meinem Hals bildete sich ein Kloß. Ich schloss die Augen, weil ich den plötzlichen Gefühlsansturm nicht mehr ertragen konnte. Aber alle Emotionen in meinem Brustkorb lösten sich, als er sich das nächste Mal in mir versenkte. Und wieder. Und wieder. Mit jedem köstlichen Stoß geriet mein Atem mehr außer Kontrolle. Ich schlang beide Beine um seinen

Körper und krallte meine Hände in seinen Rücken. Ich wollte ihn tiefer spüren, intensiver. Es war nicht genug. Es konnte nie genug sein.

Nicks Stirn war vor Anspannung gerunzelt, und sein Mund war leicht geöffnet. Schweißperlen bildeten sich auf seiner Stirn, und er packte mich an der Hüfte, als seine Bewegungen schneller wurden. Ich war so erregt, dass er mühelos in mich hinein- und aus mir herausgleiten konnte. Ich kam ihm mit dem Becken entgegen, um seine Stöße tiefer in mir zu spüren. Er schien zu merken, dass ich mehr wollte, und versank bis zur Wurzel in mir, härter und tiefer als zuvor. Ich hatte das Gefühl, innerlich zu zerspringen.

»Nick!«, rief ich und spürte, wie meine Muskeln zu zucken begannen.

Dann traf er einen Punkt in mir, der mich vor Lust aufschreien ließ. Ich konnte meinen Körper nicht mehr kontrollieren. Oder meine Stimme. Meine Welt explodierte, und ich kam, so heftig wie niemals zuvor in meinem Leben. Es war, wie über eine Klippe zu springen. Oder aus einem Flugzeug. Wie Fallen. Und Fliegen.

Nick stieß noch zweimal in mich, bevor ich spürte, wie auch er kam. Wir durchlebten das letzte Beben gemeinsam, bevor er sich erschöpft und keuchend auf mich sinken ließ und sein Gesicht fest gegen meinen Hals presste.

Es dauerte lange, bis sich unsere Atmung wieder halbwegs normalisiert hatte. Irgendwann rollte Nick sich von mir und streifte das Kondom ab. Dann zog er mich in seine Arme.

Ich musste kurz eingenickt sein, denn als ich das nächste Mal die Augen öffnete, war das Holz im Kamin vollständig heruntergebrannt. Obwohl Nick mich immer noch eng umschlungen hielt, fröstelte ich leicht, denn es war merklich kühler im Zimmer geworden. Ich versuchte, ein Bein zwischen seinen herauszuziehen, und durch die Bewegung wurde auch er wach.

Er sah mich einen Augenblick an und küsste mich dann nacheinander auf beide Augenlider.

Seine zärtliche Geste trieb mir die Tränen in die Augen. Ich hatte keine Ahnung, warum, aber mein Herz tat plötzlich weh. Es begann gegen meinen Brustkorb zu schlagen wie ein kleiner Vogel. Ein panischer kleiner Vogel.

Ich wusste natürlich genau, was los mit mir war. Jetzt, da der Hormonrausch sich gelegt hatte, drängte sich die Realität wieder in mein Bewusstsein. Ich hatte Sex gehabt – mit Nick, der nicht nur mein Mitbewohner und bester Freund, sondern wahrscheinlich auch New Yorks größter Playboy war. Der jede Woche eine andere Frau bei uns durch die Wohnung schleifte. Den ich schon mit anderen Frauen im Nachbarzimmer gehört hatte. Inklusive lautstarker Orgasmen.

Egal, wie liebevoll er gerade war, ich durfte mir nichts vormachen. Mit Nick hatte man Spaß. Eine ganze Menge Spaß, das wusste ich jetzt. Aber mehr auch nicht. Was zur Hölle war nur in mich gefahren? Wir waren nicht in einer Beziehung. Nick war nicht mein Freund, und er würde es auch nie sein. Nick hatte mehr als einmal klargemacht, dass er nicht an festen Bindungen interessiert war und ich … Ich schlief normalerweise nicht einfach so mit jemandem. Für unverbindliche One-Night-Stands war ich einfach nicht der Typ. Ich konnte so was nicht. Merkte man ja genau exakt in diesem Moment. Für mich musste Liebe im Spiel sein, zumindest starke Gefühle, die Gewissheit, dass man zusammengehörte. Oder zumindest die *Option* von alldem. Dinge, die ich brauchte, um glücklich zu sein. Dinge, die Nick niemals bereit sein würde zu geben.

Er stützte sich auf einen Arm und suchte meinen Blick. »Alles in Ordnung, Peanut?«

Scheiße. Schei-ße. Nichts war in Ordnung. Alles war in Unordnung. Alles war außer Kontrolle. Mein Innerstes eingeschlossen.

Wahrscheinlich wäre es für ihn jetzt kein Problem, zur Tagesordnung überzugehen, aber was war mit mir? Ich war nicht die coole, lockere Ava, die einfach mit ihm schlafen und danach weitermachen konnte, als wäre nichts gewesen. Freundschaftlich. Um dann wieder mit ihm zu schlafen, wenn beiden danach war.

Ich. Konnte. Das. Nicht.

Nick war mein bester Freund, und ich lebte mit ihm in einer Wohnung. Und ich wusste im Moment nicht einmal, wie ich ihm in die Augen blicken sollte.

Plötzlich konnte ich nicht mehr still liegen bleiben. In Nicks Armen. Ich löste mich von ihm und stand auf. Schnell sammelte ich meine am Boden verstreuten Klamotten auf. Nick sah plötzlich hellwach aus. Und alarmiert.

»Okay! Alles klar!«, sagte ich und hörte selbst, dass meine Stimme viel zu schrill war. »Danke. Das war … nett. Ich gehe dann jetzt mal.«

Nicks Blick war unergründlich. »Du gehst dann jetzt mal? Wo willst du denn hin?«

»Ich gehe …« Ja, wohin wollte ich denn gehen? In mein Zimmer? Schlafen? Zurück nach New York, mitten in der Nacht?

Ich sagte das Erste, das mir in den Kopf kam: »Ich muss duschen.«

Im gleichen Moment, als ich es ausgesprochen hatte, sah ich, dass ihn meine Worte getroffen hatten.

Ungläubig starrte er mich an. »Du musst *duschen*?«

Er setzte sich auf und fischte mit einer Hand nach seinen Boxershorts. Als er sie gefunden hatte, stand er auf.

»War es so schlimm?«, fragte er, während er sie sich überstreifte. »Tut mir leid, Emma. Ich wollte dich wirklich nicht zu etwas drängen, das du nicht willst. Und das du sofort danach abwaschen gehen musst.«

Ich riss die Augen auf. »N-nein …! Das meinte ich doch nicht *so*.«

Er schnaubte nur und zog sich seine Jeans an. Mit nacktem Oberkörper und zerzausten Haaren stand er vor mir. Er sah so gut aus. Und verletzt. Ich wollte ihn in den Arm nehmen. Aber er sah nicht so aus, als wollte er in dem Moment von mir angefasst werden. Und wem machte ich was vor? Ich wollte mindestens genauso in den Arm genommen werden. Getröstet werden. Ich wollte hören, dass alles gut werden würde. Dass wir …

Ja, was, Emma?

Verdammt. Genau das passierte, wenn man Freundschaft mit Sex vermischte. Es gab nur Konflikte und Probleme. Ich presste meine Hand auf mein Herz, um den Druck, der sich in meiner Brust aufbaute, durch Gegendruck zu verringern.

»Es tut mir leid, Nick«, flüsterte ich. »Das hätten wir nicht tun sollen. Es war ein schrecklicher Fehler.«

»Für einen schrecklichen Fehler hat es sich aber verdammt gut angefühlt«, sagte er trocken und bückte sich nach seinem Shirt. »Aber vielleicht war das auch nur ich.«

Seine Worte fuhren mir direkt in die Magengrube. O ja, es hatte sich verdammt gut angefühlt. So gut wie nichts zuvor. Aber das änderte nichts. Rein gar nichts.

Ich wusste selbst nicht, wie ich ihm erklären sollte, was ich fühlte. »Es ist nur so: Du bist nicht … Du bist …«

Sein Kopf fuhr herum. »Was bin ich nicht, Emma? Ich bin nicht Anthony? Da hast du allerdings Recht. Ich bin nicht Anthony.«

»Nein!«, sagte ich aufgebracht. »Wie kannst du mich absichtlich nur so missverstehen?«

»Ja, dann war das wohl ein Missverständnis.« Er machte eine ausladende Geste, die das Sofa umfasste, auf dem wir gerade miteinander geschlafen hatten. »Genauso, wie das alles hier nur ein Missverständnis war. Ich gehe schlafen. Bis morgen, Emma.«

Am nächsten Morgen und auf der Rückfahrt sprachen Nick und ich nur das Allernötigste miteinander, und ich traute mich kaum, ihn anzusehen.

Sex verändert wirklich alles, dachte ich. Alles.

Wie hatte ich nur so blöd sein können? Es war doch klar gewesen, dass das unsere Freundschaft kaputtmachen würde. Das war es doch nicht wert gewesen! Ich schloss kurz die Augen und dachte an die letzte Nacht. War es das wert gewesen? Es prickelte verräterisch in meinem Bauch. Und zwischen meinen Beinen. Ich konnte Nicks Hände und seine Lippen auf meiner Haut immer noch spüren. Mein Körper hatte offensichtlich eine andere Meinung als mein Kopf. Über mein Herz wollte ich in diesem Zusammenhang lieber gar nicht nachdenken.

Ärgerlich versuchte ich, die Bilder aus meinem Bewusstsein zu verdrängen. Das Beste wäre, wenn wir alles, was in Southampton passiert war, so schnell wie möglich vergessen würden. Einfach abhaken. Vielleicht würden wir dann wieder da weitermachen können, wo wir in New York aufgehört hatten. Als beste Freunde und perfekte WG-Partner. Es wäre wirklich schrecklich, wenn das alles jetzt vorbei wäre, nur weil es zu diesem Ausrutscher gekommen war.

Verstohlen sah ich Nick von der Seite an. Weil er arbeiten wollte, fuhr ich, wie auf der Hinfahrt. Er hatte den Kopf über den Bildschirm seines Laptops gebeugt und tippte konzentriert. Eine blonde Strähne fiel ihm über die Brille. Ich hatte plötzlich den unerklärlichen Impuls, seine Hand zu nehmen.

Als hätte er meine Gedanken gelesen, sah er auf. Ich richtete meinen Blick schnell wieder auf die Straße. Ich sollte mich mehr aufs Autofahren konzentrieren.

»Alles okay?«, fragte er.

Bei seiner Frage traten mir fast schon wieder die Tränen in die Augen. Was war nur los mit mir? Ich wischte mir übers Gesicht.

»Ich will nicht, dass unsere Freundschaft kaputt ist«, flüsterte ich und merkte, dass mir eine Träne über die Wange kullerte. »Oder dass du mich hasst.«

Nick zögerte einen Moment. Dann streckte er die Hand aus und wischte mir die Träne vorsichtig mit dem Daumen weg. Es war, als hätte er einen Knopf gedrückt, denn prompt folgte die nächste Träne.

»Hey, nicht weinen, Peanut.« Er legte seine Hand auf meine Schulter und drückte sie. »Unsere Freundschaft ist nicht kaputt. Und ich hasse dich auch nicht. Ich könnte dich nie hassen.« Er sah nach vorne. »Und bitte fahr uns nicht in den Straßengraben. Ich bin zu jung zum Sterben.«

Ich lachte erstickt und zog die Nase hoch.

Nick atmete zweimal tief ein und aus. Und zählte vermutlich bis zehn.

Dann sagte er: »Emma, hör zu – lass es uns doch einfach vergessen. Wenn wir nach Hause kommen, dann machen wir einfach so weiter wie vorher und denken nicht mehr daran. Das alles ist nie passiert, und es ist nichts zwischen uns. Keinerlei Anziehung. Keinerlei Chemie. Nur Freundschaft. Sonst nichts. Okay?«

Ich drückte meinen Handrücken fest gegen meine Nase, um die Tränen zu stoppen, und nickte.

»Okay.«

Der Anblick, der sich uns bot, als wir über die Brooklyn Bridge fuhren, war unbeschreiblich schön. Der Himmel war hellblau, und ein paar kleine Puffwölkchen machten das Bild perfekt. Da störte es nicht, dass wir im Stau standen und nur im Schritttempo vorankamen. Im Gegenteil. Die Skyline von New York glitzerte in der Wintersonne, und ich hatte alle Zeit der Welt, den Anblick zu genießen. Auch Nick sah von seinem Laptop auf und betrachtete das Bild, das sich uns bot.

»Emma, schau mich mal an.«

Ich drehte den Kopf zu ihm. Er streckte seine Hand aus und streichelte mir zart mit einem Finger über die Wange. Wieso prickelte meine Haut nur immer an der Stelle, an der er mich berührte? Ich konnte nicht weiter darüber nachdenken, denn er beugte sich zu mir herüber und küsste mich zart auf den Mund. Mein Körper reagierte auf ihn, und ich schloss unwillkürlich die Augen. Sofort waren die Gefühle von letzter Nacht wieder da. Nick fühlte sich so gut an. Viel zu gut. Egal, was mein Kopf mir sagte. Ich hätte Nick stundenlang küssen können.

Gerade als ich mit der Hand in seinen Nacken fuhr, unterbrach er den Kuss und räusperte sich. »*Küssen auf der Brooklyn Bridge* wäre jetzt auch abgehakt.«

Ich öffnete die Augen, nickte stumm und versuchte, meine Enttäuschung zu verstehen.

»Keinerlei Anziehung. Keinerlei Chemie«, murmelte er.

Ach, Nick.

Vor uns war eine Lücke zum vorausfahrenden Auto entstanden, und hinter uns wurde laut gehupt. Ich versuchte mich zu sammeln, meinen Blick zu fokussieren, und fuhr an. Gut, dass ich Automatik fuhr, sonst hätte ich den Wagen wahrscheinlich abgewürgt. Nick sah mich noch eine Weile von der Seite an und wandte sich erst ab, als sein Telefon klingelte.

Er warf ein Blick auf das Display und sagte dann: »Also, beste Freunde – das ist der Deal, den du willst?«

Ich nickte stumm.

»Sicher, Emma?«

Ich nickte wieder und biss mir auf die Lippe.

Ich sah aus dem Augenwinkel, wie er seine Kinnmuskeln anspannte.

Dann nahm er den Anruf an: »Ava. Hi. Wie geht es dir?« Er sah mich von der Seite an. »Silvester? Nein, da habe ich noch nichts vor. Klar. Gerne. Bis dahin.«

Ich starrte ihn an. Er zog eine Augenbraue hoch, als wollte er sagen: »Gibt's ein Problem?«

Nein. Natürlich gab es kein Problem!

Ich zwang meine Mundwinkel nach oben und wandte den Blick schnell ab, damit er nicht sehen konnte, dass mein Lächeln eher ein Zähnefletschen war.

Meine New-York-To-do-Liste

- ☐ ~~Eine Wohnung finden!!! und umziehen~~
- ☐ ~~Sightseeing~~
- ☐ Fetter Klunker von Tiffany!
- ☐ ~~Einen New Yorker küssen: auf der Brooklyn Bridge, auf der Staten-Island-Fähre, auf der Dachterrasse einer coolen Bar, beim Schlittschuhlaufen am Rockefeller Center~~
- ☐ ~~Sample Sale im Fashion District und eine teure (!) Shopping-Sünde begehen~~
- ☐ Von einem New Yorker für eine New Yorkerin gehalten werden
- ☐ ~~New York bei Schnee sehen~~
- ☐ ~~Cocktails auf der Dachterrasse einer Bar~~
- ☐ ~~Sex mit einem New Yorker! Mit dem heißesten Mann in NY! O. Mein. Gott.~~
- ☐ In 50 ~~40~~ ~~32~~ ~~26~~ ~~23~~ ~~16~~ 12 verschiedene Bars/Clubs gehen
- ☐ Ein Event im Madison Square Garden

- [ ] ~~Ein Wochenendtrip in die Hamptons~~
- [ ] Meinen LLM-Abschluss schaffen
- [ ] Mir überlegen, was ich mit meinem Leben nach dem Abschluss anfangen will
- [ ] Die große Liebe finden

JANUAR

»Jetzt erzähl endlich, wie es mit Nick in den Hamptons war. Ich sterbe vor Neugier!«

Es war Mitte Januar, und ich saß mit Isy bei unserem Lieblingsitaliener. Nicht dass ich Appetit auf Essen gehabt hätte. Ich war fast zwei Wochen krank gewesen, fühlte mich immer noch nicht ganz fit und war nicht wirklich in der Stimmung für Klatsch und Tratsch. Ich war noch nicht mal in der Stimmung, überhaupt zu sprechen, aber Isy hatte auf einen Mädelsabend bestanden, um endlich gemeinsam auf das neue Jahr anzustoßen. Jetzt beugte sie sich über den Tisch und sah mich erwartungsvoll an.

Ich seufzte und versuchte, mich zusammenzureißen. Meine Stimmung war wirklich mies. »Nett war es. Die Hamptons sind wunderschön, auch im Winter. Wir haben lecker gegessen, haben Strandspaziergänge gemacht. An Silvester hatte ich Magen-Darm-Grippe und lag im Bett, wie übrigens auch die ganze erste Januarwoche. Und Nick war mit Ava-mit-A auf irgendeiner schicken Party unterwegs.«

Als ich das sagte, hatte ich einen bitteren Geschmack im Mund. Musste vom tagelangen Brechen kommen. Anders konnte ich es mir nicht erklären.

Isy sah mich einmal von oben bis unten an. »Du hast abgenommen. Steht dir gut.«

Na, danke schön.

Isy ließ sich nicht durch mein Stirnrunzeln beirren: »Und weiter?«

»Nichts ›und weiter‹. Ende der Geschichte. Wie war dein Weihnachten und Silvester?«

Sie nahm einen Schluck Wasser und schüttelte den Kopf. »Vergiss es. Ich bin mit dir noch nicht fertig. Was war mit Nick? Drei Tage im romantischen Ferienhaus? Ganz allein?«

Ich zuckte mit den Schultern. »Auch nicht anders als der Rest des Jahres mit ihm in unserer gemeinsamen Wohnung in New York. Ganz allein.«

Sie lehnte sich zurück und verschränkte die Arme. »Komisch. Exakt das Gleiche hat er mir auch gesagt.«

Ich verschluckte mich an dem Pizzabrot, an dem ich zögerlich herumgeknabbert hatte. Hustend griff ich nach dem Wasser und beugte mich vor.

»Du hast mit Nick gesprochen? Was hat er gesagt?«

Sie wühlte provozierend langsam in ihrer Handtasche herum und murmelte dabei: »Mist, wo ist nur mein neuer Lipgloss?«

Ich legte eine Hand auf ihren Arm und rüttelte sie ungeduldig: »Jetzt erzähl schon, Isy.«

Sie legte den Kopf schief und sah mich eine Weile nachdenklich an.

Dann sagte sie: »Ich habe mich letzte Woche mit ihm auf einen Kaffee an der Uni getroffen. Ich musste mir dieses Buch für das Strafrechts-Tutorium ausleihen. Weißt du, das von …«

Ungeduldig fiel ich ihr ins Wort: »Egal. Was hat er gesagt?«

»Warum interessierst du dich so dafür, was er gesagt hat? Was denkst du denn, was er gesagt hat?«

»Ni-nichts«, stammelte ich und fühlte mich ertappt.

Sie sah mich aus zusammengekniffenen Augen an. »Ihr habt miteinander geschlafen.«

Ich riss die Augen auf. »Das hat er dir erzählt?«

Jetzt grinste sie. »Nein, er ist mir genauso ausgewichen wie du gerade. Aber ich kann eins und eins zusammenzählen. Und du hast dich gerade ungewollt verraten.«

Statt einer schlagfertigen Antwort wurde ich rot. Sie schlug die Hände zusammen und rief laut: »O mein Gott, du hattest wirklich Sex mit Nick!«

Ich sah mich um. Unser Nachbartisch fand offenbar äußerst interessant, dass ich Sex mit Nick gehabt hatte, denn das Gespräch des Pärchens war völlig verstummt, und ich konnte förmlich sehen, wie den beiden kohlblattgroße Ohren wuchsen.

Ich versuchte, Isy zu bremsen, doch sie schlug sich nur lachend beide Hände vor den Mund. »Ich hasse dich! Ich bin so unfassbar neidisch.«

Als sie sich wieder halbwegs beruhigt hatte, beugte sie sich vor und sagte: »Erzähl mir alles. Alles! Ich will jedes noch so kleine Detail wissen!«

Ich nahm noch einen Schluck Wasser und sagte ausweichend: »Es gibt nichts zu erzählen. Wir haben miteinander geschlafen. Ende der Geschichte.«

Isy sah mich an, als wären gerade Weihnachten und Ostern und alle anderen Feiertage zusammengefallen. »Ich kann es nicht fassen. Halleluja.«

»Können wir bitte das Thema wechseln? Ich bin nicht stolz drauf, wirklich. Es wäre fast das Ende unserer Freundschaft gewesen.«

Sie verdrehte die Augen und legte ihre Hand auf meinen Arm. »Emma, das war etwas, das sich schon ganz, ganz lange angebahnt hat.« Sie machte eine theatralische Handbewegung mit beiden Armen. »Ganz lange.«

»Quatsch«, antwortete ich und hielt das kühle Wasserglas an meine heißen Wangen.

»Doch. Glaub deiner klugen Freundin Isy. Wenn eine Erfahrung mit so was hat, dann ich.«

Dankbar ergriff ich die Möglichkeit, das Thema zu wechseln. »Apropos – was ist denn eigentlich mit Toby?«

Sie winkte ab. »Auf und davon, nach Europa. Aber egal. Wir wollen nicht von den wirklich wichtigen Themen ablenken: Wie sieht er nackt aus, und ist er ein guter Lover?« Sie seufzte. »Was frage ich. Er sieht nackt natürlich fantastisch aus und ist noch fantastischer im Bett. Mit zwanzig Zentimetern, einer unglaublichen Technik und einer übermenschlichen Ausdauer.«

Ich hielt mir beide Ohren zu. »Bitte Isy! Ich kann das gar nicht hören! Ich habe Bilder im Kopf!«

Isy fiel fast vom Stuhl vor Lachen. Ich war dankbar, dass der Kellner kam und die Vorspeise vor uns stellte. Aber Isy ließ sich nicht so leicht aus dem Konzept bringen. Sie war wie ein Pitbull, der sich in sein Opfer verbissen hat.

»Jetzt aber noch mal im Ernst. Die entscheidende Frage ist für mich: Ist er besser im Bett als Anthony?«

Ich wurde so rot, dass ich dachte, mein Kopf würde gleich vor Hitze platzen.

Isy beobachtete mich und lachte laut auf. »Er ist so was von besser im Bett als Anthony«, sagte sie und fügte dann mit einiger Befriedigung hinzu: »Ich wusste es.«

»Noch mal: Könnten wir bitte das Thema wechseln?« Ich schob eine Weile die Tomaten auf meinem Teller hin und her.

Isy fasste sich langsam wieder und fragte dann: »Und wie ging es dann weiter?«

Ich seufzte. Es war zwecklos. Sie würde weiterbohren, bis ich ihr alles erzählt hatte.

»Ich wollte erst mal nur weg.« Weil sie mich so entsetzt ansah, fügte ich hinzu: »Ich war so erschrocken über alles, dass ich total ausgetickt bin. Ich hatte eine Riesenpanik. Und auf der Rückfahrt haben wir dann beschlossen, alles zu vergessen und einfach nur wieder Freunde zu sein.«

Sie ließ langsam die Gabel sinken. »Das ist nicht dein Ernst, oder? Bitte sag mir, dass das nicht dein Ernst ist. Ihr habt endlich, endlich miteinander geschlafen und danach beschlossen, wieder *Freunde* zu sein?«

Sie war unwillkürlich lauter geworden, und ich fiel ihr ins Wort: »Nicht so laut. Die anderen Gäste gucken schon.« Mit leiserer Stimmte fuhr ich fort: »Ganz ehrlich, Isy, was hätte ich denn machen sollen? Nick ist mein bester Freund und mein Mitbewohner. Außerdem hat er in der Zeit, in der ich mit ihm zusammenwohne, mit so vielen Frauen geschlafen. Er hat doch immer ganz klar gesagt, dass er nichts Festes sucht.«

Isy betrachtete mich nachdenklich. »Vielleicht will er im Moment ja nur nichts Festes, weil die Richtige einfach noch nicht dabei war. Vielleicht bist *du* die Richtige.«

Mein Herz machte bei diesen Worten einen kleinen, verräterischen, hoffnungsvollen Satz, und ich schob den Gedanken schnell beiseite. Falsche Hoffnungen konnten Schaden in mir anrichten, und dafür war ich nicht bereit. Nicht direkt nach all dem Elend mit Anthony. Ich wollte auch nicht die Frau sein, die versuchte, einen Bad Boy zu ändern. Nick war, wie er war, und ich war, wie ich war. Das war auch gut so, aber man musste auch einsehen, dass das einfach nicht zusammenging. Ich wollte nicht wie Stella sein, die glaubte, ihm den Weg zur wahren Liebe zeigen zu können.

Darum sagte ich: »Ich liebe Nick über alles, wirklich. Er ist ein toller Mensch und ein toller Freund. Aber ich will keinen Mann, der sich nicht fest binden kann oder will. Das habe ich bei meinem Vater jahrelang hautnah erlebt. Seit dem Tod meiner Mutter hatte er vier Ehefrauen. Vier!« Ich atmete tief durch. Ruhiger fuhr ich fort: »Das brauche ich wirklich nicht für mich.

Und so was wie mit Anthony will ich in meinem ganzen Leben nicht noch mal erleben. Ich will eine normale, feste, stabile Beziehung mit einem verlässlichen, treuen Mann.«

Isy nahm meine Hand. »Vielleicht solltest du deinen eigenen Weg gehen und nicht so sehr an alten Rollenbildern kleben. Und deinen Vater auf deine Beziehungen projizieren. Hast du es so schon mal gesehen?«

Nein, so hatte ich es noch nicht gesehen. Aber wofür hatte ich Isy, die mich erbarmungslos auf solche ungemütlichen Wahrheiten hinwies?

Als ich nach dem Essen nach Hause kam, saß ausgerechnet Ava-mit-A in unserer Küche und pickte in einer Sushibox herum. Ich sagte kurz »Hallo« und wollte mich wieder in mein Zimmer verziehen. Aber Ava hatte offensichtlich Redebedarf.

»Bilde dir nichts darauf ein, dass du mit Nick in den Hamptons warst«, sagte sie mit so kühler Stimme, dass ich fast fröstelte. »Du bist nicht mehr als ein kleiner Zeitvertreib für ihn. Ich hoffe, das weißt du.«

Ich nahm mir eine Flasche Wasser aus dem Kühlschrank.

»Danke für die Information«, antwortete ich. »Du musst keine Angst haben, dass ich ihn dir streitig mache. Eva.«

»Du weißt genau, dass ich Ava heiße«, fauchte sie zurück. »Mit A! Und falls du irgendwelche Hoffnungen in Bezug auf Nick hegst: Wir hatten ein traumhaftes Silvester zusammen. In jeglicher Hinsicht.«

Sie stand auf, rauschte aus der Küche und schlug Nicks Tür krachend hinter sich zu. Gutes Benehmen. So wichtig.

In meinem Zimmer setzte ich mich aufs Bett und stützte den Kopf in beide Hände. Warum nur fühlte sich mein Herz so schwer an? Ich nagte an meiner Unterlippe und musste mir eingestehen, dass es mich mehr traf, als ich gedacht hatte, dass

Nick so fließend wieder von mir zu einer anderen Frau wechseln konnte.

Ich schüttelte den Kopf, um die düsteren Gedanken zu vertreiben. Ich war ja selbst schuld daran. Ich war schließlich diejenige gewesen, die Panik bekommen und darauf bestanden hatte, dass wir da weitermachten, wo wir in New York aufgehört hatten. Als Freunde. Und jetzt musste ich meine eigene bittere Medizin schlucken.

Mit einem Seufzen stemmte ich mich hoch. Aber was wäre denn die Alternative gewesen? Es war ja wohl völlig illusorisch anzunehmen, dass Nick mich als feste Freundin haben wollte. Verliebt in mich war. Und davon abgesehen war ich ja auch nicht verliebt in ihn. Angezogen von ihm – ja, und zwar mehr, als gut für mich war. Mehr, als gut für unsere Freundschaft war.

Außerdem brauchte ich selbst noch etwas Zeit, um das ganze Gefühlschaos mit Anthony zu verarbeiten. Zu behaupten, dass ich ihn komplett aus meinem Kopf und meinem Herzen gestrichen hätte, wäre gelogen gewesen. Was nicht bedeutete, dass ich ihn zurückwollte. Aber mein Herz fühlte sich noch so verletzlich an. Es brauchte erst mal Zeit zu heilen.

Was es definitiv *nicht* brauchte, war ein neues Drama.

Nick begegnete mir gleich am nächsten Morgen in der Küche. Er sah unangenehm gut gelaunt aus. Von Ava gab es allerdings keine Spur, also beschloss ich, so zu tun, als würde mir das alles überhaupt nichts ausmachen und machte Frühstück, als wäre nichts gewesen.

»Hast du heute Abend schon was vor?«, fragte er, als er eine Flasche Orangensaft aus dem Kühlschrank holte.

Verwundert sah ich von meinem Müsli auf. »Warum? Hat Ava keine Zeit?«

So viel zu den guten Vorsätzen, aber das konnte ich mir einfach nicht verkneifen.

»Eifersüchtig?«

Ich verschluckte mich fast an meinem Müsli. Mit zusammengekniffenen Augen sah ich ihn an. »Auf Ava? Warum sollte ich?«

»Das frage ich mich auch.« Er lehnte sich gegen die Küchenzeile und verschränkte die Arme. »Ich darf andere Frauen daten. Schon vergessen? Wir beide sind schließlich nur gut befreundet.«

»Genau!«, sagte ich.

»Genau!«, gab er zurück.

Einen Moment starrten wir uns an, dann seufzte er tief und sagte: »Darf ich meine beste Freundin Emma heute Abend zum Essen einladen? Bitte?«

Die Wut verließ mich genauso schnell, wie sie gekommen war. O Mann. Unsere Freundschaft konnte sich wirklich nicht normalisieren, wenn ich nicht selbst endlich normal wurde.

»Tut mir leid. Ich habe schlecht geschlafen und bin übellaunig. Klar gehe ich mit dir essen. Gibt's was zu feiern? Und wo gehen wir hin?«

»Es wird nichts verraten. Nur rate ich dir, zieh dein bestes Outfit an.« Er grinste, und ich musste unwillkürlich auch schmunzeln.

»Also schick?«

»So schick du kannst. Wenn ich es mir aussuchen dürfte, würde ich mir das blaue Kleid von der Weihnachtsfeier wünschen.«

Mein Herz machte einen Satz bei dem Gedanken, dass ihm das Kleid an mir so gut gefallen hatte und dass er sich überhaupt daran erinnern konnte.

»Ich bin ja selten sprachlos", sagte ich, als der Kellner uns unseren Tisch direkt am Fenster zeigte. »Aber das hier ist wirklich der Oberhammer.«

Wir waren im berühmten *River Café*, einem Restaurant direkt am Ufer des East River, unterhalb der romantisch beleuchteten Brooklyn Bridge. In der Ferne sahen wir die Freiheitsstatue, und auf der anderen Seite des Flusses glitzerte die Skyline von Manhattan. Das One World Trade Center erhob sich majestätisch über allen anderen Hochhäusern in der Dunkelheit.

Ich setzte mich, und der Ober rückte meinen Stuhl zurecht. Kaum hatte ich Platz genommen, stellte ein anderer einen Eiskühler mit einer Flasche Champagner neben uns ab. Ich blickte Nick an, der zum Anbeißen aussah in seinem weißen Hemd und im dunkelblauen Jackett, das perfekt zu meinem Kleid passte.

»Wenn ich es nicht besser wüsste, würde ich glauben, dass du mir einen Heiratsantrag machen willst.«

Er lachte, und seine Augen blitzten. »Fühl dich nicht zu sicher."

»Du weißt, dass die To-do-Liste einen fetten Klunker von Tiffany verlangt. Und der To-do-Liste muss Folge geleistet werden.«

Er nahm die Serviette vom Tisch. »Ich werde es mir merken, Emma.«

Das fühlte sich plötzlich wie dünnes Eis an, und ich sagte schnell: »Der fette Klunker war übrigens Isys Idee, nicht meine. Mir sind andere Dinge wichtig. Und jetzt möchte ich sofort wissen, was los ist, Nick.«

»Erst bestellen«, sagte er gnadenlos und studierte in aller Ruhe die Speisekarte.

Widerwillig zähmte ich meine Ungeduld und warf ebenfalls einen Blick in die Karte. Meine Güte, das waren ja Preise! Ich wollte Nick nicht ruinieren, also entschied ich mich schnell für eine Suppe als Vorspeise und die Entenbrust unter Lavendel- und Gewürzkruste, während Nick die Jakobsmuscheln und den Lammrücken wählte.

»Schon beim Lesen der Speisekarte läuft mir das Wasser im Mund zusammen«, seufzte ich, froh, dass ich endlich wieder Appetit hatte. »Ich bin schon ganz aufgeregt, später die Dessertkarte in die Hände zu bekommen.«

Nick schmunzelte. »Ich kenne niemanden, mit dem man Essen so genießen kann wie mit dir. Ich finde das total sexy.«

Bevor ich weiter über seinen Kommentar nachdenken konnte, begann er: »Also, Emma …«

Sofort hatte er meine volle Aufmerksamkeit, und ich lehnte mich nach vorne. Nick nahm das gefüllte Champagnerglas in die Hand, und ich tat es ihm gleich. Erwartungsvoll sah ich ihn an. Und im selben Moment fiel bei mir der Groschen. Ich legte eine Hand auf mein Herz.

»O mein Gott. Du hast den Job beim Fernsehen.«

Sein umwerfendes, ansteckendes breites Grinsen zeigte mir, dass ich Recht hatte.

»O mein Gott. O mein Gott.« Ich hatte das Gefühl, einen Herzinfarkt zu bekommen. »O mein Gott. O. Mein. Gott!«

Nick grinste immer noch. »Okay, wir brauchen neue Worte, um die Situation zu beschreiben. ›O mein Gott‹ nutzt sich irgendwie ab. Das letzte Mal, als du das so häufig hintereinander gesagt hast, haben wir …«

Ich ignorierte den letzten Satz und sprang – trotz der schicken Umgebung – auf und umarmte ihn stürmisch. »Ich kann es nicht fassen. Herzlichen Glückwunsch. Ich bin so unglaublich stolz auf dich!«

Als ich mich wieder halbwegs beruhigt und auf meinen Stuhl gesetzt hatte, stießen wir an.

»Jetzt erzähl bitte alles ganz von vorne!«

Er trank einen Schluck von seinem Champagner. »Ich habe direkt in der ersten Januarwoche einen Anruf bekommen, und ein paar Tage darauf haben wir Probeaufnahmen im Studio gemacht. Gestern Abend habe ich die Zusage bekommen.«

»Und wann fängst du an? Und was wirst du genau machen?«

»Nächsten Monat. Ich werde einmal die Woche mit einem Kollegen zusammen die Sendung *SportCenter* moderieren, in der die Sportwoche zusammengefasst wird. Also was in allen Sportarten passiert ist, von Baseball über Basketball, Eishockey, Football, Tennis, Ski und so weiter.«

»Du wirst berühmt. O mein Gott!«

»Da ist es ja wieder, das ›O mein Gott‹«, lachte er.

Unser Essen kam, aber ich konnte mich kaum auf die Suppe in meinem Teller konzentrieren. Das alles war so aufregend! Ich hatte tausend Gedanken im Kopf und wusste gar nicht, wo ich anfangen sollte.

»Darf ich dir eine Frage stellen?«, fing ich an.

»Nur, wenn ich dir dann auch eine stellen darf«, antwortete er.

Ich nickte. »Also, was ich fragen wollte: Du hast College- und Unistipendien bekommen, weil du so gut Basketball gespielt hast. Warum bist du dann doch nicht Profi geworden?«

Er verzog den Mund. Ich kannte ihn gut und sah, dass ihm das Thema unangenehm war.

»Okay. Vielleicht eine blöde Frage.«

»Nein, ist schon gut. Es stimmt, ich war eigentlich auf dem Weg zur Profikarriere, aber ich hatte schon mit zwanzig eine Menge Verletzungen. Kreuzbandriss, Achillessehnenanriss, Kapsel- und Bandverletzungen am Sprunggelenk, und letztlich war es das rechte Knie, das nicht mehr mitgemacht hat. Basketball ist in den letzten Jahren einfach viel körperbetonter und athletischer geworden. Da musst du topfit und belastbar sein. Sonst kommst du nicht nach ganz oben, sondern bleibst ein guter Hobbysportler. Oder ein gescheiterter Profisportler. Je nachdem, wie du es betrachtest.«

Ich legte den Löffel ab und drückte seine Hand. »Du bist kein gescheiterter Profisportler. Du bist ein hervorragender Sportjournalist, der eine beneidenswerte Karriere vor sich hat. Du hast offensichtlich Pech gehabt mit deinen Verletzungen und dir deinen Weg sicherlich ursprünglich mal anders vorgestellt, aber das Allerbeste daraus gemacht.«

Er lächelte, nicht ganz überzeugt, und drückte meine Hand zurück, ehe er sich wieder seinem Essen widmete.

»Okay. Jetzt bist du dran«, sagte ich, um ihn von seinen düsteren Gedanken abzulenken. Schließlich sollte der heutige Abend gefeiert werden.

»Ich würde gerne wissen, ob du immer noch darüber nachdenkst, nicht nach Deutschland zurückzukehren.«

Ich wartete, bis unsere Teller abgeräumt waren, und genoss einen Moment die atemberaubende Aussicht über den East River und auf die leuchtende Skyline. Ich versuchte, mir den Anblick ins Gehirn zu brennen, damit ich noch in fünfzig Jahren daran denken konnte.

Meine Zukunftspläne waren leider kein einfaches Thema. Ich hatte in den vergangenen Tagen und Wochen viel darüber nachgedacht, was ich nach meinem Abschluss im Mai tun wollte. Die Vorstellung, nach Deutschland zurückzukehren und dort als Anwältin in der Kanzlei meines Vaters zu arbeiten, kam mir immer unwirklicher vor. Ich musste die ganze Zeit an Nicks Vergangenheit und auch seine Basketball-Kinder denken, die alle aus familiär schwierigen Verhältnissen kamen. Familienrecht lag mir im Blut, allerdings konnte ich mir nicht vorstellen, in der Kanzlei den Rest meiner Tage damit zu verbringen, knallharte Eheverträge für wohlhabende Frankfurter zu entwerfen oder schmutzige Scheidungskriege zu führen.

Aber meine Pro-bono-Arbeit in der Kanzlei – die machte mir richtig Spaß. Ich hatte gerade erst damit angefangen, aber ich merkte, wie glücklich mich jede Stunde, die ich in diese Fälle steckte, machte. Sie gaben mir das Gefühl, etwas Bedeutungsvolles zu tun und nicht nur die Reichen noch reicher zu machen. Und wie erfüllend musste es zum Beispiel sein, Kindern zu helfen, denen es nicht gut ging, die Opfer von häuslicher Gewalt oder Vernachlässigung geworden waren? Meine Gedanken waren noch sehr unausgereift, aber sie gingen mir ständig im Kopf herum.

Ich versuchte, sie in Worte zu fassen. »Ja, ich denke immer noch darüber nach hierzubleiben. Bevor ich nach New York kam, war mein Leben schon völlig vorherbestimmt. Es war klar, dass ich die Kanzlei meines Vaters übernehmen würde. Mein Studium in den Staaten fühlte sich quasi wie das letzte Jahr Freiheit an, bevor die Pflicht ruft. Aber mittlerweile frage ich mich, ob das der richtige Weg ist, verstehst du? Es ist mein Leben, und ich sollte es eigentlich so leben, wie ich es möchte. Nicht, wie mein Vater sich das vorstellt.«

»Und was hast du nun vor? Willst du deinem Vater einen Korb geben, durch Asien trampen und deine Freiheit genießen?«

Ich lachte. »Als ob ich dafür der Typ wäre. Im Moment denke ich eher darüber nach, ob ich wirklich die große Karriere machen muss. Ob das der Sinn des Lebens sein kann. Erfolgreich sein und Geld verdienen? Oder ob ich nicht meine Ausbildung dafür nutzen kann, etwas Gutes zu tun. Wer kümmert sich denn um die juristischen Angelegenheiten von mittellosen Kindern? Wer vertritt ihre Rechte, wenn sie in einem Sorgerechtsstreit unter die Räder kommen? Wenn sie zu Hause Gewalt erleben? Wenn sie nicht in die Schule gehen dürfen?«

Nick trank einen Schluck. »Du könntest in der Kanzlei deines Vaters arbeiten und Pro-bono-Fälle übernehmen.«

»Nein, Nick. Ich meine hier. Hier in New York. Oder wo auch immer ich meine Anwaltszulassung mache.« Er sah mich erstaunt an, und ich fuhr fort: »Wahrscheinlich ist das eine totale Schnapsidee. Von irgendetwas müsste ich auch leben. Und diejenigen, denen ich gerne helfen würde, haben ja gar kein Geld, sich eine Anwältin zu leisten.«

Er sah mich an und lächelte. »Du kannst alles schaffen, was du dir vornimmst, Emma. Ich hoffe, das weißt du?«

Ein warmes Gefühl breitete sich in meinem Bauch aus, und ich lächelte zurück. Es war so leicht, mit Nick zu sprechen. Bei ihm musste ich mich nicht verstellen und hatte auch keine Angst, mich lächerlich zu machen. Er würde nie über mich oder meine Ideen lachen. Im Gegenteil. Er verstand mich. Meistens sogar, ohne dass ich meine Gedanken laut aussprechen musste.

»Es gäbe sicherlich Menschen, die bereit wären, für so ein Projekt zu spenden«, sagte er und lächelte mich an. »Auf mich kannst du auf jeden Fall schon mal zählen. Ich stehe immer an deiner Seite, egal was du tust.«

Ich lächelte zurück. »Das weiß ich, Nick.«

Zu Hause im Flur half Nick mir aus dem Mantel und hängte ihn an die Garderobe. Puh, es tat gut, aus den hohen Schuhen zu schlüpfen. Ich würde wohl nie lernen, wie Isy den ganzen Abend auf Highheels rumzustöckeln, ohne mit der Wimper zu zucken.

»Vielen Dank für den wundervollen Abend und die Einladung zum Essen«, sagte ich und drehte mich zu Nick um. Er stand dicht hinter mir und schüttelte seinen Parka ab.

Wann hatte es angefangen, dass seine Nähe in mir dieses Kribbeln auslöste? In den Hamptons? Oder schon viel früher?

Ich versuchte, die Gefühle zu verdrängen, und fügte hinzu:

»Und danke, dass du deinen Erfolg mit mir gefeiert hast. Das war mir eine große Ehre.«

Er lächelte. »Mit wem hätte ich ihn sonst feiern sollen?«

Ich wollte mit den Schultern zucken, erstarrte aber, als Nick noch einen letzten kleinen Schritt auf mich zumachte und mit beiden Händen mein Gesicht umfasste. Mein Herz fühlte sich an, als würde es mir gleich aus der Brust springen, als er seine Hände an meinem Hals herabgleiten ließ und seine Daumen in die Träger meines Kleides hakte, ohne meinen Blick eine Sekunde loszulassen. Mit einer quälend langsamen Bewegung streifte er mir die Träger von den Schultern, beugte seinen Kopf zu mir herunter und fuhr mit seinen Lippen über meinen Hals.

»Das wollte ich schon machen, als du das Kleid letztes Jahr auf der Weihnachtsfeier anhattest«, murmelte er.

Meine Knie drohten bei seinen Worten unter mir nachzugeben. Ich hielt mich an seinen Unterarmen fest.

»Nick.« Ich sagte seinen Namen halb mit Sehnsucht, halb mit einem letzten Rest Vernunft und Widerstand.

Er schien vor allem den zweiten Teil zu spüren, denn er blickte auf, verzog den Mund zu einem schiefen Lächeln, schob vorsichtig die Träger wieder hoch und küsste mich dann auf den Haaransatz.

»Gute Nacht, Peanut.«

Anthony hatte mich seit der Weihnachtsfeier ein paar Mal angerufen und mir Nachrichten geschrieben, aber ich hatte nie darauf reagiert. Ich hätte nicht gewusst, was wir uns noch zu sagen gehabt hätten. Ich hatte zwar durchaus das vage Gefühl, dass es noch ein abschließendes, klärendes Gespräch zwischen uns geben musste, aber zugegebenermaßen ging ich der Sache aus dem Weg, solange es ging.

Ich traf Anthony Ende Januar das erste Mal wieder in der

Kaffeeküche der Kanzlei. Noch klischeehafter wäre wohl nur eine Begegnung am Kopierer gewesen, aber da Anthony wohl seit Jahren keine Kopie mehr selbst gemacht hatte, wäre das eher unwahrscheinlich gewesen. Ich machte mir gerade einen Tee und stand mit dem Rücken zur Tür, als er hereinkam. Mein Nacken prickelte instinktiv, und ich drehte mich um. Einen kurzen Moment stockte er kaum merklich in der Bewegung, dann schloss er die Tür hinter sich.

»Emma …«, begann er, brach aber sofort wieder ab, weil sich die Tür direkt wieder öffnete. Eine der Sekretärinnen kam herein, grüßte freundlich und schenkte sich eine Tasse Kaffee ein. Ich starrte Anthony hinter ihrem Rücken an. Er ließ mich nicht aus den Augen, bis sie die Küche wieder verlassen hatte.

»Emma, du kannst dir gar nicht vorstellen, wie sehr ich dich vermisst habe. Die letzten Wochen waren die Hölle. Dich so lange nicht zu sehen, das war der reinste Alptraum.«

Einen Moment musste ich daran denken, wie es gewesen war, als wir uns kennengelernt hatten. Wie fasziniert ich von ihm gewesen war. Von seinem guten Aussehen, von seinem Charisma und seinem Selbstbewusstsein. Wie schnell und heftig ich mich in ihn verliebt hatte.

Langsam sagte ich: »Anthony, alles, was wir miteinander hatten, war wie ein einziger Traum. *Du* warst mein absoluter Traum. Nur leider war es das eben auch: ein Traum. Denn in Wirklichkeit warst du ja gar nicht der Mann, den ich glaubte, vor mir zu haben. Sondern ein ganz anderer. Ein Mann, der eine Frau hat. Aber ich war so verliebt in dich, dass ich die Illusion von uns viel zu lange nicht aufgeben konnte.«

»Meine Gefühle zu dir waren aber echt, Emma. Sind es immer noch.«

»Das weiß ich.« Irgendwie. »Aber Vertrauen, das einmal zerstört ist, kann man nicht einfach so wiederherstellen. Und deine Frau auf der Weihnachtsfeier kennenzulernen, war wie ein Eimer kaltes Wasser über meinen Kopf.« Mir wurde immer noch ganz schlecht bei dem Gedanken. »Alle Dinge, die ich vorher erfolgreich verdrängt hatte, waren da plötzlich klar. Dass Lilly nicht irgendein Feind ist, der zwischen uns und unserem Glück steht. Sondern ein Mensch mit Gefühlen. Ein Mensch, den wir mit unserem Handeln verletzen. Ich mache mir Vorwürfe, dass ich das nicht schon viel früher erkannt habe.«

Er rieb mit einer Hand über sein Kinn und presste dann zwei Finger gegen seine Nasenwurzel. Gedämpft sagte er: »Wärst du ein Jahr später nach New York gekommen, würden wir diese Unterhaltung gar nicht führen. Dann hättest du einen frisch geschiedenen Anthony kennengelernt. Happy End für uns beide.«

»Ich bin aber nicht ein Jahr später nach New York gekommen, Anthony.« Ich ging zur Tür, und mit der Klinke in der Hand drehte ich mich noch mal zu ihm um. »Ich kann dir nicht raten, ob du deine Frau verlassen oder ihr gemeinsam versuchen solltet, eure Ehe zu retten. Aber du musst verstehen, dass es für uns beide keine Zukunft gibt.«

Er hob seinen Blick und sah mir in die Augen. »Es ist also aus?«

Ich nickte.

So was von aus. Aber das sagte ich nicht laut. Es war hoffentlich deutlich genug.

Obwohl ich eine unglaubliche Erleichterung spürte, dass die Situation mit Anthony endgültig geklärt war, war ich gleichzeitig innerlich ziemlich aufgewühlt. Ich brauchte dringend jemanden zum Reden. Ich brauchte Isy.

Nach dem Büro fuhr ich zu ihr. Sie nahm mich in den Arm, als ich ein paar letzte Tränen um Anthony vergoss. Nicht weil ich meine Entscheidung bereute. Im Gegenteil. Ich war froh, dass es vorbei war. Aber gleichzeitig war es schwer, einen Traum aufzugeben, an dem man so lange festgehalten hatte. Viel zu lange. Wir sprachen bis tief in die Nacht und tranken Wein, und weil ich zu erschöpft war, um noch nach Hause zu gehen, schlief ich bei ihr.

Am nächsten Morgen wachte ich auf und fühlte mich das erste Mal seit Langem befreit. Es war, als wäre eine Last von meinen Schultern genommen worden. Die Erinnerung an Anthony würde ich zwar sicher noch eine Weile mit mir herumtragen, aber es war vorbei. Abgeschlossen. Und das war gut so.

Ich rannte den Weg von Isys Wohnung im Nieselregen nach Hause. Durch die Glasscheibe des Cafés sah ich, dass Nick am Tresen saß und Kaffee trank. Ich riss die Tür auf. Drinnen war es schön warm und duftete wie immer nach Kaffee und frisch gebackenen Brötchen und Kuchen. Ich war klitschnass, aber gleichzeitig fühlte ich mich euphorisch.

»Einen wunderschönen guten Morgen!« Ich strahlte Nick an und hopste auf den freien Barhocker neben ihm.

Erst als ich bei Leonardo meinen Kaffee bestellt hatte, sah ich, dass Nick miese Laune hatte.

»Guten Morgen«, sagte er schneidend.

Oha. Welche Laus war ihm denn über die Leber gelaufen?

Bevor ich etwas sagen konnte, sagte er: »Hast du im Büro übernachtet? Anstrengende Nacht gehabt? Unter deinem Chef? Oder auf ihm?«

Ich blies die Backen auf. Puh, das nannte ich mal eine direkte Attacke.

Er stand auf und nahm seine Tasche. »Ist mir auch egal. Jeder kann hier schließlich machen, was er will. Und vögeln, wen er will. Wir sind uns keine Rechenschaft schuldig, richtig?«

Die Tür ratterte im Rahmen, so heftig hatte er sie zugeschlagen. Das konnte ich unmöglich so auf mir sitzen lassen. Ich sprang auf und rannte hinter ihm her. Ich holte ihn ein, als er sich an der nächsten Straßenecke ein Taxi heranwinken wollte.

Ich war etwas atemlos von meinem kleinen Sprint und klang nicht ganz so selbstbewusst, wie ich es gerne gehabt hätte. »Was fällt dir ein, so mit mir zu reden?«

Er war mittlerweile vom Regen genauso klitschnass wie ich und wischte sich über die Augen. »Ich habe nur die Wahrheit gesagt. Oder etwa nicht?«

Ich hätte ihm natürlich sagen können, dass ich nicht bei Anthony, sondern bei Isy geschlafen hatte. Aber seine Art ging mir einfach nur gegen den Strich.

»Wie du schon richtig festgestellt hast, sind wir uns keine Rechenschaft schuldig. Wir sind nicht zusammen, und jeder von uns kann machen, was er will. Selbst wenn ich halb Manhattan vögeln würde, hättest du kein Recht, mich so anzufahren.«

»Wenn du halb Manhattan vögeln würdest, würde mich das nicht so aufregen wie die Tatsache, dass du immer wieder zu diesem einen Typen zurückkehrst. Es geht einfach nicht in meinen Kopf.«

Ein Taxi näherte sich, und Nick streckte den Arm aus. Es hielt neben uns an.

Nick sprang über eine Pfütze und öffnete die Tür. »Ich muss jetzt los in den Sender, meine erste Sendung besprechen. Falls du dich in deinem Liebestaumel noch an solche unwichtigen Details erinnerst.«

Er schlug die Tür zu, und das Taxi fuhr los. Fassungslos sah ich ihm hinterher.

Arsch-loch! Ich hätte es am liebsten laut herausgeschrien, aber ich bekam mich gerade noch rechtzeitig in den Griff. Frustriert fuhr ich mir durch die nassen Haare.

O Gott. Was für ein Chaos. Und ich hatte gehofft, dass jetzt, nachdem ich die Sache mit Anthony geklärt hatte, endlich etwas Ruhe in mein Leben einkehren würde.

Meine New-York-To-do-Liste

- ☐ ~~Eine Wohnung finden!!! und umziehen~~
- ☐ ~~Sightseeing~~
- ☐ Fetter Klunker von Tiffany!
- ☐ ~~Einen New Yorker küssen: auf der Brooklyn Bridge, auf der Staten-Island-Fähre, auf der Dachterrasse einer coolen Bar, beim Schlittschuhlaufen am Rockefeller Center~~
- ☐ ~~Sample Sale im Fashion District und eine teure (!) Shopping-Sünde begehen~~
- ☐ Von einem New Yorker für eine New Yorkerin gehalten werden
- ☐ ~~New York bei Schnee sehen~~
- ☐ ~~Cocktails auf der Dachterrasse einer Bar~~
- ☐ ~~Sex mit einem New Yorker! Mit dem heißesten Mann in NY! O. Mein. Gott.~~
- ☐ In 50 40 32 26 25 16 12 9 verschiedene Bars/Clubs gehen
- ☐ Ein Event im Madison Square Garden
- ☐ ~~Ein Wochenendtrip in die Hamptons~~
- ☐ Meinen LLM-Abschluss schaffen
- ☐ Mir überlegen, was ich mit meinem Leben nach dem Abschluss anfangen will
- ☐ Die große Liebe finden

FEBRUAR

Nicks erste Sendung war Anfang Februar. Und obwohl wir uns seit unserem Streit mit etwas begegneten, was Isy »passive Aggressivität« nannte, hätte ich seine Premiere um nichts in der Welt verpassen wollen. Also saß ich mit Isy am Abend der Sendung vor Nicks Riesenbildschirm, Popcorn und Chips vor uns, eine Flasche vom guten Rotwein entkorkt. Als der Sender den Vorspann einspielte, griff ich unwillkürlich nach Isys Hand und drückte fest zu. Nick moderierte die Sendung mit einem anderen Reporter zusammen, der ihn zunächst als neuen Kollegen vorstellte. Dann übernahm Nick und stieg direkt ein mit einem Beitrag über einen Eishockeyspieler der *New Jersey Devils*, der wegen eines üblen Fouls an einem anderen Spieler gesperrt worden war und dagegen Widerspruch eingelegt hatte.

»Verstehst du ein Wort von dem, was er sagt?«, fragte ich, nach wie vor relativ ahnungslos, was Sportthemen betraf.

»Nein, aber er sieht unglaublich gut aus, wenn er Sachen sagt, die ich nicht verstehe«, antwortete Isy, und ich lachte nervös.

Aber sie hatte Recht. Nick trug eine Jeans, die weit genug saß, um cool auszusehen, und eng genug, um seine körperlichen Vorzüge – also vor allem seinen Hintern – zu betonen, dazu weiße Turnschuhe. Sein weißes Hemd hatte er bis zu den Ellenbogen hochgekrempelt, was seriös, aber nicht spießig aussah. Die Haare waren etwas ordentlicher, als ich es sonst von ihm kannte, aber eine widerspenstige Strähne fiel ihm immer wieder ins Gesicht.

»Er macht das gut, oder?«, fragte ich, als ein kurzer Clip eingespielt wurde.

»Sieht aus, als hätte er in seinem Leben nichts anderes gemacht«, antwortete Isy und tätschelte mir die Hand, als wäre ich eine Verrückte, die man beruhigen musste. Dabei war ich doch völlig cool. Außer dass ich schon wieder an meinem Daumennagel herumgeknabbert hatte. Ich setzte mich auf meine Hand, um nicht weiter in Versuchung zu kommen.

Nach dem Eishockey-Bericht ging es weiter mit Basketball, Baseball und Football, und am Ende wurde Golf und Motorsport gezeigt. Nick sprach über jedes der Themen mit so viel Selbstverständlichkeit, dass man ihm wirklich abnahm, dass er der neue Sportexperte bei *NBC Sports* war.

Isy verabschiedete sich bald nach Ende der Sendung, und ich räumte schnell unser Chaos in Nicks Zimmer auf. Dann setzte ich mich mit dem restlichen Wein in die Küche und wartete. Ich hatte eine Flasche Sekt kaltgestellt und wollte unbedingt mit ihm anstoßen. Ich wollte, dass wir uns wieder vertrugen.

Allerdings war er um elf immer noch nicht zurück, und so ging ich in mein Zimmer, um mir die Zeit mit einem Buch über Allgemeines Zivilrecht zu vertreiben. Um halb eins wurde ich wach, nachdem ich offenbar kurz eingenickt war.

Keine Spur von Nick.

Als er um eins immer noch nicht da war, überlegte ich, ihn anzurufen, doch ich wollte nicht nerven. Daher entschloss ich mich, ihm eine Nachricht zu schreiben. Ein bisschen weniger aufdringlich, denn eine Nachricht konnte er auch einfach ignorieren, wenn er wollte.

Herzlichen Glückwunsch zu Deiner ersten Sendung – Du warst toll. Wann kommst Du heim, damit wir anstoßen können?

Nach einigem Zögern setzte ich noch ein x-Küsschen dahinter.

Innerhalb von wenigen Minuten kam die Antwort:

Keine Ahnung. Warte nicht auf mich.

Kein Küsschen. Nur diese beiden Sätze.

Am nächsten Morgen klingelte um sieben mein Wecker. Als ich in die Küche ging, um mir einen Tee zu machen, sah ich, dass Nicks Zimmertür immer noch offen stand. Sein Bett war unberührt. Ich versuchte den Stich zu ignorieren, den die Erkenntnis in mir auslöste, dass er woanders übernachtet hatte.

Gerade als ich kochendes Wasser über den Teebeutel gegossen hatte, drehte sich ein Schlüssel im Türschloss. Ich hörte, wie Nick Schuhe und Jacke auszog und in sein Zimmer ging. Mit der dampfenden Tasse in der Hand lief ich zu ihm rüber und lehnte mich an den Türrahmen.

»Ach, du bist schon wach?«, fragte er, ohne mich anzusehen.

Ich zog die Augenbrauen hoch und konterte: »Ach, du bist schon da?«

Darauf bekam ich keine Antwort. Stattdessen packte er sein T-Shirt mit einer Hand im Nacken und zog es sich mit einer einzigen Bewegung über den Kopf. Als er sich von mir wegdrehte, kniff ich die Augen zusammen. War das eine Fingernagelspur auf seinem Oberarm? Kein Zweifel. Ein fetter roter Streifen verlief über seinen Bizeps fast bis zum Ellenbogen.

Mich überrollte eine heftige Welle von Eifersucht. Er war nicht nur über Nacht weg gewesen, sondern hatte offenbar auch mit irgendeiner Frau geschlafen. Gleich nach der Eifersucht kam der Zorn. Und die Enttäuschung. Und dann die Erkenntnis, dass ich überhaupt kein Recht auf all diese Gefühle hatte.

Nick bekam glücklicherweise von all den Emotionen, die

in mir brodelten und die sich höchstwahrscheinlich auch auf meinem Gesicht widerspiegelten, nichts mit, weil er mir immer noch den Rücken zugewandt hatte.

Verdammt. Konnte es nicht einfach wieder so sein wie am Anfang? Als ich eingezogen war und sich einfach nur eine wunderbare, innige Freundschaft entwickelt hatte? Ohne Komplikationen? Aber dafür musste ich endlich mal wieder klar im Kopf werden. Nicht dauernd zwischen dem Wunsch, wieder seine beste Freundin zu sein, und dem Wunsch, mich von ihm besinnungslos küssen zu lassen, hin und her pendeln wie eine Verrückte.

Ich kaute nachdenklich an meiner Unterlippe, suchte und fand mein Rückgrat und sagte dann: »Hör mal, Nick, ich habe da von einem Freund zu Weihnachten zwei Karten für das Knicks-Spiel im Madison Square Garden nächste Woche geschenkt bekommen.«

Er drehte sich um und sagte: »Muss ja ein cooler Typ sein, der dir so tolle Sachen schenkt.«

Das brachte mich schwach zum Lächeln. »Ja, ist er.« Er lächelte nicht zurück, und ich fuhr schnell fort: »Allerdings reden wir im Moment nicht so richtig miteinander, und daher weiß ich nicht, mit wem ich dorthin gehen soll. Hast du vielleicht einen Vorschlag?«

»Geh doch mit Anthony.«

Ich verlagerte mein Gewicht aufs andere Bein. Ruhig und gelassen bleiben. Cool und gefasst. Ying und Yang. Atmen.

»Ich habe Schluss gemacht. Endgültig.«

Ohne sich zu mir umzudrehen, murmelte er: »Ach, wirklich?«

Ich nickte, obwohl er mich gar nicht ansah. »Ja, wirklich. Habe ich ehrlich gesagt schon im Januar. Die Nacht, als ich nicht nach Hause gekommen bin?« Er sagte nichts, also fuhr ich fort: »Ich habe ihm an diesem Tag gesagt, dass es endgültig aus ist. Und dann bei Isy übernachtet.«

Er drehte sich langsam zu mir um und starrte mich an. »Warum hast du das denn nicht gesagt?«

Frustriert hob ich die Arme. »Weil du dich mir gegenüber absolut unverschämt verhalten hast! Du bist grundlos auf mich losgegangen, und ich hatte keine Lust, mich dir gegenüber dann auch noch zu rechtfertigen.« Mit einem Blick auf seinen Oberarm fügte ich hinzu: »Und du? Aufregende Nacht gehabt?«

Er folgte meinem Blick und zuckte mit den Schultern: »Der Striemen ist vom Basketball. Und ich habe bei meinen Eltern übernachtet. Sie waren völlig aus dem Häuschen und wollten unbedingt meine erste Sendung feiern.«

»Du warst ja auch toll«, sagte ich leise und versuchte mir nicht anmerken zu lassen, dass mir ein riesiger Stein vom Herzen fiel. Die Welle der Erleichterung, die mich durchströmte, war absurd. »Und um auf das Knicks-Spiel zurückzukommen: Ich bin völlig ahnungslos, was die NBA angeht. Ich glaube, ich sollte mit jemandem zum Spiel gehen, der sich richtig gut damit auskennt. Sonst sind die Tickets wirklich Perlen vor die Säue. Irgendwelche Ideen?«

Ich versuchte, ihn bittend anzusehen und ihm ohne weitere Worte mein Friedensangebot zu übermitteln. Er sah mich einen Moment an und kam dann zu mir herüber. Sein nackter Oberkörper strahlte Hitze aus, und ich musste mich zwingen, ihm ins Gesicht zu blicken. Ich wusste, wie sein nackter Körper aussah. Ich wusste, wie er sich anfühlte. Er nahm mir den Tee aus der Hand und trank einen Schluck, bevor er mir die Tasse wieder reichte.

Seine Mundwinkel zuckten leicht. »Ich glaube, ich kenne da jemanden, der genau die richtige Begleitung für das Basketballspiel wäre. Sportreporter bei *NBC Sports*. Du kennst ihn bestimmt. Er ist unglaublich attraktiv und intelligent und darüber hinaus fast schon eine Berühmtheit. Ein aufsteigender Stern am Fernsehhimmel.«

Ich stieß mich vom Türrahmen ab und zwang mich, sein Magnetfeld zu verlassen. »Hauptsache, er hat kein Problem mit seinem Ego.«

Endlich schmunzelte er richtig. »Auf jeden Fall hat er was gutzumachen. Weil er sich in der letzten Zeit wie ein Voll-Arsch aufgeführt hat.«

Ich war schwer beeindruckt vom Madison Square Garden, der wohl berühmtesten Sportarena der Welt. Das riesige runde Gebäude war von außen in strahlendem Blau beleuchtet, und wenn man auf der West 33rd Street direkt vor der Arena stand, war das Empire State Building fast zum Greifen nahe.

Innen war die Halle noch atemberaubender als außen. Die fächerförmige Decke überspannte das Basketballfeld und die Ränge, auf denen sicher zwanzigtausend Menschen Platz fanden. In der Mitte unter der Hallendecke hing ein riesiger Quader mit Bildschirmen.

Auf dem Spielfeld passten sich die Spieler beim Aufwärmen die Bälle zu, und eine Gruppe Cheerleader bot eine atemberaubende Show, bei der die Mädchen teilweise meterhoch durch die Luft geschleudert wurden.

Nick und ich hatten uns in der Halle verabredet, weil er vor dem Spiel noch einen Termin gehabt hatte und direkt zum Madison Square Garden kommen wollte.

Ich war etwas spät dran und hüpfte die Treppen runter, in der einen Hand das Ticket, in der anderen eine große New-York-Knicks-Schaumstoff-Hand, die ich gerade noch erstanden hatte.

Ich suchte nach unserer Reihe, doch bevor ich die Nummer entdecken konnte, sah ich schon Nick. Er stand in der Menge und beobachtete konzentriert das Geschehen auf dem Spielfeld. Als hätte er meine Anwesenheit gespürt, drehte er sich um, und unsere Blicke trafen sich. Ein Lächeln breitete sich auf seinem Gesicht aus, als er die Hand hob und winkte. Mit einem warmen, kribbeligen Gefühl im Bauch erwiderte ich seinen Gruß und bahnte mir einen Weg durch die Zuschauer. Als ich bei ihm angekommen war, nahm er mich in den Arm und drückte mir einen Kuss auf die Wange.

Dann sah er mich an und lachte laut: »Emma, du bist mein Verderben. Wirklich.«

Ich sah an mir herunter und grinste. Außer dem Schaumstoff-Winkefinger hatte ich ein Trikot der New York Knicks erworben und trug außerdem eine Kappe mit dem orange-blauen Logo.

»Ich bin halt ein echter Fan unseres Teams«, sagte ich und setzte mich auf meinen Platz.

»Und warum hast du dich für das Trikot mit der Nummer 7 entschieden?«

Ich zuckte mit den Schultern. »Weil der Spieler mit der Nummer 7 am besten aussieht, natürlich. Habe ich vorher bei Google recherchiert.«

Nick verdrehte die Augen und setzte sich neben mich. »Ein echter Fan. Ich bin beeindruckt.«

Die Spieler wurden einzeln aufgerufen und liefen unter großer Licht- und Musikshow auf das Spielfeld. Die Stimmung in der Halle war einmalig, die Gesänge der Fans und die laute Orgel waren fast ohrenbetäubend. Ich kannte mich zwar überhaupt nicht mit Basketball aus, aber die Knicks schienen ein gutes Spiel abzuliefern, denn sie führten von Anfang an zwar knapp, aber kontinuierlich.

Nick erklärte mir einige der Regeln und Schiedsrichterentscheidungen, und obwohl ich es vorher nicht geglaubt hätte, stellte ich fest, dass ich mit dem Team mitfieberte und meine Begeisterung von Minute zu Minute wuchs.

»Unglaublich, dass wir so gut spielen«, sagte Nick in der zweiten Pause. »Ich glaube, ich nehme dich ab jetzt öfter mit ins Stadion. Es scheint Glück zu bringen, wenn du dabei bist.«

Ich grinste und deutete auf die Bildschirme in der Hallenmitte: »Schau mal.«

Über die Bildschirme lief gerade die Kiss Cam. Dabei zoomte die Kamera wahllos auf Pärchen im Publikum, die dann mit einem großen Herzrahmen auf den Bildschirmen, die über dem Spielfeld hingen, gezeigt wurden. Dabei spielte das Lied *Kiss me* von *Sixpence None The Richer*. Die von der Kamera eingefangenen Personen mussten sich dann küssen, was teilweise zum Schreien komisch war, insbesondere, weil die Kameramänner sich Personen aussuchten, die gar nicht zusammengehörten, überhaupt nicht zusammenpassten oder einfach lustig zusammen aussahen. Wie zum Beispiel das superheiße Pamela-Anderson-Double mit Körbchengröße DD und ein plötzlich sehr aufgeregter, dürrer älterer Herr neben ihr. Oder zwei hübsche junge Frauen, deren beiden Freunde sich – gemeinsam mit dem gesamten restlichen Publikum – diebisch freuten, dass die beiden sich küssen mussten. Oder ein süßes älteres Ehepaar, das zusammen mindestens hundertsechzig Jahre alt sein musste. Oder zwei Teenager mit Zahnspangen, beide knallrot vor Scham.

Oder die Brünette mit Pferdeschwanz im New-York-Knicks-Outfit und …

O mein Gott.

Ich spürte, wie mir das Blut aus dem Gesicht wich. Das war ja ich auf dem Bildschirm. Mit einem sehr erschrockenen, nicht gerade intelligent wirkenden Gesichtsausdruck. Inklusive offen stehendem Mund und aufgerissenen Augen. Und gemeinsam mit mir eingeblendet war mein Sitznachbar zur rechten – ein Mann mit einem enormen Bauchumfang, der gerade eine Riesenportion Käsenachos und Zwiebelsalsa in sich reinschaufelte.

Nick lachte sich fast schlapp. Der Mann neben mir grinste

mich an, und – oh, Hilfe –, er hatte was zwischen den Zähnen! Keine tausend Pferde würden mich dazu kriegen, ihn zu küssen. Und davon abgesehen auch keine zwanzigtausend Zuschauer, die jetzt begeistert grölten, applaudierten und lachten.

Ohne weiter darüber nachzudenken, drehte ich mich zu Nick. Ich griff mir eine Handvoll von seinem T-Shirt, zog ihn zu mir heran und presste meinen Mund auf seinen. Seine Lippen waren warm und weich, und er schmeckte nach der Pepsi, die er gerade getrunken hatte. Wenn Nick überrascht von meinem Überfall war, ließ er es sich nicht anmerken. Er zögerte nur einen kleinen Moment und fuhr mir dann mit beiden Händen in die Haare, um mich enger an sich zu ziehen, und erwiderte meinen Kuss genauso leidenschaftlich. Ich hörte nicht mehr, ob die Zuschauer buhten, weil ich geschummelt hatte, oder klatschten, weil der Kuss einfach filmreif war. Für mich fühlte er sich zumindest filmreif an. Als wir uns endlich voneinander lösten und ich wieder atmen konnte, hatte das Spiel längst wieder begonnen.

Zu Hause musste ich als Allererstes aufs Klo. Dieser Ein-Liter-Becher Cola hatten es wirklich in sich. Als ich wieder in den Flur kam, stand Nick immer noch da, wo ich ihn zurückgelassen hatte, an der Haustür, und sah unbehaglich aus.

»Emma«, sagte er und zog sich langsam die Jacke aus. »Unser Kuss vorhin …« Ich war mir plötzlich nicht mehr sicher, ob ich hören wollte, was er sagte. Aber er fuhr fort: »… war …«

Klappe halten, Emma, dachte ich noch, aber wie gewöhnlich hörte ich nicht auf meine vernünftige innere Stimme. Der Kuss im Stadion hatte etwas in mir ausgelöst. Mich daran erinnert, wie es in den Hamptons gewesen war. Mich aufgewühlt.

Leise sagte ich: »Welcher Kuss?« Mein Herz klopfte mir bis zum Hals, als ich mich neben ihn an die Haustür lehnte. »Ich kann mich gar nicht daran erinnern.«

Nick schloss kurz die Augen, und ich sah förmlich, wie er mit sich rang. Dann machte er einen Schritt auf mich zu und senkte seinen Mund auf meinen. Ich zögerte nicht, sondern öffnete die Lippen, um ihn zu schmecken, zu spüren. Seine Zunge fuhr über meine, und diese Berührung erzeugte tausend Funken, die durch meinen Körper stoben und mich von innen zum Glühen brachten. Nick zu küssen war wie ein Rausch. Ich krallte mich mit den Fingern in seine Oberarme und spürte die angespannten Muskeln unter seinem Pulli. Ich wollte plötzlich nichts mehr, als mit meinen Händen unter seine Kleider fahren, um seine nackte Haut anzufassen. Ich presste meine Hüfte an ihn und stöhnte auf, als ich spürte, wie hart er war. Tausend Bilder schossen durch meinen Kopf. Nick und ich an Weihnachten vor dem Kamin, nackt, unsere Körper ineinander verschlungen, seine wandernden Hände, sein heißer Mund auf meiner Haut.

Doch im gleichen Moment spürte ich, wie er sich zurückzog und unseren Kuss langsam beendete. O Gott, hör bitte nicht auf. Warum hörte er auf? Ich stellte mich auf die Zehenspitzen, um seine Lippen zu erreichen, erwischte aber nur noch seinen Mundwinkel.

»Kannst du dich jetzt dran erinnern?«, fragte er mit rauer Stimme.

Als wenn ich wirklich irgendeinen von Nicks Küssen jemals vergessen könnte. Jeder einzelne war unlöschbar in mein Gehirn eingebrannt. Und irgendwie auch in mein Herz.

»Aber jetzt hören wir besser auf«, murmelte er und löste sich endgültig von mir.

»Deine Erektion ist anderer Meinung.«

Hilfe. Hatte ich das wirklich laut gesagt?

Aber Nick lachte nur leise und deutete mit der einen Hand auf seine Jeans und tippte sich mit der anderen an die Stirn. »Ich bin durchaus in der Lage, mein Gehirn und meine Hose getrennt arbeiten zu lassen, auch wenn du das nicht glaubst. Und mein Gehirn sagt mir, dass wir jetzt besser aufhören.«

Darauf konnte ich nichts entgegnen, und ich biss mir auf die Lippe, als er einen Schritt zurückwich. Ohne seine Umarmung war mir plötzlich kalt. Ich legte eine Hand auf meine Lippen, wo ich ihn vor wenigen Sekunden noch gespürt hatte.

»Ich weiß, wie sehr die Sache mit Anthony dich mitgenommen hat, Emma.«

Fast – aber nur fast! – amüsiert beobachtete ich, wie sich seine Kinnmuskeln spannten. Über das Thema Anthony zu sprechen fiel ihm sichtlich schwer.

Aber er fuhr fort: »Dieses ganze Gefühlschaos muss man erst mal verarbeiten. Wieder einen klaren Kopf bekommen.«

Ich verschränkte die Arme vor dem Körper, ohne etwas zu sagen.

»Versteh mich nicht falsch, Emma. Ich bin immer für dich da, wenn du mich brauchst. Als Freund.« Er machte noch einen weiteren Schritt von mir weg und lehnte sich an die gegenüberliegende Flurwand. Größtmöglicher Abstand von mir.

»Aber nicht als Lückenbüßer. Oder für Trostsex.«

O wow. Das war wie eine Ohrfeige. Oder ein Eimer kaltes Wasser über meinen Kopf. Ich schluckte und ging an ihm vorbei zu meiner Zimmertür.

»Verstanden, Nick«, sagte ich mit mehr Kraft in der Stimme, als ich fühlte, um mir meine Enttäuschung nicht anmerken zu lassen. Und die Scham, die in mir brannte. »Ich wollte mich dir auch nicht aufdrängen.«

Das brachte ihn zum Lachen. Schön, dass wenigstens einer von uns die Situation komisch fand.

»Du hast dich mir ganz sicher niemals aufgedrängt, Emma. Was zwischen uns ist und war, kam mindestens zu fünfzig Prozent auch immer von meiner Seite.«

Ich hatte plötzlich einen unbändigen Drang, alleine zu sein, und schlüpfte in mein Zimmer. Ich murmelte noch einen Dank für den schönen Abend und schloss die Tür hinter mir.

Völlig irrational, dass mir die Tränen kamen, als ich mich von der anderen Seite gegen die Zimmertür lehnte. Ich schloss die Augen. Es war ja schließlich nicht so, als wäre ich unsterblich in Nick verliebt und müsste jetzt vor Liebeskummer vergehen. Aber warum tat seine Zurückweisung dann so verdammt weh?

»Siehst du, das ist der Grund, warum ich mich nicht auf irgendwelche ernsthaften Geschichten mit Männern einlasse.« Isy runzelte die Stirn und rührte etwas zu hektisch in ihrem Latte Macchiato. Milchschaum schwappte über, und sie wischte ihn mit einem Finger auf und leckte ihn ab.

Unser Café war am Sonntagvormittag wie immer überfüllt, doch Monika hatte uns natürlich ein Plätzchen organisiert.

»Es ist doch viel schöner, wenn man sich kennenlernt, gut findet, Sex hat und dann nach einem gewissen Mindesthaltbarkeitsdatum wieder getrennte Wege geht. Kein Herzschmerz, kein Liebeskummer.«

»Ich habe keinen Liebeskummer«, stellte ich trotzig klar.

Nicht wegen Nick! Ich wusste ja selbst nicht, was ich von ihm wollte. Ich stocherte etwas lustlos in meinem Kirsch-Schokoladenkuchen herum und versuchte meine Gedanken in Worte zu fassen. »Im Grunde hat er ja Recht. Die Sache mit Anthony war … krass. Überleg mal, Isy. Fast meine ganze Zeit hier in New York hat sich um Anthony gedreht. Acht Monate! Und kaum ist Schluss, werfe ich mich Nick an den Hals? Und wundere mich, dass er keine Lust auf ein emotionales Wrack wie mich hat? Das ist doch alles irgendwie völlig krank, oder nicht?«

»Ich würde es eher so sehen, dass du und Nick schon immer sehr stark voneinander angezogen wart. Ich denke mal, er hat das von Anfang an gemerkt, aber du merkst es eben jetzt erst, wo dein Gehirn und dein Herz sich langsam, aber sicher von Anthony lösen.«

Ich schüttelte den Kopf. »Quatsch. Wir waren nicht schon immer sehr stark voneinander angezogen. Wir waren einfach richtig gute Freunde.« Isy seufzte und wollte etwas sagen, aber ich fuhr schnell fort, bevor sie mir ins Wort fallen konnte. »Bis zu diesem vermaledeiten Weihnachts-Sex in den Hamptons. Bis dahin war alles in bester Ordnung. Natürlich habe ich vorher auch schon gesehen, was für ein toller Kerl Nick ist. Ich bin ja nicht blind und blöd. Aber ich habe nicht den Kopf deswegen verloren. Ich habe mir sogar was darauf eingebildet, dass ich wahrscheinlich als einzige Frau in der westlichen Hemisphäre nicht auf Nick stehe.«

Jetzt war ich diejenige, die hektisch in ihrem Kaffee rührte. »Dieser Sex an Weihnachten ist wie ein Virus, mit dem ich mich infiziert habe. Als ich es noch nicht hatte, war alles gut, aber jetzt bricht es jedes Mal wieder aus, wenn Nick mich nur anfasst. Oder ansieht. Ach verdammt – es reicht ja schon, im selben Zimmer mit ihm zu sein, damit ich total den Kopf verliere!«

»Fatale Anziehung.«

»So ungefähr. Nur dass Nick dem offenbar um einiges besser widerstehen kann als ich. Ich bin einfach nur erbärmlich.«

»Wem oder was kann ich besser widerstehen?«, fragte eine Stimme hinter uns.

Nick.

Natürlich. Wer auch sonst?

Ich schloss kurz die Augen und verfluchte mein mieses Karma. Wie lange stand er da schon, und was hatte er gehört? Und warum hatte Isy mir unter dem Tisch keinen Tritt verpasst?

»Schokolade«, antwortete ich im selben Moment, in dem Isy sagte: »Emma.«

Ich warf ihr einen bösen Blick zu, aber sie grinste nur frech und trank den letzten Schluck ihres Kaffees. Nick setzte sich zwischen uns und winkte seiner Mutter zu, die ihm seinen üblichen doppelten Espresso brachte.

Um das Thema zu wechseln, sagte ich schnell: »Mein Vater kommt mich übrigens Anfang März für einige Tage mit seiner Frau besuchen. Als Wiedergutmachung für seine Ausladung an Weihnachten. Dabei muss er in Wirklichkeit zu einer Konferenz, und sie will shoppen.«

Nick sah mich mit schiefgelegtem Kopf an. »Vielleicht vermissen sie dich einfach und freuen sich, dich nach so langer Zeit mal wieder zu sehen?«

Ich verzog den Mund. »Du bist wirklich zu gut für diese Welt, Nick. Aber du wirst die beiden ja dann kennenlernen und kannst dir deine eigene Meinung bilden.«

»Ich weiß nicht, ob das klappen wird, Peanut. Ich muss Anfang März für zwei Wochen zu den Freestyle-Ski-Weltmeisterschaften nach Spanien.«

O nein. Wenn ich meinen Vater und meine Stiefmutter ganz allein ertragen müsste, wäre das wirklich furchtbar.

Nick sah meinen Gesichtsausdruck und sagte: »Vielleicht klappt es ja, und ich kann deinen Vater noch kennenlernen.«

Isys Augen strahlten: »Freestyle-Ski-Weltmeisterschaften? Oh, bitte, nimm mich mit. So viele heiße Skater-Typen auf einem Haufen.«

»Bist du nicht etwas alt für Skater-Typen, Isy?«, fragte ich belustigt.

Sie sah verständnislos von mir zu Nick. »Wie kann man zu alt sein für Skater-Typen?«

Nick zuckte mit den Schultern. »Emma sucht was Solides.«

Isy konterte: »Es gibt doch bestimmt auch solide Skater-Typen.«

Die beiden grinsten sich an. Haha, spottet nur über mich.

»Fakt ist«, sagte ich und ignorierte ihre Sticheleien, »dass ich meinem Vater nicht am Telefon sagen kann, dass ich in den USA bleiben möchte. Vielleicht ist sein Besuch dafür die richtige Gelegenheit? Falls es für so ein schwieriges Gespräch überhaupt die richtige Gelegenheit gibt.«

Isy nahm sich einen Cookie. »Hast du in Deutschland eigentlich noch bei deinem Vater gewohnt?«

Ich nickte. »Mein Exfreund war Medizinstudent und hatte eine Wohnung in der Nähe der Uni. Weil ich sowieso die meiste Zeit bei ihm war, hat es sich irgendwie nicht rentiert, sich was Eigenes zu suchen.«

»Und warum seid ihr nicht mehr zusammen?«, fragte Nick.

»Das fragt sich mein Vater auch. Jan – also mein Exfreund – kommt aus einer sehr wohlhabenden und angesehenen Medizinerfamilie. Der absolute Traumschwiegersohn. Aber dann habe ich ihn in flagranti mit einer Kollegin erwischt, als ich ihn an unserem Jahrestag im Krankenhaus überraschen wollte.«

»Oha«, machte Nick. »Bitter.«

»Mein Vater fand es nicht so schlimm. Er meinte, eine Beziehung würde immer auch Kompromisse bedeuten, und Männer seien eben Männer, da könne man nichts machen. Wenn man sich wegen jedem kleinen Streit«, ich machte mit den Fingern Anführungszeichen in der Luft, »gleich trennen würde, dann brauche man gar nicht erst heiraten. Als wenn er der Experte in Sachen Ehe wäre. Und als wenn es nur ein ›kleiner Streit‹ wäre, wenn man seinen Freund dabei erwischt, wie er mit offener Hose auf seinem Bürostuhl sitzt und die Kollegin mit aufgerissenen Augen – und Mund! – unter dem Schreibtisch zwischen seinen Beinen.«

Isy lachte laut auf und schlug sich dann schuldbewusst die Hand vor den Mund.

»Tut mir leid«, murmelte sie. Trotzdem konnte sie nicht verhindern, dass sie hinter der Hand weiterkicherte.

»Du hast sie bei einem Blowjob im Büro erwischt?«, fragte Nick ungläubig, bevor auch er unkontrolliert zu lachen begann. »Ist nicht dein Ernst.«

Plötzlich kam mir die Situation so grotesk vor, dass ich auch lachen musste. »Genau. Mit einer Kollegin aus der Urologie. Aber ich bezweifle, dass die vorgenommene Untersuchung fachlicher Natur war. Nachdem ich mich von ihm getrennt hatte, kam er dann übrigens mit einer Gynäkologin zusammen. Er scheint irgendwie eine Schwäche für ›untenrum‹ zu haben.«

Das brachte uns noch mehr aus der Fassung, und es dauerte eine ganze Weile und eine weitere Runde Kaffee, bis wir uns wieder halbwegs beruhigt hatten.

Meine New-York-To-do-Liste

- [ ] ~~Eine Wohnung finden!!! und umziehen~~
- [ ] ~~Sightseeing~~
- [ ] Fetter Klunker von Tiffany!
- [ ] ~~Einen New Yorker küssen: auf der Brooklyn Bridge, auf der Staten-Island-Fähre, auf der Dachterrasse einer coolen Bar, beim Schlittschuhlaufen am Rockefeller Center~~
- [ ] ~~Sample Sale im Fashion District und eine teure (!) Shopping-Sünde begehen~~
- [ ] Von einem New Yorker für eine New Yorkerin gehalten werden
- [ ] ~~New York bei Schnee sehen~~
- [ ] ~~Cocktails auf der Dachterrasse einer Bar~~
- [ ] ~~Sex mit einem New Yorker! Mit dem heißesten Mann in NY! O. Mein. Gott.~~
- [ ] In ~~50 40 32 26 23 16 12 9~~ 4 verschiedene Bars/Clubs gehen

- [ ] ~~Ein Event im Madison Square Garden~~
- [ ] ~~Ein Wochenendtrip in die Hamptons~~
- [ ] Meinen LLM-Abschluss schaffen
- [ ] Mir überlegen, was ich mit meinem Leben nach dem Abschluss anfangen will
- [ ] Die große Liebe finden

MÄRZ

Wir trafen meinen Vater und Susanne ein paar Stunden nach ihrer Landung in der Lobby ihres Hotels. Sie hatten für die vier Nächte ein Zimmer im *Equinox*, einem Fünfsternehotel in Hudson Yards, gebucht. Hudson Yards war ein schicker, neu entstandener Stadtteil mit spektakulären Wolkenkratzern im Westteil von Manhattan. Alles dort – Büros, Wohnungen, Geschäfte – war exklusiv und teuer, und man hatte eher das Gefühl, in Dubai zu sein als in New York.

Ich hatte Nick angebettelt mitzukommen, um zumindest beim ersten Treffen als Puffer zu fungieren. Nur um zu sehen, wie die Stimmungslage so war. Ob mein Vater mir immer noch übel nahm, dass ich mich von meinem Jahr in New York nicht hatte abbringen lassen. Nick hatte zwar die Augen verdreht, dann aber doch eingewilligt. Letztlich überzeugte ihn wohl das Argument, dass er am folgenden Abend nach Spanien fliegen musste und dies seine einzige Gelegenheit sein würde, meinen Vater kennenzulernen.

Als mein Vater uns zusammen mit Susanne am Arm in der Lobby des Hotels entgegenkam, stellte ich mit Erschrecken fest, dass er in den letzten Monaten merklich gealtert war. Oder er wirkte einfach älter auf mich, als ich ihn in Erinnerung hatte. Die Erkenntnis, dass er mit seinen knapp sechzig Jahren nicht mehr der Jüngste war, traf mich unvorbereitet, und ich spürte förmlich, wie die Emotionen, die ich während meiner Zeit in

New York erfolgreich unterdrückt hatte, an die Oberfläche drängten.

Ich musste einen Kloß hinunterschlucken, als er mich in die Arme schloss. Ich war überrascht, wie fest er mich drückte und wie lange er mich nicht mehr losließ. Vielleicht hatte er mich ja doch ein bisschen vermisst? Susanne hauchte nur zwei Küsschen an meinen Wangen vorbei. Ungefähr so herzlich wie Cruella de Vil.

Nick hingegen musterte sie eingehend und fragte: »Ist das dein neuer Freund?«

Wahrscheinlich fand sie es merkwürdig, dass ihre kratzbürstige Stieftochter einen Mann wie Nick hatte an Land ziehen können.

»Nein«, gab ich zurück. »Nick ist mein Mitbewohner.«

»Ist vermutlich auch besser so«, kam prompt ihre Antwort. »Schließlich willst du deinen Abschluss schaffen, und irgendwelche Männergeschichten sind da wohl eher hinderlich.«

Wow. Das war neuer Rekord. Wir waren noch keine zwei Minuten in einem Raum, und schon wollte ich ihr an die Gurgel gehen. Aber ich hatte mir fest vorgenommen, mich nicht aus der Ruhe bringen zu lassen, und sagte deswegen nichts. Schließlich wusste sie nicht, dass sie voll ins Schwarze getroffen hatte. Ich wollte gar nicht daran denken, was für Bombennoten ich abliefern würde, wenn ich mich mit der gleichen Energie und demselben Zeitaufwand in mein Studium gekniet hätte, wie ich in Anthony und meinen anschließenden Liebeskummer investiert hatte.

Innerlich seufzte ich. Es brachte ja nichts, sich deswegen zu zerfleischen. Jede Erfahrung im Leben war schließlich wertvoll und konnte einen nur klüger machen. Sicher hatte die Sache mit Anthony auch etwas Gutes gehabt. Auch wenn ich im Moment noch nicht so genau sagen konnte, was.

Ich hatte für acht Uhr einen Tisch im *Gallaghers*, dem wohl bekanntesten Steakhouse der Stadt, reserviert, und wir fuhren mit dem Taxi zum Restaurant. Mein Vater vertiefte sich sofort mit Nick in ein Gespräch über Fußball. Susanne sah während der ganzen Fahrt fasziniert aus dem Fenster und schien die Eindrücke der Stadt förmlich in sich aufzusaugen. Ihre Begeisterung und ihre »Ohs« und »Ahs« hatten irgendwie etwas Mädchenhaftes an sich. Ich war überrascht, diese Seite von ihr kannte ich gar nicht. Spontan bat ich den Fahrer, einen kleinen Umweg über den Times Square zu nehmen, auch wenn wir dann ein paar Minuten später im Restaurant ankommen würden.

»Ist das dein erstes Mal in New York?«, fragte ich sie, als wir um die Ecke bogen und die unzähligen blinkenden Leuchtreklamen in unser Blickfeld kamen.

Verwundert sah sie mich an, als würde sie sich fragen, warum ich freiwillig mit ihr redete.

»Ja«, sagte sie dann. »Das allererste Mal. New York ist eine unglaubliche Stadt, oder?«

Ich lächelte. »O ja. New York ist eine ganz und gar unglaubliche Stadt.«

Sie lächelte zurück, und wir teilten einen klitzekleinen Moment der Einigkeit, von dem niemand außer uns beiden etwas mitbekam. Wieder spürte ich, dass zu lange Verdrängtes und Ungesagtes an die Oberfläche wollten. Was war nur los mit mir an diesem Abend? Ich war doch sonst nicht so emotional, wenn es um meine Familie ging.

Dank Nicks nettem Geplauder und seiner einnehmenden Art verlief das Essen unerwartet entspannt und eigentlich sogar recht angenehm. Bis der Kellner das Dessert – NY Cheesecake für alle – abgeräumt hatte und mein Vater plötzlich aufstand.

»Emma, kann ich dich kurz unter vier Augen sprechen? In der Bar?«

Ich warf Nick einen hilfesuchenden Blick zu, aber der zuckte nur mit den Schultern. Ich stand also auf und folgte meinem Vater mit ungutem Gefühl. Und das ungute Gefühl bestätigte sich. Denn sobald mein Vater sich auf einem freien roten Ledersessel niedergelassen hatte, bedeutete er mir, mich ebenfalls zu setzen. Dann zog er mehrere Papiere aus seiner Tasche und schob sie über den Tisch zu mir rüber.

Ich griff danach und fragte: »Was ist das?«

Mein Vater hielt mir einen Stift hin und sagte: »Dein Arbeitsvertrag. Auf beiden Exemplaren unten rechts unterschreiben.«

Ich spürte, wie mir alle Farbe aus dem Gesicht wich und meine Hände kalt wurden. Ich konnte mit meinem Vater nicht über meine Zukunftspläne sprechen! Nicht jetzt. Nicht in dieser überfüllten Bar. Ich war nicht ausreichend vorbereitet. Hatte mir meine Argumente noch nicht richtig zurechtgelegt. Ich wusste nur eines: Ich konnte diesen Vertrag auf keinen Fall unterschreiben.

Um Zeit zu schinden, stammelte ich: »Aber warum ein Arbeitsvertrag? Ich bin doch deine Tochter.«

Mein Vater sah mich an, als wäre ich schwer von Begriff: »Emma, sei doch nicht so naiv. Wir brauchen doch einen Arbeitsvertrag. Für die Akten. Für die Steuer. Für die Versicherungen.«

Ich zog die Papiere langsam zu mir heran und tat so, als würde ich den Text lesen. Wow. Das Gehalt konnte sich sehen lassen.

»Papa«, begann ich. »Ich wollte es dir eigentlich anders sagen und in Ruhe, aber jetzt …« Ich stockte. »Ich kann das nicht unterschreiben.«

Mein Vater sagte zuerst nichts, sondern runzelte nur die Stirn. »Hast du ein anderes Angebot? Wir können das Gehalt auch …«

Ich unterbrach ihn. »Nein, ich habe kein anderes Angebot. Und es geht auch nicht ums Gehalt. Es ist nur …« Ich holte tief Luft. Jetzt oder nie, Emma.

»Ich werde nicht nach Deutschland zurückkommen.«

Nun war mein Vater sprachlos. Und das kam nicht häufig vor.

Ich nutzte seine Schockstarre und fuhr schnell fort: »Nach meinem Abschluss werde ich mich in New York oder Kalifornien für die Prüfung zur Anwaltszulassung anmelden. In diesen beiden Staaten geht das auch für Studenten mit ausländischem Abschluss. Wenn ich die bestehe, dann kann ich in den USA als Anwältin arbeiten.«

Immer noch keine Reaktion. Ich merkte, dass ich anfing zu plappern, konnte den Wortschwall aber nicht mehr stoppen. »Ich dachte, dass ich bei Familienrecht bleibe. Das macht mir ja auch Spaß. Nur kann ich mir nicht vorstellen, das in deiner Kanzlei zu machen. Diese ganzen Eheverträge, Scheidungen, Sorgerechtskriege – das ist einfach nicht mein Ding. Ich würde gerne etwas mit Kindern machen. Benachteiligten Kindern helfen, die Probleme in ihren Familien haben und um deren Rechte sich niemand kümmert. Ich habe wahnsinnigen Spaß an meinen Pro-bono-Fällen in der Kanzlei, und die alleinerziehende Mutter, die wir vertreten, konnte mittlerweile sogar ...«

Ich bekam fast einen Herzinfarkt, als mein Vater mit der flachen Hand auf den Tisch schlug. In der Bar war es laut und ziemlich voll, aber der Barkeeper und die Gäste an den Nachbartischen drehten sich verwundert zu uns um. Ich sah, dass mein Vater sich nur mühsam unter Kontrolle hielt.

»Was ist das für ein erbärmlicher Schwachsinn! Du musst mal aufwachen und der Realität ins Auge blicken, oder lebst du in einer verdammten Märchenwelt? Das hier ist doch nicht Hollywood!«

Ich zwang mich, mich gerade hinzusetzen und mit fester Stimme zu sagen: »Das weiß ich. Aber ich fühle mich hier wohl. Ich habe Freunde gefunden. Mir machen meine Fälle in der

Kanzlei Spaß, und die Unikurse sind interessant. Ich bin glücklich. Ich möchte hierbleiben.«

»Ich lasse das nicht zu, Emma«, sagte mein Vater. »Die Kanzlei ist seit Generationen …«

»Das weiß ich doch, Papa«, fiel ich ihm ins Wort, obwohl mein Vater es hasste, unterbrochen zu werden. »Aber ich glaube einfach nicht, dass es das Richtige für mich ist. Ich kann mich doch nicht mein Leben lang dazu zwingen, etwas zu tun, das ich eigentlich nicht tun möchte.«

»Es geht doch nicht darum, was man tun möchte! Es geht um Tradition und Pflicht.«

»Nein. Es geht nicht um Tradition und Pflicht.« Meine Stimme zitterte, aber ich zwang mich weiterzusprechen. »Es geht hier auch nicht um eine Märchenwelt oder Hollywood. Es geht um mein Leben, und das muss und kann ich nur leben, wie *ich* es für richtig halte.«

Ich sah, dass mein Vater sich zwingen musste, nicht zu schreien. »Du bist meine einzige Tochter. Bei deiner ganzen Ausbildung, deinem ganzen Studium, ging es doch nur darum, dass du irgendwann die Kanzlei übernimmst. Ich habe keinen Nachfolger außer dir.«

»Dr. Schneider arbeitet seit zehn Jahren mit dir zusammen«, sagte ich. »Er wäre überglücklich, wenn du ihn zum Partner und dann zu deinem Nachfolger machst.«

Er schnaubte und schüttelte den Kopf. »Du machst dir das sehr leicht. Ich kann nicht glauben, wie sehr du dich in der kurzen Zeit hier verändert hast.«

Ich stand auf und schob meinem Vater den Vertrag über den Tisch. »Ich habe mir die Entscheidung nicht leicht gemacht, glaub mir. Ich denke seit Monaten darüber nach. Es tut mir leid, wenn ich dich enttäusche. Aber ich kann mich nicht verbiegen, nur um dich glücklich zu machen.«

Mit all meiner verbliebenen Willenskraft drehte ich mich um und stakste mit steifen Beinen zurück ins Restaurant.

Das familiäre Abendessen war beendet, so viel war klar. Weil ich nach dem unterkühlten Abschied von meinem Vater und Susanne auf keinen Fall nach Hause wollte, wo ich ohnehin nur grübeln würde, fiel ich mit Nick in die nächste Bar, die auf unserem Weg lag. Und zwei Stunden später ging es mir wirklich besser. Viel besser. Oder sagen wir es so: Ich hatte eine ausreichende Menge Alkohol in mich hineinbefördert, dass die Ansprache meines Vaters fast vergessen war und der Raum sich angenehm drehte.

»Komm, wir tanzen!«, rief ich, als Michael Boltons *Lean on me* gespielt wurde, und zog Nick einfach mit, ohne auf seine Proteste zu hören. Ich schlang die Arme um seinen Hals und legte meinen Kopf an seine Brust. Irgendwie fühlte es sich an, als könnte ich so den ganzen Rest der Welt einfach ausblenden. Oder die Tatsache, dass das absolut keine Bar zum Tanzen war und die anderen Gäste uns verwunderte Blicke zuwarfen.

»Was hat dich eigentlich auf die Idee gebracht, nicht nach Deutschland zurückzukehren?«, fragte Nick, und ich sah genau, dass er den Kopf schüttelte, als ich eine – in meinen Augen – filmreife Drehung hinlegte.

»Ich weiß nicht genau.« Ich hörte auf zu tanzen und überlegte kurz, ehe ich sagte: »Ich glaube, das warst du.«

Ich wollte verführerisch zwinkern und merkte selbst, dass es misslang. Meine Augenlider funktionierten, ähnlich wie meine Zunge, nicht mehr ganz so, wie ich es wollte, und ich brachte nur ein eher unkoordiniertes Blinzeln zustande.

Nick war abrupt stehen geblieben und starrte mich an. »Ich?«

»Na ja.« Ich versuchte, meine Gedanken zu ordnen, was mir nicht ganz leichtfiel. »Eigentlich waren es deine Basketball-Kids.

Damals hatte ich das erste Mal so ein Gefühl … dass es nicht nur darum geht, einen guten Job zu haben und Geld zu verdienen. Weißt du, was ich meine? Sondern dass da irgendwie noch *mehr* sein muss?«

Ich machte eine ausladende Bewegung mit beiden Armen, um meinen Worten mehr Ausdruck zu verleihen, und fegte dabei dem vorbeieilenden Kellner fast die Gläser vom Tablett.

»Ach so.« Nick lächelte schief und legte mir beide Hände auf die Arme, wahrscheinlich, um weitere Beinahe-Unfälle zu verhindern. »Verstehe. Dann kann ich mich wohl geehrt fühlen, dass du durch mich zu so einer tiefgreifenden Erkenntnis gekommen bist.«

Ich nickte und wollte etwas erwidern, da merkte ich, dass mir nicht gut war.

Gar. Nicht. Gut.

Ich packte Nicks Arm und murmelte: »Mir wird gerade speiübel. Können wir bitte gehen?«

Nick verstand sofort und warf einen Geldschein auf den Tisch, während ich es gerade noch schaffte, meine Jacke anzuziehen. Er legte den Arm um meine Schultern und brachte mich nach draußen. Die frische Luft würde mir guttun, dachte ich, als wir vor die Tür traten.

Falsch gedacht. Ich schaffte es noch die Treppe runter auf die Straße, da übergab ich mich in den nächsten Gully. Vor Nick. Und einem Bus japanischer Touristen, die mich aus den Fenstern anstarrten. Ich wollte sterben vor Scham.

Doch Nick kramte nur schweigend ein Taschentuch aus meiner Handtasche und hatte innerhalb einer Minute auf typisch New Yorker Art mit einem lauten Pfiff ein Taxi herbeigerufen. Auf dem Rücksitz legte ich meinen Kopf in seinen Schoß und betete still, dass ich es bis nach Hause schaffen würde, ohne mich noch mal zu übergeben.

Nach einer gefühlten Ewigkeit waren wir zu Hause, und ich schaffte es gerade noch so ins Badezimmer. Ich knallte die Tür hinter mir zu und fiel vor der Toilette auf die Knie. Oh, gütiger Himmel. Was war das nur? Ich hatte an diesem Abend zwar so einiges getrunken, aber doch nicht so viel, dass ich davon brechen müsste. Oder doch? Vielleicht war es auch die Kombination aus Alkohol und dem Streit mit meinem Vater, die mir so heftig auf den Magen schlug?

Erschöpft lehnte ich den Kopf an die kühlen Fliesen der Badezimmerwand und versuchte mich zu sammeln. Da klopfte es.

»Komm nicht rein«, sagte ich mit schwacher Stimme.

Nick sollte einfach ins Bett gehen. Es reichte doch schon, dass ich ihm fast auf die Füße gekotzt hatte.

»Bitte, ich will nicht, dass du mich so siehst.«

Die Badezimmertür öffnete sich trotzdem, und ich hörte Wasser laufen. Ich spürte mehr als ich sah, dass Nick sich neben mich auf den Boden setzte und mich auf seinen Schoß zog. Ich war zu schwach, um zu protestieren. Er schob mir einige verschwitzte Strähnen aus dem Gesicht, und dann legte sich ein nasser, kühler Waschlappen erst auf meine Stirn und dann in meinen Nacken. Ich ließ mich erschöpft an seine Brust sinken. Seine starken Arme hielten mich, und ich ließ mich sanft hin- und herwiegen, bis ich spürte, dass mein Magen sich wieder etwas beruhigt hatte.

Am nächsten Morgen wurde ich durch ein leises Klopfen geweckt. Ruckartig setzte ich mich auf. Oh, Himmel – tat mein Kopf weh.

Die Tür öffnete sich, und Nick kam mit einem Tablett herein. Eier mit Speck, Schoko-Croissant, Kaffee, frisch gepresster Orangensaft und zwei Aspirin.

»Bist du es, Nick? Oder bist du ein Engel?«, fragte ich und versuchte, meine Haare in Ordnung zu bringen. Schnell sah ich ein, dass das wohl zwecklos war. Ich sah aus wie ein Besen, und nichts, was ich jetzt tat, würde es besser machen.

»Ich bin es«, lächelte Nick, der seine üblichen verwaschenen Jeans und einen grauen Pullover mit V-Ausschnitt trug und unverschämt frisch und munter aussah. »Ob ich ein Engel bin, überlasse ich dir.«

Nachdem er das Tablett auf meinem Nachttisch abgestellt hatte, nahm ich seine Hand. »Vielen Dank dafür. Und dafür, dass du dich gestern so um mich gekümmert hast.«

»Ist doch selbstverständlich.«

Ich hielt ihm das Schoko-Croissant hin. Aber Nick schüttelte den Kopf. »Ich habe schon gefrühstückt, und ich muss jetzt los, in die Redaktion und später zum Flughafen.«

Mein Herz wurde schwer. Ich hatte ganz verdrängt, dass Nick heute schon fliegen musste.

»Kannst du mich nicht mitnehmen?«, murmelte ich.

Nick streichelte mir über die Wange. »Das würde ich liebend gern, aber ich glaube, du hast noch einiges zu klären und zu regeln, oder?«

»Gerade deswegen«, sagte ich. »Ich will nichts klären und regeln. Ich will abhauen.«

Er schmunzelte. »Jetzt schau nicht so traurig. In zwei Wochen bin ich wieder da, okay?«

Ich ließ mich in seine geöffneten Arme fallen und vergrub das Gesicht in seinem weichen Pulli.

Zwei Wochen ohne Nick. Wie sollte ich das nur aushalten?

Ganz so sicher, wie ich getan hatte, war ich mir dann natürlich doch nicht. Jetzt, da ich meinem Vater die Wahrheit gesagt hatte, begann ich zu zweifeln, ob ich richtig entschieden hatte.

Was, wenn Emma, die Träumerin, sich mal wieder ein unrealistisches, kindisches Traumschloss aufgebaut hatte?

Papa, ich wandere nach Amerika aus. Goodbye, Deutschland.

Im Ernst?

Was war, wenn ich meinen Master-Abschluss gar nicht schaffte? Oder wenn ich danach die Zulassung als Anwältin nicht bekam? Wer würde mich überhaupt anstellen? Ich sprach zwar mittlerweile fließend Englisch, aber gegenüber einem Muttersprachler würde ich immer im Nachteil sein. Hatte ich auf dem Arbeitsmarkt eine Chance? Und konnte ich meinen Traum verwirklichen, Kindern juristisch zu helfen?

Von meinem Vater hörte ich nichts, aber das hatte ich nach unserem Streit auch nicht erwartet. Umso erstaunter war ich, als ich am folgenden Tag eine SMS von Susanne erhielt:

Liebe Emma, Dein Vater ist den ganzen Tag auf der Konferenz, und ich fühle mich etwas verloren in dieser großen Stadt. Hast Du vielleicht Lust, Dich mit mir zu treffen? Wenn nicht, verstehe ich das natürlich auch. Du hast sicher viel zu tun. Beste Grüße, Susanne

Wahnsinn, der Text war ja ein halber Roman für Susannes Verhältnisse. Eigentlich hatte ich nicht so viel Lust, mich mit ihr zu treffen. Aber der Streit mit meinem Vater hatte mir zugesetzt, und sie war ja auch nur ein paar Tage in der Stadt. Da konnte ich ihr ihren Wunsch kaum abschlagen, oder? Und ihr Zusatz am Ende der Nachricht zeigte eigentlich, dass sie eher mit einer Ab- als einer Zusage rechnete. In mir regte sich das schlechte Gewissen. Ich hatte mich zwar mit meinem Vater gestritten, aber trotzdem hätte ich Susanne anbieten können, ihr die Stadt zu zeigen oder zumindest einen Kaffee mit ihr trinken zu gehen.

Also fragte ich sie, ob sie Lust auf eine kleine Stadtrundfahrt mit dem Hop-on-hop-off-Bus hätte. Sie schrieb sofort zurück:

Ich habe mir gestern die Füße beim Sightseeing wund gelaufen. Wie wäre es mit einem gemeinsamen Ladys-Spa-Tag hier im Hotel? Ich lade Dich ein!

Sie schickte sogar ein Smiley hinterher. Ihr Angebot war wirklich lieb. Und sie hatte ein Smiley geschickt. Ein Smiley!

Nach der Uni fuhr ich ins *Equinox*. Susanne wartete schon im Spa-Bereich auf mich. Sie hatte eine Rückenmassage und eine Gesichtsbehandlung für uns gebucht. Oder vielmehr ein »Ultimate Face Workout«. Wer zur Hölle dachte sich solche Namen für einen Kosmetiktermin aus? Aber so merkwürdig das auch klang – danach war ich absolut tiefenentspannt.

Wir schwammen eine Runde und legten uns dann dick eingemummelt in flauschige Bademäntel auf zwei Liegen. Ich hätte sofort einschlafen können und musste mich ein bisschen zwingen, die Augen offen zu halten. Aber ich spürte, dass Susanne etwas auf dem Herzen hatte und sah sie fragend an, während ich einen Schluck von meinem Fruchtcocktail nahm.

»Weißt du, Emma, ich hatte eigentlich gehofft, dass der Besuch hier in New York dich und deinen Vater wieder annähern würde. Ich hätte nicht gedacht, dass ihr euch wegen der Kanzlei so heftig streiten würdet, dass ihr gar nicht mehr miteinander sprecht.«

Ich stocherte mit dem Strohhalm in meinem Glas herum. »Ich werde noch mal mit ihm sprechen, bevor ihr abfliegt. Du musst keine Angst haben, dass du seine schlechte Laune abbekommst.«

Susanne stellte ihren Cocktail ab. »Das ist nicht der Grund, warum ich das sage. Für mich war es einfach schwer, ihn so traurig zu sehen, seit du weg bist. Dein Vater ist weiß Gott nicht der einfachste Mensch, aber ich liebe ihn, und ich möchte, dass er glücklich ist. Darum habe ich ja auch vorgeschlagen, dass wir dich besuchen kommen.«

Ich sah sie verwundert an. »Das war deine Idee?«

Es war das erste Mal, dass sie mir gegenüber offen sagte, dass sie meinen Vater ehrlich liebte. Bislang hatte ich angenommen, dass sie in ihm eher so eine Art Altersvorsorge sah. Aber dass sie ihn sogar dazu bringen würde, mich zu besuchen, weil sie wollte, dass er glücklich war, warf mich etwas aus der Bahn und rüttelte an dem Bild, das ich bislang von ihr gehabt hatte.

Sie nickte. »Es ging ihm einfach nicht gut, weißt du? Du bist seine einzige Tochter, und dieses abgekühlte Verhältnis, seitdem du nach New York gegangen bist, belastet ihn sehr. Ich weiß, dass er dir auch vorher oft nicht so richtig zeigen konnte, wie wichtig du ihm bist. Aber dieser Streit wegen des Auslandsjahrs war schon schwer für ihn.«

»Ich dachte, ihr seid vor allem gekommen, weil er an dieser Konferenz teilnehmen wollte?«, fragte ich und konnte eine Spur Bitterkeit nicht aus meinem Ton verbannen.

»Ach Emma«, seufzte Susanne. »Die Konferenz hat er doch nur zugesagt, damit er dir gegenüber das Gesicht wahren kann und nicht zugeben muss, dass er eigentlich dich sehen will. Du kennst ihn doch.«

Ich musste lachen und war gleichzeitig berührt von ihren Worten. »Ja, ich kenne ihn.«

Eine Weile sagte keine von uns beiden etwas. Ich kaute auf meiner Unterlippe und versuchte zu verdauen, was Susanne da gerade gesagt hatte. Sie hatte den Anstoß zu diesem Besuch gegeben. Weil meinen Vater der Streit mit mir belastete. Und weil sie wollte, dass wir uns vertrugen.

Das war … nett von ihr gewesen.

Ich gab mir einen Ruck. »Susanne, mir ist bewusst, dass ich es dir in den letzten Jahren nicht gerade leicht gemacht habe. Ich habe in dir von Anfang an nur die vierte böse Stiefmutter gesehen und dich als Fremdkörper in unserem ohnehin schon komplizierten Leben empfunden. Und dich auch so behandelt. Ich war ein zickiger Teenager und habe dich angefeindet, und wir haben die ganze Zeit nur gestritten. Und irgendwie habe ich das Gefühl, dass wir bis heute einfach nicht mehr aus diesen Rollen herausgefunden haben. Ich, der zickige Teenie, du, die böse Stiefmutter.« Ich machte eine Pause und warf ihr einen Seitenblick zu. »Weißt du, was ich meine?«

Sie starrte gedankenverloren in ihr Glas, das mittlerweile längt leer war. »Ja, du hast Recht. Wenn du damals nicht so ablehnend und feindselig gewesen wärst und ich vielleicht mehr Verständnis für dich und deine Probleme gezeigt hätte, wäre unsere Beziehung vielleicht heute eine andere.« Sie sah auf und seufzte. »Schade, dass man die Zeit nicht zurückdrehen kann.«

Ich zuckte mit den Schultern. »Die Zeit zurückdrehen vielleicht nicht. Aber wir könnten einen Waffenstillstand schließen? Und uns beide ab sofort bemühen, nicht mehr so biestig zueinander zu sein?«

Sie sah mich an und lächelte. »Das hört sich sehr gut an.«

Als ich abends alleine in der Wohnung war, ging mir das Gespräch mit Susanne einfach nicht aus dem Kopf. Während des ganzen Streits mit meinem Vater hatte ich die Schuld immer nur bei ihm gesucht. *Er* wollte nicht, dass ich in New York studierte. *Er* gönnte mir mein Jahr Freiheit nicht. *Er* wollte mich in das Korsett der Kanzlei zwängen, ohne Rücksicht auf meine Wünsche zu nehmen. Dabei hatte ich nicht ein einziges Mal darüber nachgedacht, was meinen Vater dabei so bewegte. Dass er damals auch verpflichtet gewesen war, die Kanzlei seines Vaters weiterzuführen. Da hatte ihn sicherlich auch niemand nach seinen Wünschen gefragt. Er hatte sein ganzes Leben der Kanzlei gewidmet, und dann kam ich und knallte ihm alles vor die Füße. Danke, dass du mir anbietest, dein Lebenswerk zu übernehmen, aber ich will das nicht, ich habe was Besseres gefunden. Wie sehr ihn das verletzen musste, konnte ich nur erahnen. Und bei Susanne war es irgendwie ähnlich gewesen. Dass sie meinen Vater liebte und einfach nur glücklich mit ihm sein wollte, war mir gar nicht in den Sinn gekommen. Wie konnte es sein, dass ich so wenig Empathie für zwei Menschen gehabt hatte, die mir eigentlich nahestanden?

Am nächsten Morgen fuhr ich mit der U-Bahn zum Hotel und passte meinen Vater nach dem Frühstück ab. Erstaunt sah er mich an, als er mich in der Lobby entdeckte, und ich registrierte, wie ein kleines Lächeln über Susannes Gesicht huschte.

»Guten Morgen«, sagte ich und räusperte mich. »Habt ihr Lust auf einen kleinen Spaziergang?«

Bevor mein Vater etwas antworten konnte, sagte Susanne: »Geht ihr mal allein, ich muss aufs Zimmer und unsere Koffer packen. Ich glaube, ihr habt einiges zu besprechen.«

Mein Vater sah mich einen Moment nachdenklich an und nickte dann. Wir traten aus der Lobby, und ich musste die Augen zusammenkneifen, denn das gleißende Sonnenlicht wurde von den verspiegelten Fassaden der Wolkenkratzer um uns herum reflektiert.

»Wollen wir auf der High Line laufen? Das ist eine ehemalige Güterzugtrasse, die zur Parkanlage umgebaut wurde. Die fängt gleich da vorne an.«

Mein Vater zuckte gleichgültig mit den Schultern, folgte mir aber.

»Hast du es dir mittlerweile anders überlegt?«, war das Erste, was er sagte, als wir die Stufen erklommen hatten und begannen, in Richtung Süden zu laufen.

Ich musste ein paarmal tief ein- und ausatmen, bevor ich meiner Stimme traute. »Nein. Habe ich nicht.« Bevor er etwas sagen konnte, fuhr ich schnell fort: »Ich verstehe, dass das schwer für dich ist. Aber ich muss das tun, was sich für mich richtig anfühlt, Papa.«

Lange Zeit sagte er nichts, und wir liefen schweigend nebeneinanderher. Irgendwann steuerte er eine freie Bank an und setzte sich mit einem erschöpften Seufzen.

Ich setzte mich neben ihn. »Kein Prostest? Kein Streit? Kein weiterer Versuch, mich umzustimmen?«

Er seufzte noch mal tief. »Das ist doch wohl zwecklos, oder nicht?«

Verwundert sah ich ihn an. Ich hatte mich auf einen weiteren erbitterten Kampf eingestellt. Seine offensichtliche Resignation nahm mir den Wind aus den Segeln.

»Du bist deiner Mutter sehr ähnlich, weißt du das, Emma?«, sagte er plötzlich, und seine Worte trafen mich wie ein Pfeil mitten ins Herz.

»Findest du?« Meine Stimmte hörte sich eher an wie ein Krächzen.

Mein Vater lächelte. »O ja. Du siehst genauso aus wie sie in deinem Alter. Und sie war ebenso zielstrebig und selbstbewusst in den Dingen, die sie tat und wollte.«

Zielstrebig und selbstbewusst? Sprachen wir über mich? Die meiste Zeit empfand ich mich eher als unsicher.

»Sie war eine brillante Juristin und eine hervorragende Richterin.«

Ich wusste natürlich, dass meine Mutter Richterin am Jugendgericht gewesen war. Viel mehr hatte mein Vater mir aber auch nie erzählt, weil er so ungern über Vergangenes sprach. Und ich hatte irgendwann das Nachbohren aufgegeben.

»Sie war für ihre einfühlsame und faire Art gegenüber den straffälligen Jugendlichen und Heranwachsenden bekannt. Sie konnte den Jungs und Mädchen die Leviten lesen, dass selbst den Hartgesottensten unter ihnen Hören und Sehen verging. Aber sie hatte gleichzeitig eine Gabe, die richtige Strafe oder Maßnahme für jeden Einzelnen zu finden. Einen jugendlichen Gewalttäter schickte sie in ein Boxcamp. So was gab es bei anderen Richtern überhaupt nicht. Der Junge konnte seine ganze Energie in den Sport stecken, sich austoben und gleichzeitig Disziplin und Respekt vor anderen lernen. Mittlerweile ist der Junge erwachsen und hilft selbst straffälligen Jugendlichen durch Sporttherapie. Andere Kinder hat sie in Musikgruppen geschickt, wo sie mit Rap-Texten ihren Gefühlen Ausdruck verleihen konnten, anstatt sich zu prügeln. Oder auf Bauernhof-Projekte, wo viele erst mal lernen mussten, morgens pünktlich aufzustehen, regelmäßig zu essen und Verantwortung für bestimmte Aufgaben zu übernehmen. Ich könnte dir Dutzende solcher Beispiele nennen. Den Kollegen bei Gericht war das zum Teil ein Dorn im Auge, aber sie war von dem überzeugt, was sie tat, und scherte sich nicht um die Meinung anderer.« Er lächelte. »So war sie.«

Ich wagte kaum zu atmen, so sehr hing ich an seinen Lippen. »Hast du sie sehr geliebt?«

Er atmete tief ein und dann wieder aus. »Ich habe nie wieder eine Frau wie sie kennengelernt und auch nie wieder eine Frau so sehr geliebt wie sie. Außer dich natürlich. Du bist mein ganzer Stolz.«

So etwas hatte mein Vater noch nie zu mir gesagt. Und wir hatten noch nie so offen über meine Mutter gesprochen.

Er streckte den Arm nach mir aus, und ich lehnte mich in

seine Umarmung. Es fühlte sich seltsam ungewohnt an, aber auch irgendwie tröstlich.

Eine Zeitlang sagten wir beide nichts. Dann traute ich mich zu fragen: »Und die ganzen anderen Frauen nach Mama?«

Ich merkte selbst, dass das merkwürdig klang. Mein Vater zuckte nur mit den Schultern. »Ich wollte nicht allein sein. Deine Mutter hat eine unbeschreibliche Leere in meinem Leben hinterlassen, die ich allein nicht füllen konnte. Außerdem hatte ich dich. Du warst noch so ein kleines Mädchen. Ich wusste gar nicht, wie ich dich hätte großziehen sollen. Ich habe doch die ganze Zeit gearbeitet. Und ich wusste nicht mal, wie man einen Zopf flicht. Ich dachte, es würde dir helfen, wenn du wieder eine Art Mutter in deinem Leben hättest.«

»Oder vier«, stellte ich fest.

Er musste schmunzeln. »Tja, das ist wohl alles gründlich in die Hose gegangen, oder? Einen Muttterersatz für dich habe ich wohl nicht finden können.«

»Nicht so wirklich. Aber du hast dir alle Mühe gegeben, ein guter Vater zu sein. Und das ist dir viel häufiger gelungen, als du glaubst.« Ich grinste ihn an. »Das gemeinsame Billardspielen hat mich zum Beispiel wirklich weitergebracht. Weiter zumindest als perfekt geflochtene Zöpfe.«

Er lachte. »Okay, das musst du mir genauer erklären.«

Bevor ich antworten konnte, kam ein älteres Paar auf uns zu und sprach uns an. »Entschuldigung, dürfen wir Sie etwas fragen? Irgendwie haben wir uns etwas verlaufen. Wir wollten *The Vessel* besichtigen. Wie kommen wir da hin?«

Ich erklärte ihnen den schnellsten Weg, und mein Vater beobachtete mich aufmerksam und ein bisschen stolz. Dann sagte er zu den beiden auf Englisch: »Meine Tochter ist schon eine richtige New Yorkerin, oder?«

Ich lachte und stieß ihn mit der Schulter an, aber die Frau

sagte: »Das habe ich meinem Mann auch gesagt: Frag die schicke junge Dame auf der Bank, die ist bestimmt von hier.«

Ich sah an mir herunter und wollte schon antworten, dass ich in meiner schwarzen Jeans und der schwarzen Lederjacke nicht sonderlich »schick« aussah, als mir dämmerte, was sie gerade gesagt hatte. Sie hatte mich für eine New Yorkerin gehalten.

Die beiden hatten sich abgewandt und spazierten in die Richtung weiter, die ich ihnen gezeigt hatte. Schnell rief ich ihnen hinterher: »Einen Moment! Woher kommen Sie denn?«

Verwundert drehten sie sich noch mal um. »Wir leben in Queens.«

Ich quietschte vor Freude auf und fiel meinem Vater um den Hals. Zwei New Yorker hatten mich für eine New Yorkerin gehalten. Ich hatte es geschafft, einen der schwierigsten Punkte auf der Liste abzuhaken. Und das Beste daran war: Ich hatte es zusammen mit meinem Papa getan.

»Ich verstehe zwar nicht, warum du so aus dem Häuschen bist«, japste mein Vater, als ich ihn losließ, »aber ich freue mich, dass du dich so freust.«

»Das ist eine lange, lange Geschichte«, kicherte ich.

Wir standen auf, und ich hakte mich bei ihm unter, während wir zurück in Richtung Hotel schlenderten.

Auf der Heimfahrt in der U-Bahn fühlte ich mich völlig ausgelaugt, aber trotzdem schrieb ich Isy eine Nachricht und traf sie in unserem Café.

Kaum hatte ich mich gesetzt, platzte es aus ihr heraus: »Und, bleibst du in New York?«

Ich nickte. Sie strahlte über das ganze Gesicht und fiel mir um den Hals. Unsere Umarmung dauerte lange, und irrte ich mich, oder hatte sie tatsächlich ein Tränchen im Auge? Ich hatte schon beim Abschied von Susanne und meinem Vater geheult wie ein Schlosshund, und sofort flossen auch bei mir wieder die Tränen. Was war nur los heute?

»Ach, Em – ich bin so froh. Ich hätte dich sonst so vermisst.«

Ich lachte und drückte sie noch mal fest an mich. »Ich dich auch. Und jetzt brauche ich erst mal einen Kaffee. Oder zwei. Oder drei.«

Nachdem wir bestellt hatten, erzählte ich ihr, wie das Gespräch mit meinem Vater gelaufen war.

»Das heißt also, du bleibst definitiv nach deinem Abschluss in New York und suchst dir hier einen Job?«, strahlte Isy.

»Das heißt, ich werde mich nach dem Abschluss um die Anwaltszulassung in New York oder Kalifornien bemühen. Ich muss dann schauen, ob ich genommen werde. Und wo.«

Isy seufzte und lehnte sich zurück. »Wenn du nach Kalifornien gehst, dann gehe ich mit. Ein bisschen mehr Sonne und Strand würden mir guttun. Und manchmal vermisse ich L. A. wirklich sehr.«

Ich lächelte und hob die Hand zum High five. »Abgemacht.«

Isy klatschte mich ab und grinste. »Und was ist jetzt mit Nick?«

»Ach ja, Nick«, seufzte ich. »Ich habe keine Ahnung. Er macht keinerlei Anstalten mehr, mich zu küssen oder mir sonst näherzukommen, also gehe ich davon aus, dass sein Statement noch gilt. Er möchte kein Trostpflaster für Anthony sein.«

»Aber ich entnehme deinen Worten, dass du nicht ganz abgeneigt wärst, wenn er einen Versuch starten würde?«

Musste sie immer den Finger so direkt in die Wunde legen? Ich dachte nach und antwortete dann: »Ich weiß nicht. Der letzte Versuch wurde ja von mir gestartet, und da bin ich phänomenal abgeblitzt. Es wäre wohl etwas heuchlerisch, jetzt zu sagen, dass ich abgeneigt wäre. Gleichzeitig weiß ich, dass es einfach eine ganz, ganz schlechte Idee wäre, mit Nick etwas anzufangen.« Bevor Isy etwas sagen konnte, fuhr ich schnell fort: »Für den Moment fühlt es sich wirklich ganz toll an, und ich bestreite ja auch nicht, dass ich mich wie verrückt von ihm angezogen fühle. Aber die Frage ist doch, wie das Ganze enden wird. Gibt es für uns ein Happy End? Ganz ehrlich – da ist Nick doch überhaupt nicht der Typ für. Die nächste Ava oder Eva oder Clarissa oder Marissa wird kommen, und dann gibt es nur Herzschmerz und eine zerstörte Freundschaft. Ist es das wert?«

»Wie wäre es, wenn du dich einfach mehr daran orientierst, wie es sich im Moment anfühlt? Fühlst du dich von ihm angezogen? Ja. Bist du verrückt nach seinen Küssen? Ja. Fühlst du dich wohl in seiner Gegenwart? Ja. Bringt er dich zum Lachen? Ja. Kümmert er sich um dich? Ja. Vermisst du ihn, wenn er nicht da ist? Ja. Ist der Sex mit ihm fantastisch? Hallelu-*ja*!« Sie breitete die Arme aus. »Siehst du? Das sind verdammt viele ›Jas‹. Und das Ende, ob nun happy oder nicht, solltest du derweil vielleicht mal ausblenden.«

Ich nickte langsam. Ich verstand absolut, was sie meinte. Aber die Frage war, ob ich danach handeln konnte.

Und: »Du vergisst, dass Nick es war, der mir eine Abfuhr erteilt hat.«

Ich verbrachte die nächsten zwei Wochen damit, zu lernen wie eine Verrückte und gleichzeitig so viele Stunden wie möglich zu arbeiten, um Geld zu verdienen.

Und dann kam Nick endlich aus Spanien wieder. Ich hätte ihn gerne vom Flughafen abgeholt, doch ich war in einer Vorlesung und konnte nicht schwänzen. Als ich endlich aus der Uni kam, lief ich mit klopfendem Herzen nach Hause. Ich wusste selbst nicht, was mit mir los war, nur, dass ich Nick furchtbar vermisst hatte und mich wahnsinnig auf ihn freute.

Es dämmerte bereits, als ich zwischen zwei gelben Taxis die Straße überquerte und ihn im hell erleuchteten Café sitzen sah. Mein Herz zog sich fast schmerzhaft zusammen, so sehr sehnte ich mich nach ihm. Ich rannte die letzten Meter und riss die Tür auf.

Nick sah auf, und unsere Blicke trafen sich. Ein Lächeln breitete sich auf seinem Gesicht aus. Er stand auf, und ich lief ihm direkt in die Arme. Ich legte meinen Kopf an seine Brust und genoss das Gefühl, ihn wiederzuhaben und ihm nahe zu sein.

»Heulst du etwa, Peanut?«, fragte er verwundert, bevor ich irgendetwas sagen konnte.

Er hielt mich auf Armeslänge von sich weg. Beschämt wischte ich mir eine Träne aus den Augenwinkeln. Himmel, warum wurde ich denn plötzlich so sentimental?

»Heuschnupfen. Bekomme ich immer zu dieser Jahreszeit«, antwortete ich, und er lachte, weil er mir kein Wort glaubte.

Dann nahm er mich wieder in die Arme und drückte mich an sich. Ich hatte ganz vergessen, wie gut Nick roch. Und wie gut er sich anfühlte. Und wie gerne ich ihn küssen würde. Genau jetzt. Ich müsste meinen Kopf nur ein klein wenig anheben und …

»Kaffee?«, fragte Monika in diesem Moment, und ich zwang mich, mich wieder zu sammeln.

»Nein danke«, sagte ich. »Ich hatte heute schon genug Koffein, um mich die ganze Nacht wach zu halten.«

Nicht dass ich was dagegen hätte, die ganze Nacht wach zu sein. Mit Nick. Ich spürte seinen Blick auf mir ruhen, und einen Moment lang dachte ich, dass er meine Gedanken lesen konnte. Aber das war natürlich völlig unmöglich. Oder? Ich sah schnell weg.

»Wir gehen hoch«, sagte er entschlossen und nahm meine Hand. »Ich muss auspacken.«

Wir verabschiedeten uns und liefen zusammen die Treppen hoch. Erst als wir vor unserer Haustür standen und Nick aufschloss, bemerkte ich, dass er immer noch meine Hand hielt.

»Du hast mich also vermisst, ja?«, fragte er und ließ mir den Vortritt in die Wohnung. Ich zog meine Jacke aus und stellte meine Uni-Tasche neben die Garderobe. Betont lässig sagte ich: »Wie kommst du denn darauf? Ich war froh, dich Quälgeist mal für zwei Wochen los zu sein.«

Er lachte und machte einen Schritt auf mich zu. Ausweichen konnte ich nicht, denn hinter mir war die Wand. Aber vielleicht wollte ich auch gar nicht ausweichen.

»Emma, du bist ein offenes Buch. Jede deiner Emotionen kann man dir direkt von der Nasenspitze ablesen.«

»Stimmt doch gar nicht«, antwortete ich. Warum klang ich plötzlich so atemlos? »Ich habe ein absolutes Pokerface.«

Das brachte ihn noch mehr zum Lachen. Jetzt stand er direkt vor mir, so dass unsere Körper sich berührten. »Du kannst nicht mal das Wort ›Erektion‹ sagen, ohne rot zu werden.«

»Ich habe in deiner Anwesenheit noch nie das Wort …« Oh. Stimmt. Hatte ich doch.

Er beugte sich zu mir runter, und eine Haarsträhne fiel ihm in die Augen. Ich hielt die Luft an, als er mit seiner Nasenspitze langsam und zart an meiner entlangfuhr. Ich spürte seinen Atem auf meiner Haut und schloss die Augen. Mein Herz klopfte so schnell, dass ich glaubte, es müsse mir jeden Moment aus der Brust springen.

Ich versuchte trotzdem, einen klaren Gedanken zu fassen, und sagte mit allerletzter Willenskraft: »Ich habe nachgedacht.«

Nick nahm mein Gesicht in beide Hände und fuhr mir mit den Daumen über die Wangen. »Ich auch«, murmelte er.

Oh.

»Und, was ist dabei rausgekommen?«

Eine kurze Pause entstand. Ich öffnete die Augen, und unsere Blicke trafen sich. Die Luft zwischen uns knisterte.

Dann sagte er: »Dass wir beide aufhören sollten nachzudenken.«

Unsere Lippen trafen aufeinander, und ich gab einen Laut der Erleichterung und des Verlangens von mir, als ich seinen heißen Mund auf meinem spürte, seinen Atem auf meiner Haut, seinen rauen Dreitagebart an meinem Kinn. Ich schlang meine Arme um ihn und zog ihn an mich. Er hielt immer noch mein Gesicht in seinen Händen, und ich öffnete den Mund, um seiner Zunge Einlass zu gewähren. Ich fuhr mit meinen Händen in seine Haare, um ihn näher an mich heranzuziehen. Er stöhnte meinen Namen, umfasste meine Hüfte und presste mich mit seinem ganzen Körper gegen die Wand. Ein Bild, das hinter mir gehangen hatte, fiel krachend zu Boden. Wir hielten nur eine Sekunde inne, dann waren seine Lippen wieder auf meinen. Seine Zunge begann, langsam und aufreizend über meine zu streichen. Mir entfuhr ein Wimmern, und als würde ihn der Laut anspornen, fuhren seine Hände unter meine Bluse. Er umfasste meine Brüste, und ich zog scharf die Luft ein, als er mit den Daumen über meine Brustwarzen strich. Er hielt kurz inne, als ob er sichergehen wollte, dass es mir nicht zu viel war. Aber ich hatte keine Zweifel mehr. Ich hatte genug gezweifelt. Und genug nachgedacht und Bedenken gewälzt und abgewägt. Ich wollte nicht mehr grübeln, was passieren würde, wenn wir wieder miteinander schliefen und wie es danach weitergehen würde. Ich wollte einfach nur tun, was sich richtig anfühlte, und für den Moment auf die Konsequenzen pfeifen. Egal wie unvernünftig das auch sein mochte.

Ich wollte Nick.

Er spürte meine Reaktion und schob ein Knie zwischen meine Beine. Ich presste meine Hüfte an ihn und ließ meine Hände unter sein Shirt gleiten. Seine Haut war warm. Ich liebte Nicks Haut! Den männlichen Geruch und das samtweiche Gefühl, wenn ich mit den Fingerspitzen darüberstrich. Und alles Harte und Feste darunter liebte ich auch.

Wir unterbrachen unseren Kuss, um ihm den Pullover über den Kopf zu streifen. Schnell öffnete er die obersten Knöpfe seines Hemdes, bevor er es sich ebenfalls einfach über den Kopf zog und auf den Boden fallen ließ. Einen Moment nahm ich den Anblick seines nackten Oberkörpers in mich auf. Seine muskulösen Schultern, seine definierte Brust, sein Sixpack. Ich gab dem unbändigen Impuls nach und beugte mich vor, um meine Lippen über seinen Hals wandern zu lassen. Ich atmete seinen Duft ein, bevor ich seine glatte Brust mit Küssen bedeckte. Er bekam Gänsehaut von meiner Berührung.

Als Nick meinen Namen murmelte, sah ich auf. Sein Blick hielt meinen fest, als er begann, meine Bluse aufzuknöpfen. Er schob sie mir langsam von den Schultern und öffnete meinen BH, ohne mich dabei eine Sekunde aus den Augen zu lassen. Hitze sammelte sich zwischen meinen Beinen, so sehr erregte mich, wie er mich ansah. Sein Blick war so intensiv, dass ich für einen Moment glaubte, verglühen zu müssen.

Er beugte sich über mich und fuhr mit seinem Mund über meine Wange zu meinem Ohr und hinunter zu meinem Schlüsselbein. Dann wanderten seine Lippen noch tiefer und fanden meine Brust. Ich ließ meinen Kopf nach hinten gegen die Wand sinken und versuchte, meine Atmung zu kontrollieren. Seine Zunge umspielte zart meine Brustwarze, und als er begann, erst vorsichtig und dann fester daran zu saugen, konnte ich mich kaum mehr auf den Beinen halten. Nick umfasste mit beiden Händen meine Taille, um mich zu stützen. Ohne mich loszulassen, ging er vor mir auf die Knie und küsste eine feuchtheiße Spur über meinen Bauch. Er öffnete den Knopf meiner Jeans und zog den Reißverschluss auf, bevor er sie zusammen mit meinem Slip herunterzog. Ich krallte meine Hände in seine Haare, als er sich vorbeugte und einen Kuss auf meinen Flaum presste.

Hatte ich wirklich noch vor ein paar Tagen darüber nachgedacht, ob ich noch mal was mit Nick anfangen sollte? Jetzt fragte ich mich eher, wie ich es so lange *ohne* ihn ausgehalten hatte. Ohne seine Küsse und ohne seine Berührungen.

Als er mit seiner Zunge einmal meine Mitte entlangfuhr, stieß ich ein Wimmern aus. »O Gott, Nick, ich kann nicht mehr stehen!«

Sofort stand er auf, schob die Arme unter meine Oberschenkel und hob mich hoch, als würde ich nichts wiegen. Ich schlang meine Beine um seinen Körper und klammerte mich an ihn. Der harte Stoff seiner Jeans scheuerte an der empfindlichen Haut meiner Oberschenkel und verursachte einen leichten und köstlichen Schmerz. Mein Mund fand seinen, und wir küssten uns langsamer, tiefer. Es war wie ein Versprechen, ein Ausblick auf das, was gleich passieren würde. Es war der erotischste Kuss meines Lebens, und plötzlich hatte ich das Gefühl, nicht mehr abwarten zu können, bis er endlich in mir war.

Nick schien meine Gedanken zu lesen, denn er murmelte: »Zu mir oder zu dir?«

»Zu dir«, antwortete ich und wunderte mich selbst, dass ich noch einen klaren Gedanken fassen konnte. »Dein Bett ist größer als meins.«

Nick lachte auf. »Ich liebe diese rationale Argumentation, Frau Rechtsanwältin. Kein Einspruch.«

Er stieß mit einem Fuß seine Zimmertür auf und war mit ein paar Schritten beim Bett. Er ließ sich rücklings auf die Matratze sinken, so dass ich auf ihm saß. Nick griff mir in die Haare, um mich zu sich herunterzuziehen, aber ich schüttelte den Kopf und öffnete den obersten Knopf seiner Jeans. Obwohl Nick in

Jeans und freiem Oberkörper so ziemlich das Heißeste war, was ich mir vorstellen konnte. Aber ich wollte, dass er endlich nackt war. Ich wollte ihn anfassen. Überall anfassen.

Er half mir, ihm Hose und Unterhose über die Hüften zu schieben. Ich strich mit beiden Händen über seine Brust, die sich schnell hob und senkte, zu seinem Bauch. Und dann tiefer. Nick murmelte meinen Namen und ließ den Kopf zurückfallen. Er schloss die Augen, als ich seinen harten Penis in die Hand nahm. Ich war zuerst etwas zögerlich, weil ich nicht wusste, wie er es mochte, aber er legte seine Hand auf meine und zeigte mir, wie er angefasst werden wollte. Dann ließ er meine Hand los und schloss die Augen. Als meine Bewegungen sicherer und schneller wurden, begannen seine Lider zu flatterten, und er stöhnte laut auf.

»Emma, stopp.« Seine Stimme war rau, und es schien ihn all seine Beherrschung zu kosten, die Worte auszusprechen. »Stopp. Sofort.«

Ich musste kichern, ließ ihn los und zeichnete stattdessen mit meinem Zeigefinger einen Kreis um seinen Bauchnabel. »Sicher?«

Er presste sich die Handballen auf die Augen und atmete ein paar Mal tief durch. Dann schaffte er es, sein Gesicht zu etwas zu verziehen, das einem Grinsen ähnelte. »Ja, sehr sicher.«

Er streckte sich und öffnete die Nachttischschublade, um ein Kondom herauszuholen. Er riss die Verpackung auf und streifte es sich mit einer raschen Bewegung über. Dann zog er mich zu sich heran. Unsere Lippen fanden sich wieder, und ich spürte seine Lust und seine Erregung in jeder Berührung seiner Zunge. Und ich gab alles zurück. Ich saugte an seiner Unterlippe und biss sanft zu, was ihm ein weiteres Stöhnen entlockte. Seine Erektion presste sich hart an meinem Bauch, und ich rieb mich an ihm. Oh, Himmel, allein das fühlte sich so gut an.

»Willst du das auch wirklich, Emma?«, murmelte er irgendwann.

»Sieht es gerade so aus, als würde ich das hier nicht wollen?«, flüsterte ich gegen seine Lippen.

Es kostete ihn einige Anstrengung, seinen Blick zu fokussieren. Aber dann sagte er: »Wir können auch aufhören. Jederzeit. Wenn du dir nicht sicher bist.«

Eine Welle der Zuneigung durchströmte mich bei seinen Worten. Es war nicht zu übersehen, wie erregt er war, aber dass er mir trotzdem signalisierte, dass es für ihn in Ordnung wäre, jederzeit aufzuhören, zeigte, was für ein besonderer Mensch Nick war. Und, dass ich ihm wichtig war.

Ich strich mit einer Hand über seine Wange. »Ich bin mir sicher, Nick. Mehr als das.«

Er schenkte mir eins seiner wunderschönen Lächeln. Dann umfasste er meine Hüfte und hob mich hoch. Er runzelte konzentriert die Stirn, als er mich über seiner Spitze positionierte. Schloss die Augen. Dann ließ er mich langsam auf sich sinken. Mir entfuhr ein kehliger Laut, als er in mich glitt, bis er mich ganz ausfüllte.

»Okay?«, flüsterte er.

»Okay«, flüsterte ich zurück.

»Sag mir, was du willst.«

»Dich«, antwortete ich, ohne zu zögern. »Ich will dich.«

Ein weiteres Lächeln huschte über sein Gesicht, und er öffnete die Augen. Sein Blick traf mich mitten ins Herz. Es lag so viel Zuneigung darin, Leidenschaft, Verlangen.

Dann veränderte Nick seine Position, und ich stöhnte auf, so gut fühlte sich die Bewegung an. Er hatte seine Hände immer noch um meine Hüften gelegt und hob mich langsam hoch, bis er fast aus mir glitt. Er ließ mich wieder auf sich sinken. Hob mich wieder hoch. Und runter. Erst langsam. Dann wurde er schneller. Das Gefühl in mir war so intensiv und gleichzeitig war es nicht genug. Ich begann, mich selbst auf ihm zu bewegen. Schnell fanden wir unseren Rhythmus, und er ließ meine Hüften los, um seine Hände zu meinen Brüsten wandern zu lassen. Er liebkoste meine Brustwarzen, bis ich es kaum mehr aushielt. Ich beugte mich über ihn und presste meine Lippen auf seine. Wir küssten uns mit offenem Mund, mit Zunge, heftig atmend, leidenschaftlich. Seine Hände packten meinen Hintern, und er übernahm wieder die Kontrolle, wurde schneller und schneller in seinen Bewegungen. Eine unglaubliche Welle an Gefühlen baute sich in mir auf. Etwas zog und riss an meinem Herzen. Ich hatte das Gefühl, unter einer unbeschreiblichen Spannung zu stehen. So sehr, dass etwas nachgeben musste. Ich musste nachgeben. Oder zerbrechen.

»Komm, Emma«, keuchte Nick an meinem Mund, und seine Worte waren alles, was noch nötig war, um mich über die Klippe zu stoßen. All die Anspannung und die Lust, die sich in mir aufgebaut hatten, entluden sich in diesem Moment. Ich schrie seinen Namen, als jede Faser meines Körpers sich zusammenzog und alles in mir pulsierte und pochte. Nick stöhnte ein letztes Mal laut auf und kam fast gleichzeitig. Er hob sich mir noch ein paar Mal mit seinem Becken entgegen, dann bewegte er meine Hüfte sanfter weiter und presste sich tief in mich, bis die letzte Welle verebbt war und ich mich verschwitzt auf ihn sinken ließ. Er schlang seine Arme um mich und rollte uns auf die Seite. Ich klammerte mich an ihn, spürte ihn immer noch in mir, und in diesem Moment konnte ich mir nicht vorstellen, ihn irgendwann noch einmal loszulassen.

Arm in Arm schliefen wir ein, bis wir irgendwann mitten in der Nacht aufwachten und uns noch mal liebten, langsamer, zärtlicher dieses Mal.

Als ich am nächsten Morgen die Augen aufschlug, lag Nick

neben mir, hatte den Kopf in die Hand gestützt und betrachtete mich.

Ich rieb mir die Augen. »Bist du schon lange wach?«

»Eine Weile«, antwortete er und fuhr mir mit dem Zeigefinger über die Wange.

Ich horchte in mich hinein und versuchte herauszufinden, ob ich die Situation unangenehm fand. Nein. Ein bisschen scheu fühlte ich mich vielleicht. Aber Reue? Nein, Reue empfand ich definitiv nicht. Eigentlich fühlte ich mich gut. Sehr gut sogar. Ich lächelte ihn an. Er erwiderte mein Lächeln und zog mich in seine Arme. Ich küsste ihn auf den Hals. Mmmm. Wieso roch er nur so verboten gut?

Er machte ein wohliges Geräusch und sagte dann widerwillig: »Es ist sieben Uhr. Ich wusste nicht, ob du zur Uni oder zur Arbeit musst?«

Mist. Sieben schon. Ich musste aufstehen. Und ich fühlte mich, als hätte ich keine zwei Stunden Schlaf bekommen.

Oh, warte. Hatte ich auch nicht.

Ich richtete mich auf. »Erst Vorlesung. Dann heute Nachmittag zur Arbeit.«

Um drei würde es eine Anhörung in einem meiner Probono-Fälle geben, und ich durfte meinen Kollegen zum Gericht begleiten.

Nick zog mich wieder in seine Arme und küsste mich auf die Nasenspitze. »Kommst du wieder?«

Ich lachte. »Natürlich komme ich wieder. Wo soll ich denn hin? Ich wohne hier.«

»Das meine ich nicht«, antwortete er. »Ich meine, dass du vielleicht wieder kalte Füße bekommen könntest. So wie an Weihnachten in Southampton.«

»Ach so.« Er sah mich so ernst an, dass ich hinzufügte: »Im Moment fühlt es sich nicht so an, als würde ich kalte Füße bekommen. Ich habe gerade ehrlich gesagt sogar ziemlich warme Füße.«

Er fixierte mich mit seinen blauen Augen, ganz so, als hätte er Sorge, dass ich es mir doch noch anders überlegen könnte, doch dann bewegte sich sein rechter Mundwinkel leicht nach oben. »Das ist gut.«

Er küsste mich noch mal und stand dann auf. Bevor er sich seine Boxershorts überzog, kam ich in den wunderbaren Genuss einer Aussicht auf seinen perfekten Po.

Er drehte sich um und reichte mir mein T-Shirt. »Hast du mir gerade auf den Hintern gestarrt?«

Ich setzte mich auf die Bettkante und streifte mir das T-Shirt über, dankbar, dass ich nicht nackt im Zimmer herumstolpern und meine Klamotten zusammensuchen musste. So selbstsicher fühlte ich mich in seiner Gegenwart dann nun doch noch nicht.

»Würde ich nie tun«, sagte ich mit Unschuldsmiene und biss mir auf die Unterlippe.

Er lachte nur und beugte sich über mich. Meine Hände fuhren wie von selbst in seine Haare, und ich zog sein Gesicht zu mir herunter.

Diese Küsse. Ich war süchtig nach seinen Küssen.

Ich ließ mich aufs Bett zurücksinken und zog ihn mit. Er fing sich mit einer Hand ab und landete auf mir. Als er seine Hände unter mein T-Shirt gleiten ließ, war es mit meiner Selbstdisziplin vorbei. Vorlesung konnte heute Vorlesung bleiben.

Meine New-York-To-do-Liste

- ☐ ~~Eine Wohnung finden!!! und umziehen~~
- ☐ ~~Sightseeing~~
- ☐ ~~Fetter Klunker von Tiffany!~~

- [ ] ~~Einen New Yorker küssen: auf der Brooklyn Bridge, auf der Staten-Island-Fähre, auf der Dachterrasse einer coolen Bar, beim Schlittschuhlaufen am Rockefeller Center~~
- [ ] ~~Sample Sale im Fashion District und eine teure (!) Shopping-Sünde begehen~~
- [ ] ~~Von einem New Yorker für eine New Yorkerin gehalten werden~~
- [ ] ~~New York bei Schnee sehen~~
- [ ] ~~Cocktails auf der Dachterrasse einer Bar~~
- [ ] ~~Sex mit einem New Yorker! Mit dem heißesten Mann in NY! O. Mein. Gott.~~
- [ ] In ~~50~~ ~~40~~ ~~32~~ ~~26~~ ~~23~~ ~~16~~ ~~12~~ ~~9~~ ~~4~~ 1 verschiedene Bars/Clubs gehen
- [ ] ~~Ein Event im Madison Square Garden~~
- [ ] ~~Ein Wochenendtrip in die Hamptons~~
- [ ] Meinen LLM-Abschluss schaffen
- [ ] ~~Mir überlegen, was ich mit meinem Leben nach dem Abschluss anfangen will~~
- [ ] Die große Liebe finden

APRIL

Am 6. April hatte ich Geburtstag. Ich wurde 27. Und ich war glücklich. Ich hatte Nick. Und Isy. Ich musste nur noch meine Prüfungen im Mai bestehen und hätte meinen Abschluss in der Tasche. Ich hatte mich mit Susanne und meinem Vater ausgesprochen und meinen Frieden damit gemacht, dass ich die Kanzlei nicht übernehmen würde. Mein Vater hoffentlich auch. Ich würde, wenn alles klappte, in den USA bleiben. Ich wusste, in welche Richtung meine berufliche Zukunft gehen sollte. Und: Meine To-do-Liste war fast abgearbeitet.

Den Abend vor meinem Geburtstag verbrachte ich mit Nick auf unserer Dachterrasse auf dem Sonnenbett und starrte in den schwarzen, sternenklaren Nachthimmel.

Es war kurz vor Mitternacht, und wir hatten uns in eine dicke Decke gewickelt. Ich lag auf Nicks Brust und konnte mir keinen besseren Ort vorstellen, um in meinen Geburtstag reinzufeiern.

»Und? Geht's dir gut?«, murmelte Nick in meine Haare.

»Natürlich. Ich bin an meinem Happy Place. Da geht's mir immer gut«, antwortete ich und schmiegte mich an ihn.

»New York? Die Dachterrasse?«

»Deine Arme«, antwortete ich.

Ich hörte ihn laut ausatmen. »Du bringst mich um, Emma.« Er zog mich auf sich und küsste mich, bis ich dachte, ohnmächtig werden zu müssen. Irgendwann löste er sich von mir und sah auf seine Armbanduhr, die im Dunkeln leuchtete.

»Mist. Es ist fünf nach zwölf. Wir haben in deinen Geburtstag reingeknutscht.«

Ich kicherte. »Ich kann mir Schlimmeres vorstellen.«

Er setzte sich auf und schenkte uns zwei Gläser von dem Champagner ein, der neben dem Sonnenbett gestanden hatte. Wir stießen an, und gerade, als ich mich wieder glücklich zurück in die Kissen sinken lassen wollte, griff Nick unter die Decke und holte ein kleines Kästchen hervor. Selbst in der Dunkelheit konnte ich den bekannten *Tiffany*-Schriftzug auf der türkisfarbenen Schachtel ausmachen.

Fragend sah ich ihn an.

»Mein Geburtstagsgeschenk für dich. Es ist zwar kein ›fetter Klunker‹, aber es ist von *Tiffany,* und ich hoffe, das zählt daher trotzdem für die To-do-Liste.«

Sprachlos zog ich die weiße Schleife auf und öffnete das Kästchen. Aus einer kleinen Stofftasche fiel eine goldene Halskette mit zwei Anhängern, einem kleinen Herzen und einem Schlüssel. In das Herz war ein geschwungenes E eingraviert.

»Ich hatte zuerst überlegt, ein *P* für Peanut gravieren zu lassen«, scherzte er, aber ich kannte ihn gut genug, um zu sehen, dass er nervös war.

»Ich weiß nicht, was ich sagen soll«, flüsterte ich und merkte, dass meine Augen feucht wurden. »Es ist perfekt.«

Er strich mir zart mit einer Hand über die Wange. Mein Herz zog sich schmerzhaft zusammen.

Und in diesem Moment wusste ich es. Mit absoluter Sicherheit. Ich wusste, dass genau das passiert war, was mir nie hätte passieren dürfen: Ich hatte mich in Nick verliebt. Unsterblich. Unwiderruflich.

O Gott. Ich liebte ihn.

Ich liebte ihn so sehr.

Diesen Mann, der nach außen wie ein selbstbewusster, unbeschwerter Sunnyboy wirkte. Wie jemand, dem alles zuflog, Erfolg, Glück, Frauen. Der aber in seinem Leben so viel mitgemacht hatte, der seine Eltern verloren hatte, der sich alles hatte hart erkämpfen müssen. Der sich jetzt um Kinder in Harlem kümmerte, denen es ebenso schlecht ging wie ihm damals. Der so fürsorglich und mitfühlend war. Der immer für mich da gewesen war. Das ganze verdammte Jahr über. Als ich Liebeskummer wegen Anthony gehabt hatte. Als ich zu blind gewesen war, um zu erkennen, dass Nick es war. Nick war es die ganze Zeit gewesen.

Im gleichen Moment, in dem die Schmetterlinge in meinem Herz wie verrückt zu flattern begannen, wurde es schwer, denn ich wusste, dass wir – so gern er mich auch hatte und so wundervoll unsere gemeinsame Zeit war – ein Ablaufdatum hatten.

Ich spürte, wie mir die Tränen in die Augen stiegen, und ich blinzelte sie schnell weg. Denn mir war ja klar, dass Nick nicht an einer festen Beziehung interessiert war. Nicht mit mir und nicht mit irgendjemandem sonst. Nick verliebte sich nicht ernsthaft. Nick hatte mit Frauen eine gute Zeit, und dann zog er weiter. Und er war völlig offen in dieser Hinsicht. Er gaukelte niemandem die große Liebe vor. Das hatte er bei seinen tausend Affären nicht getan und auch mir gegenüber nicht. Ich wusste, dass Nick auch nicht mir zuliebe der Typ für eine feste Beziehung werden würde. Fürs Heiraten und Kinderkriegen. Für ein Häuschen mit weißem Gartenzaun. Und einen Labrador.

Mein Gott, ich war auch nicht anders als Stella, schoss es mir durch den Kopf. Ich hatte, genau wie sie, die Spielregeln nicht kapiert. Denn ich hatte mich in Nick verliebt. Ich würde am Ende diejenige sein, die an gebrochenem Herzen sterben würde. Wenn er beschloss weiterzuziehen. Er würde sich für mich nicht ändern, das war mir klar. Und mir war ebenfalls klar, dass ich nun mal jemand war, der die große Liebe suchte und in einer festen Partnerschaft leben wollte. Ja, ich verdrängte diese Wünsche für den Moment. Weil es sich mit Nick so gut und so richtig anfühlte. Aber genauso wenig, wie er sich für mich ändern würde, konnte ich mich für ihn ändern. Also musste unsere Beziehung zwangsläufig irgendwann enden. Entweder, wenn Nick keine Lust mehr hatte und weiterzog, oder wenn mir das, was mir Nick geben konnte, nicht mehr ausreichte.

Ich konnte nur erahnen, wie weh mir das tun würde.

Ich hatte Angst.

Mitte April wurde es schon richtig warm in der Stadt. Es waren zwanzig Grad Celsius – oder achtundsechzig Grad Fahrenheit, wie die Amerikaner sagten. Nicht dass ich mich mittlerweile an diese Maßeinheit gewöhnt hätte oder in der Lage gewesen wäre, den einen Wert in den anderen umzurechnen.

Isy und ich saßen in einer unserer Büro-Mittagspausen im Central Park auf einer Bank und aßen Hotdogs. Ich überlegte die ganze Zeit, wie ich ihr von Nick und mir erzählen sollte. Irgendwie hatte ich bisher nicht gewusst, wo ich anfangen und wie ich unsere derzeitige Situation erklären sollte. Ich wusste sie ja selbst nicht wirklich einzuordnen. Oder dem Ganzen einen Namen zu geben. Zusammen waren wir ganz sicher nicht. Hatten wir eine Affäre? Nur Sex? Waren wir friends with benefits? Hatten wir eine Freundschaft plus? Ich hatte keine Ahnung.

»Wie ist es eigentlich mit Anthony?«, fragte sie zwischen zwei Bissen. »Lässt er dich in Ruhe?«

»Zum Glück. Wir arbeiten ja nicht mehr zusammen. Als wir uns letztens zufällig in der Kanzlei gesehen haben, haben wir ein paar Worte gewechselt. Er war sehr vorsichtig und zurückhaltend, ganz so, als wüsste er nicht recht, wie er sich mir gegenüber verhalten soll. Es war merkwürdig, weil er doch sonst so souverän und selbstbewusst ist und jede Situation im Griff hat. Aber ich glaube, er hat verstanden, dass es endgültig aus ist.«

Mein Handy summte, und ich warf einen Blick darauf. Eine Nachricht von Nick. Unwillkürlich schlug mein Herz schneller, und ein angenehmes, heißes Kribbeln breitete sich in meinem Bauch aus.

Lust auf Kino heute Abend? xx Nick

Kino? Das war so süß. Schnell antwortete ich:

Mit Knutschen in der letzten Reihe?! Wann und wo?

Er schickte mir die Uhrzeit und die Adresse des Kinos und noch zwei Küsschen. Ich grinste und steckte das Handy wieder in meine Tasche.

»Und wann wolltest du mir sagen, dass du wieder mit Nick schläfst?«

Ich sah erstaunt auf. Isy beobachtete mich aufmerksam und mit hochgezogenen Augenbrauen. Ich versuchte, das verräterische Lächeln von meinem Gesicht verschwinden zu lassen, was mir nicht wirklich gelang. Aber warum bemühte ich mich überhaupt? Es war ja doch hoffnungslos, es zu leugnen. Isy las in mir wie in einem offenen Buch.

»Woher weißt du das jetzt schon wieder, Sherlock Isy?«

Sie zerknüllte die Hotdog-Tüte und tupfte sich mit der Serviette den Mund ab. Dann trug sie großzügig rosafarbenen Lipgloss auf.

»War nicht so schwer. Du hast diese besondere verliebt-glückliche Ich-könnte-die-ganze-Welt-umarmen-Aura um dich. Du glühst und strahlst wie ein Reaktorkern. Was dem erfahrenen Beobachter sagt, dass du in den Genuss von phänomenalem Sex kommst. Dein verträumtes Lächeln beim Lesen und Tippen der Nachrichten eben waren der letzte Beweis, den ich brauchte.

Dass es Nick ist, habe ich nur geraten. Anthony habe ich ausgeschlossen, und wenn du jemand anderen kennengelernt hättest, hättest du es mir hundert Prozent erzählt.«

»Sherlock Isy – ich sage es doch.« Ich trank einen Schluck meiner Cola light. »Aber das ›verliebt-glücklich‹ kannst du streichen. Glücklich? Ja. Phänomenaler Sex? Ja. Aber verliebt? Nick verliebt sich sowieso nie, und ich …« Ich schluckte. »Ich hüte mich davor, zu viel nachzudenken.«

»Ist klar, Emma«, murmelte sie und verdrehte die Augen. »Aber jetzt spann mich nicht weiter auf die Folter. Ich will alle schmutzigen Details wissen.«

»Es gibt keine schmutzigen Details. Als er in Spanien war, haben wir beide nachgedacht und sind zu dem Schluss gekommen, dass wir unsere Zweifel einfach über Bord werfen und den Moment genießen sollten.«

»Aha. Also das, was ich schon seit einer halben Ewigkeit predige.«

»Nein, du predigst, dass Nick der Richtige für mich ist und wir zusammen auf einem weißen Pferd in den Sonnenuntergang reiten sollten. Aber wir haben im Moment nur Spaß, ohne an die Zukunft zu denken. Ich versuche ausnahmsweise mal, nicht im Voraus zu planen und mich zu fragen, ob die Sache mit ihm eine Zukunft hat, denn das hat sie nicht.«

Ein unangenehmes Gefühl breitete sich in meinem Bauch aus, als ich das sagte.

»Und woher kommt der plötzliche Sinneswandel? Du suchst doch sonst eher den Traumprinzen.«

Ich schnaubte. »Na, den Prinzen hatte ich ja vermeintlich schon gefunden, und schau, was dann passiert ist. Der Prinzessinnentraum ist geplatzt, und jetzt mache ich es einfach mal wie du und lasse alles auf mich zukommen.«

Sie grinste mich an. »Ich bin stolz auf dich, Em.«

»Warte ab, bis ich mit gebrochenem Herzen bei dir vor der Tür stehe und du mich mühsam wieder aufbauen musst, weil er schon die Nächste am Start hat.«

Es sollte ein Scherz sein, aber die Worte schmeckten trotzdem ein wenig bitter, als ich sie aussprach.

Isy schüttelte den Kopf und sah mich erstaunt an. »Das glaubst du nicht wirklich!«

Ich zuckte mit den Schultern. »Keine Ahnung. Wir sind ja kein richtiges Paar. Vielleicht trifft er nebenher Ava oder andere Frauen?«

Sie zog die Augenbrauen hoch. »Trifft er denn nebenher Ava oder andere Frauen?«

Ich versuchte mir nicht anmerken zu lassen, wie sehr mich diese Frage selbst umtrieb und belastete.

»Keine Ahnung. Ich hoffe nicht. Und jetzt lass uns über was anderes sprechen, denn sonst passiert genau das, was ich nicht will: Ich fange an zu grübeln.«

Bevor die heiße Klausurphase im Mai begann, wollte Isy unbedingt noch mal so richtig abfeiern. Außerdem war das die ideale Gelegenheit, den Punkt *In 50 verschiedene Bars/Clubs gehen* endlich ganz abzuhaken. Nick wollte kommen, und Isy hatte auch einigen unserer Kommilitonen und ein paar ihrer Freunde Bescheid gesagt. Es versprach also, ein lustiger Abend zu werden. Trotzdem konnte ich mich nicht so richtig freuen, denn in mir regte sich das schlechte Gewissen. Davon abgesehen, dass ich den Abend besser an meinem Schreibtisch verbracht hätte, wusste ich, dass der nächste Tag lerntechnisch wohl auch eher mau ausfallen würde, wenn ich zuvor die Nacht zum Tag gemacht hatte.

»Was ist denn los mit dir?«, fragte Isy, als wir im Club ankamen.

Die *Mercury Lounge* war ein Club mit Bühne, auf der Live-

Bands und Singer-Songwriter auftraten, von denen viele darauf hofften, von einem Plattenlabel entdeckt zu werden. Isy begrüßte den Türsteher, den sie natürlich kannte und der uns ohne weiteres einließ. Einige unserer Kommilitonen und von Isys Freunden waren schon da, und nachdem wir alle begrüßt und uns zwei Gin Tonics bestellt hatten, setzten wir uns an die lange Bar im vorderen Raum.

»Also, schieß los«, sagte Isy, die wie immer ein untrügliches Gespür dafür hatte, wenn etwas mit mir nicht stimmte. »Was brennt dir auf der Seele?«

»Ach, ich weiß auch nicht«, sagte ich und zog an meinem Strohhalm. »Ich habe ein schlechtes Gewissen, dass ich heute hier bin, anstatt zu lernen. Und … keine Ahnung. Es ist lächerlich, aber: Nick hat sich den ganzen Tag noch nicht gemeldet, und ich habe irgendwie ein merkwürdiges Gefühl.«

Ich hörte selbst, wie bescheuert das klingen musste, und ließ den Kopf in meine Hände sinken. Als ich wieder aufblickte, beobachtete Isy mich aufmerksam, und ich fuhr fort: »Es ist natürlich objektiv gesehen überhaupt nicht schlimm, dass er sich mal nicht meldet. Aber irgendwie habe ich mich an die kleinen Nachrichten und Aufmerksamkeiten gewöhnt.«

»Puh, dich hat es ja so richtig erwischt«, sagte Isy und schmunzelte.

»Das ist nicht zum Lachen, Isy. Welche normale Frau im 21. Jahrhundert kriegt gleich die Krise, wenn ihr Typ mal ein paar Stunden nicht schreibt? Ich kenne mich selbst so gar nicht. Warum habe ich dieses komische Gefühl im Bauch?«

Isy beugte sich über den Tresen und bestellte etwas. Ich bekam große Augen, als die Barkeeperin eine Flasche Champagner im Eiskühler und zwei Gläser vor uns abstellte.

»Bist du verrückt geworden?«, fragte ich. »Willst du dich ruinieren?«

Isy nahm die Flasche aus dem Eis und schenkte uns beiden ein. Sie schob mir ein Glas hin, bevor sie antwortete. »Erstens, das ist der Abend, an dem du den größten Punkt auf deiner To-do-Liste abhakst. Zweitens, du hast ein schlechtes Gewissen, weil du lieber lernen würdest. Seriously?« Sie schüttelte fassungslos den Kopf. »Du wirst deine Prüfungen spielend bestehen. Drittens, du hast Liebeskummer. Wenn das nicht drei wirklich gewichtige Gründe sind, um Champagner zu trinken.«

»Ich glaube, gemeinhin trinkt man Champagner eher, um etwas zu feiern, nicht um seine Sorgen zu ertränken. Und fürs Protokoll: Ich habe keinen Liebeskummer.«

»Fürs Protokoll«, antwortete Isy, trank einen Schluck und verdrehte verzückt die Augen. »Champagner kann man in jeder Stimmungs- und Gemütslage trinken. Zumindest, wenn es der Geldbeutel gerade hergibt. Und das mit dem Liebeskummer meinte ich so, dass du Gefühle für Nick hast und gleichzeitig an Nicks Gefühlen dir gegenüber zweifelst.«

Mir entfuhr ein leidender Laut, und ich trank den letzten Schluck meines Gin Tonic, bevor ich das Champagnerglas in die Hand nahm und es gegen Isys stieß. »Danke für die treffende Zusammenfassung meiner Misere. Aber das hilft mir auch nicht wirklich weiter.«

»Doch«, antwortete sie. »Es erklärt, warum du dich davon verunsichern lässt, dass Nick sich mal einen Tag nicht bei dir meldet.«

Sie hatte zu einhundert Prozent Recht, und das wusste ich. Wenn man eine Affäre hatte, ohne dass irgendwelche Gefühle im Spiel waren, dann machte es einem wahrscheinlich nichts aus, wenn der andere sich mal eine Zeitlang nicht meldete. Aber wenn man verliebt war, so wie ich, und sich der Liebe seines Partners nicht sicher war, hatte man genau diese Ängste, die ich gerade hatte. Fragte sich, warum der andere sich nicht meldete.

Ob das bedeutete, dass er gerade dabei war, das Interesse zu verlieren. Brauchte Bestätigung, dass alles noch gut war.

Scheiße.

»Lass uns das Thema wechseln. Ich bin die coole, neue Emma, die eine heiße Affäre mit ihrem heißen Mitbewohner hat, ohne sich Gedanken über die Zukunft zu machen. Die nur im Moment lebt und ihren Spaß hat. Schon vergessen?«

Isy kicherte. »O ja, das hört sich total überzeugend an, Em. Vor allem, wie du das Wort ›Spaß‹ aussprichst. Wie eine Wurzelbehandlung.«

Die Band, *The Shack*, begann, auf der Bühne im Nebenraum zu spielen, und der vordere Raum leerte sich etwas. Wir blieben an der Bar, und Isy begann ein Gespräch mit zwei Investmentbankern, Robert und Clive, die sie von irgendeinem Fitnesskurs im Washington Square Park kannte. Ich versuchte, mich auf das Gespräch zu konzentrieren und gleichzeitig den Eingang der Bar im Blick zu behalten, doch Nick war eine Stunde später immer noch nicht aufgetaucht. Ich sah zum wiederholten Mal auf mein Handy, und tatsächlich hatte er mir endlich eine Nachricht geschrieben:

Bin gleich da. Wurde noch an der Uni aufgehalten.

Ich seufzte tief und ließ das Handy wieder in meine Tasche gleiten. Isy hatte begonnen, heftig mit Robert zu flirten, und Clive, der sich offenbar etwas ausgeschlossen fühlte, wandte sich zu mir.

»Wartest du auf jemanden?«

»Meinen Freund«, sagte ich und verschluckte mich etwas an meinen eigenen Worten.

Wir begannen zu plaudern, und Clive schaffte es mit seiner lustigen Art und seinen unglaublichen Geschichten von der

Wall Street tatsächlich, mich von meinen düsteren Gedanken abzulenken. Er war etwas älter als wir und trug noch seinen Anzug, weil er direkt aus dem Büro gekommen war. Er war Kanadier, der seit fünf Jahren in New York lebte, seine Heimat aber offenbar ziemlich vermisste.

»Also, ich bin total glücklich in den USA«, sagte ich mit Überzeugung.

»Ist das dein Ernst?«, fragte Clive gespielt entsetzt. »Ich gehe auf jeden Fall irgendwann wieder zurück nach Kanada.«

»Ich würde wahnsinnig gerne mal nach Kanada reisen«, sagte ich.

Clive zwinkerte mir zu. »Ich stehe dir jederzeit als Reisebegleiter zur Verfügung. Wenn dein Freund nichts dagegen hat. Oder du verlässt ihn einfach für mich, dann gäbe es da kein Problem. Meine Mutter wäre zumindest völlig aus dem Häuschen, wenn ich mal wieder eine Frau mit nach Hause bringen würde.«

Er schubste mich gutmütig mit der Schulter an, und ich grinste zurück. Trotzdem machte sich schon wieder dieses merkwürdige Gefühl in mir breit. Und das kam nicht von Clives harmloser Flirterei. Klar war ich im Moment weder an Clive noch an irgendeinem anderen Mann interessiert, und nichts würde mir ferner liegen, als mit irgendwem etwas anzufangen. Oder auch nur auf ein unschuldiges Date zu gehen. Davon abgesehen, dass für mich schon der Gedanke absurd war, irgendwen außer Nick in mein Herz zu lassen, hätte sich das für mich wie Fremdgehen angefühlt.

Aber was war mit Nick? Sah er das genauso? Würde es ihm ebenfalls nicht in den Sinn kommen, eine andere Frau zu daten? Ich wusste, dass er weiß Gott nicht wahllos vorging und sicher nicht mit der Nächstbesten etwas anfangen würde, aber irgendwann würde eben eine Frau kommen, die ihn reizte. Das wusste ich. Nick hatte schließlich nie ein Geheimnis daraus gemacht, wie er tickte.

Der Gedanke versetzte mir einen Stich ins Herz, und ich fragte mich, wann wohl der Punkt gekommen sein würde, an dem ich die Situation nicht mehr aushielt. Ich leerte mein Glas in einem Zug. Dem andauernden unangenehmen Gefühl in meinem Magen nach zu urteilen war dieser Zeitpunkt nicht mehr allzu weit entfernt.

Clive schenkte mir noch mal nach, und ich stellte mit leichtem Erstaunen fest, dass die Flasche bereits leer war. Schade, dass sie mich scheinbar so gar nicht in Feierlaune versetzt hatte.

Isy riss mich aus meiner Grübelei, als sie mich von hinten umarmte. »Hey BFF. Hast du dir etwa schon den hottesten Investmentbanker der Wall Street unter den Nagel gerissen?«, scherzte sie und stieß mit ihrem Glas an Clives Bierflasche. »Clive hat einen Hintern aus Stahl, das kann ich jedes Mal beim Tai-Chi im Park aus nächster Nähe beobachten.«

Clive lachte. »Danke. Aber um bei der Wahrheit zu bleiben: Du warst gerade mal zwei Mal dabei, Isy, bevor dich die Lust verlassen hat und du nicht mehr zum Kurs gekommen bist. Und bei den beiden Malen, die du da warst, hast du vor mir gestanden, nicht hinter mir. Außerdem hat Emma einen Freund. Auch wenn mir das das Herz bricht.«

»Ich habe meine Laser-Augen überall. Auch beim Tai-Chi«, sagte Isy und wackelte mit den Augenbrauen. »Oh, wenn man vom Teufel spricht! Da kommt Nick! Wen hat er denn da dabei? Emma, kennst du die?«

Ich drehte den Kopf Richtung Tür. Nick betrat gerade die Bar und hielt die Tür für eine Frau auf, die ich noch nie gesehen hatte. Jetzt war *ich* es, die Laser-Augen bekam. Wer war das? Und warum beugte sie sich gerade so nah an sein Ohr und sagte etwas, das ihn herzhaft zum Lachen brachte?

»Ist der mit der heißen Granate dort dein Freund?« Clive sah mich von der Seite an. »Wow, die sieht ja aus wie Kate Bock.«

Ich hatte Clive exakt bis zu diesem Moment wirklich nett gefunden, aber für den Kommentar büßte er direkt alle Punkte auf der Sympathieskala ein. Obwohl er Recht hatte. Um ehrlich zu sein, *weil* er Recht hatte. Die Frau an Nicks Seite war hot. Und zwar genau die Art von hot, auf die Nick stand. Modeltyp, lange Haare, sportlich, bildhübsch auf eine natürliche Art und Weise. Kate Bock war kein schlechter Vergleich.

Verdammt.

»So viel zu der Frage, ob wir uns exklusiv sehen«, murmelte ich in Isys Richtung und versuchte, mir nicht anmerken zu lassen, wie geschockt ich wirklich war.

Nick hatte uns entdeckt und hob die Hand. Isy winkte zurück, aber ich erwiderte seine Geste nicht. Wie erstarrt beobachtete ich, wie die beiden sich einen Weg durch die anderen Gäste bahnten. Die Frau griff nach seinem Arm, und er blieb stehen, beugte sich zu ihr, um sie besser hören zu können.

Der Blick, den sie ihm zuwarf, war eindeutig. Sie stand total auf Nick. Das sah doch ein Blinder. Sie sagte noch etwas in sein Ohr, und er erwiderte irgendetwas, das sie total zum Lachen brachte. Haha! Witzig!

Schnell drehte ich mich wieder zur Bar. Das Herz klopfte mir bis zum Hals. O Gott, wie sollte ich mich nur verhalten? Sollte ich so tun, als würde es mir nichts ausmachen, dass er hier mit einer anderen auftauchte? Als gäbe es gar keinen Grund zur Eifersucht? Die lockere Emma spielen, die nicht klammerte? Oder sollte ich ihn zur Rede stellen? Eine Szene machen?

Wie lächerlich, sagte eine böse Stimme in meinem Kopf. Du hast nicht mal das Recht darauf, ihm eine Szene zu machen, Dummerchen. Nick ist nicht mit dir zusammen! Ihr seid kein

Paar! Nick ist nicht in dich verliebt. Nick ist in niemanden jemals verliebt.

Ich nahm Clives Gin Tonic und leerte das Glas in einem Zug, um den Kloß in meinem Hals hinunterzubekommen. Alle Ängste, die zuvor noch undeutlich und diffus gewesen waren, wurden von einer Sekunde zur anderen erschreckend real.

Ich spürte, dass ich plötzlich kurz davor war, in Tränen auszubrechen. Ich musste etwas tun, um die Situation zu retten. Um mich und meine Selbstachtung zu retten. Und mein Herz.

Ich hatte das Gefühl, die schlechteste Schauspielerin der Welt zu sein, als ich eine Hand auf Clives Arm legte und mich vertrauensvoll an ihn lehnte.

»Wie weit ist es eigentlich zu den Niagara-Fällen, Clive?«

»Nicht weit«, antwortete er, und ich spürte seine Irritation über den plötzlichen Umschwung in meinem Verhalten. »Nur so knappe sechs Stunden mit dem Auto.«

»Vielleicht könntest du sie mir ja mal …«, begann ich.

»Hi«, sagte Nick in diesem Moment direkt hinter mir.

Obwohl das Wort nur aus zwei Buchstaben bestand, hörte ich sofort, dass er *not amused* war.

Prima, dann waren wir ja schon mal zwei.

Ich richtete mich auf, rückte ein wenig von Clive ab und drehte mich auf meinem Stuhl um. Nicks fragender Blick ging von mir zu Clive, dann zu Isy und wieder zurück. Final blieb er an Clive hängen. Ich konnte seinem Gesicht exakt ablesen, was er dachte: Anzugträger. Geschniegeltes Auftreten. Karrieretyp. Typisches Alphamännchen.

Genau. Wie. Anthony.

Fast wollte ich etwas sagen wie: »Es ist nicht so, wie es aussieht!«, aber dann streifte mein Blick seine Begleitung, und ich biss mir auf die Lippe. Letztlich machte es doch keinen Unterschied, ob ich seine Vorurteile bestätigte. Denn bestätigte er nicht gerade genauso meine? War er nicht derjenige, der just in diesem Moment das nächste Model anschleppte?

Nick fing sich schnell wieder und küsste Isy zur Begrüßung auf die Wange. Dann sah er mich an, und fast erwartete ich, dass er mich in den Arm nehmen und küssen würde.

Aber dann flackerte sein Blick kurz zu Clive, und er machte einen Schritt zur Seite. »Das ist Tamara, eine Kollegin aus der Uni, die sich für *The Shack* interessiert und einen Artikel über die Band auf ihrem Blog veröffentlichen möchte.«

The Shack, dass ich nicht lache, dachte ich und musterte sie. Die Art und Weise, wie sie sich leicht an Nick anlehnte und wie sie ihn ansah, zeigte mir ganz deutlich, dass sie an ihm interessiert war und an niemandem sonst.

Ich brachte ein gequältes Lächeln zustande, als ich ihre Hand schüttelte, aber Nick sah auch nicht viel glücklicher aus, als Isy ihm Clive vorstellte.

»Kommst du kurz mit zur Band?«, fragte Tamara Nick.

Mir fiel sofort auf, dass sie ausdrücklich nur Nick fragte, nicht uns andere. Oder war ich zu empfindlich? Ich besaß genug Selbstreflexion, um mir einzugestehen, wie sehr es mich triggerte, diese Frau mit Nick zu sehen. Aber ich konnte in diesem Moment nichts, absolut nichts dagegen tun. Der einzige Gedanke, der in meinem Kopf hämmerte, war: Ob es nun Tamara oder irgendeine andere ist, ist egal, aber genau wie jetzt wird es sein, wenn Nick irgendwann weiterzieht. Der Kloß in meinem Hals wurde größer.

Isy schoss erst Tamara und dann Nick einen vernichtenden Blick zu. »Mir ist es ehrlich gesagt ziemlich egal, was *ihr* macht. Aber *ich* werde jetzt mit meiner besten Freundin tanzen gehen.«

Erleichtert nahm ich die Hand, die sie mir entgegenstreckte, und ließ mich von ihr von den anderen wegziehen, ohne mich noch mal umzudrehen. Erst als wir auf der Tanzfläche angekommen waren, drehte sie sich zu mir um und sah mich besorgt an.

»Danke«, sagte ich und brachte ein schwaches Lächeln zustande. »Ich wäre den beiden entweder an die Gurgel gegangen oder in Tränen ausgebrochen, wenn du mich nicht gerettet hättest.«

»Nichts zu danken«, antwortete sie. »Bevor ich zulasse, dass dich jemand zum Weinen bringt, gehe ich ihr an die Gurgel. Oder ihm. Oder beiden.«

In dem Moment tauchte Clive hinter uns auf und drückte mir einen frischen Gin Tonic in die Hand. »Hier. Ich dachte mir, dass du den gebrauchen kannst. Ist alles okay mit dir?«

Fast hätte ich aufgelacht. Oder alternativ doch losgeheult. War das nicht eigentlich die Frage, die Nick mir stellen sollte? Ich versuchte, mich unauffällig umzusehen, und entdeckte ihn mit Tamara an der Bar, wo sie offenbar gerade Getränke bestellten.

»Komm, wir tanzen«, sagte ich kurz entschlossen und streckte meine Hand aus. Wenn sich alle so köstlich amüsierten, konnte ich schließlich auch Spaß haben, oder nicht? Clive sah mich kopfschüttelnd an, nahm aber meine ausgestreckte Hand und ließ sich von mir mitziehen.

In der Menge war es so eng, dass wir beim Tanzen förmlich aneinandergepresst wurden.

»Emma, du weißt schon, dass die Eifersuchtsnummer noch nie eine gute Idee war?«, warnte Clive. Doch ich hörte nicht auf ihn, sondern drehte mich einmal um die eigene Achse und prallte gegen jemanden, der hinter mir stand.

Nick. »Ich glaube, das reicht jetzt, Emma.«

Clive ließ mich los und hob beide Hände. »Nichts für ungut Leute, aber ich glaube, ihr solltet dringend mal miteinander reden.«

Nick sah mich mit gerunzelter Stirn an. »Können wir kurz raus?«

»Klar«, sagte ich sarkastisch. »Natürlich nur, wenn Tamara nichts dagegen hat.«

Ich wandte mich zum Gehen, doch Nick hielt mich am Arm fest. »Was soll das denn heißen? Was hat Tamara damit zu tun?«

»Was das heißen soll?« Ich lachte auf. »Sag du mir doch, was das heißen soll, dass du hier mit irgendeiner Frau aus der Uni auftauchst, die ganz offensichtlich an dir interessiert ist!«

»Bist du etwa eifersüchtig? Wegen Tamara?«, fragte Nick und fuhr sich mit einer Hand frustriert durch die Haare. »Was soll ich denn da sagen? Ich komme hier herein und sehe dich mit irgendeinem Anthony-Klon an der Bar flirten.«

»Clive ist kein Anthony-Klon, und ich habe auch nicht mit ihm geflirtet.«

»Natürlich ist er ein Anthony-Klon. Anzugträger, älter, solide. Exakt der Typ, auf den Emma Meyer steht. Ich frage mich gerade nur, wie ich da reinpasse? Mit Anthony, dem ultimativen Traumprinzen, hat es nicht geklappt, also machst du dir erst mal eine schöne Zeit mit mir? Bis dann der nächste Emma-taugliche Typ kommt, der eigentlich so viel besser zu dir passt als ich?«

Seine Worte fuhren wie Stacheln in mein Herz. »Gut zu wissen, was für ein Bild du von mir hast, Nick.«

»Wundert dich das? Fast ein ganzes Jahr sehe ich dir dabei zu, wie du Liebeskummer wegen Anthony hast. Dann fangen wir etwas miteinander an, und sobald der nächste Mann kommt, der in dein Beuteschema passt, sehe ich dich im vollen Flirt-Modus.«

»Da war überhaupt nichts mit Clive! Du versuchst gerade nur, den Spieß umzudrehen. Du bist doch derjenige, der hier mit einer anderen Frau aufgetaucht ist. Im vollen Flirt-Modus. Und wenn wir über das Thema Beuteschema sprechen, dann schau dir bitte mal Tamara an.«

»Sie ist eine Kollegin«, sagte Nick frustriert.

»Genau. Kollegin«, erwiderte ich spöttisch und machte mit den Fingern Anführungszeichen in der Luft. »Da hat sie aber ganz andere Vorstellungen, glaub mir. Es war mir ja klar, dass du mich irgendwann durch eins deiner üblichen Supermodels ersetzen würdest, aber so schnell …?«

Ich wollte ironisch klingen, hörte aber mit Entsetzen, dass meine Stimme brach. Nick sah mich an, und sein Blick wurde weich.

»Emma …«, sagte er und legte eine Hand auf meinen Arm. »Ich wollte deine Gefühle nicht verletzen. Tamara ist …«

Ich schüttelte seine Hand ab. »Was – Emma?«, imitierte ich ihn. »Ausgerechnet du musst mir nichts von verletzten Gefühlen erzählen. Du weißt doch gar nicht, was das ist.«

Er runzelte die Stirn. »Wie meinst du das?«

»Du bist doch derjenige, der zu keinen echten Gefühlen fähig ist. Du bist doch derjenige, der alles schön an der Oberfläche hält. Du verliebst dich nicht, du hältst alle auf Abstand, du hast deinen Spaß, bis es aufhört, Spaß zu machen. Dann bist du weg und suchst dir die Nächste.«

Er sah aus, als hätte ich ihm eine Ohrfeige verpasst. Er ließ die Hand sinken und machte einen Schritt zurück. »So siehst du mich also. Gut zu wissen. Und warum bist du noch mal mit mir zusammen?« Bei dem Wort »zusammen« verkrampfte sich mein Herz, aber bevor ich etwas sagen konnte, fuhr er fort: »Ich beantworte die Frage für dich. Weil man mit dem oberflächlichen, flatterhaften Nick eine gute Zeit haben kann, bevor man sich wieder aufmacht, den Mann fürs Leben zu suchen. Mr Fucking Right. Das ist es doch, was du suchst. Und das bin *nicht ich.*«

Ich hatte ihn noch nie so zornig gesehen. Aber ich war auch zornig. Und verzweifelt. Und traurig.

»Ja, genau, Nick«, sagte ich und hasste es, wie sehr meine Stimme zitterte. »Du hast Recht. Du bist nicht das, was ich suche. Weil du mir niemals das geben könntest, was ich wirklich brauche, um glücklich zu sein.«

Isy war neben uns aufgetaucht und sah von einem zum anderen. Dann nahm sie meine Hand. »Alles in Ordnung?«

Ich wischte mir eine Träne aus den Augen und nickte. »Alles in Ordnung. Alles in allerbester fucking Ordnung. Aber lass uns bitte gehen. Kann ich ein paar Tage bei dir schlafen?«

Nick öffnete den Mund, um etwas zu sagen, aber ich hob die Hand. »Ich glaube, wir haben uns nichts mehr zu sagen. Es ist alles gesagt.«

Das war es also. Das Ende von Nick und Emma. Ich hatte ja gewusst, dass es irgendwann kommen musste. Aber trotzdem hatte ich das Gefühl, in zwei Teile zu zerbrechen. Ich schaffte es, mich zusammenzureißen, bis wir in Isys WG ankamen. Dort legte ich mich auf ihr Bett und weinte. Und weinte. Und weinte. Bis irgendwann keine Tränen mehr übrig waren, sondern nur noch dumpfer Schmerz.

Isy legte sich neben mich und zog mich in ihre Arme, und so lagen wir, bis am nächsten Morgen die Sonne aufging. Erst dann fragte sie, was passiert war, und ich erzählte ihr alles.

Isy war fast genauso verstört über die Dinge, die wir uns an den Kopf geworfen hatten, wie ich. »Ich kann das alles nicht fassen. Nick ist verliebt in dich. Ich bin doch nicht blind und blöd!«

Ich zog die Nase hoch und schüttelte den Kopf. »Nick hält seine Beziehungen an der Oberfläche, ohne sich je auf was Ernstes einzulassen. Und dann zieht er weiter. So war es schon immer.«

Wir schwiegen beide und hingen unseren Gedanken nach.

Nach einer Weile sagte ich: »Das Bescheuerte ist: Ich habe das doch gewusst, Isy. Ich kenne ihn doch. Ich habe die anderen Frauen kommen und gehen sehen. Ich wusste, dass er nicht auf der Suche nach was Festem ist. Er hat mir nie etwas vorgegaukelt, und wir haben nie über Liebe oder eine gemeinsame Zukunft gesprochen.«

Während ich sprach, bekam ich Schluckauf. Isy strich mir über den Rücken, immer wieder, hoch und runter. Das beruhigte mich ein wenig. Aber verringerte den Schmerz in meinem Herzen nicht.

»Die unausgesprochene Vereinbarung war, dass wir einfach eine gute Zeit miteinander haben und uns keine Gedanken darüber machen, was kommt. Und er hat sich dran gehalten. Das kann ich ihm nicht vorwerfen. Die Spielregeln waren klar. Nur ich habe mich nicht dran gehalten. Ich habe mich in ihn verliebt. Ich bin eine blöde Kuh.«

Sie sah fast so unglücklich aus, wie ich mich fühlte. Aber auch nur fast.

»Isy, ich weiß, dass du dachtest, dass Nick und ich zusammengehören. Und es vielleicht immer noch denkst. Aber du musst mir versprechen, dass du dich diesmal nicht einmischst, okay? Das ist eine Sache nur zwischen uns beiden. Versuch nicht, irgendwie zu vermitteln. Ich will das nicht.«

Sie seufzte. »Ich verspreche es.« Sie strich mir über die Wange. »Ich dachte wirklich, du bist es für ihn, Em. Ich dachte, du bist die Eine.«

Ich schnäuzte mir die Nase. »Für Nick gibt es nicht die Eine. Nur die Nächste.«

Ich brachte es in den nächsten Tagen nicht über mich, nach Hause zu gehen. Der Gedanke, Nick sehen zu müssen, war unerträglich für mich. Isy holte ein paar meiner Klamotten und

Sachen aus der Wohnung, als Nick gerade in der Arbeit war. Ich lief wie ein Zombie umher und schleppte mich in die Vorlesungen und die Kanzlei.

Die alleinerziehende Mutter, die mein erster Pro-bono-Fall gewesen war, hatte vor Gericht Recht bekommen. Ihr Exmann musste Unterhalt zahlen. Aber ich konnte mich kaum über unseren Erfolg freuen. Irgendwie stieß mich ab, wie die Kanzlei sich nach Abschluss mit dem Fall brüstete und eine protzige Pressemitteilung herausgab. Ja, ich wusste, dass eine Großkanzlei wie Donovan & Thompson Pro-bono-Fälle nicht aus Nächstenliebe übernahm, sondern weil es sie gut aussehen ließ, trotzdem fühlte es sich für mich nicht richtig an. Konnte man nicht einfach mal anderen Menschen helfen, ohne es an die große Glocke zu hängen? Helfen um des Helfens willen?

Ohne Isy wäre ich in dieser Zeit verloren gewesen. Sie war die beste Freundin, die ich je gehabt hatte. Abends bestellte sie Takeaway, und wir sahen alle Staffeln von *Grey's Anatomy*.

»Nick hat mich angerufen«, sagte ich, als in der elften Staffel Derek Shepherd starb. Die Stelle schien mir irgendwie passend, um diese Information mit Isy zu teilen.

Sie drückte auf Pause und drehte sich mit ungläubigem Gesichtsausdruck zu mir. »Moment mal. McDreamy steigt aus der Serie aus, und gleichzeitig erzählst du mir, dass Nick dich angerufen hat? Ich weiß gerade nicht, was ich krasser finde. Und: Was hat er gesagt?«

Ich zuckte mit den Schultern. »Keine Ahnung, ich habe ihn weggedrückt. Ich habe auch seine Nachrichten nicht beantwortet.«

Sie setzte sich gerader hin. »Er hat dir Nachrichten geschrieben? Was schreibt er?«

»Er schreibt, dass wir reden müssen. Dass er mir etwas Wichtiges sagen muss. Aber ich will es nicht hören. Ich will gar nichts mehr von ihm hören. Keine Entschuldigungen und keine Erklärungen.«

»Vielleicht will er sich ja einfach nur mit dir versöhnen«, sagte sie sanft, aber ich schüttelte den Kopf.

»Selbst wenn. Was würde das ändern? Danach kämen wir doch genauso schnell wieder an denselben Punkt, an dem wir jetzt sind. Und ich wäre wieder am Boden zerstört. Besser den Stachel jetzt einmal rausreißen und den Schmerz ertragen, als immer weiter und weiter zu leiden.« Ich sah sie an und spürte, dass mir schon wieder Tränen in die Augen stiegen. »Der Schmerz wird doch irgendwann weggehen, oder Isy?«

Sie starrte einen Moment vor sich hin und presste die Lippen aufeinander. Dann sagte sie: »Natürlich wird es irgendwann besser, Em. Dann bleibt nur noch die Erinnerung an das, was passiert ist, aber es tut nicht mehr weh. Und du kannst zu neuen Ufern aufbrechen.«

Ich sah Isy verwundert von der Seite an. »Dafür, dass du deine Männergeschichten immer an der Oberfläche hältst, bist du aber sehr, sehr weise in Beziehungsdingen, Isy Summers.«

Sie zappelte kurz mit dem ganzen Körper, als wollte sie alle schlechten Gedanken abschütteln. »Tja, ich weiß schon, warum ich mich auf nichts Ernstes einlasse. Das endet ja nur im Elend. Sieht man ja an dir.«

»Und wer hat dir so nachhaltig das Herz gebrochen?«, bohrte ich nach.

Sie sah hoch, und einen Moment flackerte ein Ausdruck über ihr Gesicht, den ich nicht recht zuordnen konnte. Dann verschwand er genauso schnell, wie er gekommen war, und sie sagte in ihrer üblichen fröhlichen, gut gelaunten Art: »Ich hatte mit Anfang zwanzig meinen Anteil an Herzschmerz. Das hat mir ein für alle Mal gereicht. Seitdem verschenke ich mein Herz einfach nicht mehr. Dann kann es auch nicht gebrochen werden.«

Ich nahm sie, einem Impuls folgend, in den Arm und drückte sie fest. »Und das, obwohl du das beste Herz hast, das ich kenne. Ohne dich wäre ich hier verloren gewesen.«

Sie drückte mich zurück, und als wir uns voneinander lösten, hatten wir beide ein bisschen Pipi in den Augen. Aber dieses Mal das von der guten Sorte.

In der darauffolgenden Woche kehrte ich in unsere Wohnung zurück. Ich konnte mich ja nicht ewig bei Isy verkriechen. Und ich musste mir ein paar Sachen holen. Ich würde so lange es ging und solange Isys Mitbewohnerin sich nicht beschwerte, bei ihr bleiben. Aber ich musste mir dringend WGs ansehen, denn es stand außer Frage, dass ich nicht bei Nick wohnen bleiben konnte. Ich musste ausziehen, und zwar so schnell wie möglich. Das hatte man davon, wenn man mit seinem Mitbewohner schlief und sich in ihn verliebte. Die Wohnsituation war danach inakzeptabel.

Zu Hause schloss ich mit klopfendem Herzen die Tür auf und lauschte. Ich wusste, dass Nick um diese Uhrzeit schon an der Uni war, aber trotzdem fand ich es gespenstisch still. Und irgendetwas fühlte sich anders an. Die Tür zu Nicks Zimmer stand halb auf. Vorsichtig spähte ich hinein und erstarrte.

Das Zimmer war leer.

Völlig leer.

Komplett ausgeräumt.

Kein einziges Möbelstück stand mehr darin. Nur die Staubkörnchen tanzten in der Luft.

Nick war weg.

Ich weiß nicht, wie lange ich wie erstarrt im Flur gestanden hatte, aber ich bekam fast einen Herzinfarkt, als sich ein Schlüssel in der Haustür drehte und die Tür aufgestoßen wurde.

Kurz erwartete ich, dass Nick hereinkommen, mich in die Arme nehmen und sagen würde: »Hey Peanut, ich habe dich vermisst.«

Stattdessen stand Ava vor mir. Mit perfekt geföhnten blonden Haaren, Skinny Jeans, spitzen Vierzehn-Zentimeter-Pumps, Designer-Handtasche, Designer-Lederjacke. Jede Fashion-Bloggerin hätte sie fotografiert und mit ihrem Foto auf Instagram unter dem Hashtag *#StreetstyleNewYork* Trilliarden von Klicks und Likes erzielt.

Was wollte die denn hier?

Sie schien auch einen Moment erstaunt, mich zu sehen, stöckelte dann aber wortlos an mir vorbei und lief in die Küche, ohne mich eines weiteren Blickes zu würdigen.

Ich lief hinter ihr her, schluckte meinen Stolz hinunter und fragte: »Wo ist Nick?«

Mitleidig sah sie mich an. »Ach, das weißt du nicht? Nick ist nach L. A. gezogen.«

Mein Kopf fühlte sich wie Watte an. »Nick ist – *was*?«

Sie verdrehte die Augen und nahm einen Karton, der auf dem Küchentisch stand. »Nick. Ist. Nach. Los. Angeles. Gezogen«, sagte sie. »Hat er dir das nicht gesagt?«

Ich schüttelte den Kopf und kam mir bescheuert vor.

»Er hat vom Sender das Angebot bekommen, Basketball zu kommentieren, weil dort jemand ausgefallen ist. Aber dafür musste er sofort nach L. A. fliegen. Er hat seine Sache so gut gemacht, dass er ab sofort dort arbeiten wird.«

Ich hatte das Gefühl, ohnmächtig werden zu müssen, und stellte die erste Frage, die mir in den Sinn kam: »Warum hast du einen Schlüssel zu unserer Wohnung?«

Sie betrachtete mich einen Moment abschätzig und ging dann zur Tür. Mit der Türklinke in der Hand sagte sie: »Hat er dir nicht erzählt, dass wir seit Jahren immer wieder ein Paar sind? Dass er jedes Mal wieder zu mir zurückkommt, spätestens, wenn ihm mit seiner aktuellen Flamme langweilig wird? Natürlich habe ich einen Schlüssel zu seiner Wohnung. Ich bin das Nächste an einer festen Freundin, das er je haben wird.«

Ich schnaubte verächtlich, obwohl mir ihre Worte wie ein Messer ins Herz fuhren. »Und darauf bist du stolz?«, fragte ich mit mehr Kühnheit, als ich in diesem Moment empfand. »Dass er immer wieder was mit dir anfängt, wenn er sonst keine andere am Start hat oder ihm gerade langweilig ist? Was macht das mit deinem Selbstwertgefühl?«

Sie ließ ihren Blick einmal an mir hoch- und wieder runterwandern. Dann sagte sie kalt: »Nick und ich haben übrigens auch in der Zeit miteinander geschlafen, als ihr zusammen wart. Und? Was macht das mit *deinem* Selbstwertgefühl?«

Sie knallte die Tür hinter sich zu, und ich blieb allein im dunklen Flur zurück. Ich presste mir eine Faust auf den schmerzenden Brustkorb. Ich bekam kaum Luft.

Atmen. Atmen. Atmen.

Zu etwas anderem war ich nicht in der Lage.

Ein. Aus. Ein. Aus.

Nach dem schrecklichen Streit mit Nick und unserer Trennung hatte ich das Gefühl gehabt, als wäre mein Herz in zwei Teile gebrochen. Aber in diesem Moment zersplitterte es in tausend.

Meine New-York-To-do-Liste

- ☐ ~~Eine Wohnung finden!!! und umziehen~~
- ☐ ~~Sightseeing~~
- ☐ ~~Fetter Klunker von Tiffany!~~
- ☐ ~~Einen New Yorker küssen: auf der Brooklyn Bridge, auf der Staten~~

~~Island Fähre, auf der Dachterrasse einer coolen Bar, beim Schlitt-schuhlaufen am Rockefeller Center~~

- [ ] ~~Sample Sale im Fashion District und eine teure (!) Shopping-Sünde begehen~~
- [ ] ~~Von einem New Yorker für eine New Yorkerin gehalten werden~~
- [ ] ~~New York bei Schnee sehen~~
- [ ] ~~Cocktails auf der Dachterrasse einer Bar~~
- [ ] ~~Sex mit einem New Yorker! Mit dem heißesten Mann in NY! O. Mein. Gott.~~
- [ ] ~~In 50 40 32 26 23 16 12 9 4 1 verschiedene Bars/Clubs gehen~~
- [ ] ~~Ein Event im Madison Square Garden~~
- [ ] ~~Ein Wochenendtrip in die Hamptons~~
- [ ] Meinen LLM-Abschluss schaffen
- [ ] ~~Mir überlegen, was ich mit meinem Leben nach dem Abschluss anfangen will~~
- [ ] Die große Liebe finden

MAI

In den folgenden Wochen vergrub ich mich in meinen Unistoff. Was sollte man auch sonst tun, wenn man innerlich völlig leer war? Meine Abschlussarbeiten standen an, und ich hatte alle Hände voll zu tun, die Prüfungen zu bestehen. Auch ohne dass mein Kopf ununterbrochen in L. A. war. Mein Herz im Übrigen auch. Einzelne Körperteile wie Herz und Kopf können bisweilen äußerst verräterisch sein. Aber ich konnte nichts dagegen tun. Meine Gedanken waren dauernd bei Nick. Ich lebte und lernte vor mich hin wie unter einer dumpfen Gefühlsglocke.

Mein Vertrag bei Donovan & Thompson war ausgelaufen, und ich hatte ihn nicht verlängert. Ich musste mir erst einmal in Ruhe meine nächsten Schritte überlegen. Wenn ich meinen Abschluss in der Tasche hatte, würde ich mit meinem Zeugnis von Donovan & Thompson jederzeit wieder in einer anderen Kanzlei einen Job finden. Anthony ließ mich während meiner letzten Wochen im Büro in Ruhe, aber trotzdem war ich froh, als meine Arbeitszeit in der Kanzlei vorbei war und ich ihn gar nicht mehr sehen musste. Wie es bei ihm zu Hause lief, ob er mit seiner Frau wieder zusammen war und versuchte, seine Ehe zu retten, oder ob er sich scheiden ließ, wusste ich nicht, und ich würde es wohl auch nie erfahren. Ich hatte mit der Sache abgeschlossen.

In ein paar schwachen Momenten klickte ich auf Nicks Facebook- und Instagram-Seiten, aber er postete fast nur Fotos und

Videos aus der NBA. Jedes Mal, wenn ich ihn sah, fühlte es sich an, als würde jemand ein Messer in einer gerade verheilenden Wunde herumdrehen. Aber da verheilte ohnehin nichts.

Mitte Mai informierte mich Monika, dass sie ein paar Interessenten durch die Wohnung führen wollte, damit Nicks freies Zimmer ab Juni wieder vermietet werden konnte. Sie sah mich traurig an, aber ich zuckte nur mit den Schultern. Sie konnte es ja nicht ändern. Und ich auch nicht.

Am Tag meiner allerletzten Prüfung holte Isy mich von der Uni ab. Sie hatte ihre Prüfungen schon in der Woche zuvor abgeschlossen. Wir fuhren gemeinsam in den Central Park, um ein bisschen zu feiern. Sie war unglaublich süß, hatte ein Picknick vorbereitet und kaltes Bier – in braunen Papiertüten – dabei. Es war schon wunderbar sommerlich warm. Wir suchten uns ein schönes Plätzchen am Turtle Pond, mit Blick auf das kleine Schlösschen, und breiteten unsere Decke auf dem Rasen aus.

»Cheers. Auf deinen Abschluss«, sagte sie und prostete mir zu.

»Cheers. Erst mal abwarten, ob ich bestanden habe.«

Ich trank einen Schluck des kühlen Biers und streckte mich auf der Decke aus.

»Klar hast du bestanden.« Sie trank auch und sagte dann: »Aber genauso wichtig: Was ist mit deiner To-do-Liste?«

Ich lächelte schwach und zog sie aus meiner Tasche. »Fast alles erledigt.«

Ein bisschen wehmütig las ich die einzelnen Punkte vor. Als Isy diese Liste vor fast einem Jahr geschrieben hatte, war ich ein völlig anderer Mensch gewesen. Hätte mir damals jemand gesagt, was ich in diesen Monaten in New York alles erleben würde, hätte ich es nicht geglaubt. Unwillkürlich fuhr meine Hand zu Nicks Kette, die um meinen Hals hing und die ich nie ablegte. Ich sentimentale Kuh.

Gott, ich vermisste Nick so.

»Schau mal. Heiße Typen auf ein Uhr.«

Ich schob die Sonnenbrille etwas hoch, um besser sehen zu können. Auf dem Weg joggten drei junge, gutaussehende Männer. Einer bemerkte, dass wir rüberstarrten, und winkte uns lässig zu. Ich ließ die Sonnenbrille wieder auf die Nase gleiten und lehnte mich zurück.

»Kein Interesse. Ich bin auf Männer-Detox.«

Ich atmete ein paar Mal tief ein und genoss den Geruch nach frisch gemähtem Gras und das wohlige Gefühl von Freiheit, das einen nach abgeschlossenen Klausuren überkommt. Nur ein richtiges Glücksgefühl wollte nicht aufkommen.

Isy räusperte sich. »Apropos Männer-Detox. Ich habe gestern mit Nick telefoniert«, sagte sie mit betont neutraler Stimme.

Der Satz fuhr direkt in mein Herz. Es begann wie wild zu pochen. Wie lange würde das noch so sein, wenn ich nur seinen Namen hörte?

»Und wie geht es ihm?« Ich wollte es gefasst fragen, aber meine Stimme war kaum mehr als ein Krächzen.

»Es geht ihm gut. Er liebt seinen neuen Job und arbeitet viel. Er hat sich ein unglaubliches Haus in Malibu gemietet. Direkt am Strand. In Malibu! Muss ich noch mehr sagen? Er surft. Er läuft. Er spielt Basketball …«

»… und pennt mit irgendwelchen Surfer-Babes«, schloss ich, prostete mir selbst zu und trank voller Selbstmitleid den Rest der Flasche aus. »Mir ist schlecht.«

Isy seufzte, beugte sich über mich und schob meine Sonnenbrille nach oben, um mir in die Augen sehen zu können.

»Em, warum sprichst du nicht mit ihm? Du vermisst ihn doch so schrecklich. Was ihr hattet …«, sie suchte nach den richtigen Worten, » … was ihr hattet, das war etwas Gutes. Ich glaube da immer noch dran. Und ihr habt euch nie wirklich ausgesprochen. Nur dieser Streit und dann Ende. Das kann es doch nicht gewesen sein!«

Nick hatte noch ein paar Mal angerufen und mir Nachrichten geschrieben, dass wir sprechen mussten. Doch irgendwann hatte auch das aufgehört.

»Was gibt es denn noch zu reden? Er muss mir nicht sagen, dass er nach L. A. gezogen ist. Das weiß ich ja bereits. Und dass ihm leidtut, wie alles geendet hat, muss ich auch nicht von ihm hören. Er hat parallel etwas mit Ava gehabt, Isy! Das war Betrug. Genauso ein schlimmer Betrug wie der von Anthony. Oder Jan. Wie konnte ausgerechnet er mir das antun? Und ich soll ihm jetzt noch hinterherlaufen? Ich habe auch noch ein bisschen Selbstachtung, weißt du?«

Sie setzte sich auf die Knie und beugte sich zu mir vor. »Okay. Schluss. Ich mische mich jetzt doch ein. Scheiß auf das Versprechen.« Sie packte mich an den Schultern, schüttelte mich leicht und rief: »Nick hatte nichts mit Ava in der Zeit, in der er mit dir zusammen war! Sie hat dich angelogen!«

»Aber …«

Isy schüttelte energisch den Kopf. »Nein! Lass mich ausreden! Er war völlig außer sich, als ich ihm gestern am Telefon erzählt habe, was Ava dir gegenüber behauptet hat.«

»Wirklich?«, fragte ich schwach.

»Ja. Wirklich.« Sie äffte meine Stimme nach. »Und jetzt sage ich dir noch etwas: Em, ich liebe dich über alles und stehe immer auf deiner Seite. Aber du warst vom ersten Moment an völlig blind dafür, wie verliebt Nick in dich ist.« Sie zählte an den Händen ab. »Es hat bei ihm doch schon direkt bei eurem ersten Treffen eingeschlagen. Der Poetry Slam. Wenn das nicht Liebe auf den ersten Blick war, dann weiß ich auch nicht mehr! Das Angebot, in seine Wohnung zu ziehen. Er bietet dir das Zimmer für 1.500 Dollar an, genau der Preis, den du dir gerade noch leisten kannst. Weißt du, was das Zimmer auf dem freien Markt gekostet hätte? In der Lage? Mit Dachterrasse? Bestimmt das Doppelte! Und er hat *alles* für dich getan. Alles! Er hat dich getröstet, als du Liebeskummer hattest. Wegen einem anderen Mann! Er ist mit dir zur Kanzlei-Weihnachtsfeier gegangen, um dir zur Seite zu stehen. Er ist mit dir in die Hamptons gefahren. Hat dich zu dem Treffen mit deinem Vater begleitet.« Sie hatte sich richtig in Rage geredet. »Emma. Wie blind kann man sein? Nick liebt dich!«

Ich schluckte. »Und seine ganzen Frauengeschichten?«

»Du warst doch mit Anthony zusammen! Du hast ihm gesagt, wie verliebt du in ihn bist. Dann dein ganzer Liebeskummer. Das Hin und Her. Was glaubst du, wie es ihm damit ging? Meinst du, er ist der Typ, der abends heimlich in seine Kissen weint? Stattdessen hat er mit anderen Frauen rumgemacht, und ja, es dir ein bisschen unter die Nase gerieben. Vielleicht nicht seine schlaueste Aktion, aber vielleicht auch nur, um mal irgendeine Reaktion von dir zu provozieren.« Sie sah mich erschöpft an. »Der ganze Streit in der *Mercury Lounge* ist doch nur entstanden, weil ihr nie mal über eure Gefühle gesprochen habt. Du liebst ihn, denkst aber, er ist nicht an einer festen Beziehung interessiert. Er liebt dich, glaubt aber, nur ein Trostpflaster für Anthony zu sein. Und dann sieht er dich mit Clive, und du siehst ihn mit seiner Kollegin Tamara. Und alles eskaliert. Boom. Wie eine Handgranate. Aber Em, er leidet im Moment genauso wie du! Du musst mit ihm sprechen. Bitte.«

Ich versuchte, ihre Worte zu verdauen. Und schaffte es nicht. Nicht mal ansatzweise.

Dann sagte ich: »Ich kann nicht mit ihm sprechen. Er ist ja weg.«

Sie griff nach ihrer Tasche und murmelte: »Manchmal habe

ich das Gefühl, ich bin eure Kindergärtnerin. Oder Therapeutin. Nur mit miserablen Stundensätzen.«

Sie zog ihr iPad heraus und begann zu tippen.

»Hier. Morgen früh um sieben geht eine Maschine nach Los Angeles. Du wärst um zehn Uhr Ortszeit da. Was meinst du?«

Ich war in Schockstarre. Wochenlang hatte ich versucht, jeden Gedanken an Nick zu verdrängen, wochenlang hatte ich ihn vermisst wie verrückt und mich mit Lernen und Arbeiten abgelenkt. Und jetzt kam Isy mit so einer Idee.

Konnte ich einfach nach L. A. fliegen und mit ihm sprechen? Das war doch völlig irre.

Isy schien meine Gedanken zu lesen und schüttelte den Kopf. »Ich würde es an deiner Stelle machen. Und nicht zu lange warten. Auch die standhafteste Liebe kann sich irgendwann erschöpfen – das ist nicht von mir, sondern von Rhett Butler aus *Vom Winde verweht*, und jetzt denk mal drüber nach, wie diese Liebesgeschichte ausgegangen ist. Gib dir endlich einen Ruck, Scarlett!«

Lange Zeit sagten wir beide gar nichts. Die Vögel zwitscherten, und ganz in der Nähe war Kinderlachen zu hören. In der Ferne eine Sirene. Ich sah Nicks Gesicht vor mir. Natürlich wollte ich ihn sehen. Ich wollte ihn jeden Tag, jede Stunde, jede Minute sehen. Ich konnte im Moment nicht wirklich glauben, was Isy mir gerade sagte. Dass Nick schon so lange in mich verliebt war. Ernsthaft verliebt.

Wie in Trance griff ich in meine Tasche, holte mein Portemonnaie heraus und hielt Isy meine Kreditkarte hin.

»Ich muss verrückt geworden sein.«

Als ich am nächsten Morgen am Los Angeles International Airport landete, war es bereits über 20 Grad warm. Ich lief durch die angenehme Vormittagssonne zur Mietwagenstation und fragte mich zum hunderttausendsten Mal, was ich hier eigentlich machte.

Es war Freitag. Nick hatte frei. Das hatte Sherlock Isy herausgefunden. Seine Adresse hatte ich auch von ihr. Ich tippte sie in das Navi des Autos ein und reihte mich vorsichtig in den Vormittagsverkehr ein. Ich brauchte etwa eine Stunde bis nach Malibu. Auf dem Pacific Coast Highway, der Straße, die direkt am Meer entlangführt, öffnete ich alle Fenster und ließ mir die warme Meeresbrise um die Nase wehen. Die innere Anspannung, die von mir Besitz ergriffen hatte, seit Isy meinen Flug gebucht hatte, konnte die frische Luft nicht vertreiben. War es gerade mal gestern Mittag gewesen, dass wir im Central Park gelegen hatten? Es schien eine Ewigkeit her zu sein.

Ich ließ den Blick über den Strand und das Meer schweifen. Ich kam mir an diesem paradiesischen Ort merkwürdig fehl am Platz vor. Wie eine New Yorker Stadtpflanze, viel zu blass und abgespannt. Seit ich in L. A. angekommen war, hatte ich nur schöne, gut gebräunte, fitte Menschen gesehen. Ich hingegen hatte die letzten Monate in der Bibliothek der NYU verbracht, und so sah ich auch aus.

»Biegen Sie links in die Zielstraße ein«, sagte die Stimme meines Navigationsgeräts nach einer langen Zeit der Stille, und ich zuckte vor Schreck zusammen. Ich blinkte links und wartete den mir entgegenkommenden Verkehr ab.

Meine Aufregung vertausendfachte sich. Nick wusste nicht, dass ich hier war. Und vielleicht hatte sich Isy auch geirrt, und er war gar nicht in mich verliebt. War es nie gewesen. Womöglich hatte er bereits wieder eine Freundin. Ha! Oder fünf. Vielleicht war alles ein riesiger Irrtum.

Die Straße war frei. Ich bog ab. Zu meiner Linken reihten sich wunderschöne Villen und einige kleinere Häuser zum Meer hin aneinander. Ich hatte kaum einen Blick dafür.

Wie würde er reagieren, wenn ich plötzlich vor ihm stand? Vielleicht fühlte er sich bedrängt. Warum hörte ich nur auf Isy und ihre verrückten Einfälle? Das war doch alles völlig irre.

Und da war seine Hausnummer.

Verdammt. Ich war offiziell eine Stalkerin.

Ich parkte das Auto auf der rechten Seite der Straße, stellte den Motor aus und spielte nervös mit meiner Kette.

Kurze Denkpause.

Was sollte ich machen?

Umdrehen und nach Hause fahren?

Kam gar nicht in Frage.

Jetzt war ich den ganzen Weg hergekommen. Auf keinen Fall würde ich jetzt kneifen und wieder abhauen.

Selbst wenn Isy mit ihrer Aussage, Nick sei genauso verliebt in mich wie ich in ihn, falschlag, war die Frage doch auch, ob es so weitergehen konnte. Ob mein Liebeskummer einfach irgendwann verschwinden würde und ich Nick vergessen könnte. Ohne noch ein einziges Mal mit ihm gesprochen zu haben. Brauchte ich nicht zumindest so etwas wie einen Abschluss der ganzen Sache? Closure? Um es überhaupt verarbeiten zu können? Nick und ich hatten eine wundervolle Zeit miteinander gehabt, und selbst wenn man das ignorierte, war er in New York mein bester Freund gewesen. Wir hatten zusammengewohnt und einiges miteinander durchgemacht. Und jetzt sprachen wir überhaupt nicht mehr miteinander. Die Situation musste geklärt werden, egal, wie das Gespräch auch ausgehen mochte.

Entschlossen stieg ich aus und überquerte schnellen Schrittes die Straße. Sein Name stand auf dem Klingelschild. Ich wartete mit klopfendem Herzen, bis ich den Mut gefasst hatte, den Finger auszustrecken und auf die Klingel zu drücken. Aber der Moment kam nicht. Meine Knie waren weich wie Butter und zitterten.

Frustriert stieß ich die Luft aus und zog den Finger zurück. Ich musste erst einmal durchatmen und mich sammeln. Zwischen zwei Häusern fand ich einen Durchgang zum Strand und lief den Weg hinunter. Ich zog die Schuhe aus und genoss für einen Moment das Gefühl von Sand zwischen meinen Zehen und Sonne auf meiner Haut. Mit den Schuhen in der Hand lief ich zum Wasser und atmete die salzige Meeresluft ein.

Im gleichen Moment sah ich einen Jogger, der in meine Richtung kam. Er lief direkt an der Wasserlinie entlang, dort, wo der Sand vom anbrandenden Wasser gehärtet und nicht so tief war.

Nick.

Es war Nick.

Mein Nick.

Als er mich erkannte, blieb er abrupt stehen, nur ein paar Meter von mir entfernt.

Er hatte noch nie so gut ausgesehen. Er war braun. Richtig kalifornische-Sonne-Surfer-braun. Seine Haare wirkten dadurch noch heller und seine Augen noch blauer. Er trug Basketballshorts und sein T-Shirt der New York University.

»Emma …?«, stammelte er.

Ich weiß nicht warum, aber mir schossen sofort die Tränen in die Augen. Vielleicht war es die Anspannung der letzten Wochen, die ganzen unterdrückten Emotionen, die vielen unausgesprochenen Worte, aber ich hatte das Gefühl, dass in dem Moment, als ich ihn das erste Mal wiedersah, etwas in mir aufbrach. Ich drehte mich weg und machte ein paar Schritte in die entgegengesetzte Richtung, damit er mir den innerlichen Aufruhr nicht am Gesicht ablesen konnte.

»Emma!«

Nick kam hinter mir her und berührte mich am Arm. Dann zog er mich zu sich herum, so dass ich ihn ansehen musste.

»Emma, Himmel, was machst du hier?«

Ich musste ein paarmal tief durchatmen, bevor ich meiner Stimme traute. »Ich wollte dich sehen. Ich wollte mit dir reden.«

O nein. Ich schluchzte auf und merkte zu meinem Entsetzen, dass ich die Tränen nicht zurückhalten konnte. Ich wischte mir mit einer Hand über die Augen und versuchte, flach zu atmen. Nick nahm mich an den Schultern und bückte sich etwas, um mir in die Augen sehen zu können. Ich betrachtete lieber meine Füße.

»Wenn du mit mir reden willst, warum läufst du dann vor mir weg?«

Ich versuchte, meine Atmung zu normalisieren. »Ich laufe nicht weg. Aber ich war nur kurz so … geschockt, dich wiederzusehen.« Ich versuchte ein Lächeln, aber es misslang. »Es war einfach ein bisschen viel.«

Mein Gestammel war erbärmlich. Ich schlug mir die Hand vor den Mund und sagte nichts mehr.

»Emma …« Er nahm mein Gesicht in beide Hände und wischte die Tränen mit den Daumen weg.

Meine Beine fühlten sich plötzlich wackelig an, und ich musste mich in den Sand setzen.

Nick kniete sich neben mich. »Und warum bist du den ganzen weiten Weg von New York nach L. A. geflogen?« Er zog die Augenbrauen hoch und verzog den Mund. »Hat dein bester Kumpel Nick dir so gefehlt?«

Es kam mir vor, als hätte ich ihn eine Ewigkeit nicht gesehen, und gleichzeitig kam er mir so vertraut vor. Eine Welle der Zuneigung durchfuhr mich. Ich wollte ihm so viel sagen.

»Die Dinge …«, begann ich. »Die Dinge, die ich zu dir in der *Mercury Lounge* gesagt habe, waren schrecklich. Mir tut jedes Wort davon leid. Es war ein fürchterlicher Abend, und ich habe mich schon die ganze Zeit schlecht gefühlt. Als du dort mit dieser Tamara aufgetaucht bist … Es war, als würden alle meine Befürchtungen bestätigt werden.«

»Da war absolut nichts, Emma. Selbst wenn sie Interesse an mir gehabt haben sollte, da kam von meiner Seite gar nichts.«

»Ich weiß«, sagte ich. »Ich habe keine Ahnung, warum mich das so heftig getroffen hat. Ich meine, es ist ja nicht so, als würde ich jedes Mal ausflippen, wenn du mit irgendeiner Frau Kontakt hast. Aber in diesem Moment war ich mir sicher, dass gerade genau das passiert, wovor ich mich die ganze Zeit gefürchtet habe: Dass du das Interesse an mir verlieren und weiterziehen würdest.«

Nick nahm meine Hand und strich mit dem Daumen über meinen Puls. Seine Berührung fühlte sich himmlisch an und beruhigte mich etwas.

»Mich hat es genauso getroffen, als ich dich mit diesem Clive gesehen habe. Es tut mir leid, dass ich dir vorgeworfen habe, mich nur als Zeitvertreib zu benutzen.«

»Nichts lag mir ferner, als mir einen anderen Typen zu suchen, glaub mir.« Mir gelang ein schwaches Lächeln.

»Ich wollte mit dir sprechen, warum bist du nicht ans Telefon gegangen?«

»Ich konnte nicht mit dir sprechen. Ich hatte Angst vor dem, was du sagen könntest. Ich wollte nicht noch mehr verletzt werden. Und dann habe ich Ava getroffen. Sie hatte einen Schlüssel zu unserer Wohnung und hat behauptet, dass sie die ganze Zeit was mit dir gehabt hätte. Auch während wir …«

Ich sah ihm an, wie zornig ihn das machte. »Ich habe die Freundschaft zu ihr beendet. Nach dem Gespräch mit Isy vorgestern habe ich ihr ziemlich deutlich die Meinung gesagt. Was Ava gemacht hat, war wirklich das Allerletzte. Ich hatte doch überhaupt kein Interesse mehr an ihr, nachdem wir zusammengekommen waren. Und vorher eigentlich auch nicht. Zumindest keins, das über eine Freundschaft hinausging. Du musst mir wirklich glauben, dass da nichts, absolut nichts mit ihr war, während wir zusammen waren.«

»Das glaube ich dir, Nick. Jetzt. Nur in diesem Moment war es so plausibel. Es passte so verdammt perfekt ins Bild.«

Einen Moment schwiegen wir beide, dann sagte er: »Ich habe auch versucht, dich zu erreichen, weil ich dir von L. A. erzählen wollte. Ich habe vom Sender das Angebot bekommen, live zu kommentieren, weil ein Kollege ausgefallen ist. Hier in Los Angeles. Ich konnte nur noch meine Tasche packen und habe den nächsten Flug genommen. Danach hat sich alles überschlagen. Man hat mir das Angebot gemacht hierzubleiben. Ich wollte mit dir darüber sprechen, aber du hast meine Anrufe immer nur weggedrückt und meine Nachrichten nicht beantwortet. Ich hatte ein Fünkchen Hoffnung, dass wir uns versöhnen würden und wir trotz der Entfernung zusammenbleiben könnten, aber wie hätte ich dich das fragen sollen? Wo ich mir nicht mal völlig sicher war, ob du überhaupt noch etwas von mir wissen willst.« Er fuhr sich mit einer Hand durch die Haare. »Und als mir klar wurde, dass du keinen Kontakt mehr zu mir willst, habe ich gedacht, dass es vielleicht eine gute Idee ist, neu anzufangen. New York hinter mir zu lassen. Ich habe mit Hilfe eines Freundes innerhalb einer Woche das Haus hier gefunden und meine Möbel per Spedition hierhertransportieren lassen. Ava hat mir noch ein paar persönliche Sachen geschickt. Der letzte Monat war einfach völlig verrückt. Und gleichzeitig konnte ich an nichts anderes denken als an dich.«

Mein Herz wurde warm bei seinen Worten. Meine Stimme war kaum mehr als ein Flüstern. »Ich habe auch ununterbrochen an dich gedacht.«

Er lächelte und legte den Kopf schief. »Wolltest du sonst noch was sagen?«

Ich sah ihn an. Die Strähnen seines hellen Haares waren ihm wieder ins Gesicht zurückgefallen. Seine Augen waren so blau, blauer als das Meer. Und sein Mund. Sein Mund.

Anstelle einer Antwort beugte ich mich zu ihm und presste meine Lippen auf seine. Er zögerte eine winzige Sekunde, und dann küsste er mich zurück. Ich hatte fast vergessen, wie es war, ihn zu küssen. Aber auch nur fast. Es war vertraut und gleichzeitig aufregend. Einfach wundervoll. Als wir uns voneinander lösten, strich ich ihm die Haare aus dem Gesicht und musste ein paarmal tief ein- und ausatmen, bis ich den Mut fand, zu sprechen.

»Ich liebe dich. Das wollte ich sagen. Ich liebe dich.«

Ein wunderschönes, glückliches Lächeln breitete sich auf seinem Gesicht aus. Er kniff die Augen vor der hellen Sonne zusammen und sagte: »Ich weiß.«

Ich musste lachen.

Ach, Nick.

Und dann sagte er: »Ich liebe dich auch.«

Tausend Schmetterlinge flatterten durch meinen Körper. Er liebte mich auch. Nick liebte mich!

»Gut, dass wir das dann auch geklärt haben. Nach all der Zeit«, sagte er und zog mich enger an sich.

Einen Moment sahen wir uns nur an und grinsten. Ich konnte kaum fassen, wie sehr ich ihn vermisst hatte. Und dass ich ihn jetzt wiederhatte. Ich fühlte mich so gut in seinen Armen. So zufrieden, so glücklich, so angekommen. Genau hier wollte ich sein und nirgends sonst.

Eine Weile lauschten wir dem Rauschen der Brandung.

»Da fällt mir noch was ein.« Er zog sein Handy aus der Tasche, tippte darauf herum und hielt es mir dann hin. »Das Ticket kann ich ja jetzt stornieren, oder?«

Es war ein Flugticket. Von L. A. nach New York. Für den

nächsten Tag. Sprachlos sah ich ihn an. Er wäre am nächsten Tag zu mir geflogen? Nach New York?

»Ich habe direkt nach dem Telefonat mit Isy ein Ticket gebucht«, beantwortete er meine unausgesprochene Frage. »Du glaubst doch nicht, dass ich dich so einfach hätte gehen lassen?«

Ich spürte, wie sich ein Strahlen auf meinem Gesicht ausbreitete. Es war ein wunderschönes Gefühl, dass er genauso für unsere Liebe gekämpft hätte, wie ich es getan hatte. Dass er zu mir gekommen wäre. Um sich auszusprechen. Dankbarkeit machte sich in mir breit. Dankbarkeit dafür, dass das Schicksal dafür gesorgt hatte, dass sich unsere Wege kreuzten.

Er stand auf und zog mich mit sich. »Wie lange kannst du denn hierbleiben?«

»Ich habe noch kein Rückflugticket gebucht.«

Er lächelte. »Das ist gut. Und was willst du tun, wenn du wieder in New York bist?«

»Tja …«, sagte ich gedehnt. »Ich habe meine Prüfungen hinter mich gebracht. Wenn nichts schiefgeht, habe ich meinen Master. Danach muss ich mich für das Bar Exam bewerben, damit ich in den USA als Anwältin arbeiten kann. Das geht für ausländische Absolventen nur im Bundesstaat New York und in Kalifornien.«

Langsam gingen wir Arm in Arm durch den warmen Sand zum Haus zurück. Er zog mich im Gehen an sich.

»Wenn du dich dafür entscheidest, es in New York zu machen, dann ist das okay für mich. Ich bin mit meinen Arbeitszeiten recht flexibel und sowieso viel unterwegs. Ich könnte auch häufig zu dir nach New York kommen. Aber andererseits gibt es auch schlechtere Orte als Kalifornien, um seine Anwaltszulassung zu machen, oder? Und im Haus ist allemal Platz für zwei.«

Ich wandte mich ihm zu und sah ihn an. »Fragst du mich gerade, ob ich zu dir ziehen will?«

Er hob die Schultern. »Möchtest du? Das einzige Problem ist, dass das Haus nicht WG-tauglich ist. Es hat nämlich nur ein Schlafzimmer.«

Ich blieb stehen und drehte mich zu ihm um. »Du meinst es wirklich ernst, ja?«

Er nahm mein Gesicht in beide Hände und hob meinen Kopf an, so dass ich ihn ansehen musste. Seine Augen blitzten.

»Dass wir beide zusammengehören, ist mir schon vor einiger Zeit klar geworden. Also: Ja. Ich will mit dir zusammen sein. Wenn du es auch willst?«

Einen Moment genoss ich das unglaubliche Glücksgefühl, das mich durchströmte. Ich kniff die Augen zusammen, weil die kalifornische Sonne mich blendete, und strich mir die Haare zurück, die der Wind zerzaust hatte.

Dann antwortete ich: »Und wie ich will.«

Meine New-York-To-do-Liste

- [ ] ~~Eine Wohnung finden!!! und umziehen~~
- [ ] ~~Sightseeing~~
- [ ] ~~Fetter Klunker von Tiffany!~~
- [ ] ~~Einen New Yorker küssen: auf der Brooklyn Bridge, auf der Staten-Island-Fähre, auf der Dachterrasse einer coolen Bar, beim Schlittschuhlaufen am Rockefeller Center~~
- [ ] ~~Sample Sale im Fashion District und eine teure (!) Shopping-Sünde begehen~~
- [ ] ~~Von einem New Yorker für eine New Yorkerin gehalten werden~~
- [ ] ~~New York bei Schnee sehen~~
- [ ] ~~Cocktails auf der Dachterrasse einer Bar~~
- [ ] ~~Sex mit einem New Yorker! Mit dem heißesten Mann in NY! Oh. Mein. Gott.~~

- [ ] ~~In 50 40 32 26 23 16 12 9 4 1 verschiedene Bars/Clubs gehen~~
- [ ] ~~Ein Event im Madison Square Garden~~
- [ ] ~~Ein Wochenendtrip in die Hamptons~~
- [ ] ~~Meinen LLM-Abschluss schaffen~~
- [ ] ~~Mir überlegen, was ich mit meinem Leben nach dem Abschluss anfangen will~~
- [ ] ~~Die große Liebe finden~~

Dank

Es ist ein wunderbares Gefühl, dass so viele Menschen an der Verwirklichung von etwas beteiligt sind, das ganz allein in meinem Kopf entstanden ist. Mein besonderer Dank gilt:

Meiner Agentin Simone Hasselmann – du hast als Allererste an das Manuskript geglaubt und warst davon überzeugt, dass der Roman seine Leserinnen finden wird. Vielen Dank dir und dem ganzen tollen Team der Agentur Lianne Kolf, dafür, dass ihr euch im Hintergrund um meine Belange kümmert.

Meiner Lektorin Maria Runge vom Goldmann Verlag – Es bedeutet mir sehr viel, dass du dich gleich von Anfang an so für die Geschichte von Emma und Nick begeistert hast und ihr eine Verlagsheimat bei Goldmann gegeben hast.

Meiner Redakteurin Antonia Zauner – Es hat riesigen Spaß gemacht, mit dir an der Geschichte zu feilen, und ich habe viel von dir gelernt.

Meiner Autorenkollegin und Verlagsschwester Emilia Schilling – wie schön, dass wir uns kennengelernt haben, denn was würde ich ohne unseren lustigen Austausch, unser gemeinsames Brainstorming und deine Aufmunterungen machen?

Meinen Cheerleaderinnen Kaja, Anne, Bea und Michi – danke für eure Freundschaft und dafür, dass ihr jeden einzelnen Schritt auf meiner Reise zum ersten Roman so abgefeiert habt.

Meiner Testleserin und Freundin Kornelia – deine Begeisterung für die Geschichte schon in der Rohfassung hat mich angespornt, immer weiterzumachen.

Tanja und Werner – ihr habt mich unterstützt und ermutigt, mich mit dem Manuskript erstmals hinaus in die Welt zu wagen.

Meinen Eltern – Mama, du warst meine erste Leserin und hast mich motiviert, meinen Traum vom Buch nicht aufzugeben. Papa, du hast mich immer unterstützt (auch wenn du dauernd fragst, wann in meinen Geschichten endlich mal ein Mord passiert). Danke euch beiden für eure Liebe und Fürsorge und all die liebevoll angerichteten Obsttellerchen an meinen Schreibwochenenden zu Hause.

Meinem Mann Kai – du und die Kinder, ihr seid mein ganzes Glück. Danke, dass du stundenlang mit den Kindern Fahrrad fährst, Hockey und Fußball spielst und schwimmst, damit ich schreiben (oder gedankenverloren aus dem Fenster starren) kann. Danke, dass ich mit dir all meine unausgereiften Ideen teilen darf. Danke, dass du mich liebst. Danke, dass du du bist.

Mein allergrößter Dank gilt aber dir, liebe Leserin. Dafür, dass du dieses Buch gelesen und mich nach New York begleitet hast. Ich hoffe sehr, dass dir die Geschichte Freude bereitet hat und dass wir uns bald in Malibu wiedersehen!

Unsere Leseempfehlung

704 Seiten
Auch als E-Book
erhältlich

Kellan Kyles Leben ist die Bühne – nur durch Musik, seine Band und zahllose One-Night-Stands mit verliebten Groupies kann er seine düstere Vergangenheit vergessen. Bis zu dem Tag, da Kiera alles verändert. Sie berührt etwas in Kellan, das seine sorgsam errichteten Mauern bröckeln lässt. Doch sie ist mit seinem besten Freund zusammen, und Kellan weiß, er muss die Finger von ihr lassen. Und er weiß auch, dass die süße, smarte Kiera sich nie zu ihm hingezogen fühlen würde. Oder doch?